나는
무죄였다

한승주 장편실화소설 ❶

나는
무죄였다

죄를 짓고
매를 맞는 것은
당연한 것이나
죄 없이 매를 맞는 것은
차라리 죽는 것이 낫다

북허브

초판인쇄 2021년 3월 3일
초판발행 2021년 3월 10일

지은이 한승주
펴낸이 박찬후
디자인 신정범

펴낸곳 북허브
등록일 2008. 9. 1.

주소 서울시 구로구 중앙로27 다길 16
전화 02-3281-2778
팩스 02-3281-2768
이메일 book_herb@naver.com

ISBN 978-89-94938-60-8 03810
값 20,000원

Contents

- 추천사   6
- 사랑의 불씨   10
- 보랏빛 성공   124
- 개미촌 사람들   246
- 생명의 은인 홍진표 교수   330
- 비정한 아빠   366
- 에필로그   421

추천사

인생을 살다 보면 누구나 괴로운 일을 겪기 마련입니다. 어떤 이들은 태어날 때부터 장애라는 불운을 안고 태어나서, 불우한 환경에서 자라면서 인생 자체가 늘 불행할 것이라고 생각을 하고, 피해망상 사고 속에서 비관적으로 인생을 살아갑니다. 또한 우리 사회는 너무 불공평하고 정의롭지 못하다는 엄연한 사실 앞에서 좌절하면서 살아갑니다.

저는 이 작가를 진료실에서 만났습니다. 자그마한 체격에 장애를 갖고 있었고 인생의 많은 슬픔과 좌절을 안고 살아 오셨습니다. 하지만 그분이 하는 일을 듣고 깜짝 놀랄 수밖에 없었습니다. 자신보다 더 어려운 이웃을 돌보는 일을 자신의 천직이라고 믿고 계신 분이었습니다. 자신의 고통과 인내를 삶의 일부로 받아들이면서 이제는 자신보다 더 고통 받는 이웃을 위한 삶을 살아온 분입니다. 그 과정에서 오해도 받고 깊은 좌절도 경험하였지만 깊은 바닷속에서 하늘로 뛰어오르는 고래처럼 다시 도전을 하시려는 모습을 보고 감동을 받을 수밖에 없었습니다.

작가는 다음과 같이 말합니다. '절망하지 마라. 절망은 죽음의 무덤이다. 절망만 하지 않으면 삶의 존재가치가 있다.' 인생은 고뇌와 고독, 고통으로 가득하다고 합니다. 작가는 인생 내내 포기하고 싶고 절망하던 시기를 거치면서 오히려 단련되어 다시 새롭게 가치 있는 삶을 위해 노력하려는 모습을 보여 주고 있습니다.

사람의 인생은 모두가 힘들지만 그 힘든 것을 이겨나가는 게 사람이라고 합니다. 이 책은 과거에 얽매여서 원망이 가득한 마음, 심한 좌절을 겪고 자포자기 하는 마음, 그리고 인생은 공평하지 않다는 생각에 몰두하는 마음에게 치유를 줄 수 있다고 보입니다. 작가의 조금 거친 표현들이 오히려 이 분의 굴곡 많은 삶이 솔직하게 반영되어 더 현실감이 느껴집니다.

이 책을 접한 모두가 이제껏 묻어둔 상처와 절망을 돌아보고 빠져나와서 행복해지기 위한 연습을 시작할 수 있길 바랍니다.

삼성서울병원 정신건강의학과 과장
서울대학교 의과대학 졸업, 의학박사
홍진표 교수

사랑의 불씨

사랑의 불씨

벽시계가 9시를 막 넘어서고 있었다. 직원들의 출근시간을 성실성의 척도로 삼던 나는 아직도 출근하지 않은 김인숙(58세, 여)을 생각하며 슬슬 화가 나기 시작했다. '따르릉!' 전화가 걸려온 건 그 즈음이었다.

"여보세요? 저 김인숙 딸인데요."

수화기 너머의 목소리는 다급함을 알리고 있었다. 순간적으로 무슨 일이 있음을 직감했다.

"네. 그런데 무슨 일 있나요?"

말이 끝나자마자 저쪽의 다급한 목소리가 이어졌다.

"엄마가 3층 베란다에서 떨어졌어요!"

"뭐라고요?"

나는 직원 한 사람을 데리고 급히 병원으로 향했다. 가면서 큰 일이 아니길 빌고 또 빌었다. 도착한 곳은 상계동에 있는 백병원이었다. 응급실에 누워있는 김 실장은 다리와 엉덩이 그리고 온몸을 붕대로 칭칭 감고 있었다.

"많이 아파요? 나 알아보겠어요?"

그녀는 대답이 없었다. 자녀들에게 위로를 해주고 병원을 나서면서 나도 모르는 사이에 소리 없이 눈물이 흘러내렸다.

'오, 하나님이여! 어찌하여 저렇게 됐나요. 나에게 무슨 죄가 있나요. 이 더러운 죄인을 용서해주세요. 마음씨 아름다운 그녀에게 왜 육신의 아픔과 고통을 주셨나요. 나는 묵도하면서 갈라진 뼈, 부서진 뼈, 망가진 육체를 붙게 하여 주시고, 죽을 수밖에 없는 사람에게 다시 살 수 있는 부활의 능력을 주시고, 그녀에게 빨리 건강이 회복될 수 있도록 허락하시고 치료의 광선을 주옵소서.'

나는 기도를 하며 온 세상의 생명들이 사랑으로 하나 되게 하시고 건강하게 해달라고 기도하며 병원을 나섰다.

김 실장은 장기간 입원 치료가 필요했고 그 때문에 더 이상 나와 함께 근무할 수 없었다. 아쉽지만 새로운 직원을 뽑아야 했다. 새로운 직원을 구하기 위해서 인터넷에 광고를 내고 며칠 후 전화가 걸려왔다.

"여보세요? 「실로암 연못의 집」이죠?"

"네."

"직원 모집 광고 보고 전화 드렸습니다. 아직 뽑나요?"

한 시간쯤 지나 30대 아가씨 한 명이 사무실에 나타났다. 그녀는 수수한 옷차림에 운동화 차림이었다. 상당한 신장, 한눈에도 꽤 튼튼해 보이는 다리가 어쩐지 선머슴 같은 인상을 풍겼다.

나는 아가씨가 가져 온 이력서를 보며 면접을 시작했다. 내가 직원들을 뽑을 때 가장 중요시 하는 점이 인성이다. 그래서 면접 때 으레 인성에 대해 확인하곤 했다.

"그동안 어디서 근무를 좀 해 봤나요?"

"A회사에서 3년 간 근무를 했어요."

"그럼 저축도 좀 있겠군요?"

"아니요."

"하하하…. 돈 빌려달라고 안 할게요. 정말 저축이 없어요?"

"네."

너무도 쉽게 툭 튀어나온 그 대답에 나는 적잖이 실망했다. 서른이 넘도록 저축도 하지 않은 아가씨라면 어쩐지 성실성과 거리가 먼 듯 보였기 때문이다. 그래서 일부러 통을 놓았다.

"아니, 돈이 있어야 시집도 가고 옷도 해 입지. 삼십이 다 되도록 돈이 없어요?"

"저는 여행을 좋아해요."

"그래요? 무슨 여행을 좋아합니까?"

"배낭여행이요."

"그럼 여름휴가 때 여행을 주로 가겠네요."

"아니에요. 3개월에 한 번씩 월차를 내서 금요일에 주로 가는 편이에요."

"허허, 그러니까 돈이 없지."

아가씨는 너무나 배낭여행을 좋아했다. 여행과 저축이라…. 둘 중 어느 것을 선택해도 나쁘지 않을 듯 보였다.

그래서 그녀를 채용했다. 그녀의 이름은 미정이었다. 3개월이 지나는 동안 그녀는 지각 한 번 하는 법 없이 성실히 근무했다. 그리고 그 즈음에 그녀의 신발이 너무 낡았다는 것이 내 눈에 들어왔다.

그날로 그녀에게 새 구두를 한 켤레 선물했다. 처음에는 구두를 받아들고 어색하고 부끄러워하더니 다음 날 출근해서는 원장님이 구두를 선물해 줬다고 부모님께 자랑까지 했다면서 환하게 웃었다.

비록 직원이지만 언제나 가족 같은 분위기로 함께 하면서 스스럼없이 사적인 대화도 주고받곤 했다. 여행에 대해 이야기하던 그녀가 여행을 갈 때 엄마하고 간다고 말했다. 나는 일부러 놀리듯 말을 받아쳤다.

"아니, 처녀가 남자친구하고 가야지. 엄마랑 가면 무슨 재미야?"

그녀는 어색한 미소와 함께 내 말을 받았다.

"남자들이 저 별루 안 좋아해요. 뚱뚱하죠, 허벅지는 강호동이죠, 생긴 것도 뭐……. 히, 그래서 엄마하고 가는 게 좋아요."

그녀의 말을 들으며 나도 생각했다. 사실 미정 씨는 예쁜 편이 아니었다. 오히려 못생긴 편이 맞았다. 게다가 애교도 없었다. 말도 없고 성격도 무뚝뚝했고 가끔씩 툭툭 질러대는 말투도 영 매력이 없었다.

그러나 나는 그녀의 성격을 절대 탓하지도 불만스럽게 생각지도 않았다. 오히려 내가 그녀의 성격을 이해해주면서 하나씩 하나씩 맞춰 나갔다. 그것이 나의 철학이며 다른 사람과 함께 하는 능력이기 때문이다. 나는 절대 무조건 내 생각대로 지시하고 내 생각대로 행동하라고 지시하는 리더가 아니었다. 내가 제일 중요시했던 것은 예나 지금이나 소통이다. 서로 통하지 않으면 아무것도 이룰 수 없고 무엇을 이루더라도 한순간에 무너진다는 것을 알기 때문이다.

물론 어떤 때는 내 마음을 몰라주는 직원들과 주변 사람들 때문에 남몰래 외로움의 눈물을 흘린 적도 있었다. 그리고 그럴 때면 그들을 원망하기보다 언제나 무릎 꿇고 기도를 올렸다.

'나의 하나님, 나의 하나님, 왜 나를 버리셨나요. 낮에도 부르짖고 밤에도 잠자지 않고 기도했건만 나의 외로움은 왜 이리 사나운 폭풍처럼 밀려오나요. 찬송으로 위로 받게 하옵소서. 기도로 위로 받게 하옵소서. 말씀으로 의지하며 위로 받게 하옵소서.'

가끔은 이렇게 기도를 마치면 육신의 허기가 밀려오기도 했다.

벽시계가 저녁 6시 30분을 가리키고 있었다. 나는 모든 직원들을 퇴근시킨 후 조그만 쪽방에서 휠체어에 의지해 우유에 밥을 말아서 김치와 함께 저녁을 해결하곤 했다. 그리고 아침은 과일로 해결하고 점심은 직원들과 함께 식당에서 함께했다. 처음에는 너무나도 내 자신이 초라하게 느껴져 내가 왜 이렇게 살아야 하는지 생각하며 전전반측(輾轉反側) 잠을 꼬박 이루지 못하고 몸부림을 치며 둥실둥실 마음과 몸을 뒹굴고 하룻밤을 지새우니 아침이 온다.

이렇게 사는 것이 인생이라면 차라리 죽는 것이 낫다는 생각도 했다. 그렇게 힘들고 외로운 밤이 지나고 다음 날 아침이 되자 미정 씨가 출근했다. 미정 씨는 평소에는 무뚝뚝한 아가씨였지만 가끔은 애교를 부릴 때도 있었다. 그리고 그렇게 애교 섞인 웃음을 지을 때면 보조개가 움푹 파이는 귀여운 모습을 보이기도 했다. 그럴 때면 다른 사람들이 새삼스레 그녀에게서 귀여움을 발견하기도 했다.

그렇게 몇 달이 더 지나던 어느 날 그녀가 결혼 소식을 알려왔다. 남자라고는 아버지밖에 없을 것 같던 그녀의 입에서 결혼을 한다는 말이 튀어나오자 나는 속으로 깜짝 놀랐다.

"미정 씨, 남자친구가 있었어?"

"네."

"몰랐네. 남자친구는 어떤 사람이야?"

"그냥 평범해요."

속물 같지만 직원이 결혼해서 잘 살기를 바라는 마음에 좀 더 직접적인 질문도 함께했다.

"그러면 돈은 많은가?"

"아니요. 돈 없어요."

"능력은 있어?"

"아뇨, 평범해요."

"돈도 없고 능력도 없고 우리 미정 씨도 여행 다니느라 빈털터린데 둘이 어떻게 살라고?"

나의 걱정스런 물음에 돌아온 대답은 오히려 태평하기 그지없었다.

미정 씨는 결혼을 하게 되었다. 그녀는 세상에 태어나 한 번도 남자를 사귀어본 적이 없는 순결한 여자였다. 그래서인지 그 남자에게 순결을 바치고 나니 마치 운명과도 같은 그녀의 필연적인 사랑은 그 누구도 갈라놓을 수 없을 만큼 견고한 것이었다.

그녀는 평소 배낭여행을 즐겼다. 그것은 혼자 사는 싱글녀가 자신의 외로움을 가장 효과적으로 달랠 수 있는 비법 중 하나이기도 했다. 그녀는 혼자 떠난 여행에서 목이 말라 잠시 쉬어가려고 허름한 맥주집에 들르게 되었다. 그곳은 주머니 사정이 넉넉지 않은 자유여행객들이 주로 많이 모이는 곳이었다. 맥주를 한 잔 마시면서 마음의 여유를 찾고 있을 때 옆에 있던 한 남자가 그녀에게 다가와 말을 걸었다.

"어디서 오셨어요?"

미정 씨는 수줍어하며 말을 더듬었다.

"네? 왜 그러시죠?"

"아니, 한국 사람 같기도 하고, 필리핀이나 중국분 같기도 해서 한 번 물어보는 겁니다."

미정 씨는 그 남자에게 기분이 나쁜 투로 말했다.

"아니, 제가 그렇게 이상하게 생겼나요?"

"그런 건 아니고, 키가 너무 커서 한국 사람 같지가 않아서요."

"아, 네. 한국 사람이에요. 키가 너무 크고 다리가 좀 굵은 게 저한테는 콤플렉스에요."

그러자 그 남자는 미정 씨를 위로하듯 말을 건넸다.

"아니, 한국에서나 외모를 따지지, 여행하는 사람들이 굳이 외모를 그렇게 중요하게 보나요? 하체가 튼튼하면 오히려 더 좋은 점이 많죠. 그런 건 아무 문제가 안 된다고 생각해요."

미정 씨는 키가 너무 크고 허벅지와 종아리가 지나치게 굵은 자신의 신체조건이 늘 불만이었다. 쭉쭉빵빵한 꽃미녀들만 동경하고 환영받는 세상에서 사람들의 평가와 시선에 늘 상처 받으며 살아왔는데, 이런 자신의 결점을 따뜻하게 감싸주고 이해해줄 수 있는 사람을 만나게 되어 기뻤다. 그녀는 상대방을 배려할 줄 아는 그에게 큰 위로를 받고 호감을 갖게 되었다.

그녀는 늘 혼자 여행을 떠나거나 엄마와 함께 여행을 다니곤 했다. 그런데 이번에는 엄마가 다른 중요한 일이 생겨서 혼자 떠나게 되었다. 그렇게 혼자 떠난 여행길에서 미정 씨는 운 좋게 한 남자를 만나게 되었고 4박 5일 동안 동행했다. 여정을 함께 하며 두 사람은 급속도로 가까워졌고 수영도 하고 바다를 즐기며 행복한 시간을 보냈다. 아름다운 해변을 걸으며 달달한 연애가 시작된 것이다.

만약 한국에서 만났더라면 이렇게 빨리 가까워질 수 없었을 것이다. 하지만 멀리 타국에서 같은 한국인을 만났다는 동질감 때문에 더 쉽게 가까워질 수 있었다.

두 사람은 오래된 열차를 타고 3시간 남짓 걸려 다른 섬으로 향하게 되었다. 그 섬은 조용하고 아름다웠다. 섬을 둘러싼 바닷물이 얼마나 맑고 깨끗하든지 물속을 훤히 다 들여다볼 수 있었고 작고 예쁜 열대어들이 한가로이 헤엄치는 모습도 황홀할 정도로 좋았다. 그 멋진 풍광과 신비로움에 홀려서 마치 바닷속 아름다운 세상으로 특별히 초대받은 기분이었다.

그들은 작은 민박집에서 함께 잠을 자고 살을 마주치면서 서로의 부드러움을 느꼈다. 마음이 설레고 황홀한 오직 둘만의 뜨거운 밤이었다.

남녀 간의 사랑이 뭔지도 몰랐던 미정 씨는 마치 사춘기 때 멋진 남자친구를 만나 첫사랑을 하듯 가슴이 뛰고 화광충천하였다. 사랑의 불씨가 피어올라 어느덧 불꽃으로 타오르고 있었다.

미정 씨가 느끼는 함상수 씨에 대한 마음은 단순히 여행 중에 만난 사람이 아닌, 그녀의 운명 그 자체였다. 그가 어떤 사람인지 부모는 있는지 따지지도 묻지도 않고, 단지 그 남자 자체가 좋아서 어찌할 줄 모를 정도였다.

그와 손을 꼭 잡고 함께 수영도 하고 스쿠버다이빙도 즐겼다. 뜨거운 태양 아래 둘만이 즐기는 시간은 그 무엇과도 비교할 수 없는 최고의 순간이었다.

여행 이틀째, 두 사람은 지프차를 타고 한 시간 반 정도를 갔다. 비포장 도로를 달리는 모습은 먼지가 하얗게 피어올라 마치 뭉게구름이 일어나는 듯한 광경을 연출했다.

두 사람의 얼굴에서 더 이상 세상의 근심과 걱정은 찾아볼 수 없었다. 오직 흥분으로 가득한 기쁨만이 넘쳐흘렀다. 더 바랄 것도, 더 갖고 싶은 것도 없는 최상의 행복감을 느꼈던 것이다. 그 속에서 그들은 장밋빛 미래를 꿈꾸었고 벅찬 사랑과 행복으로 충만해 있었다.

이것이 진정한 행복이란 말인가. 남녀가 만나는 것이 이렇게 좋을 줄 예전엔 미처 상상도 못했다. 미정 씨는 4박 5일 동안 세 개의 섬을 더 구경한 후 입국했다.

두 사람은 그 후로도 매일 만나서 함께 시간을 보냈다. 둘의 관계는 날이 갈수록 깊어만 갔다. 하지만 돈이 없어 롯데나 현대 등 유명백화점 같은 비싼 데는 갈 수가 없었다.

주머니 사정을 고려해 동대문 시장으로 쇼핑을 갔다. 남자친구는 그녀에게 이것저것을 입어보라고 권했으나 그녀는 사랑하는 사람과 함께 있는 것만으로도 좋았다.

만난 지 8개월이 되었을 때, 둘은 악세사리 가게에서 반지를 사서 하나씩 나눠꼈다. 신당동에서 떡볶이를 먹을 때도 꿈인지 생시인지 분간이 안 갈 정도로 두 사람은 즐겁고 행복했다. 꿈같은 시간들이 그렇게 흘러가고 있었다.

첫눈 오는 날에 두 사람은 또 만나서 남해 여수로 여행을 가기로 했다. 여수에 도착하자마자 때마침 활짝 피어난 동백꽃이 아름다운 자태로 그들을 반가이 맞아주었다.

1박 2일 동안 배도 타고 회도 한 접시 먹고 밤에는 백사장을 거닐며 오 붓하고 달콤한 둘만의 시간을 보냈다. 그저 단둘이 있는 것만으로도 너무 좋았다.

미정 씨는 일주일에 두세 번 정도 남자친구와 만났지만 매일 함께 있는 것이나 다름없었다. 그렇게 열렬히 사랑했고 2년이라는 시간이 흘러갔다. 모든 것을 다 주었다. 몸도, 마음도. 그녀는 그가 하고자 하는 일에 힘이 되 고자 최선을 다했다.

환경이 비슷해 다른 어떤 연인들보다도 두 사람은 빨리 가까워졌고, 비 록 가난한 가정 형편 속에서 자란 두 사람이었지만 모든 면에서 서로 소통 이 잘 되고 맞는 부분이 많았다. 그래서 결혼까지 하기 위해 부모님을 찾 아뵙고 상견례 날짜를 잡아 서울 한정식집에서 결혼에 대한 이야기를 나 누게 되었다.

가진 건 없지만 서로가 서로를 이해하고 사랑하는 마음으로 보듬어 가 며 살아달라고 부모님들께서 당부말씀을 하셨다. 그 자리에서 4월말 경에 결혼하기로 하고 날짜까지 받았다.

그런데 어느 날 문자가 왔다.

'미정 씨, 나야. 할 말도 있고 한 번 보고 싶으니까 퇴근하고 좀 만났으면 좋겠어. 우리 만나던 커피숍에서 만나자. 미정 씨한테 꼭 할 얘기가 있어.'

미정 씨와 달리 함상수 씨는 한때 사귀던 여자가 있었다. 그러나 당시 여 자친구 부모님의 강한 반대로 헤어진 상태였다. 그 과정에서 그는 여친 부 모님들께로부터 얼마나 큰 상처를 받았는지 그 여자와 결혼하고 싶은 생각 이 없어질 정도였다.

미정 씨와 사귀는 중에도 구여친이 다시 연락을 해 와서 그녀를 다시 만나기는 했으나 옛날 일은 단지 하나의 추억일 뿐 더 이상 관계를 발전시키고 싶은 생각은 추호도 없었다. 그래서 미정 씨와 결혼하기로 결심하고 사랑을 나누며 마음을 주게 된 것이다.

그런데 옛날 여친은 아직도 그에 대한 감정이 여전히 남아있었다. 그동안 세월이 지나 이미 사그라진 사랑의 불씨를 다시 지피고 싶었던 것이다. 그래서 3개월 전쯤에 먼저 그에게 식사 한 번 하자고 연락을 했으나 그런 그녀와 달리 그는 별로 내키지 않은 마음으로 식사자리에 참석하게 되었다. 하지만 그런 자리가 많아질수록 옛정이 되살아나 결국 미정 씨와의 결혼문제에도 빨간불이 켜지게 된 것이다.

미정 씨는 결혼식을 한 달 정도 남겨놓은 상태에서 다른 여자가 있다는 사실을 알게 되었다. 그 남자는 예전 여자친구와 10년 동안 사귀었다고 한다. 결혼을 앞두고 남자는 미정 씨에게 사실을 고백해 왔다.

"미정 씨, 나 사실은 전에 여자친구가 있었어. 그 여자친구하고 고등학교 때부터 교제했었는데 대학을 졸업하고 결혼하려고 하니까 여자 쪽 부모님이 너무 완강하게 반대를 해서 결혼을 못했어. 그런데 지금은 내가 직장도 있고 열심히 살고 있어서 그런지 구여친 부모님들의 마음이 움직이기 시작한 것 같아. 그래서 최근에 결혼 허락을 받았어. 정말 미안해."

결혼할 남자에게 느닷없이 청천벽력(靑天霹靂) 같은 폭탄선언을 들은 미정 씨는 순간적으로 식은땀을 흘릴 정도로 심장을 조여오는 통증을 느꼈다. 눈앞이 캄캄하고 어지러워 앞이 잘 보이질 않았다.

"그럼 왜 나하고 결혼하자고 한 거야? 결혼날짜까지 다 받아놨는데 양가 부모님들은 또 어떻게 할 거야? 그러려면 뭐하러 상견례까지 했어? 내가 그렇게 쉽니? 어떻게 나한테 이럴 수가 있어? 왜 남자가 끊을 건 끊고 버릴 건 버리고 주변정리를 못하니?

인생에서 결혼이 얼마나 중요한 건데 그걸 그렇게 마음 내키는 대로 함부로 뒤집어? 결혼 약속이 그렇게 우습니? 지금 정신이 있는 거야, 없는 거야? 나는 절대 못 헤어지니까 그렇게 알아. 정말 기가 막혀서 말이 안 나온다."

미정 씨는 하늘이 무너지는 듯한 절망감을 느꼈다.

"나는 절대 못 헤어져! 그러니까 그 여자한테 깨끗이 포기하라고 해. 언제는 부모님이 반대하니까 결혼 안 한다고 했다가 이제 와서 무슨 뚱딴지 같은 소리야?

상수 씨가 그 여자한테 말 못하면 내가 직접 얘기할게. 그 여자 연락처하고 주소 좀 줘. 어떻게 인간이면 나한테 이럴 수가 있니? 이런 일은 드라마 속에나 나오는 거 아냐? 내 기분이 어떨지는 생각 안 해봤어?"

"아니야, 그동안 수없이 고민하고 걱정했지. 그 여자친구가 한 번 같이 식사를 하자고 해서 만났는데 구여친 부모님과 오빠가 함께 식당으로 왔어. 그래서 식사가 끝나고 차 한 잔 마시는데 갑자기 여친 아버님이 나한테 이제 자기 딸하고 결혼해도 된다고 하시더라고. 그러더니 지금 다니는 직장 그만 두고 아버님 회사로 와서 같이 일하자고 하셨어.

그래서 내가 결혼할 여자가 있어서 곤란하다고 결혼약속도 했다고 말씀드렸더니, 갑자기 오빠가 나서서 너 우리 동생하고 결혼하지 않으면 지금 다니는 회사도 못 다니게 하고 결혼도 못하게 할 거니까 알아서 하라고 그러더라고. 그러면서 그동안 내 동생이 너 때문에 얼마나 마음고생을 했는지 아냐면서 아직도 자기 동생이 결혼 안 하고 있는 게 다 나 때문이라고 했어. 그런 일이 있었지만 미정 씨한테는 너무 미안해서 말도 못 꺼낸 거야. 미안해."

"이게 미안하다고 될 일이야? 어떻게 약혼반지까지 주고받았는데 사람 관계를 무 자르듯 단칼에 잘라버릴 수가 있어?

"당장 전화번호 줘!"

"무슨 전화번호?"

"그 여자 전화번호지, 무슨 전화번호겠니? 내가 그 여자 만나서 결판을 지을 테니까 더 이상 나를 비참하게 하지 마! 내가 서른이 넘도록 다른 남자한테 눈길 한 번도 안 주고 당신 하나 보고 여기까지 왔는데, 그 결과가 이거야?"

미정 씨는 너무나 충격적인 사실에 하늘이 무너지는 기분이었다. 남자친구와 그 일이 있은 후, 그의 전 여친을 만나려고 계속 연락을 취했으나 상대방 쪽에서는 전혀 연락이 오지 않았다. 그런데 며칠이 지났을까. 밤 9시경에 그녀에게서 문자가 왔다. 내일 문정동 로데오거리에 있는 커피숍에서 한 번 만나자는 거였다.

미정 씨는 검은색 정장을 입고 약속장소로 갔다. 커피숍으로 들어가자 사람들이 너무 많아 누가 어디에 있는지조차 찾기가 힘들었다. 고개를 갸웃거리며 주변을 두리번거리고 있을 때 딸그랑 딸그랑 소리가 났다.

미정 씨는 직원의 안내를 받으며 창가 쪽에 앉아 있는 한 여자에게로 갔다. 노란 원피스를 입은 머리가 길고 날씬한 여성이 조용히 차를 마시고 있었다. 그 여자의 모습을 보자 조금은 자존심이 상했지만 이대로 물러서면 안 된다는 생각에 다리에 힘을 주고 당당하게 그녀 앞으로 걸어갔다.

"혹시 미정 씨세요?"

"네."

그녀가 미정 씨에게 차를 주문할 것을 권했으나 그녀와 마주 앉아 차까지 마시고 싶은 기분은 아니었다.

"차는 됐어요. 내가 거두절미(去頭截尾)하고 말할 게요. 남자친구와 2년 동안 연애를 했어요. 우리 두 사람은 누구도 갈라놓을 수 없을 만큼 서로 사랑하고 있고 곧 결혼하려고 날도 잡았어요. 그런데 왜 갑자기 나타나서 우리 사이를 방해하려고 하시죠?

그 사람과는 여러모로 잘 통하고 양가 부모님들께서 만나 4월 말에 결혼하기로 날짜까지 잡았어요. 그러니까 앞으로는 내 약혼자한테 연락하지 마세요."

"미정 씨는 그런지 모르겠지만 나는 상수 씨를 고등학교 2학년 때부터 알고 지냈어요. 대학교 다닐 때도 같은 써클에서 활동했었구요. 우리는 참 좋은 연인이자 친구였어요. 그런데 교제를 반대하는 부모님 때문에 더 이상 만날 수가 없었어요. 한때는 감금까지 당해서 그 사람한테 연락도 할 수 없었고 두문불출(杜門不出) 밖에 나갈 수도 없었어요.

그러던 중에 미국으로 5년간 유학을 떠나게 됐어요. 그래서 유학 갔다 돌아와서 나중에 친구들한테 수소문해 상수 씨 연락처를 알아냈고 다시 연락하게 된 거예요.

몇 개월 동안 그 사람과 다시 만나면서 '이 남자와 결혼해야 겠다.'는 생각을 했고 아버지께 몇 차례 말씀드려서 이번에 허락도 받았어요.

미정 씨는 생각이 다를 수도 있겠지만, 제 생각에는 연인 사이에 2년이라는 교제기간이 그리 길다고 생각하지는 않아요. 그리고 중요한 건, 나는 상수 씨한테 힘을 실어줄 수 있는 많은 걸 가지고 있어요. 돈도, 배경도요.

어떻게 상수 씨와 사귀게 됐는지 모르겠지만 이쯤에서 조용히 정리를 해줬으면 좋겠어요.

요즘에는 자식 낳고 살다가도 이혼하고 그러잖아요? 아직 미정 씨는 결혼도 안 했고 혼인신고를 한 것도 아니고 자식이 있는 것도 아니니까 여기서 쿨하게 정리해줬으면 좋겠어요. 그리고 앞으로 더 이상 남자친구 문제로 미정 씨한테 연락할 일도, 신경쓸 일도 없었으면 좋겠어요. 3월 안에 우리 결혼하기로 했어요."

그녀는 자기 할 말만 하고 커피숍을 나가버렸다. 그녀의 뒷모습을 바라보며 미정 씨는 순간적으로 세상이 정지된 듯한 느낌을 받았다. 너무 충격적이라 아무 소리도 들리지 않았고 온몸에서 기운이 다 빠져나가는 것 같았다. 한동안 가는 숨조차 쉴 수 없었고 움직일 수도 없어 그대로 주저앉듯 맥없이 앉아 있었다.

너무도 부유하고 당당한 그녀와 가난하고 초라한 자신의 모습이 오버랩되면서 슬픔과 고통이 한꺼번에 밀려왔다. 아픈 가슴을 달래며 방황하듯 거리를 거닐다 눈물을 흘리며 집으로 돌아왔다.

미정 씨는 세상에 태어나 누구하고 한 번 사귀어본 적도 없는 순수한 여자였다. 데이트는 물론이고 제대로 된 연애도 한 번 못해본 순진무구한 여자였는데 왜 이런 원치 않는 상황이 본인에게 닥치는지 이해가 되지 않았다.

이미 수많은 친구들에게도 결혼한다고 다 연락한 상태였고 결혼선물로 무얼 받고 싶은지, 어떤 게 좋은지, 서로 얘기도 많이 나눴는데 이런 비극적인 사건을 주위에 어떻게 설명하고 이해시켜야 할지 그저 막막하기만 했다.

상수 씨와 사귀는 사이였지만 미정 씨는 그 남자가 무슨 일을 하는지 어떤 회사를 다니는지 그 사람에 대해 아무것도 묻지 않았다. 어떤 조건을 먼저 따지기보다는 사람 자체를 사랑하고 좋아했기 때문에 그런 건 별 문제가 되지 않았기 때문이다. 조건과 상관없이 그저 상대방의 모든 것이 좋기만 하였던 것이다.

함상수 씨는 옛날 여자친구를 만나면서도 그녀에게 전혀 말을 하지 않았다. 그렇게 거의 1년 동안을 한 남자가 두 여자를 만나온 것이다.

지금에 와서 생각해보면 그동안 이상한 점이 한두 가지가 아니었다. 남친한테 전화를 하면 바쁘다고 끊을 때가 많았고 다음에 다시 연락하겠다고 하고 며칠이 흘러가버린 적도 있었다.

함상수(남 35), 그는 고등학교 때부터 만났던 그 여자를 만나고 있으면서도 감쪽같이 미정 씨를 속이고 있었던 것이다. 그는 조금씩 그녀를 피하고 있었으나 미정 씨가 전혀 눈치를 못 챘던 것이다. 옛날 여자친구와 꺼졌던 사랑의 불씨를 서서히 다시 살리고 있으면서도 아닌 척하며 회사일 때문에 바쁜 척 둘러대곤 했었기 때문이다.

미정 씨는 마음을 잡으려고 수십 번 다짐하고 또 다짐했건만 쉽게 마음을 잡을 수 없었다. 정신이 나간 것처럼 눈은 초점을 잃었고 마음은 늘 공중에 붕 떠 있는 것처럼 멍한 상태였다. 끝도 없는 허무감이 밀려와 더 살아야할 이유가 송두리째 날아간 듯한 상실감에 한동안 몸을 떨어야 했다.

그녀는 마음을 가다듬고 마지막으로 그에게 편지를 한 장 쓰고 싶었다.

상수 씨.

우리가 그동안 함께한 시간보다 우리에게 다가온 이별을 준비하는 시간이 더 길게만 느껴져. 우리의 사랑은 너무 크고 깊어 비가 오고 강풍이 불어도 영원히 변치 않을 거라 생각했는데, 아무리 옛사람이 좋고 그 여자와의 추억이 좋다고 해도 어떻게 나한테 이럴 수가 있어? 내가 얼마나 아프고 괴로울 지는 생각 안 해봤어?

이 세상의 남자들이 이별을 쉽게 생각한다고 해도 당신만은 아닐 줄 알았어. 당신만을 바라보며 사랑하고 행복해하던 순간들을 이제 내 기억 속에서 밀어내야만 한다는 사실이 너무나 슬프고 힘들어. 당신과 이별할 시간이 다가왔다는 걸 알면서도 가슴이 찢어지는 아픔은 어찌 주체할 수가 없을 정도야. 당신으로 인해 내 마음에 깊이 패인 고통의 흔적들은 언제쯤이면 새 살이 돋을까?

당신은 여러 가지로 '완벽남'과는 거리가 멀었지만, 나는 당신의 그 부족한 부분들이 좋았어.

인생은 수많은 이별의 연속이라고 하잖아? 하지만 당신만큼은 의미 없이 스쳐가는 인연은 아니었으면 했는데, 나의 간절한 소원과 달리 낙엽이 떨어져 버리는 듯, 냇물이 흘러가 다시는 제 자리로 되돌아오지 않듯 우리의 인연도 그 이상은 아니었나 봐.

비록 지금은 영원히 사라지지 않을 것만 같은 이별의 고통과 슬픔에 젖어있지만, 먼훗날 나에게도 우리의 이별을 아름답게 회상할 수 있는 그날이 오기를 기대해보며… 이만 안녕.

미정 씨는 편지를 마치며 스스로 마음을 다독였다. 남자와 헤어진 후, 그녀는 이별의 고통을 잊기라도 하려는 듯 더욱 더 열심히 업무에 매진했다. 나는 당부할 말이 있어서 미정 씨를 내 방으로 호출했다.

"내일은 행정자원부에 강의가 있으니 함께 좀 가야 돼. 그러니까 내일은 운동화가 아니라 힐을 신고 출근하면 좋겠어."

나는 행자부에 근무하는 박기열 친구로부터 강의요청을 받게 되었다. 강의를 하러 가자 그곳에는 차관, 경찰서장 등 고위급 공무관들이 삼사백 명 모여 있었다.

"안녕하십니까?

저는 대한민국을 빛내주시는 훌륭하신 차관님들이나 기타 공무관님 등 여러분들이 각자의 일터에서 사명감을 잘 감당해주시기 때문에 이 나라가 세계를 향해 활기차게 뻗어나가고 있다고 생각합니다.

5급이나 말단 공무관들은 사명감으로 일하지 않아도 별로 표시가 나지 않지만 장관이나 차관 등 고위 공무관들의 위치는 조금의 오차도 허용되지 않는 중요한 자리일 것입니다. 그만큼 자리가 주는 무게감도 상당히 크다고 생각합니다. 따라서 자신이 맡은 업무에 임하는 데 있어서 나라를 위해 목숨을 바쳐 순국한다는 정신으로 대하는 마음 자세가 필요하다고 생각합니다.

나라의 장래가 걸린 한 나라의 정책이라는 것은 6개월이나 1년을 단위로 자주 바뀌는 게 아니라 정책 하나를 만들기 위해서는 20년, 30년 앞을 내다보고 수립하고 운영해 나가야 할 것입니다.

지금까지 한국은 급속적인 발전을 이뤄왔습니다. 그동안 경제적으로 눈부시게 발전해온 건 사실이지만 너무 경제 문제에만 치중하다 보니까 인성 교육 부분에서는 좀 미흡한 부분이 없지 않았나 하는 생각이 듭니다.

훌륭한 인성은 다른 사람을 섬기는 것이며 배려하는 것이며 들어주는 것이며 상대방을 이해하는 것입니다. 자아도취에 빠져 뭔가를 주장하는 것은 독재적인 성향으로 빠지기 쉽습니다. 따라서 좀 더 낮은 자세로 귀 기울여 듣고, 또 들어야 됩니다. 많이 듣지 아니하면 다양한 의견들을 수렴할 수 없게 되고 장기적으로 끌고 갈 수 있는 좋은 정책 수립도 그만큼 어려워질 것입니다.

지금은 디지털 시대이며 온라인 시대이며 인공지능 시대로 사람이 자기 자리에 앉아 세계를 볼 수 있고 전세계인들과 편리하게 소통할 수 있는 시대입니다.

앞으로는 학교교육의 상당부분이 온라인 수업으로 대체되는 시대가 도래할 것입니다. 따라서 교육제도도 그에 걸맞게 개편이 필요한 시점입니다.

대학입시제도 역시 변화가 필요합니다. 이미 선진국에서 시행하고 있는 프로그램을 도입하고 다가올 미래에는 대학문을 활짝 열어 누구나 다 원하는 대학에 들어갈 수 있도록 만들어야 합니다. 미국, 영국 등 세계적인 유수의 대학들이 그렇듯 입학은 쉽고 졸업장은 열심히 공부하지 않으면 절대 받을 수 없는 구조로 바꿔야 하는 것입니다. 그래서 이미 우리 앞에 와 있는 글로벌 경쟁시대에 철저히 대비해 나가야 할 것입니다. 그렇게 해야만 국가경쟁력이 향상되고 우리나라가 보다 빨리 선진국 대열에 진입하게 될 것입니다.

또한 다가올 미래는 과학과 인간이 공존하는 시대를 만들어가야 할 것입니다. 과학이 인간을 다스리고 조종하는 시대는 피해야할 것입니다. 사람을 배제한 채 과학기술만 너무 발달되면 인간은 과학의 노예로 전락할 수밖에 없습니다. 그러므로 그런 최악의 상황이 발생하지 않도록 미연에 방지해야할 것입니다.

과학은 우리 인간에게 수많은 편리를 제공하고 있지만 정답은 아닙니다. 아무리 과학이 발달해도 과학이 인간을 넘어설 수 없다고 생각합니다. 인간이 과학을 지배하고 이끌어가는 그런 선진국가가 되어야할 것입니다.

대통령이 되는 것도 좋습니다. 국회의원이 되는 것도 좋습니다. 장관이 되는 것도 좋습니다. 그러나 그 자리는 참으로 무섭고 두려운 자리입니다. 조금만 잘못하면 마침내 땅이 지진에 무너지는 것처럼 혼돈이 와서 사람이 살아갈 수 없는 환경이 되어가고 하루아침에 비극이 찾아올 수 있습니다.

과거에는 필리핀, 태국 등 여러 나라에서 우리나라를 도와주었습니다. 그 나라들은 선진국가요, 부자나라였습니다. 그러나 누가 그 나라들을 그렇게 만들었습니까? 정치인들입니다. 최고의 엘리트 공무관들이었습니다. 그만큼 한 나라의 정치와 정책은 매우 중요합니다.

앞으로 20년이 지나면 오존층이 파괴되어 사람이 살아갈 수 없는 지구 환경이 될 것입니다. 북극의 빙하는 지금 이 순간에도 녹고 있습니다. 그것은 누구의 잘못입니까? 모두 인간의 잘못입니다.

너무 편리한 것, 너무 쉬운 것, 너무 자유로운 것이 인간에게는 좋지 않은 것입니다. 인간은 아픔이 있을 때 성숙해집니다. 그리고 성숙해졌을 때 비로소 새로운 것을 창조하게 되는 것입니다.

날이 갈수록 지나치게 문명문화가 발달함으로써 거의 회복이 불가능할 정도로 자연이 파괴되어 가고 있습니다. 자연은 우리의 생명을 보호하는 근원입니다. 따라서 자연 속에서 존재하는 생명은 자연이 파괴되면 존재할 수가 없습니다. 인간이 아무리 강하고 힘이 있다고 할지라도 자연 앞에서의 인간은 아주 작고 미약한 존재에 불과한 것입니다. 자연은 모든 생물을 생성하고 보호하도록 창조돼 있습니다. 하지만 인류는 끊임없이 자연을 파괴하고 있습니다.

인간은 자연 속에 존재하고 있는 흙에서 나오는 소산물을 먹고 살고 있으며, 인체의 70%가 물로 이루어져 있습니다. 자연에서 나오는 생명의 물을 인간이 마셔야 되는 것이 마땅하나 최근 환경오염으로 인해 자연에서 나오는 물을 바로 마시지 못하고 있습니다. 자연이 무자비하게 파괴됨으로써 깨끗한 물이 고갈되어 가고 있습니다.

산도, 들도, 땅도, 나무도 자연을 원래대로 지키고 소중히 여겼다면 장맛비가 쏟아져도 홍수가 나지 않을 것입니다. 그리고 물은 1년이고 10년이고 생명을 살리기 위해 땅속에 저장되어 있는 것입니다.

그런데 물을 마실 수 없는 시대가 다가오고 있습니다. 모든 자연이 파괴됨으로써 홍수가 나는 등 각종 자연재해가 발생하고 수많은 사람들이 죽게 되는 등 인간이 존재할 수 없는 지구가 되어가고 있습니다. 인간을 편리하게 해주는 모든 도구들은 생활에 편리함을 제공하는 것은 사실이지만, 종국에는 인간의 생명을 위협하고 멸망시키는 역할을 하게 될 것입니다.

그래서 인간은 최악의 위기상황을 맞게 되고 우리도 모르는 사이에 악하게 변해 서로 싸우게 되고 때에 따라서는 살인까지도 저지르게 될 것입니다. 자식이 부모를 죽이고 부모가 자식을 죽이기도 하고 이웃의 말을 들으려고도 하지 않으며 사람이 사람을 죽이는 암흑 같은 비극 속에서 살아가게 될 것입니다.

또한 미래에는 원인을 알 수 없는 다양한 희귀암과 각종 바이러스 질병들이 우리를 공격해올 것입니다. 전세계 수많은 사람들이 한꺼번에 죽어나가는 비극적인 일들이 발생할 것이므로 그에 필요한 대비도 해나가야 할 것입니다.

우리가 살아가는 세상은 어떤 의식을 가지고 어떻게 행동하며 살아가느냐가 미래에 큰 영향을 미친다고 생각합니다. 무엇보다 삶에 대한 바른 자세가 중요하고 지극히 작은 것에도 감사하게 생각하며 살아갔으면 좋겠습니다.

시간이 다 됐으므로 이상 마치겠습니다. 감사합니다."

강의를 마치고 나는 미정 씨와 함께 오던 길에 '혹시 오늘 강의 중에 내가 실수한 건 없었냐?'고 물었더니 미정씨는 '왜 노무현 대통령을 욕하냐?'고 말했다.

"대통령을 욕하는 게 아니고 대통령은 한 나라를 대표하는 사람이고 최고의 아버지라고 해도 과언이 아닐 정도로 상징적인 인물인데 너무나 가볍게 말을 하거나 '대통령 못해 먹겠다.'는 말을 하면 안 되지. 물론 대통령이라는 자리가 얼마나 힘들겠어. 그렇지만 대통령은 하늘에서 내리는 자리라 좀 더 묵직해야 되고 큰 소나무처럼 그 자리를 지키는 것이 당연한 것이라고 생각해.

임기는 한정돼 있는데 하고 싶은 일들은 너무 많고 정책을 바꾸고 개혁을 하려면 야당의 반대도 있고 국회 동의도 얻어야 되니까 그 과정이 정말 힘들겠지만 국민이 노무현 대통령을 신뢰한다는 사실은 잊지 말아야 겠지."

"아, 네."

미정 씨는 고개를 끄덕였다.

실로암의 이야기를 다룬 계간지를 발간하기 위해 편집과 인쇄가 다 끝났는데 미정 씨한테서 급하게 전화가 왔다.

"원장님, 큰일났어요. 오늘 책이 나왔는데 오타가 너무 많고 제가 편집 실수를 해서 이대로 배포할 수 없을 것 같아요. 잡지 자체가 불량이라 이번에 나온 10,000부를 다 소각시켜야 될 것 같아요."

"무슨 소리야? 지금 운전 중이니까 사무실에 들어가서 얘기하지."

사무실에 도착해 납품 받은 인쇄물을 살펴보니 도저히 그대로 사용할 수가 없었다. 아무리 무료로 배포를 한다지만 너무 불량이라 도저히 살릴 수 있는 다른 방법이 없어서 모두 폐기 처분해야 할 것들이었다.

"미정 씨. 어떻게 이런 식으로 일처리를 하나? 도대체 정신을 어디다 두고 일을 하는 거야? 아무리 그래도 일할 때는 정신 차려야지. 정말 큰일난다고."

"죄송해요, 원장님."

요즘 남자친구 일로 반쯤 넋이 나가 있다는 건 알고 있었지만 업무 실수로까지 이어지다 보니까 결국 금전적인 피해까지 입히게 된 것이다. 미정 씨의 마음은 이해가 가지만 계속 이런 실수가 반복되지 않을까 내심 염려가 되었다.

온 맘 다해 뜨겁게 사랑했던 사람과 슬픈 이별을 한 상태라 그 상실감과 소외감, 외로움을 감당하기 힘들 정도일 텐데, 그래도 출근해서 일해 주는 게 감사했다.

나 같으면 미정 씨처럼 견디지 못했을 것 같다. 몇날 며칠을 끙끙 앓으며 집 밖에도 나가지 못하고 힘들어했을 것이다. 그 고통을 이겨낼 수가 없었을 테니까 말이다.

"미정 씨, 괜찮아. 다시 하자."

나는 시간이 너무 촉박해 급하게 알바 학생을 채용했다. 알바생은 홍익대학교 미대 4학년에 재학 중인 학생이었다. 그는 자기가 가지고 있는 이미지 파일들을 활용해 한 달 동안 열심히 작업해 편집을 마무리했다. 고마웠다.

미정 씨는 근무 중에도 마음을 잡지 못하고 채팅을 하는 일이 잦았다. 한 달 가까이를 근무 중에도 계속했다. 그러더니 채팅을 통해 만난 남자와 데이트를 한다고 하였다. 새로 알게 된 남자와 야구장에도 가고 축구 경기장에도 갈 거라고 했다. 근무시간에 채팅을 너무 많이 해서 야단도 맞고 함께 있는 직원들한테도 미움을 받기 시작했다.

"미정 씨는 왜 마음을 못 잡고 저래? 남자 하나 있다며?"

"남자한테 상처받은 지 3개월도 안 됐는데 그렇게 쉽게 마음을 주겠어요? 그냥 자기 자신을 이겨내려고 몸부림을 치는 거겠죠."

"그래도 그렇지. 근무시간에 채팅이나 하고 그러면 되겠어?"

"그러게요, 원장님."

삼년부동 불비불명(三年不動 不飛不鳴), 세월은 그렇게 또 무심히 흘러가고 있었다.

미정 씨는 원망과 그리움의 옷을 입고 그저 세월을 보내다 상수 씨를 잊기 위해 다른 남자를 만나게 되었다. 새로 만나는 사람은 이병덕 씨로 46세였다. 그렇게 미정 씨의 무너지고 침잠했던 삶은 새로운 인연으로 다시 회복되기 시작했다.

미정 씨가 처음 이 남자를 만났을 때 가난하고 소박한 사람으로 보였다고 한다. 그런데 함께 쇼핑을 할 때나 일상생활이 가난한 사람의 모습이 아니었다. 심지어 유명 백화점에서는 고급 명품백을 미정 씨에게 선물하려고 한 적도 있었다는 것이다. 미정 씨는 자신을 소중히 대하는 그의 모습을 보면서 그 남자의 배려가 너무 고맙고 가슴이 뛰었다고 했다.

"이렇게 비싼 명품백을 어떻게 선물 받겠어요? 병덕 씨, 돈 쓰지 마세요."

"내가 명품을 좋아해서 그러는 게 아니고 미정 씨한테 좋은 거 하나 사주고 싶어서 그래요."

새로운 남자친구는 미정 씨를 많이 아끼는 것 같았다. 깊은 사랑의 상처만 주고 떠나간 첫 번째 남자와 달리 모든 면에서 상수 씨와 대조가 되는 그런 사람이었다.

둘이서 함께 여행도 떠나게 되었다. 여행지는 독일이었다. 하지만 미정 씨는 가까운 동남아에 비해 유럽은 너무 멀고 경비도 많이 들어 썩 내키지는 않았다. 독일로 가려면 장시간 비행은 기본이고 여행 중에 써야할 현금도 많이 필요한 걸 알기에 적잖은 부담이 되었다.

독일은 인천공항에서 출발하면 거의 12시간 정도가 걸린다. 하지만 아직 유럽여행을 못 가본 미정 씨는 남자친구의 의견을 따르기로 마음먹었다. 그래서 독일로 떠나게 되었고 자유여행을 즐기며 아주 오랜만에 달콤한 행복을 느꼈다.

그들은 호텔에서 하룻밤을 묵게 되었다. 샤워를 하고 가운 차림으로 달콤한 향의 와인도 나눠 마셨다. 두 사람은 알콜의 지배를 받으며 뜨겁고 설레는 하룻밤을 보냈다.

병덕 씨는 모든 면에서 미정 씨보다 훨씬 나은 사람이었다. 키도 185 정도였고 이목구비도 뚜렷한 미남이었다. 그래서 미정 씨는 또 한 번 속는 셈 치고 그에게 마음이 끌렸던 것이다.

20일 동안 여행을 했다. 이웃나라 오스트리아로 넘어가 음악의 거장, 모차르트의 생가에도 들렀다. 세계적인 음악가가 남긴 주옥같은 명곡들 속으로 흠뻑 빠져드는 것 같았다. 시대가 낳은 최고의 음악천재 모차르트에 대해서도 좀 더 자세히 들을 수 있는 유익한 시간이었다.

모차르트가 사랑하는 여인과 결혼을 하려고 하니까 아버지가 엄청난 반대를 했다고 한다. 그래서 그는 아버지께 진심을 담아 편지를 썼다.

'아버지. 제가 사랑하는 여자는 제 아내로서, 그리고 엄마로서 부족함이 없는 사람입니다. 눈이 맑고 마음도 아름다운 좋은 사람인데 아버지께서 왜 결혼을 반대하시는지 저로서는 도저히 이해할 수가 없습니다. 저는 이 여자와 꼭 결혼하겠습니다.'

모차르트의 러브스토리가 미정 씨의 눈앞에 아른거렸다.

볼프강 아마데우스 모차르트. 그는 한 폭의 아름다운 수채화 같은 수많은 명곡들을 후세대에게 남겼다. 그의 음악은 때로는 웅장하고 때로는 부드럽다. 어떤 때는 감미로움으로 녹아들기도 하고, 또 어떤 때는 산뜻하고 화려함을 선사하기도 한다. 분홍빛 사랑과 보랏빛 희망, 자유를 향한 열망을 담아내기도 한다.

흔히 모차르트를 하늘이 내린 음악의 천재라고 부른다. 비록 35세라는 짧은 생애를 살다갔지만 그는 보석 같은 수많은 걸작들을 남겼다. 특히 그의 진면목을 보여주는 오페라는 자기 자신에 대한 애정표현일 뿐만 아니라 음악에 대한 불멸의 사랑을 표현하는 도구이자 삶의 가장 큰 기쁨이었다고 전한다.

미정 씨는 한 번도 와보지 못했던 명소들을 돌아다니며 마음이 새롭게 정화되는 느낌을 받았다. 그녀는 인천국제공항을 통해 입국해 20일 간의 꿈같은 여행을 마치고 회사에 출근했다.

"원장님, 이번에 20일 동안 휴가 내주셔서 너무 감사했어요."

"그 남자하고 갔었나?

"네. 유럽여행은 처음 갔어요."

"좋았겠네?"

"네. 좋았어요."

"남자 잘 보고 사귀어. 남자는 다 도둑놈이야."

"네."

"사랑은 다이아몬드나 보석같이 변하지 않는 게 사랑이야. 그래서 사랑을 진리라고 말하는 것이지. 또다시 배신당하고 상처 받으면 회복할 수가 없어."

"네, 원장님. 명심하겠습니다."

미정 씨가 3년 동안 새로운 남친과 만나서 한창 행복할 때 아주 오랜만에 구남친인 상수 씨로부터 문자가 왔다.

'미정 씨. 우리가 사랑했던 그때가 떠오르네요. 이제 와서 다시 당신에게 돌아갈 수 없으니 후회해도 소용없겠죠? 미정 씨를 배신한 죄로 탕자처럼 방황하며 살고 있어요. 조만간 한 번 얼굴 좀 볼 수 있었으면 좋겠어요.'

문자를 받은 후 미정 씨는 잠시 가슴 아픈 첫사랑의 옛 추억들이 생각났다. 옛날 남자친구를 만나야 할지 말아야 할지 갈등이 생기면서도 그냥 한 번만 만나보자는 생각이 들었다.

어느 날 근무 중에 전화가 걸려왔다. '퇴근 시간에 한 번 만나서 차 한 잔 마시면 안 되겠냐.'는 전화였다. 마지막이니까 꼭 나와 달라고 간절히 부탁해 왔다. 미정 씨는 자신의 마음 한구석에 아직도 상수 씨의 존재가 조금은 남아있는 것 같았다.

'그래 모르겠다. 한 번 만나봐야 되겠다.'고 생각하고 그를 만나러 약속 장소로 향했다. 그는 그녀를 보자 자신의 처지를 하소연했다. 그동안 장인 어른의 회사에 다니면서 온갖 무시와 모욕을 당해왔다고 했다. 너무 힘들어서 숨조차 제대로 쉴 수 없는 환경이었다고 말했다.

그것뿐인가. 와이프도 결혼하고 완전히 돌변했다고 했다. 서로 너무 맞지 않아 다투는 일이 많았고 사소한 언쟁이 나중에는 큰 싸움으로 번지기도 했다는 것이다. 그동안 상수 씨가 결혼생활로 겪은 스트레스가 상상할 수 없을 정도로 큰 것 같았다. 더구나 상수 씨 와이프에게는 애인까지 있다고 한다. 더 이상 결혼생활을 지속할 수 없어서 이혼을 해야 할 것 같다고 했다.

미정 씨는 상수 씨에게 뭐라고 말을 할 수가 없었다. 지금 만나고 있는 사람이 있으니 옛사람을 받아들일 수도 없는 상황이었다. 상수 씨와 간단하게 마지막 인사말을 하고 헤어졌다.

그런 만남이 있은 후 상수 씨는 이혼을 선택했고 스트레스 때문에 술에 빠져 지내다 결국엔 노숙까지 하는 사람이 되었다. 인생의 나락으로 떨어진 상수 씨는 미정 씨와 순수한 사랑을 나눴던 지난날을 그리워하며 괴로운 세월을 보내고 있다. 미정 씨는 새로운 남자친구를 회사로 데리고 왔다.

"원장님, 제 남자친구에요."

"아휴, 멋지게 잘 생겼네."

나는 그들과 차를 한 잔 마시면서 마치 내가 미정 씨의 부모라도 되는 듯한 착각이 들었다.

사람에게 있어서 인연이라는 건 매우 소중하다. 세상을 살면서 좋은 인연을 만난다는 것은 당사자에게도 대단한 축복이라고 생각한다. 어떤 사람이든지 누구를 만나느냐가 그 사람의 인생 전부를 결정한다고 해도 과언이 아니기 때문이다. 그래서 나는 함께 일하는 직원들 한 사람 한 사람을 한 식구처럼 매우 소중하게 생각한다. 그들이 아프면 나도 아프고 그들이 기쁘면 나도 기쁘다.

나는 이제 겨우 첫사랑의 상처가 아물어 가는 미정 씨가 다시 상처를 받는 것을 원치 않았다. 이별의 고통을 이기지 못해 혹시라도 자살을 결심할 수도 있기 때문이다. 나는 미정 씨가 데리고 온 남친에게 몇 가지를 물어봤다.

"부모님은 계신가? 형제들은 있고? 지금 하는 일은 뭔가?"

보다 구체적인 질문을 했더니 아버지 회사에서 일을 배우다가 요즘은 쉬고 있다고 했다. 그는 예의가 바르고 인상이 좋고 사람 됨됨이도 좋아 보였다.

"자네는 미정 씨의 뭐가 좋은가?"

"아, 네. 미정 씨는 귀여운 데가 있어요. 요즘 사람답지 않게 순박한 면이 있습니다. 웃을 때 보조개도 마음에 들고 순진한 어린아이 같아서 제가 반했습니다. 미정 씨 잘 부탁드립니다. 원장님."

미정 씨는 그 남자와 결혼하기로 마음먹었다. 상견례 장소로 유명호텔을 잡았다고 한다. 알고 보니까 그 남자는 경제적으로 부유한 집안의 자제였다.

이미 돈 많은 집 딸에게 첫사랑을 빼앗긴 상태라 트라우마가 있는 미정 씨는 두 번째 남자인 이 사람을 또 잃게 될까 봐 두려움이 몰려왔다. 또다시 갈등과 괴로움 속에 잠드는 날들이 이어지고 있었다.

그러던 중 약혼한 남자에게서 연락이 왔다. 저녁에 8시 경에 좀 만나자는 거였다. 그는 그 자리에서 그간에 있었던 자신의 일들을 솔직하게 털어놓았다.

결혼하려고 맞선을 50번 넘게 봤다고 했다. 결혼은 두 번이나 했으나 두 번 다 1년도 못 채우고 헤어지게 되었다면서 그 일로 상처를 많이 받고 정신적으로 트라우마가 생겨 10년 넘게 독신으로 지냈다고 한다. 독신으로 살면서 방황하던 중에 미정 씨를 만났던 것이다.

첫사랑에 배신당하고 한동안 정신적으로 폐인처럼 지냈던 미정 씨는 그간의 스토리를 듣고 나서 너무 마음이 아팠다. 동병상련(同病相憐)의 감정을 느꼈던 것이다. 하루 저녁에 만리장성을 쌓는다는 말이 있다. 미정 씨는 이미 병덕 씨의 그 아픔까지도 사랑하고 있었던 것이다.

이별을 경험한 미정 씨 역시 병덕 씨와 마찬가지로 결혼을 생각하지 않고 살았었다. 그러나 그가 조금씩 그녀에게 다가왔고 자신도 모르게 사랑하게 된 것이다.

이 땅에 상처받지 않은 사람이 어디 있겠는가마는 병덕 씨도 마음고생하며 힘들게 살았다. 그래서 부모님들은 그런 아들이 스스로 트라우마에서 벗어날 수 있기를 바랐다. 혼자 방황하는 생활을 하며 집에 잘 들어오지 않아도 전혀 구속하지 않고 조용히 기다리며 최대한 자유를 주려고 애썼다.

병덕 씨는 가진 자들이 거짓말하는 걸 특히 싫어했다. 우리 사회의 상위층으로서 노블리스 오블리제를 실천하지는 못할지언정 약한 자들을 상대로 사기나 치고 거짓을 일삼는 모습을 용납하지 못하는 성격이었다. 좀 부족하고 가난해도 진실하게 사는 삶의 모습을 추구했다. 그런 평소의 생각들이 그를 미정 씨에게로 이끌었는지도 모른다.

미정 씨는 남들이 보기에는 흠도 있고 보잘 것 없는 여성으로 비칠 수도 있으나 그는 그녀의 순수하고 따뜻한 모습에 반했다. 좋은 아내로서 충분한 자격을 갖췄다고 생각했으며 자식들에게 훌륭한 엄마로서의 역할도 잘할 수 있을 거라고 생각했다. 그래서 그녀와 결혼을 결심하게 되었던 것이다. 인생에서 가장 중요한 결혼을 단지 사업을 불리는 하나의 수단으로 이용하는 일 따위는 더 이상 하고 싶지 않았다.

미정 씨는 12월 6일 결혼식을 하였다. 드레스를 입은 그녀의 모습이 너무나 아름다웠다. 많은 사람들도 신부가 키가 크고 예쁘다며 그녀의 새로운 출발을 축하해 주었다.

새신랑 병덕 씨는 신혼여행을 유럽으로 가자고 했으나 그녀는 필리핀으로 가기를 원했다. 신혼여행지로도 인기가 있는 세부에 호텔을 잡고 2주 일정으로 여행을 떠났다.

여행 첫날은 아름다운 해변을 거닐며 즐거운 시간을 보내는 것으로 시작했다. 고래상어 투어도 하고 고기도 구워먹으며 아름다운 섬에서 설레는 하루를 보냈다.

5시간 걸려 원주민이 살고 있는 섬에 찾아가 그들의 생활상도 직접 체험하는 시간도 가졌다. 그들은 지금도 신체의 주요 부위만 가리고 석기시대처럼 열매를 따먹고 산짐승을 잡아가며 하루하루를 생활하고 있었다. 매우 이색적이고 인상 깊었다.

그들은 갈대로 얼기설기 엮은 지붕을 벗삼아 초라한 움막에서 살고 있었으나 얼굴 표정은 아무 걱정이 없는 밝은 모습이었다. 산도 물도 오염되지 않아 참 맑고 깨끗해서 좋았다.

원주민들을 뒤로 하고 아름다운 해변과 선셋, 화려한 노을로 유명한 아름다운 산호섬 보라카이로 향했다. 야자수가 늘어서 있는 아름다운 백사장과 에메랄드빛 투명한 바다로 유명한 그곳은 두 사람의 신혼여행을 더욱 행복하게 해줬다.

미정 씨는 보라카이에서 자신의 과거를 회상했다고 한다. 그녀는 첫사랑에 배신을 당한 후 죽으려고 했던 절망적인 순간을 떠올리며 지금의 행복이 더 크게 느껴졌다고 했다.

결혼을 하고 3년이 흐른 뒤, 두 사람은 다시 황홀한 신혼여행의 기억 속으로 들어가고 싶어 여름 휴가지를 필리핀으로 정하고 여행을 떠나게 되었다. 허니문 때는 단 두 사람뿐이었지만 3년이 지난 지금은 딸을 낳아 셋이 되었다.

일주일 내내 주변을 돌아보며 여행을 한 후 다음 여행코스로 짜릿한 쾌감을 즐길 수 있는 다이빙을 하게 되었다. 다이빙을 유독 좋아했던 그녀는 불행하게도 남편과 함께 다이빙을 하다가 결국 물에 빠져 죽고 말았다.

나는 어젯밤에 김 실장이 죽어가는 꿈을 꾸었다. 아침에 눈을 뜨자마자 마음이 급해졌다. 걱정이 파도처럼 밀려왔다. 회사에서 난 사고가 아니지만 의식이 돌아왔는지 밥은 먹는지 불안한 마음과 함께 거의 한 달 만에 병문안을 가게 되었다.

나는 두 다리가 꼬여 있고 오른쪽 팔마저 장애를 갖고 사는 중증 장애인이다. 그러나 손수 운전을 하고 지나가는 사람이 있으면 휠체어를 내려 달라고 도움을 요청했다.

"감사합니다. 고맙습니다. 이렇게 도와주는 사람이 없으면 나 같은 장애인은 어떻게 살겠습니까."

그는 "아저씨가 어때서요? 멋있고 연예인 같은데요. 그리고 차도 참 좋아요."

"선생님 제가 이 차를 타는 것은 휠체어를 실어야 되기 때문입니다. 소형차는 휠체어를 실을 수가 없습니다. 그리고 소형차는 나 같은 병신은 너무나 위험합니다. 그래서 이 차가 필요합니다."

혹시나 내가 타고 다니는 차 때문에 나를 오해하는 사람들이 있을까 봐 나는 묻지도 않았는데 알아서 주저리주저리 설명하곤 했다. 혼자 휠체어를 밀고 4층 402호 앞에 섰다. 나는 한 달 만에 온 게 미안하기도 했지만 걱정스런 마음에 얼른 병실 문을 두드렸다.

'똑 똑 똑….' 그리고 문을 열었다. 병실에는 여섯 명의 환자들이 있었다. 한 쪽에 누워있는 김 실장의 모습이 보였다. 김 실장은 여전히 다리부터 골반까지 붕대를 감고 있었다. 나는 그녀를 바라보면서 눈시울이 뜨거워졌다. 그리고 한 달 전처럼 다시 물었다.

"아휴, 어떻게 이렇게까지 된 건가요?"

이번에는 그녀의 대답이 들려왔다.

"다리가 부러졌어요. 골반도 부서졌대요."

"살았으면 됐어요. 살아있으면 다 된 거예요."

김 실장이 얼핏 미소를 보이며 말을 이어갔다.

"자칫했으면 머리가 부서져서 그 자리에서 죽을 수도 있었대요."

"그렇군요. 그런데 어쩌다 떨어졌어요?"

"베란다에서 빨랫줄을 매다가 한쪽 다리가 삐끗했어요. 그냥 쭉 미끄러지면서 떨어졌어요. 어쨌든 살아있으니까 좋네요. 이렇게 원장님도 다시 보고요."

"빨리 쾌유하기를 바랍니다."

"근데 사무실은 어떻게 하고 있고 우리 원장님은 누가 도와주나요?"

"새로 여직원이 와서 조금씩 도와주지만 김 실장이 없으니까 너무나 힘들어요. 나의 손, 나의 발, 휠체어까지 밀며 케어를 해 주었던 김 실장이 없으니 얼마나 불편한지 몰라요. 계속 안 나으면 나 화낼 거예요. 얼마나 있어야 완치가 된다고 하나요?"

"아직까지 주치의가 말을 해주지 않아서 몰라요."

"그럼 내가 주치의를 한 번 만나볼까요?"

"아니에요. 교수님이 오늘 강의가 있어서 안 계셔요."

"그렇군요. 그럼 다음에 또 올게요."

나는 그녀에게 위로금으로 150만 원을 주고 병실을 나왔다. 오줌똥을 가리지 못하고 기저귀를 차는 엄마를 간호하는 아들딸들에게도 위로의 말을 잊지 않았다.

간병하는 딸이 눈물을 글썽이며 나를 멀리서 바라보는데 나도 눈물을 참을 수가 없었다. 김 실장에게 어서 나으라고 말은 했지만 얼마나 힘들지, 앞으로 얼마나 더 오랜 시간을 저렇게 힘들게 지내야 할지 생각하면 가슴이 미어졌다. 그러면서 생각했다.

나는 왜 이렇게도 마음이 약할까? 아마도 부모의 사랑을 받지 못한 채 사회로부터 상처를 많이 받았기 때문에 약한 자들을 보면 마음이 슬퍼지며 눈물을 자주 흘리는 것이리라. 차를 타고 사무실로 출발하려고 할 때 전화가 걸려왔다.

"여보세요? 원장님?"

"네, 한승주입니다."

어쩐지 수화기 너머에서 들리는 목소리가 김 실장이 사고를 당했던 날 들려왔던 김 실장 딸의 목소리처럼 들렸다. 예감이 안 좋았다. 나는 제발 일상적인 전화이기를 바라고 또 바랐다. 그러나 계속해서 들려오는 저 편의 목소리는 내 기대와는 다른 방향으로 가고 있었다.

"원장님, 여기 홍천입니다."

"어, 그래 무슨 일인가?"

"호진이(35세)가 쓰러졌어요."

"아니, 왜? 어쩌다가. 무슨 사고라도 났나?"

"아닙니다. 간질로 쓰러졌어요."

"아침에 밥은 먹었어?"

"조금 밖에 먹지 않은 것 같은데요."

"약은?"

"예, 먹였습니다."

"지금은 어떤데?"

"눈을 감고 입에서 거품이 나는데 숨을 안 쉬는 것 같아요."

제발 최악의 상황은 아니길 바랐지만 상황은 내 뜻과는 다르게 흘러가고 있었다. 그러나 절대 당황할 수 없었다. 내가 당황하고 허둥댄다면 홍천의 직원은 더 당황할 것이 뻔히 보이기 때문이다. 나는 애써 태연한 척 말을 이어갔다.

"그런 상태가 얼마나 된 거지?"

"대략 세 시간 정도 되는 것 같아요."

"뭐! 세 시간? 지금 세 시간이 지나도록 그대로 방치했단 소리야?"

세 시간이나 흘렀다는 말에 나도 모르게 목소리가 커지고 있었다. 홍천의 전화기 저편에서 당황스런 목소리가 이어졌다.

"그게 아니고요. 방 안에서 잠자고 있는 줄 알았습니다. 근데 현수가 죽어 죽어 죽어하면서 진달래방을 손가락으로 가리키는데 현수의 눈이 충격을 받은 것처럼 죽었다고 소리를 질러대서 뛰어가보니⋯⋯."

"허, 이런, 이런!! 이남준(42세 남), 얼른 119를 부르게 얼른!"

현수는 인지능력과 언어 장애를 가지고 있다. 홍천의 이 실장은 정신없이 전화 다이얼을 눌러댔다. 그런데 30분이 지나도록 구급차는 오지 않고 있었다.

「실로암 연못의 집」은 깊은 산골에 꽃과 나무, 계곡으로 둘러싸인 좋은 환경 속에 자리 잡고 있다. 그러나 그렇게 좋은 환경 속에 있다는 건 사람들로부터 상당히 떨어져 있다는 것을 의미하기도 했다. 때문에 홍천 소방서에서 「실로암 연못의 집」까지 오는 시간은 족히 한 시간 반 이상 걸린다. 길이 꼬불꼬불하고 대부분 비포장 산길이기 때문에 더더욱 늦다. 게다가 대관령을 지나가는 길처럼 급커브와 오르막 내리막 등 위험한 길도 많다.

이 실장은 계속 전화로 독촉을 했고 한 시간이 거의 될 즈음에야 119 구급차가 도착했다. 호진이의 호흡과 맥박을 확인한 구조대원의 입에서 다급한 목소리가 흘러나왔다.

"빨리 병원으로 옮겨야 합니다."

다행이었다. 아직 호진이의 목숨이 붙어 있었다. 이 실장은 얼른 정신을 차리고 구급차에 올랐다.

호진은 간질이 발작하면 기절을 하는 경우가 자주 있었다. 그리고 어떤 때는 세 시간 동안 잠만 자기도 했고, 또 어떤 때는 입과 코에서 거품을 흘리며 3일 동안 깨어나지 못한 적도 있었다. 그런 호진을 데리고 여러 병원을 다녀 봤지만 호진이의 간질은 치료가 불가능하다고 했다.

죽어가고 있는 호진이를 떠올리며 급하게 전화를 걸었다. 평소 위급한 일이 있을 때마다 침착이 최선이라는 생각으로 살았지만 당장 목숨이 위험한 호진을 생각하니 손가락이 떨려 몇 번이나 전화번호를 잘못 눌렀다.

결국 몇 번의 실수 끝에 겨우 이 실장에게 전화를 했다. 스스로의 목소리가 그렇게 떨린다는 사실도 새삼 깨달았다.

"여보세요? 이 실장, 강원대 병원 응급실로 입원시켜. 나도 서울에서 병원으로 바로 출발할 테니까."

'부우우웅~~!' 시속 150km 이상의 속력으로 고속도로를 정신없이 달리고 있는데 전화벨이 울렸다. 두려웠다. 이 전화가 어디서 오는 것일까? 어떤 무서운 소식을 전하는 전화일까?

나는 아주 두렵고 무서운 생각이 들기 시작했다. 혹시 죽은 건 아닐까? 아니면, 강원대 병원에서는 치료 할 수 없으니 다른 병원으로 가라는 건 아닐까? 온갖 생각 속에서 전화를 받았다.

"응급실에 도착했습니다."

다행이었다. 응급실에 도착했다는 말은 호진이가 살아있다는 말의 다른 표현이기도 했으니까 말이다. 나는 애써 마음을 가라앉히며 말을 꺼냈다.

"그래. 나도 30분이면 도착할 것 같네. 호진이 상태는 어떤가?"

제발 괜찮다는 말을 듣고 싶었다. 간질이라는 장애를 앓고 힘들게 살아가던 호진이가 이제 겨우 친구들을 사귀고 정이라는 걸 깨닫는 삶 속에 들어왔는데 이렇게 보낼 수는 없는 노릇이었다.

'제발, 제발……. 이 실장 괜찮다는 말을 해줘.'

호진이의 상태를 묻는 순간에 수없이 많은 생각들이 스쳐간 것이다. 그러나 이 실장의 대답은 다급하고 불안했다.

"의사들이 아주 위험하다고 합니다. 빨리 오세요."

"빨리 가고 있는데 빨리 오라고 하면 나보고 죽으란 말인가? 알았어. 얼른 갈 테니 응급실에서 잘 지켜보고 있어."

어떻게 차를 몰았는지 모른다. 중간에 과속 딱지를 몇 개나 떼었는지도 모르겠다. 어느새 나는 병원에 도착했다. 차를 병원 입구에 주차해 놓고 휠체어를 트렁크에서 내리기 위해서 지나가는 사람들에게 소리를 질렀다.

"선생님, 휠체어 좀 내려주세요!"

"저 장애인인데요, 저를 좀 도와주세요!"

도와줄 사람을 찾기 위해서 여러 명의 사람들을 애타게 불렀다. 가슴이 아프도록 심장이 떨어지도록 불러댔으나 들은 척도 하지 않고 바람처럼 지나가 버렸다. 나는 운전석에서 기어 내려와 거북이처럼 콘크리트 바닥을 엉금엉금 기어서 트렁크에 있는 휠체어를 내리려고 온몸을 다하고 있을 때 어떤 중년 여성이 내게 다가왔다.

"아저씨, 뭘 도와드릴까요."

"네, 아줌마. 휠체어 좀 꺼내주세요.?"

그때 30대 남자가 "아저씨, 도와드릴까요?"

"네, 도와주세요! 급해요. 사람이 병원에서 죽어가고 있습니다."

여기저기서 무슨 일인가 하고 사람들이 몰려들기 시작했다. 어떤 남자 선생님이 "아저씨, 제가 병원까지 도와드릴까요?"

"아! 그러면 너무 감사하죠. 제가 두 다리와 두 팔을 쓸 수 없는 중증 장애인입니다."

"그러면 제가 응급실까지 도와드리겠습니다."

"고맙습니다!"

나를 도와준 그 청년은 '아저씨! 너무 걱정하지 마세요. 모든 일이 잘 될 겁니다.'라고 위로했다. 나는 눈을 부릅뜨고 얼른 이 실장과 호진이를 찾기 위해 응급실을 둘러보았다. 그때 나보다 먼저 이 실장이 나를 찾았다.

"원장님, 여기에요."

"그래, 이 실장."

이 실장의 뒤로 하얀 침대에 누워있는 호진이가 보였다. '불쌍한 것…….' 호진이를 보는 순간 두 눈에서 뜨거운 것이 왈칵 쏟아졌다. 힘 있고 가진 것들 앞에서는 죽으면 죽었지 눈물 한 방울 흘리지 않는 나였지만 길거리를 헤매는 풍찬(風餐) 노숙자나 몇 푼 안 되는 물건을 들고 다니는 행상들을 보면 가슴이 미어지는 나였다.

이번에도 그런 감성이 터진 것이었을까? 호진이를 보는 순간 눈물을 참을 수 없었다. 그러나 여기가 응급실이라는 생각에 재빨리 감정을 다스려야 했다.

가까이에서 본 호진이는 상태가 더 안 좋아 보였다. 호진이는 온몸을 덜덜 떨며 다리를 쭉 뻗고 송장처럼 누워있었다. 그리고 입에는 산소호흡기가 달려있었고 발가락과 손가락 마디마디 정체를 알 수 없는 줄이 꽂혀 있었다. 의사 선생님과 간호사가 응급실로 들어왔다. 의사 선생님은 누구냐고 묻듯이 나를 바라보았다.

"「실로암 연못의 집」 원장입니다."

"환자가 시설에서 왔습니까?"

"네, 그렇습니다. 우리 호진이 상태는 어떤가요?"

이럴 때는 정말 의사가 신적인 존재였다. 의사의 입만 바라보며 무슨 말을 하는지 기다렸다.

"음. 지금은 뭐라고 말씀을 드릴 수가 없습니다. 그동안 어느 병원에서 약을 먹었습니까?"

"춘천 예원정신병원에서 약을 먹었습니다."

"선생님, 근데 왜 저렇게 됐나요? 우리도 이렇게 심한 간질환자는 처음

봅니다. 한 번 간질을 하면 일주일 내내 오줌, 똥을 싸고 거품을 내며 3, 4일 동안 기절하여 깨어나지 않습니다."

"아마도 뇌에 문제가 있는 것 같습니다."

호진이의 뇌에 문제가 있다는 건 당연한 사실이다. 그러니까 간질을 앓는 것 아닌가. 나는 조금이라도 다른 대답을 기대했지만 의사가 해주는 말은 상식 수준이었다. 그러나 병원 이외에는 방법이 없었다. 매일 기도했다. 호진이가 간질이 아니라 더한 병을 앓더라도 제발 살아있게만 해달라고 빌었다. 그렇게 3일이 더 지났다.

호진이는 응급실에서 꼬박 3일을 보내고 깨어났다. 조금 더 경과를 지켜보기 위해 일반실 804호로 옮겨 계속 여러 가지 검사를 시작했다. 회진을 돌면서 담당 주치의가 804호로 들어왔다.

"선생님, 안녕하세요?"

"네, 호진이는 좀 어때요?"

"낮에는 세 번 정도 간질을 하고 있는 것 같아요."

"그럼 밤에는요?"

"밤에는 더 심해요. 다섯 번 정도 하는 것 같습니다."

"조금씩 좋아지고 있으니 너무 걱정하지 마세요. 이따가 보호자 상담이 있으니 오후 2시쯤에 오세요."

좋아지고 있다고는 하지만 그게 썩 믿음이 가지 않았다. 하루에 한 번도 힘든 게 간질 발작이다. 그런데 하루에 다섯 번이라는 건 중증 노인 인지능력장애(치매) 환자를 모시고 사는 것과 다르지 않다.

그렇기 때문에 주변에 누군가 도와주는 사람이 없다면 호진이는 살아도 산목숨이 아니었다. 어떤 사고 때문이든 본인의 발작 때문이든 위험했기 때문이다. 보호자 상담을 위해 병실 복도를 지나는데 갑자기 심장 뛰는 소리가 들리기 시작했다. 너무 빨리 심장이 뛰기 때문이었다.

나는 가슴이 답답해 견딜 수가 없었다. 어려서부터 부모의 사랑을 받지 못했던 호진이를 생각하면 마음이 아팠다. 그리고 혹시나 아까와 달리 가망이 없다고 퇴원을 시키라고 하려는 것은 아닐까 하는 두려운 생각도 들었다. 나는 떨리는 손으로 노크를 하고 주치의인 의사 방으로 들어갔다. 의사는 차트를 보고 있었다. 나는 급한 마음에 먼저 입을 열었다.

"선생님, 호진이를 살려주셔야 합니다. 그대로 죽는다면 저 생명은 너무나도 억울합니다. 다른 시설에서 왔을 때 하루에 일곱 번씩 간질을 했습니다. 선생님, 왜 이런 현상이 일어날까요? 갑자기 이해할 수 없는 희귀한 간질을 하고 있으니 어쩌면 좋습니까?"

"글쎄요. 정확한 원인은 아직 알 수가 없습니다. 환자 상태를 보면서 약물을 조정할 수밖에 없습니다."

"제발 살려주세요. 시설에서 오는 환자들은 의사들이 기피합니다. 게다가 종종 실험대상으로 대하기도 합니다. 다 같은 생명인데 그럴 순 없는 거잖아요. 제발 도와주세요."

나는 절박했다. 병원에서 나가는 것이 마치 버림받는 느낌이 들었기 때문이다. 호진이를 또다시 버림받게 할 수는 없었기에 더더욱 매달렸다.

"선생님, 제발……. 부탁드립니다."

주치의 선생님이 잠시 나를 보더니 말을 이었다.

"시설장님께서 환자들을 이렇게 소중하게 여기는데 저희들도 물론 최선을 다 해야지요."

"저는 지금까지 30년간 모든 것을 다 바쳐 저들과 함께 살았고 내가 탯

줄로 낳지는 않았지만 제 자식처럼 사랑하고 아낍니다. 도와주세요."

어느새 두 눈에서 눈물이 흐르고 있었다. 호진이를 생각하면서 흘렸던 눈물이 안타까움이었다면 이번의 눈물은 절박함의 표현이었다. 주치의 선생이 티슈를 건네며 내게 말했다.

"그러면 퇴원하지 마시고 장기 입원을 하면서 환자 상태를 좀 지켜보도록 하지요. 의사인 나도 저런 간질 환자는 처음 봤습니다."

장기 입원이라는 말이 마치 구원의 빛처럼 느껴졌다. 그래, 최소한 이 분은 호진이를 버리지 않는구나 싶었다.

"선생님, 감사합니다. 보호자가 있고, 잘 먹고 잘 살고 좋은 교육 받고 좋은 환경에서 사는 환자들도 중요하지만 시설에 있는 환자들도 너무나 소중한 생명들입니다. 선생님, 꼭 선생님만 믿겠습니다. 한 생명이 천하보다 귀하지 않습니까."

나는 의사와 상담을 마치고 824호 병실로 들어갔다.

"호진아, 의사 선생님이 너의 병을 고쳐 주실 거야. 우리 열심히 기도하자." 나는 호진이의 손을 잡고 기도했다.

'고통과 슬픔 속에 날마다 죽어가는 생명들이 많습니다. 그 생명들을 누군가 돌봐야 하는데 돌볼 자가 없습니다. 사명이 불타는 자들이 많이 나타날 수 있도록 도와주세요. 호진이는 부모가 계시지도 않고 도울 자가 없습니다. 이 귀하고 소중한 생명에게 빨리 회복할 수 있는 은혜를 주옵소서. 간질을 너무 심하게 합니다. 불에도 넘어지고 물에도 넘어지고 잠시라도 혼자 있으면 죽음으로 갈 수밖에 없습니다. 이 무섭고 두려운 병을 잘 이겨내게 하시고 의사의 마음과 정성을 통해 이 환자의 병을 치료하여 주옵소서.'

그리고 간병 아주머니에게 진심어린 목소리로 호진이를 부탁했다.

"호진이를 잘 부탁합니다. 무슨 일이 있으면 즉시 저에게 전화해 주세요."

부탁을 한 후 병실을 나와서 나는 홍천 「실로암 연못의 집」으로 향했다.

나는 잠시 설악시장에 들러 장을 보았다.

"사장님, 돼지고기 좀 주세요."

"네. 국산하고 수입 중 어느 걸로 드릴까요?"

"수입품 말고 국산 돼지로 주세요. 환자들이 먹을 거니까 좋은 걸로 주세요."

"회장님, 몇 근이나 드릴까요?"

남들은 회장이란 말을 좋아할지 몰라도 나는 그런 호칭이 싫었다. 겉으로 무엇인가 포장하는 느낌이 들었기 때문이다.

"아니, 아저씨. 내가 왜 회장이요? 나 같은 병신이 무슨 회장이란 말이요."

"아니, 회장님 같은데요."

"아니요. 앞으로 회장이라 하지 말고 벽송 선생이라 하든지 원장이라고 불러주시죠."

"혹시, 목사님 아니세요?"

"아니에요. 난 목사들을 싫어해요. 내가 많은 상처를 받았어요."

"그러세요? 저는 설악교회 장로인데요."

평소 목사의 탈을 쓰고 갖가지 추악한 행동을 일삼는 목사들 때문에 직간접적으로 상처 입었던 일이 떠올라 은근히 통을 놓고 싶었다.

"아이고, 이 장로들 도둑질이나 하고 거짓말이나 하는데 예수 믿는 사람들에게는 물건도 사고 싶지 않아요. 그냥 가 버릴까 봐요."

그러자 옆에 있던 오십대쯤 되어 보이는 여자 분이 끼어들었다.

"원장님, 왜 그러세요? 원장님, 텔레비전에서도 봤어요. 저희들은 이상한 이단 교회가 아니에요. 저희는 진실하게 살려고 노력하는 교인들이에요."

"하하, 그런가요? 그럼 아주머니 말씀을 믿고 고기를 좀 사도록 할까요?"

"아유, 네. 감사합니다."

"국내산 돼지고기 좋은 부분으로 삼겹살 삼십 근 주시고요, 미역국 끓여야 되니까 부드럽고 맛있는 쇠고기 열 근만 주세요."

"네."

"삼십 근 가지면 60명 다 먹을 수 있나요?"

"네, 충분합니다."

나는 꼬불꼬불한 산길을 가면서 위험을 느낄 때도 많고 사고가 나서 죽기 직전까지 갈 때도 있었다. 그러나 나의 운명은 하늘에 맡기고 험한 길에 자동차를 운전하며 높은 언덕길을 지나갔다. 장애인 실로암 교회까지는 3km쯤 되는데 비포장도로이며 너무나 길이 좁고 험하다. 열심히 달려 나는 「실로암 연못의 집」에 도착했다.

현수가 '아빠, 왔어 왔어!' 하고 웃음을 지었다. 현수는 나에게 입술을 대며 뽀뽀를 하자고 목을 끌어안는다.

"현수야, 너 칫솔질 했어? 야, 그래도 그렇지. 볼에다 하자! 아이고 예뻐라!"

키 크고 덩치가 큰 미남 덕환이는 원장이 왔다고 춤을 추며 덩실덩실 뛰며 달려온다. 차에서 휠체어를 꺼내고 병진이는 시장 본 것들을 손수레에 싣고 "오늘은 맛있는 거 먹겠네. 고기 많이 사 왔네요." 하며 즐거워했다.

"얘들아, 빵도 사왔어. 너희들 먹으라고 사탕도 사왔어."

"우와, 빵도 있고 사탕도 있네. 고기만 사 온 게 아니야."

원생들의 웃음 속에서 잠시 호진이를 잊었다. 그렇다. 내게는 호진이 말고도 돌봐야할 장애인 가족들이 수십 명이다. 이들이 모두 행복할 수 있기를 늘 바라고 또 바란다. 모든 직원들이 나와 인사를 했다.

"잘 다녀오셨어요? 호진이는 어때요?"

호진이라는 이름을 듣는 순간 다시 가슴이 무거워졌다. 어느새 땅거미가 길어졌고 어쩐지 그 깊고 어두운 그림자 속으로 내가 빨려 들어가는 느낌이었다. 호진이를 생각할 때마다 드는 그 안타깝고 무거운 느낌이다.

"아직까지 그저 그러네. 이상이 있으면 빨리 병원에 갔어야 되는데 너무 지체한 것 같아."

직원들은 나의 말이 질책으로 들렸는지 움찔하는 모습이었다. 사실 일부러 그런 건 아니지만 질책의 의미도 있었다.

이곳은 언제 어디서 무슨 일이 생길지 모르는 곳이다. 직원들이 부지런히 움직이지 않으면 정말 큰 사고가 일어날 수 있는 곳이다. 그렇기 때문에 이곳에서는 단순한 직장의 개념보다는 사명감과 순수한 심성이 필요하다. 모든 직원들에게 내 마음과 같이 행동하라고 명령할 순 없지만 제발 그렇게 했으면 하는 바람이었다.

나는 더 이상 말을 하지 않고 안으로 들어가 숙소 하나하나를 점검했다. 기저귀를 갈아주었는지, 욕창 치료를 해 주었는지, 방 안에서 냄새는 나지 않는지 꼼꼼히 살펴봤다. 원생들이 인사를 하고 말을 걸어왔다.

"안녕하세요, 원장님."

"원장님, 오셨어요?"

"네. 잘 계셨어요. 저녁 식사 준비하고 있어요."

하얀 옷을 주로 입고 다니는 나는 작업복으로 갈아입지도 않고 식당으로 들어갔다.

"아줌마, 앞치마 주세요. 아줌마는 밥만 안치시고 주 씨 아줌마는 그릇 다 꺼내서 깨끗이 닦으세요."

나는 미역국을 끓이기 위해서 미역을 가져 오라고 했다. 평소 원생들의 먹을거리에 신경을 쓰다 보니 웬만한 음식은 다 만들게 되었다.

"아줌마, 미역국 끓일 때 그냥 헹궈가지고 썰어서 물만 붓고 끓이지 말고 정성 좀 다해서 끓여요."

"그럼요, 그렇게 하고 있죠. 근데 원장님은 더 맛있게 끓이는 방법을 알고 계세요?"

식당 아줌마가 의아스럽다는 듯 내게 물어왔다. 나는 약간 우쭐한 마음도 들고 내가 다 알고 있으니 음식을 제대로 하지 않았다가는 경을 칠 거라는 속마음으로 말을 이었다.

"당연하지. 미역국은 물에 담가 놨다가 건져 가지고 썰어서 참기름 넣고 한참 볶아야 돼요. 그리고 물 붓고 30분 이상 끓여주고 쇠고기는 소주에 볶은 다음에 미역국을 끓여야만 국이 맛있지."

"아, 그렇군요. 소주를 쓰는 줄은 몰랐네요."

"우리 가족들은 힘들게 살아왔어요. 그래서 여기에서는 육체 때문에는 힘들어도 다른 것으로 힘들어선 안 돼요."

나도 모르게 목소리에 힘이 들어갔고 아줌마들은 그제야 내가 이렇게 주저리주저리 길게 떠든 의도를 알아챈 것 같았다.

“네. 원장님.”

나는 내친김에 마무리까지 해야겠다 싶었다.

“귀찮다고 대충대충 해서 애들 먹이면 안 돼요.”

그런데 그릇을 닦고 있던 주 씨 아줌마가 눈치 없이 끼어들었다.

“아유, 원장님. 뭘 그렇게까지 해요. 그냥 대충 먹여요.”

순간 나도 모르게 울컥하면서 성난 목소리가 튀어나왔다.

“아니, 뭐라고 지금 무슨 말을 하는 거야?”

‘이 나쁜년들 월급만 받아 처먹고 우리 애들한테는 돼지밥처럼 해주고 있어?’ 나도 모르게 속으로 욕이 나왔다. 주 씨 아줌마는 내 고함소리에 깜짝 놀랐다.

“네?”

나는 이번 기회에 뭔가 확실히 해 두고 싶었다. 한 번 정도는 미친 척하고 퍼부어야겠다는 생각이었다.

“그런 식으로 일하면 당신네들은 다 저주받고 지옥 가. 이 장애인들이 당신네들 월급 주잖아. 장애인들 없으면 당신들이 뭐가 필요해?”

주 씨 아줌마도 지지 않고 대거리를 했다.

“원장님, 말씀이 너무 심하신 거 아녜요?”

“애들한테 소리지르고, 심부름시키고 왜 우리 애들을 그런 식으로 대하냐 말이야. 내가 탯줄로 낳진 않았지만 내 자식이나 마찬가지야. 함부로 대하거나 욕설을 하거나 소리지르지 마세요. 그러면 환자들이 아프고 간질도 더하고 난폭해지고 도망도 가고 하는 거야.”

가족들에 대한 내 마음이 진심이라는 게 전해졌을까? 아니면 스스로 생각해도 잘못했다는 생각이 들었을까? 주 씨 아줌마가 머쓱해진 얼굴로 말했다.

"네, 조심할게요." 나도 더는 화를 내지 않았다.

"사랑으로 대해 주세요. 한 가지를 만들더라도 좋은 양념 듬뿍 집어넣고 정성을 다해서 끓여줘요. 부탁드립니다."

"네. 그래야죠."

"나는 고춧가루, 참기름도 모란시장에서 국산으로 짜다가 애들 먹이고 있습니다. 우리 아이들 장애 때문에 거지 대하듯 하지 마세요. 책임감이 없거나 사명 의식이 없으면 지금 그만두세요. 당장 그릇도 삶고 청소도 매일 매일 하세요. 그럴 맘 없으면 그만두세요."

"아휴, 네. 정성껏 할게요."

본격적으로 요리를 시작했다.

"식당 아줌마, 돼지고기 열 근만 잘게 썰으세요. 소주 넣고 볶으세요. 그래야 돼지 냄새 안 나지. 묵은김치 갖고 오세요."

"네."

"아줌마 먹던 거 갖고 오지 말고 밖에 나가서 이 실장보고 땅에 묻어놓은 새 김치 꺼내 달라고 그래요. 그리고 잘게 썰어서 물을 넉넉히 붓고 한 시간 동안 끓이세요."

식당 아줌마들은 내가 아는 요리 솜씨와 디테일에 혀를 내둘렀다.

"호호. 우리 원장님 잘 하시네요."

나의 요리는 계속되었다.

"그렇게 김치가 익어야 잘 우러나서 김치찌개가 맛이 있지. 먹어봐요. 맛이 있는지 없는지."

한 수저 간을 본 식당 아줌마의 눈이 휘둥그레졌다. 그리고 옆 사람에게 먹어보라는 눈짓을 했다.

"어머, 정말 맛있어요."

"정성을 다해서 만드세요. 물어보고 따져보고 어떤 게 좋은 건지 생각해보시고. 우리 아이들이 먹을 겁니다. 내게 너무나 소중한 존재들이 먹을 겁니다."

"네, 네."

그렇게 미역국까지 끓이고 저녁상이 차려졌다. 저녁상 앞에서 허겁지겁 밥을 먹는 아이들을 보며 또다시 나는 눈시울이 뜨거워졌다. 이쯤 되면 주책이다. 그러나 어찌하겠는가? 힘들고 아픈 아이들, 가난하고 서러운 이들만 보면 흘러내리는 걸. 밥을 다 먹고 선우란 아이가 말했다.

"원장님. 잘 먹었어요. 매일매일 원장님이 해 주세요. 아줌마들은 맛이 없어요. 우리 원장님이 끓여야 맛있어요."

그러더니 퉤! 하고 침을 아줌마한테 뱉었다. 그리고 그릇을 들고 아줌마를 때리려고 했다.

"아, 아, 아줌마 죽어, 죽어…!"

나는 선우를 타이르며 무언의 압력으로 식당 아줌마를 보았다. '봤지? 아이들도 다 알고 있어!' 그러나 선우의 행동이 잘못되었기에 얼른 말렸다.

"선우야, 그러면 안 돼."

"네, 알았어요."

저녁 식사 후, 나는 긴급회의가 있으니 원장실로 직원들을 모이라고 했다. 한 번씩 직원들의 불만사항을 확인하고 개선해 나가기 위한 회의였다. 회의가 시작되고 원장에게 하고 싶은 말이 무엇이고 불만은 또 무엇이 있는지 물었다.

"자, 이 실장부터 말해보게."

"저는 별로 할 말이 없는데요."

시작부터 직원들이 입을 열지 않으면 회의 진행이 쉽지 않을 것 같았다. 그래서 재차 다시 물었다.

"아니, 그래도 회의를 하고 있으니 한 마디씩 해야되지 않나? 무슨 말이든 한 번 해 봐."

이 실장은 잠시 망설이는 듯싶더니 이윽고 입을 열었다.

"직원들끼리 마음이 맞지 않아요. 특히 金魔鬼 부원장은 이것 시켰다 저것 시켰다 일에 두서가 없어요."

"그래요. 그런 부분은 직원들끼리 조정을 좀 잘 해보시고요. 김 부원장도 생각을 좀 더 신중히 하면서 일을 시키도록 하세요."

"네. 알겠습니다."

"그럼 또, 이말종(남) 목사는?"

"저는 할 말이 없습니다."

어쩐지 말종 목사가 한 발 빼는 느낌이 들었다.

"왜 할 말이 없겠어. 쯧…. 회의할 때 불만사항이나 건의할 문제를 솔직하고 진실하게 말을 해야 시정을 하지. 뒤에서 호박씨 까고 욕하지 말고 기회 줬을 때 해보라고. 원장 욕해도 돼."

"아니 없습니다. 원장님."

"그래? 알았어요. 그럼 식당 아줌마들 말해 보세요."

"우리는요, 식재료를 그때그때 갖다 주시면 좋겠습니다."

"아니, 식재료는 양재시장에 가서 이삼백 만 원어치씩 트럭으로 봐오고 있는데, 그래도 부족하면 이 실장이 실로암 법인카드를 가지고 있으니까 이 실장한테 말하면 사다 줄 거예요."

"또 다른 불만 없어요?"

"없습니다."

나는 직원들의 건의를 다 듣고 나서 내가 하고 싶은 이야기를 꺼냈다. 바로 늘 신경 쓰이고 걱정되는 중증 장애인들 이야기다.

"여러분, 중환자들 관리에 신경 좀 써주세요. 약이 오래됐거나 계속 똑같은 약을 오랫동안 복용하면 일반약이나 정신(조현병)과 약도 효력이 많이 떨어지니까 약을 자주 바꾸도록 하고 날짜가 지난 약은 버리세요. 만약 그런 약들을 환자에게 주면 큰일납니다. 그리고 말종 씨, 내가 알려준 대로 욕창 드레싱을 잘하고 있지요?"

"네."

욕창 환자들은 스스로의 몸이 썩어들어가도 어찌할 도리가 없는 사람들이다. 늘 주변에서 관찰하고 드레싱을 해주지 않으면 말 그대로 산 채로 썩어갈 수밖에 없다. 정말 참혹하고 안타까운 일이다.

"이따 저녁 8시에 욕창 환자들을 둘러봅시다. 시간 맞춰서 약 준비하세요."

"알겠습니다."

호진이 때문에 아침부터 정신적으로 육체적으로 힘들었지만 실로암에 있는 중환자들을 돌봐야 했다. 그건 나의 사명이자 기쁨이었다.

"우석아, 밥 먹었어?"

우석이는 나를 향해 '으? 으응.' 하면서 밥을 안 준다고 눈과 귀로 자신의 생각을 표현했다. 나는 옆에 있는 직원들에게 물었다.

"왜 우석이 밥 안 줬어?"

직원은 오히려 의아하다는 듯 나를 보며 대답했다.

"우석이, 밥 잘 먹었는데요."

나는 우석에게 다시 물었다.

"우석아, 아니 밥 먹었다는데 왜 거짓말 해? 거짓말 하면 안 돼요. 하나님이 혼내요. 미남은 거짓말하면 안 되는 거야."

그러나 우석이는 여전히 아니라는 표정이었다. '으, 응 응' 하면서 고개를 갸웃갸웃 흔들었다. 하긴 우석이의 말이 거짓이 아닐 수도 있었다.

사람은 미각의 느낌으로 맛을 알고 음식을 먹어야 하는데 우석이는 모든 음식을 입으로 먹을 수도, 물 한 모금을 혀로 맛을 볼 수도 없는 상태였다. 입으로 음식이 들어갈 때 사레가 들리면 기관지로 음식물이 넘어가 폐로 들어가게 되고 그 이후로 폐에 물이 1.5L 정도 차면 60℃ 이상의 고열이 나고 호흡이 가빠지고 모든 기능이 마비되어 결국은 사망에 이르게 된다.

우석이는 흉막수술을 한 후 주사기로 코에 음식물을 집어넣어서 연명하고 있다. 밥이라는 건 숟가락 젓가락으로 음식물을 입 안에 넣고 그 맛을 느끼며 씹어 삼키는 것인데, 우석이는 그런 밥을 먹은 지 오래되었기 때문이다.

"아아, 알았어."

나는 가운을 입고 마스크를 끼고 손을 소독한 다음 위생 비닐장갑을 끼고 욕창 드레싱을 했다. 고름과 상처가 드러나고 피 냄새와 함께 역겨운 냄새가 훅 풍겼다. 그러나 단 한 번도 고개를 돌리거나 코를 막은 적은 없었다. 그 역시 나의 운명이라 생각했기 때문이다.

"민석이는 욕창이 많이 좋아졌네."

소독하고 약을 바르고 속으로 곪아가는 욕창 드레싱을 위해서 붕대에 약을 묻혀 깨끗하게 상처를 소독했다.

"아냐, 아냐, 아아아 아니야. 아파, 배도 아파."

민석이가 작심한 듯 응석을 부리기 시작했다. 하긴, 언제 그런 응석을 부려볼 수 있었겠는가? 나는 민석이의 응석을 다 받아주었다.

"그래요? 하하. 아파도 그게 낫는 거예요. 민석아, 너는 많이 좋아졌어. 점점 좋아지고 있어."

민석이는 얼른 대답했다.

"정말?"

"그럼. 욕창 다 낫고 있어, 지금."

한 명 한 명 건강을 체크해가며 중환자실 다섯 곳을 지났다. 이마의 땀을 닦으며 가운을 벗으려고 하는데 옆에 있던 여 복지사가 입을 열었다.

"원장님, 여자 방도 가 보세요."

"여자 방은 왜요? 여자 방은 욕창 환자도 없잖아."

"아니에요. 박인자 아줌마가 많이 아파요. 곧 죽게 생겼어요."

이건 또 무슨 소린가. 나는 깜짝 놀랐다.

"무슨 소리야. 그럼 빨리 와 봐."

나는 박인자 아줌마가 있는 여자 방으로 갔다.

"박인자 씨, 원장님 오셨어요."

"아이고, 원장님 오셨어요?"

"네, 많이 아프다면서요? 어디가 그렇게 아프세요?"

"밥을 먹으면 토해요. 그리고 설사도 너무 심해요."

"언제부터 그랬어요?"

"한 삼사일 된 것 같은데요."

'삼사일이라니?' 나는 이게 무슨 말인가 싶었다. 그리고 환자가 있는데도 그냥 방치한 직원들에게 화살이 날아갔다.

"이 실장, 이리 와 봐. 병원에 안 데려갔나?"

"네."

"아니, 왜?"

"3일 전에 왕진했던 설악 병원장님이 약 먹으면 된다고 그랬어요. 그래서 그냥 약만 줬어요. 그런데 오늘 아침에 갑자기 병원에 가자고 그랬어요."

나는 참으로 답답하고 안타까웠다. 아무리 손이 많이 가고 힘들더라도 아픈 사람을 이렇게 방치하다니……. 이 실장이 계속 말을 이었다.

"근데 원장님, 제가 보기엔 괜찮을 거 같은데……."

이 실장의 태도도 마음에 안 들었다. 나는 이 실장의 말에 대꾸도 않고 박인자 아줌마를 살펴보았다. 박인자 아줌마의 입안이 다 헤어져 군데군데 허옇게 구멍까지 뚫려 있었다. 정말 속이 상하고 화가 났다.

"허, 이제 이 실장도 반 의사가 됐구먼. 봐, 눈이 있으면 보라고! 입 안이 다 헤졌잖아. 아니 뭐가 괜찮다는 거야. 당신들 같으면 이렇게 돼도 괜찮다고 말할 수 있어?"

그제서야 이 실장은 자라목이 되어 아무 말도 못했다. 나는 박인자 씨를 데리고 양평 길병원으로 갔다. 일단 도착하자마자 영양제를 맞게 했다.

그리고 그날은 응급실에서 하룻밤을 재웠다. 다음 날 아침, 박인자 아줌마는 상태가 많이 좋아졌다. 이렇게 조금만 신경을 써도 상태가 좋아질 것을 도대체 왜 그리도 무심한지 모르겠다. 장애인에 대한 편견인가? 아니면 타인에 대한 무관심인가? 오전 10시 30분쯤 의사에게 상담했더니 아무 이상이 없다고 가도 된다고 했다. 의사의 말에도 나는 안심이 되지 않았다.

"선생님, 입원 안 해도 될까요."

의사는 별 일 아니라는 듯 말했다

"네, 안 해도 됩니다."

"일주일만 입원하면 안 될까요?"

"굳이 그럴 필요 없습니다. 밥만 잘 먹으면 됩니다."

의사가 하도 단호하게 말해서 더는 고집을 피울 수가 없었다. 나는 응급실에 누워있던 박인자씨에게 '의사가 괜찮대요, 밥만 잘 먹으래요.' 하고 안심시킨 후 집에 데리고 왔다.

그런데 하룻밤의 병원 생활이 얼마나 큰 도움이 됐는지 어제는 병들었던 닭이 시들시들 쓰러지는 것처럼 죽어가던 박인자 아줌마가 이젠 멀쩡한 사람으로 건강해졌다. 분명 입안이 헐었었는데……. 그제야 깨달았다. 입안이 헐었다는 것만 가지고 내가 너무 긴장하고 걱정했었다는 걸.

박인자 아줌마는 꾀병이었다. 나만 보면 대부분의 식구들이 꾀병을 부리고 있었던 것이다. 순간 화가 나기보다는 안타깝다는 생각이 들었다. 태어나서 구박과 서러움은 남보다 몇 갑절 받았겠지만 사랑과 관심이라고는 한 번도 받아보지 못했던 사람들이 여기에 모여 있는 것이다.

그들은 꾀병을 부려서라도 관심과 사랑을 받고 싶은 것이다. 하긴 꾀병이라도 여기서나 통하지 어디서 통하겠는가? 나는 그들의 꾀병을 기꺼이 받아 주고 속아주리라 생각했다. 그런 생각을 하며 원장실로 들어가 이 실장을 찾았다.

'똑, 똑…….' 문을 두드리며 이 실장이 들어왔다.

"아침밥은 잘 먹었나?"

"네."

"내가 어제 주의사항을 만들어 왔는데 너무 바빠서 미처 전달을 못했어. 이것을 식당, 로비, 숙소 등 문에다가 붙여 주게나."

"알겠습니다."

내가 가진 평소 생각을 모든 이가 공유하기 바랐다.

1. 가족(환자) 건강관리 주의사항

⑴ 가족 (환자) 중에 식사를 거부할 때

⑵ 몸에 열이 날 때

⑶ 제시간에 예배를 드리지 않을 때

⑷ 제시간에 일어나지 않을 때

⑸ 갑자기 낮잠을 잘 때

⑹ 컨디션이 좋지 않을 때

⑺ 어디가 아프다는 표현을 할 때

⑻ 가출하는 환자에게 특별한 관심을 가져야 한다.

관심을 가지고 살핀 후 회복되지 않을 때 병원으로 이송해야 됨. 모든 가족은 정신연령이 영아에서 세 살(인지능력장애) 정도밖에 되지 않고 몸 상태가 좋지 않은 경우에도 표현력이 부족하기 때문에 가족의 상태를 빨리 파악해 즉시 시행 조치할 것. 만약 무관심하면 가족들의 사망이 발생된다.

2. 직원들이 가족(환자)들에게 지켜야 할 사항

직원들이 가족들을 스트레스 받게 하면 간질 혹은 조현(정신)병을 일으켜 많은 사고가 발생되기 때문에 어떤 경우에도 가족(환자)에게 욕설, 폭력, 감금해서는 안 된다.

3. 방문하시는 분들의 주의사항

방문하시는 분은 가족(환자)들이 배가 고프다고 하거나 돈이나 액세서리를 요구할 때 들어주면 안 됨. 또한 직원의 말에 따르지 않으면 가족(환자)들이 큰 피해를 보게 된다.

「실로암 연못의 집」 한승주 원장 백

모든 것을 잘 하도록 부탁한 후 나는 대학 동문들 모임이 있어서 서울로 향했다. 시간에 맞춰 가려고 서둘렀지만 차가 막혀서 좀 늦게 도착했다. 기다리고 있던 동문들이 내가 들어가자 한 소리씩 했다.

"야, 이쁜아. 너는 왜 이렇게 항상 늦냐?"

"야, 승주야. 너는 가까운 데 살면서 항상 꼴찌야."

"아이고, 내가 좀 늦었지? 생각보다 차가 많이 막혀서 말이야. 내가 지금 홍천에서 여러 가지 일들을 처리하고 오다 보니까 온몸이 파김치가 돼버렸네. 허허, 내가 시간은 잘 지키는 사람인데 미안들 허네."

"허, 그렇지. 그럴 수도 있는 거지 뭐."

"아니 근데, 박 원장. 자네는 왜 가면 갈수록 비실비실해? 이제 나이가 육십이 다 되니까 힘든가? 꼬부랑 할머니처럼 늙은이가 돼서 어쩌나."

"그러게. 아니 그렇다고 할머니가 뭐야. 이 청춘에게… 호호."

"내가 박 원장을 늘 좋아하는데 건강해야지. 안 그런가?"

그러자 장승남 원장이 말했다.

"야야, 너는 만날 좋은 것만 퍼먹으니까 건강하지."

"장승남 원장. 무슨 소리 하는 거야. 내가 마누라가 있어, 자식이 있어, 도우미가 있어, 뭘 그렇게 잘해 먹겠어?"

"그래도 항상 보면 웃고 있고 행복해하고 기뻐하는 것을 보면 역시 우리 회장님이 최고야."

"야, 그런 소리 마라. 맨날 그렇게 말하는데 내가 동문회장을 5년 동안이나 했어. 이젠 회장을 바꿔야지."

"아냐 아냐. 회장은 역시 자네가 하는 게 딱이야."

모두 좋은 일을 하는 좋은 친구들이다. 그래서 동문회에 있는 동안은 그래도 인간 한승주가 두 다리를 뻗고 잠시라도 편하게 웃을 수 있었다. 옆에 있던 박 교수가 한마디 거들었다.

"맞아 맞아. 한번 회장은 영원한 회장이지. 여기서 한승주가 사임하면 우리 모임은 끝장이란 말이지, 끝장이라고 허허."

우리는 서로 정보를 교환하며 시설을 어떻게 해야 하는지 의논했다. 요즘은 복지시설을 운영해 나가는 것이 너무나도 힘들기 때문에 여러 가지 의견들이 나왔다. 서로의 일에 기뻐하고 안타까워하면서 몇 시간이 흘렀다. 어느새 각자 돌아가야 할 시간이 되었다.

나는 김 실장이 누워있는 백병원으로 향했다. 가는 곳마다 돌봐야 할 사람들이 있다는 건 나의 사명이자 행복이었다.

오후에 병원에 도착해 김 실장이 있는 병실로 들어갔다. 나를 본 그녀는 반가워서 어쩔 줄 몰랐다.

"어머나, 원장님. 아이, 전화라도 하고 오시죠?"

김 실장의 목소리가 한결 밝아보였다. 참 다행이었다.

"전화는 무슨, 그냥 소리없이 왔다 소리없이 가는 거지."

그녀는 나에게 아주 애교를 떨었다. 그러나 그녀를 보니 세수도 않고 머리는 여기저기 둥지를 틀고 가운을 입고 있는 모습이 늘 내 곁에서 케어를 해주던 사람이 아닌 것 같았다. 밖에서 보던 그녀와 병원에서 여러 날을 보낸 그녀의 모습은 너무나 달랐다.

이렇게 성한 사람도 병원에 있으면 저리 변하는데 장애가 있는 우리 가족들은 한시라도 보살펴주는 사람이 없으면 어쩌나 싶은 생각이 들었다. 어쨌든 김 실장이 낯설게 보였다. 내 몸은 마치 처음 보는 여자 같았다.

"아직도 건강이 많이 안 좋아 보이네요?"

"그래도 지금은 휠체어도 타고 다니고 밥도 잘 먹고 있어요. 근데 원장님, 요즘 시설은 어때요?"

"환자들이 너무 아파서 걱정이에요."

"원장님. 너무 속상해하지 마세요. 30년이 넘도록 그들과 함께 살았잖아요. 원장님이 힘들어 하면 그 사람들은 어떡해요? 힘들어도 잘 지내셔야죠. 원장님이 그들의 아버지잖아요."

"그래도 우리 장애인들을 보면 너무나 가슴이 아파. 이 사역을 할 수도 없고 안 할 수도 없고. 이게 나의 운명인가 하는 생각이 들어."

"힘내세요. 더 어렵고 힘들었던 일들도 헤쳐 나왔잖아요. 왜 원장님이 하신 말씀 중에 '고난이 저주가 아니라 은혜와 축복이다.' 라고 하셨잖아요. 힘내세요."

환자를 만나러 갔다가 위안을 받았다. 김 실장의 말이 적잖은 위로로 다가왔다.

"김 실장, 언제 퇴원하나요?"

"한두 달 정도 있으면 할 수 있을 것 같대요."

"그래요. 몸조리 잘하세요."

나는 며칠이 지난 후 퇴원하기 전에 건강식을 만들어 갖다 줘야겠다는 생각이 나서 생전 먹어보지 못한 민물장어탕을 만들어 병원으로 갖다 줬다.

그녀는 기를 쓰고 자기의 몸을 위해 이것저것 잘 먹었다. 새삼스레 그녀의 얼굴이 눈에 들어왔다. 그녀의 얼굴은 양쪽 광대뼈가 복숭아처럼 튀어나왔고 입술은 조그마한 앵두 같았다. 눈은 사과 꼭지가 푹 파진 것처럼 쏙 들어갔다. 그녀는 50대 중반의 나이였지만 날씬한 몸매 덕분에 뒷모습만 보면 아가씨 정도로 보였다. 그래서인지 그녀는 자기가 40대라고 착각하고 사는 것 같았다.

그녀는 말씨, 솜씨, 맵시 등 3대 미를 갖춘 여성이었다. 6년 동안 나의 비서로 근무를 하면서 한 번도 화내고 욕하는 것을 본 적이 없는 순진하고 어여쁜 여자였다.

나는 그 모습이 너무 좋았다. 그래서 옷을 사 주기도 하고 구두를 사 주기도 하면서 너무나 믿고 좋아했다. 문득 나를 끌어안고 '원장님이 굿이야! 최고야!' 하면서 육십 먹은 할머니가 어린애처럼 둥실둥실 뛰며 좋아 어쩔 줄 몰라 했던 모습이 떠올랐다.

한 번은 신발을 한 켤레 사 줬더니 우체국에 가면서 신발만 쳐다보다가 어느 사람과 부딪친 적도 있다고 했다. 그런 그녀는 나에게 수호천사였다. 양말과 신발을 신겨주고 옷을 갈아입을 때 도와주는 것이 마치 간병 도우미 같았다. 언제나 나의 손과 발이 되어 주었다.

그녀가 처음 면접을 보겠다고 왔을 때가 떠올랐다. 그녀는 10년 이상 유행이 지난 옷차림으로 사무실에 나타났다. 한 마디로 촌스러운 느낌이었다. 나름대로 멋을 부린 듯 보였지만 영 어색해 보였고 외모도 그리 예쁜 편이 아니었다. 그렇지만 어디 사람을 외모로만 판단하겠는가? 나는 그녀의 태도에서 진실함과 성실성을 느꼈고 그녀를 직원으로 받아들였다.

같은 공간에서 근무하면서 그녀는 본인의 업무에 충분히 만족하고 행복해 보였다. 그녀는 한 마디로 비타민 같은 존재가 되어가고 있었다. 그런 그녀를 보면 어느새 고독하고 우울한 내 모습이 치료가 되었다. 또한 그녀의 기뻐하는 모습은 나에게 위로로 다가왔다.

그녀는 아침마다 마를 갈아주고 과일을 예쁘게 깎아 나의 책상에 올려 놓는 것으로 하루를 시작했다. 가끔은 마늘을 압력솥에 푹 삶아 꿀에 버무려서 올려 주기도 했다.

그녀는 어디를 가든지 나와 함께 동행했고 언제나 휠체어 담당은 그녀의 몫이었다. 그랬던 그녀가 온몸이 부서지고 망가져 버린 것이다. 아픈 그녀를 보며 내 신세까지 생각하는 것이 죄스럽지만 어쩔 수 없이 혼자가 된 것처럼 느껴진 것도 사실이다.

나는 또다시 혼자가 되었다. 혼자서 휠체어를 타고 손수 빨래를 하고 속옷을 삶고 온 방바닥을 기어다니며 걸레질을 해야 했다.

나는 깨끗하고 청결한 것을 유별나게 좋아한다. 장애인이라서 지저분하다거나 혼자 사는 남자라서 더럽다는 말은 절대 듣고 싶지 않았기 때문이다. 또한 나는 거지가 아니다. 장애를 가졌다는 이유 하나만으로 거지 새끼, 병신 새끼 등 수없이 많은 인격 살인을 당해 왔다.

마음의 상처를 받은 사람은 쉽게 치료가 되지 않는다. 사람의 혀와 입술은 독이요, 칼이기 때문이다. 절제하지 못하는 사람은 인격적 장애를 가지고 살기 때문에 수많은 사람들에게 상처를 주게 된다. 육신의 장애는 치료가 될 수 있으나 정신적 장애는 치료가 될 수가 없다.

수많은 모욕을 겪으며 겉으로 보이는 게 다는 아니지만 겉으로 보이는 것도 내 모습이라는 생각을 했다. 그것이 바로 내가 살아가는 방법이다. 그래서 나는 외출할 때는 늘 정장 차림을 고집한다. 헤어 스타일도 언제나 단정하게 빗어 넘기고 웬만한 기업 회장이나 어떤 때는 깡패 두목처럼 다소 과하게 꾸미고 다니기도 한다.

그럼에도 불구하고 꾸밀 수 없는 것이 있다. 그것은 바로 장애가 있는 나의 두 다리다. 두 다리에 장애를 갖고 살기 때문에 식당이나 커피숍을 갈 때는 목발에 의지하거나 휠체어를 타게 된다. 그런 나의 모습이 정상인들에게는 불쾌함과 재수 없음으로 비치기도 한다. 식당에서 내가 제일 많이 들었던 말은 '어서 오세요.'가 아니라 '나가세요, 나가세요. 나가란 말예요!'라는 말이다. 어떤 이는 짜증과 함께 천 원짜리 한두 장을 던져주기도 했다.

식사를 하거나 쇼핑을 하기 위해 들른 가게에서 그런 취급을 당할 때마다 그 어이없고 황망함이란 이루 말로 표현할 수가 없다. 그렇게 지금껏 이 사회로부터 받은 쓰라린 상처가 벌집이 되어 내 심장에 켜켜이 쌓이고 또 쌓였다.

나는 절대 거지도 아니고 약자도 아니다. 비뚤어진 시선이라는 장애를 가진 정상인이 있듯이 나는 단지 다리가 불편한 사람일 뿐이다. 아이같이 순수하고 한없이 연약한 심성 때문에 약자 앞에선 어김없이 눈물을 흘리고 그들의 아픔을 그냥 지나치지도 못하는 게 나 한승주다.

그런데 이 사회는 왜 이다지도 가혹하기만 한 것일까? 세계에서 한국만 유독 외모지상주의인 것 같다. 옛날에는 쌍놈 양반 차별을 두고 수많은 생명들을 앗아가고 그 상처로 말미암아 사람들은 돈이 인생의 전부라고 생각하였다.

돈만 많으면 모든 것을 할 수 있다는 것이다. 그래서 유독 외모적인 병으로 사회는 물들어가고 인격이 없는 불학무식한 자들이 많이 생겨났다. 차별하지 마라. 외모로 판단하지 마라. 당신들의 생각이 언어로 칼이 되어 사람을 살인하게 될 것이다.

나의 가치관을 생각하기 전에 남의 가치관을 인정해 줘야 한다. 이 세상에는 과학도 공식이 없고 답이 없다. 과학이 발달하면 문명이 발달되고 문명이 발달되면 과학이 사람을 죽이는 것이다. 누가 틀리고 누가 옳은지 정답을 내릴 수 있는 사람은 한 사람도 없다.

돈과 명예, 권력이 전부가 아니다. 마음에 건강이 있어야 서로 사랑하고 이해할 수 있는 것이다. 사랑이 없는 사람은 존재가치가 없으며 물리학적인 동물이 아니기 때문에 감동과 감정이 없다. 인간은 기계가 되면 안 되는 것이다. 과학적인 동물이 아니며 생물학적 동물이다. 입을 열기 전에 귀를 열라.

김 실장의 부재는 일상의 불편함을 넘어 어느새 아련한 그리움이 되어 내 가슴 속으로 밀려왔다. 그리고 가슴 속 깊은 곳에 두꺼운 침전물처럼 가라앉았다. 손으로 조금만 휘저어도 금세 가슴 속을 뿌옇게 물들일 김 실장의 침전물들을 나는 조심스레 다스리고 있었다.

어느덧 그녀의 퇴원이 임박했다. 실로 오랜만에 출근하는 그녀에게 쾌적한 사무실 모습을 보여주고 싶었다. 그래서 무릎과 손에 상처를 입으면서까지 곳곳을 깨끗하게 청소했다.

상처 따위는 별로 신경 쓰이지 않았다. 오히려 김 실장이 출근하면 상처 입은 무릎과 손을 보여주면서 내 정성을 자랑하고 싶은 마음까지 들었다.

화장실 바닥에 깔아놓은 미끄럼 방지용 나무 발판도 뒤집어서 락스로 수십 번은 닦고 비데와 변기 사이의 찌든 때도 욕실 전용세제로 박박 문질러 닦아냈다. 청소가 다 끝나갈 무렵 퇴원한 그녀에게서 전화가 왔다.

"원장님, 저도 실내에서 탈 수 있는 휠체어가 필요해요."

"그러면 내가 휠체어를 렌트해서 김 실장 집으로 갈게요."

그녀에게 할 수 있는 것은 아낌없이 다 해주고 싶었다. 한달음에 휠체어를 가지고 집 근처에 도착해서 전화를 걸었다. 잠시 후 양 팔에 목발을 의지한 그녀가 딸과 함께 내 차 곁으로 다가왔다. 경증 장애인의 모습으로 나타난 그녀는 뭐가 그리 좋은지 조수석에 앉아 싱글벙글 한껏 들떠서는 미주알고주알 늘어놓기 시작했다.

'그대여, 그 옛날엔 두 다리로 사뿐사뿐 걸어서 어디든 자유롭게 다니던 어여쁜 중년 여자였지. 잠시나마 두 목발을 짚고 힘들게 살아가게 된 그대여, 평생 장애를 안고 사는 사람들의 아픔을 대신 말해 주고 그들의 슬픔에 함께 울어줄 수 있는 성숙한 여인이 되어 준다면 나는 더없이 감사하겠노라.'

그녀를 병원이 아닌 곳에서 본 게 6개월 만이었다. 나는 6개월 남짓의 힘든 병원 생활에 지쳤을 모녀에게 근교 바람이라도 쐬어 주고 싶은 생각이 들었다.

"김 실장, 병원을 벗어난 기념으로 어디든 갑시다. 우리 예쁜 따님도 같이 바람이라도 쐬요."

"좋아요. 그렇지 않아도 병원에서 답답했었는데, 원장님 우리 식사부터 하러 가요."

"식사? 좋지. 짜장면, 짬뽕? 아님 고기 먹으러 갈까?"

"원장님은 위가 안 좋아서 밀가루 음식 드시면 안 되잖아요?"

"괜찮아 오늘은 내 생각하지 말고, 어여쁜 딸도 있고 김 실장도 오랜만에 만났으니 당신들 좋아하는 음식으로 먹어야지."

"사 주실 거예요?"

"하하……. 그럼 당연히 내가 사지. 아님 김 실장한테 얻어먹을까?"

우리는 그녀가 좋아하는 회를 먹기로 했다. 그녀가 자주 다니던 단골 횟집에 파킹을 한 후 주차요원에게 도움을 청해서 휠체어를 타려는 내게 그녀의 딸이 다가왔다.

"원장님, 제가 밀어 드릴게요. 엄마가 병원에 계실 때 밀어 봐서 잘 해요."

"그래, 그럼 한 번 해봐."

"넵. 호호호~."

그녀의 딸은 휠체어를 제법 능숙하게 다루었다.

"이야! 잘 미네. 숙녀가 밀어주니 기분까지 좋아지네! 허허허 고마워요."

나는 정말 기분이 좋았다. 어쩐지 함께 밥을 먹는 입이라는 뜻을 가진 한 자어 식구(食口)가 이래서 좋은 거구나 싶은 생각이 들었다. 휠체어를 타고 가다가 저만치 앞에서 목발을 짚고 힘겹게 걷고 있는 김 실장을 보았다. 그녀의 모습을 보며 '병신인 나'는 마음이 짠하게 아파왔다. 그야말로 세 식구가 정담을 나누며 행복한 만찬을 오래도록 즐겼다. 식사가 끝나고 그녀는 딸을 먼저 보냈다. 아마 무슨 따로 할 이야기가 있는가 싶었다.

"김 실장이 빨리 좋아져야 출근을 할 수 있을 텐데……. 내가 너무 힘들어요. 나는 오늘 퇴원한다 해서 회사로 출근할 줄 알았는데 완전히 회복을 하려면 몇 개월이 더 있어야 되겠네요?"

"그래야죠. 근데…. 저…. 원장님, 할 말이 있는데요. 음……."

한참 뜸을 들이더니 그녀는 힘겹게 입을 뗐다.

"할 말, 뭔데? 편하게 해 봐요."

"제가 지금 이러고 있다 보니 먹고 살기가 좀 힘드네요. 퇴직금을 미리 좀 주시고, 정말 면목 없지만 출근할 때까지만 조금씩만이라도 도와주셨으면 해서요."

이 말을 꺼내기 위해 얼마나 많이 망설였을까? 나는 선뜻 대답을 하지 못하고 가슴이 먼저 아파왔다. 마음이 착잡했다. 집에 돌아와 며칠 동안을 고민한 끝에 매달 생활비로 백만 원을 보내주기로 결정했다.

단지, 혹시나 하는 마음이 있었지만 사실 그 정도 금액은 그동안의 정과 김 실장의 태도를 따진다면 선뜻 지원해 줄 수도 있는 금액이었다. 돈이라는 것이 사람 사이를 갈라놓은 것을 많이 보았기 때문이다. 그렇게 병석에 누워있는 그녀에게 생활비를 꾸준히 송금해 주면서 몇 개월이 훌쩍 지나갔다.

하루는 얼굴도 보고 싶고 따로 할 말도 있고 해서 그녀를 만나기로 했다. 불편한 몸으로 운전을 하여 강변도로를 달려 그녀의 동네에 도착했다. 시원한 강물을 보며 그녀를 만날 생각에 기분도 상쾌해졌다. 저 멀리 흰 구름도 나를 반기는 듯 했다. 어린애처럼 들뜬 마음으로 운전을 하다 보니 어느새 그녀의 집 앞에 도착했다.

오랜만에 만난 그녀는 본래의 밝은 낯빛을 되찾았고 몸놀림도 한결 가벼워 보였다. 다시 내가 알던 김 실장을 찾은 기분이었다.

"아이고! 김 실장 많이 좋아졌네요?"

"그렇죠? 원장님. 많이 건강해졌죠? 호호호."

나는 혹시나 하는 마음에 조심스레 그녀에게 물었다.

"그래도 아직 출근은 무리겠죠?"

"네. 아무래도 시간이 좀 더 걸릴 것 같아요. 그래도 몇 달만 더 물리치료나 재활치료를 하면 된다고 하니까 조금만 더 도와주세요. 죄송해요."

설마 아니겠지 싶으면서도 내 마음 속에서는 불안한 생각이 들기 시작했다. 사실 여기까지 오면서 애써 외면했지만 마음 속 깊은 곳에 들기 시작한 의심이었다.

'혹시 이 여자는 나를 돈으로만 보고 있는가?' 만면에 함박웃음으로 나를 반겨주며 행복감을 안겨준 그녀였지만 이제는 뻔뻔하리만치 당당하게 돈을 요구하는 모습에 조금은 실망스럽고 서운한 마음을 숨길 수가 없었다. 그래도 아니겠지, 아니겠지 싶은 마음을 가졌다.

"김 실장, 내가 이렇게 혼자 살다 보니 힘든 건 물론이고 자꾸 우울해지고 때때로 가슴이 먹먹해져 아프고 슬플 때가 많아요."

그랬다. 나는 여태껏 강하고 당차게 살아왔지만 이면에 자리한 심연의 고독과 싸우며 혼자서 몸부림치는 삶의 연속이었다. 빛이 있으면 그림자가 있고 해가 있으면 달이 있듯이 겉으로 보이는 모습과 달리 나 혼자만의 고독과 아픔은 언제나 내 몫이었다. 아무도 모르게 나 혼자 다스리고 살아야 했다.

그녀가 아직 몸이 다 낫지는 않았지만 출근해서 간단한 일이라도 하고 싶다는 말을 내게 하길 바랐다. 그러나 그런 내 마음은 아랑곳하지 않고 그녀는 엉뚱한 소리로 내 마음을 힘들게 했다.

"원장님, 저는 혼자 못 살 것 같아요. 외로운 건 너무 싫거든요. 그래서 결혼상담소나 지인을 통해 소개도 받고 재혼도 하고 싶어요."

그녀의 목소리는 더 이상 내 귀에 제대로 들리지 않았다. 처음부터 사람의 본심 따윈 관심도 없고 타인에 대한 이해심도 없는 오로지 일신의 안일만을 추구하는 얕은 수의 추악한 인간이 무슨 말을 하고 있는지 내 귓가에 공허하게 울릴 뿐이었다.

'그 나이에 재혼을 또 하고 싶을까?' 나는 그녀에게 더 이상 물을 말도 없었고 듣고 싶은 말도 없었다. 한순간 벙어리처럼 입이 다물어졌다. 그녀가 우리 사무실에 출근하고 얼마 안 됐을 때의 일이다. 그녀는 남편 사업이 망해서 살림이 너무 힘들다고 내게 하소연했다.

얘기를 들어보니 부부 간에 의논도 없이 남편 혼자서 독단적으로 무리하게 사업을 확장하다가 힘들어진 모양이었다. 계속되는 경제적 쪼들림을 견디지 못한 그녀는 결국 이혼을 하고 싶다고 말했었다. 나는 일단 그녀를 말려야겠다는 생각을 했다.

"김 실장, 좀 더 신중히 생각해 봐요. 이혼만이 능사가 아니야. 나도 이혼을 했지만 후회될 때가 많아요. 특히나 그게 경제적인 문제라면 조금만 더 생각해 봐요."

비록 나도 이혼한 처지였지만 어떤 경우라도 그녀의 이혼만은 막고 싶었다. 그래서 숱한 말로 여러 날을 설득했지만 그녀는 끝내 이혼을 선택하고 말았다. 그러면서 다시는 결혼하지 않겠다고 그렇게 치를 떨던 그녀가 아니었던가. 그랬던 그녀가 또 재혼이라니…….

한참을 말문이 막혀 상념에 빠져 있는 내게 김 실장이 불쑥 말을 꺼냈다.

"우리 한 시간만 드라이브해요."

나는 나대로 머리를 식히고 싶었다. 썩 내키지는 않았지만 기왕 나선 걸음이니 서울 근교로 나가 신선한 바람으로 머리를 식혀도 나쁘진 않겠다 싶었다.

"머리도 복잡한데 그럴까요, 그럼?"

러시아워를 피한 도로는 비교적 한산했다. 우린 태릉 외곽도로를 두어 시간 정도 달리며 이런저런 얘기들을 나누었다. TV 맛집 프로를 홍보하는 빛바랜 현수막이 나부끼는 식당과 고풍스러운 전통 찻집들이 군데군데 눈에 띄고 흘러간 통기타 음악이 향수를 자아내는 강북의 어느 동네를 지날 때였을 것이다.

"원장님, 잠시만요. 잠깐 차 좀 세워 보실래요?"

나는 그녀가 화장실이라도 가려고 하나 싶어서 주변을 살폈다. 주변에는 아무것도 없었다. 내가 멈추지 않고 주변을 두리번거리자 그녀가 재차 차를 세우라고 말했다. 영문을 알 수는 없었지만 차를 세웠다. 차를 세우자마자 그녀가 내게 얼굴을 돌렸다. 그리고 무슨 일이냐고 물을 틈도 주지 않고 그녀의 입술이 내 입술에 포개졌다. 그야말로 찰나처럼 정지된 순간이었다.

너무도 예기치 못한 갑작스런 그녀의 행동에 정신이 다 혼미해졌다. '이 여인의 제스처(그녀의 키스는 아름다운 사랑의 전주곡으로 이해하기엔 너무도 돌발적이고 즉흥적이었다.)를 어떻게 이해해야 할까. 전에 재혼하고 싶다더니 혹 나를 염두에 두고 있었단 말인가.'

나는 그 짧은 순간에 수많은 생각들을 했다. 사실 오늘 내가 그녀를 만난 진짜 이유는 따로 있었다. 예상보다 길어지고 있는 재활 치료 때문에 더 이상 실장 자리를 공석으로 둘 수가 없으니 사무실을 그만두어도 좋다는 말을 전하려고 했던 것이다.

내 마음은 심하게 소용돌이쳤다. 웬일인지 슬프기까지 했다. 상대의 진심을 알지 못하는 남자의 두 눈엔 그렁그렁 눈물이 맺히고 하체가 부실한 탓에 유난히 푹 꺼진 상체가 차창 틀에 겨우 걸칠 듯 말 듯 초라하게 비춰졌다.

아무리 생각해도 그녀의 진심을 느낄 수 없었다. 나는 마음속으로 외쳤다. '그녀는 나를 사랑하지 않아!' 창밖의 가엾은 다리 병신이 울고 있는 나에게 주문처럼 뇌까렸다. '정신 차려! 그녀는 너를 사랑하지 않아. 활개치며 맘껏 돌아다니는 그녀가 어디 남자가 없어서 너 같은 다리 병신을 사랑한단 말이야?' '그래도 나를 사랑하지는 않을까?' 하는 생각이 들었다.

그러나 역시 그녀에게선 어떤 진심도 보이지 않았다. 나는 진정 사랑하는 여인을 만나면 내 모든 것을 다 바칠 준비가 되어 있는 사내다. 남들이 보기엔 두 다리가 불편한 장애인일지라도 나는 단 한 번도 사랑하는 여인에게 장애인인 적이 없었다. 언제나 최선을 다해 뜨겁게 사랑하는 사내 한승주였다. 그러나 김 실장은 내가 사랑할 수 있는 여인이 아니었다. 진실이 없는 사랑은 사랑이 아니기 때문이다.

그렇게 어느 날 갑자기 영혼 없이 사랑 없이 나에게로 뛰어든 불나방 같았던 그녀. 그녀와의 첫 입맞춤은 나의 심장을 칼로 도려내는 상흔만 남긴 채 황망하고 불쾌한 기억의 저편으로 사그라졌다.

그 일이 있은 후 나는 한동안 밀린 원고 집필에만 몰두했고, 수없이 걸려오는 문의 전화와 지인들과의 만남, 학교, 회사, 교회까지 강의를 다니는 등 바쁜 일상들을 보냈다.

11월 어느 날, 누군가는 고독해서, 누군가는 허전한 마음을 달래고 싶어서 해거름 녘이면 어김없이 선술집을 기웃거리는 이들이 늘어가는 가을이 깊어갔다. 또 어떤 이들은 아내의 바가지를 피해 슬금슬금 바람 같은 연애도 꿈꿔본다는 남자의 계절이 실로암 앞마당에도 찾아왔다. 저 멀리 산마

루까지 울긋불긋 단풍이 한창일 때쯤이면 나는 늘 월동준비로 눈코 뜰 새 없이 바빠진다.

강원도 산골의 겨울은 유난히 춥다. 연일 계속되는 폭설은 물론 영하의 칼바람은 살을 에듯 날카롭고 천지의 눈은 꽁꽁 얼어붙어 한낮의 태양빛으로도 쉬 녹지를 않는다. 그래서 이듬해 초여름까지도 눈 덮인 설국을 자랑하는 실로암의 겨울은 도시보다 훨씬 더 길고 춥지만 그만큼 아름답기도 하다.

그렇게 춥고 긴 겨울을 잘 나기 위해서는 정원의 나무들이 곱게 물들기 시작하는 즈음부터 겨울 채비를 해야만 하는 것이다. 보일러 점검을 시작으로 작년에 사용하고 창고에 넣어둔 난방 기구도 다시 손 보고, 창문마다 열 차단용 비닐도 붙여서 난방비 절감에도 신경을 써야 한다.

이런 것들을 나는 일일이 챙겨야 했다. 직원들에게 시킬 수도 있지만 꼭 확인하는 것을 잊지 않았다. 그리고 내가 직접 나서서 챙기는 중요한 월동 준비 중 하나가 바로 김장이다. 우리 식구들과 방문하신 분들이 겨우내 먹으려면 김장 배추는 5천 포기 정도는 족히 필요하다.

김장 5천 포기를 하려고 하니 흑연포지(黑硏包紙) 검은 연기가 땅에 자욱하여 사면이 보이지 않아 넋이 나갈 뿐이다. 실로 엄청난 양이다. 웬만한 군부대도 그렇게 많이는 담그지 않을 것이다. 양념은 중국산을 쓰면 저렴하겠지만 결코 그럴 수는 없다.

쉰의 나이에도 정신연령은 서너 살 정도에 불과한 「실로암 연못의 집」 50여 명의 장애인들은 주는 대로 먹고 주는 대로 입는다. 냄새 나는 똥물을 줘도 불평 한 마디가 없고 발가벗겨 놓아도 부끄러움을 모르는 이들이다.

그렇다고 이들에게 형편없는 음식을 먹이고 초라한 옷을 입힐 수는 없었다. 평생을 학대받고 지낸 이들에게 여기가 마지막 안식처이기 때문이다. 그리고 그 중심에 나 한승주가 서 있다. 내가 있는 한 절대 그런 꼴을 볼 순 없었다.

가엾은 이들을 생각하면 마음이 아프고 양심에 가책이 느껴져 하찮은 재료 하나라도 결국엔 최고의 것으로만 준비했다. 그런데 그럴 때마다 비용 문제가 가장 큰 걱정거리였다.

'과연 누가 이들을 이렇게 만들었을까. 입이 있어도 말을 못하고 귀가 있어도 듣지 못하고 다리가 있어도 걷지를 못한다. 세월이 가고 세상이 제아무리 좋아졌다지만 50여 명의 장애인들에겐 변한 게 하나도 없다. 이 땅의 장애인들에게는 여전히 희망도 없다. 그런데 왜 하나님은 나 같은 병신에게 이들을 맡기셨을까? 왜 이처럼 벅찬 십자가를 지게 하셨을까?' 30년 세월 동안 사역을 해오지만 나는 여전히 그 답을 찾지 못했다.

김장 재료비를 놓고 이런저런 비용을 산출하느라 잘 때를 놓쳐 새벽녘에야 까무룩 잠이 들었는데 눈을 떠보니 벌써 아침 7시였다. 새로운 하루가 또 시작되었다. 머리맡에 놓인 종이를 보았다. 김장 재료비와 부대비용을 뽑은 숫자들이 내 눈에 들어왔다. 나는 무심코 종이를 보다가 그대로 찢어 버렸다.

돌이켜보면 지난 30년 동안 김장은 물론 최상의 먹을거리만을 준비하던 내가 아니었던가. 왜 나는 새삼 그런 고민으로 전전반측(輾轉反側) 몸을 뒹굴며 밤을 지새웠을까. 잠시나마 내가 변했었다는 생각을 하며 정신이 번쩍 들었던 것이다.

나는 올해도 우리 농산물로 만든 맛있는 김치를 담그기로 결정했다. 그런데 막상 재료를 결정하고 보니 일손이 턱없이 부족했다. 나는 강원도 홍천 모곡에 사는 전원교회 이강목(남 57세) 집사님께 전화를 걸었다.

"집사님, 「실로암 연못의 집」입니다."

"네, 원장님. 안녕하셨어요? 근데 어쩐 일이세요?"

"그냥 집사님이 생각나서요."

나는 김장을 담글 인원이 부족하다는 말을 차마 꺼내지 못했다. 매년 큰 도움을 받는 처지에 계속 부탁만 하는 것이 죄송했기 때문이다.

"실로암 가족들은 별일 없이 잘 있죠? 이번 크리스마스에도 저희 교회에서 찾아갈 계획입니다. 작년처럼 여전도회에서 만두와 불고기, 떡도 준비할 거고요. 트레이닝 바지 100벌도 준비했습니다. 하하하."

"집사님, 너무너무 감사해요. 10년 넘게 이렇게 도움을 주시니 뭐라 감사의 말씀을 드려야 할지 모르겠어요. 그저 감사합니다."

"아이고, 저희가 더 감사하지요. 길 잃은 양들을 그렇게 돌봐주시는 분이 어디 있습니까. 오히려 저희가 더 감사합니다."

나는 김장 이야기를 선뜻 꺼내지 못하고 일상의 이야기들만 빙빙 에둘러 넋두리처럼 늘어놓고 있었다. 그런데 먼저 김장 돕기를 자청해주기만을 바라고 있는 내 마음을 읽었을까.

"올 배추 농사도 풍년이에요. 원장님께서 기도해 주신 덕분인가 봐요."

"배추가 그렇게 잘 됐어요? 정말 기쁘네요."

"원장님, 이번에는 3천 포기 정도면 될까요?"

"우와! 3천 포기나요? 한두 해도 아니고 10년 동안 변함없이 배추 농사를 지어 주시니 어떻게 이 은혜를 갚아야 할지 모르겠네요."

나는 눈물이 핑 돌았다. 이젠 2천 포기 정도만 더 준비하면 배추 걱정은 안 해도 될 것이다. 전화를 끊고 얼마나 지났을까? 강릉이라며 익명의 한 여자로부터 전화가 걸려왔다.

"원장님이세요?"

"네, 그렇습니다만 누구신지요?"

"올 겨울 월동준비에 어려움을 겪고 있다는 소식을 듣고 이렇게 전화를 했습니다. 준비는 얼마나 되셨나요?"

"아, 이제 시작이지요, 뭐."

"제가 적게나마 도움을 드리고 싶은데 가장 필요한 게 뭔가요?"

"이렇게, 고마울 데가……."

누군지도 모르는 사람에게 도움을 요청하는 게 부끄럽기도 했지만 나 하나만을 보고 있는 원생들을 생각하면 그런 건 문제가 아니었다.

"실은 김장 배추가 좀 부족하거든요."

"몇 포기나 담그시려고요?"

"50여 명의 식구들이 내년 6월까지 먹으려면 적어도 5천 포기는 담가야 하는데……."

저 쪽에서 꽤나 놀란 목소리가 들려왔다.

"그렇게나 많아요?"

"네, 5천 포기는 해야 김치찌개도 하고, 때론 국물 멸치 몇 개 넣고 시원하게 국으로 끓여 먹기도 하는 거죠. 묵은김치는 물에 담가 놓았다가 들기름에 들들 볶아 먹으면 밥도둑이 따로 없지요. 김치는 겨울을 나는 동안 우리 가족들에겐 아주 일용할 양식이랍니다. 그리고 물에 담가뒀다가 다시 양념하여 겉절이로 만들어 주면 순순하고 천진난만한 이 천사들이 너무너무 좋아합니다.

"아, 그렇겠군요. 그럼 제가 배추 2천 포기 정도를 보내드리면 어떨까요?"

"그렇게 해주시면 너무 감사하지요."

"그렇다면, 제가 때마침 전화를 잘 했군요. 여기 강릉 산지에서 직접 사서 트럭으로 보내드리도록 하겠습니다. 도울 수 있게 되어 오히려 제가 더 기쁩니다. 근데 원장님은 김치로 하는 요리를 다양하게 알고 계시네요?"

"글쎄요, 30년이 넘도록 모든 시련을 저들과 함께 겪어오면서 얻어진 저만의 노하우라고 할 수 있겠지요. 그리 대단한 건 아닙니다."

"그야말로 하나님이 주신 능력이시군요. 하나님이 원장님을 아주 많이 사랑하시나 봐요. 하나님은 고아와 과부와 나그네를 사랑한다고 하셨는데, 원장님께 그들을 섬길 수 있도록 요리에 대한 지혜도 주셨으니 말이에요."

"그게 어디 저 혼자만의 힘이었겠습니까? 모두 다 여러분들이 도와주셨기에 가능했지요. 그분들이 있었기에 이 깊은 산골에서 장애인들과 더불어 살아갈 수 있는 것입니다."

누군지도 몰랐지만 이상하게 마음이 잘 통했다. 어느새 둘은 그전부터 알던 사람처럼 통화를 이어갔다.

"암튼 원장님, 앞으로도 힘내세요. 계속 응원할게요. 더 큰 도움이 될 수 있도록 노력하겠습니다."

"참, 성함이라도 좀 말씀해주세요. 이렇게 큰 도움을 주시는데 아무리 사지가 뒤틀리고 팔다리가 비비 꼬인 장애의 몸이라지만 우리들이 개, 돼지도 아니고 생명이 붙어 꿈틀대는 한 인간으로서 도와주신 은혜에 감사 기도라도 드려야 하지 않겠습니까?"

"아니에요, 저는 이 모습 이대로 건강한 몸을 가졌으니 살아가고 있다는 자체만으로도 충분히 감사하고 축복이라고 생각합니다."

나는 한사코 이름을 밝히지 않는 고마운 여성과 통화하는 내내 가슴이 뭉클뭉클했다. 다시금 용기를 내야 한다. 할 수 있다. 그동안에도 수많은 돌팔매를 맞으며 여기까지 오지 않았던가.

그동안 사용하지 않았던 통장(휴먼계좌) 10개를 정리하고 나니 「실로암 연못의 집(실로암 교회)」의 전 재산 520만원이 손에 쥐어졌다.

그래! 내일 일은 내일 생각하자. 당장 오늘 할 일부터 처리해 나가자. 내일 일 때문에 오늘부터 고민하지는 말자. 내가 행복해야 원생들도 행복할 수 있다는 생각으로 다시 시작하자.

남은 돈을 가지고 손수 차를 몰아 가락시장으로 출발했다. 시장에 가는 길은 늘 그렇듯 위험천만하고 평탄치가 않아서 급브레이크를 자주 밟게 된다. 태양처럼 뜨거운 은혜가 내 가슴에 충만하게 차올라 급한 마음에 브레이크를 손으로 눌러댈 때마다(나는 두 다리를 쓰지 못하기 때문에 브레이크를 손으로 누른다) 끼이익 삐익 쇳소리가 낭떠러지 깊은 산골짜기에 울려 퍼졌다.

이 길을 지날 때마다 나는 늘 나와 닮은 길이라는 생각을 하곤 한다. 꼬불꼬불 비포장도로의 급한 경사, 오르막과 내리막, 커브길 뒤에는 뭐가 있을까 싶은 생각들이 그렇다. 내 인생도 롤러코스터만큼이나 굴곡이 심했고 지금도 굴곡의 어디쯤일 것이다. 그러나 걱정하지 말자. 커브 길을 돌면 그 너머에 뭐가 있을지 아직 모르기에 최선을 다해서 달릴 뿐이다.

그렇게 정신없이 두 시간도 더 걸려 시장에 도착할 수 있었다. 가락시장은 나의 보금자리요, 구차한 목숨을 연명케 하는 삶의 터전이요, '할렐루야 아저씨'라는 대명사를 내게 만들어 준 사랑의 자리였다. 그래서 지금도 이 넓은 가락시장에서 '할렐루야 아저씨'를 모르는 사람이 없다.

"아줌마, 쪽파 한 단에 얼마에요?"

"어머나! '할렐루야 아저씨' 오셨네. 싸게 드릴게요. 뭐, 김장하시게요?"

나는 정화숙 집사를 데리고 하루 종일 이곳저곳 꼼꼼하게 시장 조사를 했다. 젓갈, 고춧가루, 마늘, 쪽파, 대파, 양파, 갓, 무 등등. 배추 5천 포기를 담글 재료들을 다 사자면 돈이 턱없이 부족했다.

인간은 참으로 간사한 존재요 약한 존재인 것 같다. 시장을 돌면서 어느새 아침나절의 자신감 충만하던 기쁨과 용기는 온데간데없고 실망과 좌절감에 막막하기만 했다. 그런 나를 느꼈는지 정 집사는 나를 위로한답시고 내 귀 가까이에 대고 한 마디 했다.

"원장님, 너무 걱정하지 마세요. 죽으란 법은 없잖아요. 다 잘 될 거예요. 기운 내세요."

그런데 그 말은 내게 위안이 되지 못했다. 왜냐하면 그 말 속에 진심이 담겨 있지 않았기 때문이다. 오히려 나는 그 말을 들으며 불편한 생각이 들었다.

'너희들은 월급만 받으면 그만이겠지만 원장인 내 입장이 한 번 돼보면 날마다 쌀독이 휑하니 비어가는 모습을 지켜봐야만 하는 내 마음이 얼마나 큰 고통인지, 뼈와 살을 잘라내고 피를 토하는 아픔이 어떤 건지 알게 되겠지. 딱히 누군가에게 도움을 청할 수도 없거니와 다들 먹고 살기 힘든 세상에 선뜻 제 주머니 풀어 도움을 줄 이가 또 얼마나 되겠는가 말이다.'

나는 철모르는 정 집사에게 소리 없는 절규를 했다. 그런 내 마음을 아는지 모르는지 그녀는 연신 밝은 모습이었다. 결국 늦은 저녁까지 시장 바닥을 훑고 다녔지만 주머니의 쌈짓돈만 조물조물 만지작거리다가 김장 재료는커녕 기름에 지글지글 구워낸 고소한 호떡 하나도 입에 넣어보지도 못한 채 걱정거리만 한아름 안고 시설로 돌아와야만 했다. 김장은 3일 동안은 해야 한다. 첫날은 밭에 가서 배추를 뽑아 오고, 그 이튿날엔 다듬어서 천일염에 절였다가 마지막 날 버무리면 드디어 완성이다.

5천 포기의 김장을 하자면 3백 명 정도의 일손이 필요한데 현재로선 도와줄 사람 하나 없다. 시설의 원생들은 택도 없고 직원들을 다 동원해도 도저히 답이 안 나온다. 돈이라도 있으면 일꾼을 사면 좋으련만 통장 잔고가 바닥이 났으니 사면초가(四面楚歌)가 따로 없었다. 어떻게 해야 할지 막막했다. 그러나 나의 처분만 바라고 있는 직원들은 쉽게 묻는다.

"김장할 때 일손은요, 원장님께서 아는 교회에 도와달라고 편지를 쓰시면 안 될까요?"

그러나 그건 너무 순진한 소리다. 세상은 그렇게 아름답지 않다. 내가 생각하는 대로 돌아가지도 않는다. 나는 짜증 섞인 목소리로 직원들에게 한소리 했다.

"요즘에는 자기 집 근처의 복지시설에서 봉사하는 것도 꺼려하는 세상인데 누가 이 강원도 산골까지 찾아와주겠어? 여기가 뭐 그리 쉬운 곳인가? 아무도 안 도와줘. 그렇게 자신 있으면 자네들이 한 번 나서 보든가."

정말 그랬다. 90년도에 하남에서는 여러 봉사단체들이 떼로 몰려와서 마치 싸움이라도 하듯 앞다투어 봉사를 하겠다며 줄을 서곤 했었다. 하지만 지금은 사정이 달라졌다. 이권이 개입되지 않는 한 교회는 물론 사회단체고 기업이고 자신들의 지역구를 떠나 이 깊은 산골까지 왕래할 사람은 많지 않다.

결국 봉사활동은 단체와 타인을 위한 활동에서 스스로의 이익이나 자신을 위한 봉사활동으로 상당히 변질된 것이다. 가끔 오는 봉사단체 역시 그렇게 여행 삼아 체험 삼아 맘 내키는 대로 쉽게 오갔던 이들이 많았다. 그래도 이렇게 급하게 인력이 필요한 날이면 그들마저도 그리웠다. 그러나 그들은 오지 않았다. 왜 나는 장애인들에게 잡힌 몸이 되어 자유로이 오갈 수가 없는가. 평생을 「실로암 연못」에 꽁꽁 묶여버린 나는 너희들이 한없이 부럽구나. 스스로에 대한 연민과 괴로움으로 시간을 보냈다.

세상에 김장 때문에 이렇게 고민하는 사람이 또 있을까? 우습지만 이건 김장이 아니라 생활이고 생존이었기에 그랬다. 또한 그건 내가 지켜야할 사람들의 생존이었기에 더더욱 그랬다.

어떻게 할까. 산 너머 산이라더니 장애물 하나 넘고 나면 더 큰 장애물이 앞을 가로막아 마치 큰 바윗덩이에 짓눌린 듯 고통의 나날이다. 도대체 어찌하면 이 난국을 헤쳐나갈 수 있을까. 우리 시설의 사정을 잘 이해하고 오해 없이 도움 줄만한 고마운 분이 어디 없을까.

결국 어딘가에 도움을 요청해야 했다. 더 이상 미룰 수가 없었다. 이제부터 새로운 고민을 시작했다. '어떤 목사님께 전화해야 덜 민망하고 죄송할까?' 밤새 수백 번 고민한 끝에 한 분이 떠올랐다.

나는 심호흡 크게 한 번 하고 눈 질끈 감고 백봉교회 이재(남 68세) 목사님께 전화를 걸어 보기로 했다. 몇 번이나 수화기를 들었다 놨다. 번호를 돌렸다 멈추기를 반복한 끝에 떨리는 손으로 전화를 걸었다. 해묵은 인사 몇 마디 건네고는 내 마음이 약해지기 전에 다짜고짜 용건부터 말해버렸다.

"저희 시설에서 김장을 해야 하는데 일손이 턱없이 부족합니다. 면목 없습니다만 봉사자가 좀 필요한데……."

그 말을 하는 순간 얼마나 부끄럽고 미안했는지 얼굴에서 불이 나는 것 같았다. 혹시나 거절하시면 어떡하나 싶은 마음에 불안감과 민망함은 또 얼마나 컸던가? 그러나 다행히도 저편에서 들려오는 목소리는 밝았다.

"허어, 그래요? 그러시다면 우리가 도와드려야지 어쩌겠습니까."

"감사합니다 감사합니다."

나도 모르게 수화기에 대고 계속 고개를 숙이며 인사를 하고 있었다. 흔쾌히 도와주시겠다는 목사님의 대답에 뛸 듯이 기쁘고 감사했다. 그는 100명 정도의 일손이 필요하다는 나의 말을 듣고 열심히 기도하고 광고해서 차질 없이 도와주겠노라는 약속을 했고, 그날로 장애인 교회 봉사활동에 동참해 줄 것을 하루에도 몇 번이고 독려하고 다녔다고 했다.

생각해보면 내가 어리석었다는 것을 알 수 있다. 나 스스로의 안일과 행복을 위한 일도 아니고 부정한 일도 아니다. 힘들고 어려운 이들을 위해 따뜻한 손길을 부탁하는 일을 조금 더 당당하고 떳떳하게 생각했어야 했다.

세상에는 더러운 일들을 당당하게 말하고 부정한 일들을 뻔뻔하게 처리하는 후안무치(厚顔無恥)의 인간들이 너무도 많다. 그런데 내가 왜 그랬을까? 무엇이 부끄럽고 미안하다고. 설령 거절당하면 또 어떤가? 그분은 나에 비해 훨씬 훌륭한 생각을 가지고 계셨고 떳떳하고 당당하셨다.

"여러분! 봉사활동도 젊고 건강할 때 해야 합니다. 늙고 병들면 하고 싶어도 할 수가 없게 되지요. 그러니 일상의 일들은 잠시 미뤄두시고 「실로암 연못의 집」의 겨울맞이 김장 봉사에 최선을 다해 주셨으면 합니다."

이 목사의 홍보 덕분인지 며칠이 지나지 않아 거짓말처럼 자원봉사자들이 몰려오기 시작했다. 백봉교회에서 70명, 우림교회에서 100명 정도의 자원봉사자들이 확보가 되었다. 적잖이 안심이다. 이제 시설의 전 재산인 520만원으로 양념 준비를 해야 한다.

새벽 3시, 지난 번 시장에서 알아본 바로는 재료 몇 가지만 사면 금방 바닥날 돈이다. 하나를 해결하자 잠시 잊고 있었던 예산 걱정에 밤을 꼬박 샜다. '두려워하지 말자. 놀라지 말자. 걱정하지도 말자. 나는 할 수 있다. 내가 나를 위로하자.'

새벽 묵도를 통해서 영감을 받고 자신감을 다시 찾게 됐다. 지난 30년 동안 해온 이 일은 온전히 내 능력이 아니다. 오직 역사하심에 때를 따라 돕는 손길과 인연이 되어 지금껏 살아왔다. 부족하고 연약한 몸뚱이를 가지고 질경이처럼 살아왔지 않은가? 오늘도 나는 두렵고 고통스럽지만 기적을 믿고 가락시장으로 갔다.

그냥 갔다. 무조건 갔다. 어떻게든 되겠지 하는 심정으로 갔다. 아무래도 아낙네의 눈썰미가 나보다는 낫겠다 싶어서 지 총무 부부와 함께 시장을 보기로 했다. 가장 먼저 태양초 고춧가루를 사기 위해 방앗간에 들렀다. 어디를 가든 나를 몰라보는 사람은 없었다. 이곳 가락동 시장에서 바닥을 기어다니며 잡화를 팔며 찬양을 부른 게 몇 년의 세월이었던가.

"어머나, 할렐루야 아저씨네! 오랜만에 뵙네요. 고춧가루 사시게요?"

"네, 한 근에 얼마나 하나요?"

"거기 13,000원이라고 쓰여 있죠? 김장철이라 값이 좀 나가네요."

방앗간 아줌마가 미안하다는 듯 말을 이었다.

"김장철엔 저희도 어쩔 수가 없네요."

"아휴, 비싸네. 많이 살 건데 좀 깎아주시죠?"

"이건 국산 중에서도 태양초 최상품이에요. 이게 비싸면 중국산은 어떠세요? 근당 4천 원밖에 안 하거든요."

나는 김장을 못하는 한이 있어도 물들인 거 마냥 색깔만 빨갛고 알싸한 냄새도 전혀 없는 중국산 고추는 살 수가 없었다. 우리 실로암 가족들에게 그런 고춧가루로 담근 김치를 줄 수 없었다. 에누리 없는 장사도 없는 법, 가격 흥정을 해보기로 했다.

"사장님, 태양초로 300근 정도가 필요하니 좀 싸게 주세요."

300근이라는 말에 방앗간 아줌마가 놀라는 눈치였다. 방앗간 아줌마는 놀란 표정을 감추며 가격을 내려 줬다.

"그렇게 많이 하신다면 11,000원까지 드릴게요."

나는 조금 더 깎아볼까 싶어서 계속 흥정을 이어나갔다.

"기왕 인심 쓰는 김에 좀 더 쓰세요. 딱 만원에 합시다. 옛날에 땅바닥에 기어다니며 겨우 먹고 산 사람이 무슨 돈이 있겠어요? 대신 카드 말고 현금으로 살게요. 그럼 됐죠?"

그렇게 한 시간을 넘게 '아저씨, 사장님, 회장님' 해가며 눈물겹게 설득하고 애원해서 어렵사리 90만원을 깎았다. 그래도 그게 어딘가? 어디 가서 한 시간 동안 말한다고 90만 원이 생기겠는가? 버는 것도 돈이지만 안 쓰고 아끼는 것도 돈이다.

고춧가루를 사고 몇 푼 남은 돈을 가지고 10년 넘게 단골인 야채가게를 찾아갔더니 역시나 '할렐루야 아저씨' 왔다며 반겨 맞아준다. 생각해 보면 이 앞도 무던히 기어다녔구나 싶다. 바닥을 기어다니던 그 시절을 생각하면 마음이 아팠지만 그래도 이곳이 내 삶의 터전이었다는 생각을 하면 일견 마음이 편해졌다.

"허, 그놈의 할렐루야 아저씨가 입에 붙었어요."

눈치 빠른 야채가게 아줌마가 말을 꺼냈다.

"그러게요, 호호호. 오늘은 김장 양념 때문에 오셨어요?"

"한 5천 포기 정도 담그려면 양념거리가 얼마나 있어야 할지?"

"음……. 그 정도 하시려면 이것저것 꽤 많이 필요하죠."

많은 돈이 부족했지만 일단 양념에 쓸 재료들을 꼼꼼하게 주문했다. 갓 100단, 대파 200단, 쪽파 200단, 무 300개, 천일염 50포대, 마늘 50관, 미나리 30단. 미나리가 좀 적은 것 같아서 혹시 남으면 갓김치에 넣을 요량으로 넉넉하게 20단을 더 추가했다.

대충 갈무리해 놓고 나니 1톤 트럭 한 대 분량은 족히 넘게 채소와 재료, 김장도구들이 산더미처럼 쌓였다. 지금까지는 일사천리였다. 내가 물건 주문하는데 돈 드는 것도 아니었고 상대방은 내가 충분히 돈이 있으리라 생각했기 때문이다. 이제 계산할 일만 남았다. 총 가격을 묻자니 가슴은 두근두근 하고 얼굴이 화끈거리면서 목소리까지 떨렸다.

"이제 계산서 좀 뽑아보세요. 얼마에요?"

"7백2십3만5천 원이네요."

야채가게 아줌마의 말을 듣는 순간이 왜 그렇게도 길게 느껴졌는지 모르겠다. 나는 시치미를 떼고 슬쩍 시비를 걸었다.

"이야! 많이도 나왔네. 계산 잘못한 거 아녜요? 이게 어떻게 7백만 원이 넘어. 다시 잘 해봐요."

그러나 나는 알고 있었다. 계산이 잘못될 리가 있겠는가. 궁색함에서 오는 하릴없는 내 바람일 뿐이지. 우리 앞에 놓인 재료들은 하나같이 싱싱하고 때깔이 고와서 그 값어치는 충분히 하고도 남았다.

그 정도 가격에 준 것도 사실은 많이 깎아준 것이었다. 야채가게 아줌마는 짜증 한 번 내지 않고 다시 계산을 해 주었다. 그리고 계산기를 내 눈앞에 내밀었다.

"이거 보세요, 다시 해봐도 똑같잖아요? 정확하다니까요."

나도 더는 어찌 우길 수가 없었다. 사실대로 말하는 수밖에.

"알았어요. 그나저나 지금 가진 게 220만 원밖에 없어요. 오늘 이거 받으시고 나머지는 김장 끝나고 한 달 후에 드리면 안 될까요?"

현찰로 주는 돈의 두 배 이상을 외상으로 남겨야 했다.

"음……. 외상을 하기엔 액수가 좀 크긴 한데……. 그래도 할렐루야 아저씨를 못 믿으면 또 누구를 믿겠어요. 그렇게 하세요."

세상에!! 나는 내 귀를 의심했다. 할렐루야 아저씨가 그렇게 큰 신용이 있었단 말인가? 정말로 내 귀에 하나님의 목소리가 '할렐루야!'하면서 들리는 것만 같았다. 이곳에서 바닥을 기게 한 것이 다 그분의 뜻이었음을 또 한 번 깨달았다.

야채가게 아줌마는 미안해서 쩔쩔매는 내게 되는 대로 천천히 갚아달라는 말과 함께 오히려 힘내시라고 하면서 시금치, 풋고추, 양파, 들깨 등을 주면서 조금 처지는 물건이지만 먹는 데는 지장이 없다며 그것까지도 싸주었다. 참으로 감사한 분이었다.

나는 얼굴에 조금 더 철판을 깔기로 했다. 우리 가족을 위한 일이라면 철판이 아니라 더한 것도 깔 수 있었다. 염치를 무릅쓰고 젓갈을 외상으로 살 만한 가게가 있는지 부탁을 한 것이다. 그러나 이번에는 힘들었다. 대목이라 어렵거니와 아는 가게가 없다는 것이다.

"네, 그렇죠. 이것만도 감지덕지한데 제가 너무 뻔뻔하네요. 김장 다 해놓고 일간 한 번 들르겠습니다."

우리는 고마운 주인에게 인사를 땅에 닿도록 거듭하고 가게를 나왔다. 돈이 말랐으니 어쩔 수 없이 수산시장 목포상회에 가서 젓갈을 그냥 얻을 수밖에는 달리 도리가 없었다. 십수 년 동안 줄곧 도와주셨는데 이번이라고 야멸차게 내치기야 하겠는가.

어느새 나는 칼만 안 들었지 강도나 다름없이 간절한 심정이 되어 있었다. 무거운 발걸음을 이끌고 결국 목포상회에 도착했다. 나는 크게 심호흡을 한 번 하고 가게 문을 열었다. 가게 문을 열고 들어서자마자 점심인지 저녁인지 모를 식사를 했는지 비린내와 뒤섞여 텁텁한 냄새가 진동했다.

"안녕하세요, 집사님. 한승주입니다."

"아이고, 할렐루야 아저씨. 오랜만에 오셨네요."

그 옛날 내가 이 시장 바닥을 전전하던 시절부터, 아니 훨씬 이전부터 이 비릿한 어물전을 차려 처자식들을 알토란 같이 건사해낸 언제 봐도 우직한 목포상회 주인은 우리를 반색하며 맞아주었다.

"오랜만이나마나 올 때마다 신세만 지고 가는 이 못난 사람을 뭘 이렇게까지 환대해 주신답니까?"

나는 미리 자리를 깔았다. 대놓고 말하진 않았지만 올 때마다 신세를 지니 이번에도 다르지 않을 거란 투로 말을 던진 것이다. 목포상회 주인이 내 말을 알아듣고 먼저 챙겨주기를 바라면서 말이다.

"원장님도 참! 그런 말씀을 왜 하십니까. 원장님처럼 귀한 일을 하시는 분이 또 어디 있다고요. 옛날엔 땅바닥을 기어다니면서 복음을 외치시더니 지금은 50여 명의 장애인의 아버지로 살면서 밤낮으로 애쓰고 계시지 않습니까. 내 새끼 하나도 키우기 힘든 각박한 세상에서 말이지요."

말을 마치면서 목포상회 주인은 젓갈이 담긴 드럼통들을 확인하기 시작했다. 내 말을 진즉에 알아들은 것이다. 어쩌면 목포상회 문을 열고 들어오는 순간부터 내가 왜 왔는지 알아챘을지도 모르겠다. 그런 식의 눈치라면 너무 고마울 뿐이다.

목포상회 주인은 갖은 젓갈과 함께 김장에 쓰일 재료들을 살뜰하게 챙겨 주었다. 너무 감사하고 미안한 마음에 몸 둘 바를 몰라 다음에 또 보자는 말만 남기고 황급히 나오려는데 입맛 없을 때 먹으라며 굳이 내 몫으로 창난젓도 들려주었다.

양손에는 묵직한 젓갈을 들고 가슴에는 벅찬 감동을 안고 가게 문을 나섰다. 문득 올려다본 초겨울 잿빛 하늘 속에서 작은 별들이 반짝이고 있었다. 나는 생각했다. 세상이 아무리 잿빛으로 물들어도 그 안에서 빛나는 별들이 있어 우리가 살아갈 수 있다고. 세상은 아직 살만하다고 악다구니를 퍼붓고 싶어졌다.

마지막으로 마트에 들러 김장에 필요한 고무장갑, 목장갑, 칼, 채칼, 김장용 비닐봉투, 돼지고기 50근 등 50여만 원어치를 카드로 구입하고 나서야 시설로 돌아왔다.

문득 고개를 들어 시계를 보니 어느새 밤 11시 반이었다. 창밖의 밤하늘은 칠흑 같은 어둠뿐이었다. 평소에 반짝이던 별들조차도 어둠 속으로 모두 빨려 들어간 느낌이었다.

어떤 이들은 가을에 낙엽과 낭만을 떠올리고 겨울이 오면 제니와 올리버의 사랑이야기 '러브 스토리'를 떠올리며 하얀 눈밭을 생각하겠지만 내게 겨울은 그런 계절이 아니다. 춥고 배고프고 얼어붙은 손과 발을 녹여야 하는 고통의 계절이었다. 그런 겨울을 떠올리면 어느새 몸도 마음도 차갑게 얼어붙었다. 창밖을 보며 내일은 눈이 올까 싶은 생각이 들었다.

어느새 바람은 창문을 덜컹거리며 부딪치고 있었고 싸한 냉기가 벽을 타고 들어오기 시작했기 때문이다. 그러나 한편으로는 아무리 추워도 봄이 온다는 생각이 고개를 들었다. 겨울이 고난이라면 봄은 축복이었다.

여전히 창밖을 바라보며 오늘 하루를 반추했다. 너무도 힘들고 고달픈 하루였다. 그러나 눈물겹도록 감사하고 은혜로운 날이기도 했다. 나는 벅차고도 아팠던 긴 하루를 묵도로 마감하고 싶어 무릎을 꿇고 두 손을 모은 채 조용히 고개를 숙였다.

『임이여!
내가 고난당할 때,
임께서 찾아와 나의 위로자가 되셨고
원수가 황소 떼처럼 몰려와 나를 조롱하였으나
임께서는 나를 멀리하지 않으셨습니다.
나로 하여금 방패의 옷을 입게 하시고
내가 지치고 힘들어 자포자기했을 땐
임께서 나에게로 와서 입 맞추셨습니다.
그대여!
내가 아무 것도 못한다고 주저앉았을 때
내 약함 덮어 능력의 사람으로 만드셨고
내 사명 감당 못해 헤맬 때
조용히 내게로 와 그대 품에 안아주셨습니다.
그대 품에 잠든 내 눈썹을 만지시며
내가 너와 함께 하노라 말씀하셨습니다.
그대 없으면 이 어린 양들을 어디로 인도할 수 있을까요.
나를 멀리 버린 줄만 알았으나
내 친구 되어 방황하는 양들 인도하도록 길을 열어주셨습니다.

가난한 땅에 둥지를 틀고 오십의 양들을 치라고 하셨습니다.

그대여!

이제는 눈보라 치는 언덕에서도

천둥소리 진동하는 흑암 속에서도

임의 말씀에 순종하여

내 인생 끝나는 그 날까지

어린 양들과 함께 이 집을 지키겠습니다.』

그날 밤, 아주 오랜만에 숙면을 취했다. 그동안 빈털터리로 대식구들과 함께 이 엄동설한을 이겨낼 걱정 때문에 전전반측(輾轉反側) 밤잠을 설쳐 가며 대성통곡한 날들이 얼마였던가.

나는 오늘에야 풍성한 열매로 내 기도에 답해주신 사랑에 감읍(感泣)하며 꿈 한 번 꾸지 않고 깊은 잠에 빠져 들 수 있었다. 그리고 개운한 몸으로 깨어난 아침이 왔다. 나는 직원들 앞에서 신념에 찬 목소리로 호기롭게 외쳤다.

"여러분, 이미 알고 계시겠지만 처음에 5백만 원으로 5천 포기의 김장을 하려고 했습니다. 그냥 산수로만 따져도 어림없는 시도였습니다. 처음에는 눈앞이 캄캄하고 가슴이 답답했습니다. 그러나 해 보자! 일단 해 보자! 언제는 돈으로 했던가? 이런 생각으로 시작했습니다.

자, 그랬더니 어떻게 됐습니까? 세상은 여러분들과 저를 버리지 않으셨습니다. 오히려 모든 분들이 우리를 깊이깊이 사랑하고 계심을 또 한 번 깨닫게 해주셨습니다. 이 같은 은총이 우리 실로암에 따뜻한 사랑의 손길로 닿아 김장 재료 준비를 모두 끝냈습니다.

이제 여러분은 아침식사를 마치고 배추밭으로 가서 배추를 뽑아 운반해 오세요. 오늘부터 김장을 시작합니다!!"

모두들 환호성을 지르며 진심으로 기뻐했다. 5천 포기나 되는 김장을 담그는 건 한 마디로 중노동 중에서도 중노동이다. 그러나 아무리 힘들어도 꼭 해야 하는 일이 있다. 그것이 우리 실로암에서는 김장이었다. 그리고 우리는 그 일의 준비를 모두 끝낸 것이다. 직원들과 장애인 몇 명을 데리고 배추를 뽑아 트럭으로 운반했다.

차곡차곡 쌓이는 배추포기를 보면서 우리 가족들의 겨울준비가 날개처럼 포근하다는 것을 생각하니 부자가 된 듯 마냥 흐뭇했다. 노루 꼬리라고 했던가? 겨울로 접어든 오후의 볕은 짧았다. 점심에 짜장면을 시켜 먹고 일을 한지가 불과 몇 시간도 안 된 듯한데 벌써 해가 산허리에 걸렸다.

나는 직원들에게 서둘러 배추를 트럭에 싣고 갈무리를 부탁했다. 배추가 가득 실린 트럭을 타고 시설로 돌아오는 길에서 행복으로 가득한 포만감을 느꼈다. 세상의 어느 부자도 부럽지 않았다.

낮에 먹은 짜장면과 커피 몇 잔 때문인지 약간의 위통이 느껴졌다. 첫날이지만 수고로움을 아끼지 않은 직원들과 50여 명의 가족들을 위해 삼겹살 파티를 열기로 했다. 배추 속을 푸짐하게 씻어서 제법 쌀쌀하지만 나름 운치가 좋은 정자에 자리를 펴고 지글지글 고기를 굽기 시작했다. 모든 사람들이 빙 둘러서 고기를 구워 다 함께 먹는 그 모습이 내게는 천국과 다름 없었다. 모두 모여 한 가족이 되고 그 가족들이 행복한 시간을 보내는 것이 천국이 아니면 무엇이 천국이겠는가?

다른 사람들은 더 많은 것을 원하고 더 높은 곳을 원하겠지만 과연 그곳에 천국이 있을까 싶었다. 그곳에는 더 많은 것, 더 높은 곳을 원하는 탐욕만이 있을 뿐이고 갈증만이 있을 뿐이었다. 그리고 자유가 없는 삶은 고독한 감옥이다. 맛있는 삼겹살을 먹으며 모두가 한 마디씩 했다.

"세상에 이렇게 감사할 데가……."

"그렇죠? 정말 놀라운 일이에요."

"김장을 할 수 있게 됐어요. 하하."

"와! 맞아요."

여기저기서 감사와 감탄의 소리가 터져 나왔다.

"모두 많이들 먹어요. 흐린 날씨에 고생 많았는데 밥이고 고기고 먹고 싶은 만큼 실컷 들어요."

"원장님과 실로암은 참 복도 많아요. 이렇게 온정이 끊이질 않으니 말이에요."

"오늘 모두들 고생했고 나는 가서 쉴 테니까 편히들 먹으라고. 덕환아, 원장님 휠체어 좀 밀어줘라. 힘없어 죽겠다."

벌써 밤공기가 많이 차가워졌다. 풀어헤쳐진 셔츠 사이로 제법 찬 칼바람이 삭신을 파고 들어왔다. 그러나 그 바람이 내 마음 속을 차갑게 얼리지는 못했다. 오히려 오늘 하루 느꼈던 벅찬 감격을 차분히 식혀주고 있었다. 아무리 즐겁고 행복한 일이 있더라도 나는 언제나 냉정을 유지해야 했다. 오늘의 행복이 내일의 불행을 불러올 수도 있었고 그럴 때면 원장의 역할이 중요했기 때문이다.

나는 언제나 그렇게 긴장의 중심에 서 있었다. 그래도 이번에는 잠시 후련하게 깊은 한숨을 내쉬고 싶었다. 정말 불가능하게 여겨졌던 일을 해냈다는 대견함도 스스로 느꼈다. 지금껏 수많은 기적을 맛보며 살아온 나는 끔찍하게 불행했지만 또한 더없이 행복했기에 오늘도 이 사명을 감당해내고 있는 것이다.

모든 사람들은 고요한 이 밤에 행복한 잠을 청한다. 억새풀은 하얀 옷을 입고 이 밤에도 일을 하고 그 옆에 있는 작은 꽃잎은 가지에서 떠나 이리저리 쓸쓸하게 가고 있지만 아무도 그 꽃잎을 보호해주고 있는 이는 없도다.

덕환이는 내 방문 앞까지 휠체어를 밀어주고 돌아갔다. 가면서 내 목을 끌어안고 눈을 반짝이며 웃어주었다. 덕환이는 백만 불짜리 웃음을 가졌다.

「실로암 연못의 집」에서는 휴대전화가 잘 터지지 않는다. 그래서 방문객들이 많이 불편해하곤 했다. 연일 누적된 피로감 때문이었을까. 평소의 나와는 다르게 다음날 아침에 방문하기로 한 손님이 있다는 사실을 까맣게 잊고 있었다. '따르릉!' 백봉교회로부터 길을 묻는 전화를 받고서야 정신이 번쩍 들어 부랴부랴 손님 맞을 준비를 했다.

"어서 오세요. 오시느라고 고생하셨죠? 제가 한승주 원장입니다. 반갑습니다."

미안함과 고마움으로 어쩔 줄 모르며 손님을 맞이했다. 전화가 터지지 않아 한참을 헤매다 오셨기 때문이다. 호기심과 기대감 가득한 눈동자를 여기저기 바쁘게 굴리던 봉사자 한 분이 내게 다가와 놀랍다는 표정으로 인사를 건넸다.

"이렇게 산골인 줄 몰랐네요. 달팽이처럼 꼬인 찻길은 대관령 고갯길보다 더 위험하고 좁아서 자칫하면 낭떠러지에 구를 수도 있겠더라고요. 오는 내내 조마조마해서 심장이 터지는 줄 알았어요. 길을 지나가면서 몇 번이나 하나님을 찾았나 모르겠어요. 이건 뭐 목숨을 걸고 다녀야 하는 길이잖아요? 원장님은 어떻게 이런 곳에 건물을 지을 생각을 하셨어요? 정말 기적 같아요."

　속사포처럼 쏘아대는 그녀의 말에 우리 모두 공감하며 웃었다. 하루 동안 배추를 더 나르고 우리는 다음날 아침 7시부터 배추 다듬기를 시작했다. 칠순의 나이에도 '네 이웃을 네 몸과 같이 사랑하라'는 성경말씀을 늘 되뇌이며 순종과 봉사를 하는 모습에서 뜨거운 사랑이 느껴졌다.

　그런 분들을 볼 때마다 내 나이 칠십이 넘더라도 반드시 저분들처럼 사랑을 실천하리라 다짐했다. 아니, 저분들보다 더 오래 살아서 더 오래도록 사랑을 실천하리라 다짐했다. 그리고 저분들의 노고를 잊으면 저주가 내려질 것만 같은 두려움도 들었다.

　생각해 보면 착한 일, 사랑스러운 일을 안 하고 사는 것도 잘못된 삶이지만 자신이 한 잘못에 대해 전혀 부끄러움을 느끼지 못하는 사람들이 제일 문제다. 잘못하면 벌을 받는다는 단순한 상식이 자신에게는 해당되지 않는다는 생각이 그들을 그렇게 뻔뻔하게 만들었을 것이다. 최소한 부끄러움을 아는 사람들이 지금보다 조금만 더 많아진다면 세상은 더 밝아질 것이다.

　나는 부모님의 사랑을 받지 못했다. 아버지는 나를 죽으라고 방 안에 가두었고, 어머니는 산속 오두막에 버려놓기도 했다. 죽고 싶었다. 그러나 한편으로 살고 싶은 본능도 꿈틀거렸다. 그리고 죽더라도 이렇게 벌레처럼 죽고 싶지는 않았다. 벌레처럼 죽는 게 싫어 고향을 떠났지만 타향에서는 진짜 벌레처럼 바닥을 기어다니면서 살았다.

　그러나 절대 구걸은 하지 않았다. 힘들어도 참고 내 힘으로 살고자 노력했다. 그래서 시장바닥을 헤집고 돌아다닐 때면 으레 내 고향이 떠올랐다. 상처로 점철(點綴)된 고향이었지만 얼마나 돌아가고 싶었던가. 얼마나 평범한 인간으로서의 삶을 꿈꾸었던가.

평범한 인간으로 산다는 게 얼마나 힘든 일인지 정상인들은 잘 모른다. 그들이 아무리 힘들다고 외쳐도 나에 비하면 한참은 먼 투정이다. 그리고 고향을 향한 꿈, 평범하게 살고 싶은 그 허망한 꿈은 냉혹한 현실의 강풍 앞에 또 얼마나 많이 너덜너덜해져 버렸던가.

그랬다. 부모의 사랑을 받지 못했던 나로서는 나이 지긋한 자원봉사자들이 힘든 내색도 없이 김장 준비하는 모습이 감동으로 다가왔다. 그분들의 모습을 보는 나는 무장해제된 병사와도 같이 여리고 순한 양이 되어버렸다. 그러나 그렇게 삼삼오오 짝을 지어 봉사하는 모습들을 지켜보고 있노라니 가슴 한 쪽이 아파오기도 했다.

'저렇게 나이가 많은 분들에게까지 손을 내밀어야 하는 것이 우리 장애인들이구나….'

정말 혼자 힘으로는 세상을 살아가기가 너무 힘들어 남의 도움을 받아야만 하는 우리 장애인들의 비참한 운명에 속이 상했다. 그리고 그런 우리를 위해 애써 주시는 분들께 미안한 마음도 함께 밀려왔다.

꽤 널찍한 정원 앞마당이었지만 상당수의 자원봉사자들의 분주함과 사랑이 그 안을 가득 메웠다. 몇 분들은 빨간 고무다라에 배추를 절이는가 하면 한쪽에서는 긴 고무호스를 이어 속 재료를 씻느라 바빴다. 그런가하면 일각에서는 서툰 솜씨지만 남자들 여럿이 모여서 무를 씻고 채를 써느라 북적댔다.

한창 김장을 담그는데 어디선가 구수한 노래가락이 흘러나왔다. 칠순의 어떤 봉사자는 타령인지 민요인지를 흥얼거렸고 한 켠에서는 유행가와 찬송가가 섞여서 흘러나왔다.

노래가 끝나자 이제부터는 이야기 잔치가 벌어졌다. 사람들이 모이면 으레껏 하는 이야기가 남녀상열지사와 배우자 험담인가 보다. 그렇게 죽고 못 살아 결혼했지만 남는 건 험담뿐이라니. 그렇지만 그 험담을 가만히 듣고 있자면 그게 단순한 험담이 아니라 배우자에 대한 애정이 함께 들어있다는 사실을 깨닫게 된다. 어느새 오래된 연애 이야기부터 남편 험담까지 대화가 꼬리에 꼬리를 물고 이어졌다.

"밖에 나가면 남의 남편, 집에 들어오면 내 남편이다 생각하고 살아야 맘이 편해."

"맞아. 집 밖으로 나가면 그냥 남이지. 그거까지 따지면 속 터져 죽어."

"아무렴. 하하. 집에서만 잘하면 됐지."

목소리가 걸걸하고 육중한 몸매를 자랑하는 아주머니들의 말에 모두들 깔깔대며 동조할 때 쪽파를 씻고 있던 어떤 봉사자가 눈을 흘기며 소리를 질렀다.

"에이! 은혜 떨어지는 소리 그만들 하고 찬송가나 한 번 불러봐요."

찬송가와 유행가, 하나님의 말씀과 여항의 이야기가 섞여가며 배춧속이 척척 섞여갔다. 이렇게 주거니 받거니 정담도 나누면서 각자 맡은 바 역할을 다하다 보니 어느새 일이 빠르고 순조롭게 진행되었다. 마치 기업의 김치공장 직원들의 모습처럼 일사분란하고 체계적이기까지 했다. 정오가 되자 아침 일찍부터 서두른 탓인지 여기저기서 허기지고 배가 고프다고 아우성들이었다.

"원장님, 배고파요. 점심 준비는 하고 계시는 거죠?"

"당연하죠. 돼지고기 200근 사다가 삶고 있으니까 조금만 기다려주세요."

"우와! 정말 맛있겠네요. 벌써부터 군침이 도는데요? 하하하"

나는 행복에 겨워 농담이 저절로 나왔다. 모두가 둘러앉아 푸짐한 점심상을 차렸다. 누구라고 할 것도 없이 모두 나서서 상을 차리고 밥을 나르고 그렇게 차린 것이다.

된장과 커피가루로 돼지냄새를 없애고 푹 삶은 수육과 겉절이로 점심을 맛있게 먹었다. 일할 때만큼이나 식사도 열심히 했다. 밥을 먹으면서도 모두들 웃고 떠드느라 정신이 없었다. 그렇게 식사하는 모습들이 화기애애하니 그렇게 보기 좋을 수가 없었다. 이분들을 통해서 나를 위로하심이라 생각하며 슬며시 미소가 돌았다. 어느덧 해가 뉘엿뉘엿 넘어갈 때 김장이 마무리되었다. 김장을 마무리 지으며 사모님이 내 곁으로 다가왔다.

"원장님, 오늘 수고하셨어요."

"아휴 ……, 아닙니다. 제가 수고한 게 뭐가 있겠습니까. 사모님과 백봉교회 성도들이 너무 수고를 많이 하셨지요."

그냥 하는 말이 아니었다. 진심으로 감사하고 또 감사했다.

"다 축복받을 일인데요, 뭐."

"오늘은 잘 끝냈지만 내일 버무리고 마지막으로 할 일들이 걱정이네요."

하나가 끝나면 또 하나가 걱정이다.

"너무 근심하지 마세요. 생각대로 다 이루어지잖아요. 피곤하실 텐데 오늘은 그만 들어가 쉬세요. 저희들은 이제 가보겠습니다."

"오늘 고생 많으셨습니다. 조심히 가세요."

"참! 크리스마스엔 우리 백봉교회랑 우림교회에서 방문할 거예요."

김장 봉사도 모자라 위로 방문까지 잊지 않고 해주시니 정말 감읍하고 고마울 뿐이다. 세상이 얼마나 아름다운지 다시 한 번 되새겼다.

"여러 가지 폐만 끼쳐 죄송하고 감사합니다."

백봉교회 봉사자들이 단체사진을 몇 장 찍는데 어느새 눈이 내리기 시작했다. 함박눈은 아니지만 조금씩 쌓이는 눈을 맞으며 손에 손을 잡고 감사 기도를 드렸다. 그날 밤 나는 오늘의 일이 꿈만 같았다. 김장을 마무리할 수 있게 된 것도, 그 일에 많은 사람들이 함께 해준 것도 꿈만 같았다. 그리고 또다시 날이 밝았다.

김장하기 마지막 날엔 배춧속을 든든히 채워 버무려서 땅 속에 김칫독을 묻어 저장하는 일과가 남았다. 김치를 이듬해 봄까지 맛있게 먹으려면 땅 속에서 오래도록 숙성을 시키는 것이 단순하지만 당연한 비법이다. 흙으로 만든 항아리는 미세한 공기구멍이 있어 안과 밖이 연결되어 있다. 그래서 그 구멍으로 김치가 숨을 쉬고 공기가 통하는 것이다. 게다가 땅 속에서 들어오는 갖가지 이로운 세균이 김치의 맛을 더해주고 시원하게 만들어준다.

요새 나온 수많은 김치 냉장고가 바로 그런 원리를 이용한 것이다. 그러나 어디 땅 속에 묻은 김장독만큼의 맛이 있겠는가? 다만 아파트나 일반 주택에서 땅을 팔 수도 없고 불편하게 김장독을 사용하지도 않기에 나온 대체수단일 뿐이다.

김장 마무리 때문에 급한 마음에 아침을 먹는 둥 마는 둥 수저를 놓자마자 대명교회(최석봉 목사님)에서 먼지 날리는 비포장도로를 열심히 달려왔을 자동차들이 주차장에 하나둘씩 들어오기 시작했다. 예상보다 많은 분들이 오셨다. 세상에! 200명은 족히 넘는 자원봉사자들이 마당을 가득 메우고 있었다.

나는 또다시 기적처럼 역사하심에 놀랍고 신기할 따름이었다. 봉사자들은 김장을 하기 위한 간편한 옷차림으로 앞치마를 두르고 그 위에는 두꺼운 오리털 점퍼를 입고 고무장갑을 팔꿈치까지 야무지게 올려 꼈다.

한쪽에서는 어제 절인 배추를 씻어 소쿠리에 건지기 시작했다. 그렇게 건진 배추에서 물을 쏙 뺀 뒤 배추에 매콤한 속을 채워 넣으면 남자들은 김장용 비닐봉투에 배추 포기를 차곡차곡 담아 주둥이를 꼼꼼하게 여민 다음 뒤뜰에 파놓은 김칫독으로 옮겨 공기가 들어가지 않도록 우거지를 얹어 마지막 단도리를 하고 나서 뚜껑을 덮었다.

눈 깜짝할 사이에 정갈하게 절여진 그 많던 배추들이 어제처럼 찬양소리 잡담소리 웃음소리와 함께 어우러져 짭조름하고 맛깔스러운 김치로 완성되어 갔다.

텅 빈 마음으로 추운 겨울을 생각했었다. 어떻게 김장을 해야 할지 눈앞이 캄캄했었다. 그러다가 배추 5천 포기를 마련하였고 턱없이 부족한 돈과 신용으로 양념을 마련했다. 그리고 은혜로운 자원봉사자들이 실로암을 방문해 모두 힘을 모아 김장을 마쳤다. 나는 산더미처럼 쌓인 김장을 눈앞에서 보고 있으면서도 도저히 믿기지 않아 가슴이 벅차올랐다.

'소경이요 귀머거리요 앉은뱅이를 괄시하지 말라. 그들의 눈물을 내가 기억하고 있노라.'

이 말씀을 기억한다면, 아직 일어나지 않은 내일 일을 근심 걱정하며 생을 낭비하지 말아야 한다. 무엇을 먹고 마실까, 어떻게 살며 삶의 목표를 이룰까를 바라며 스스로 뼈를 깎는 고통의 무덤을 파지 말아야 한다.

사람은 물이 흐르듯이 자연에 순종하면서 살아야 된다. 억지로 살아가는 것은 뼈와 살을 잘라내며 그 순간순간마다 견딜 수 없는 고통이 찾아오게 되어 쉽게 포기하게 된다.

'포기하지 마라. 절망하지 마라. 절망은 죽음의 무덤일 뿐이다.'

인색하게 살지 말자. 사람은 공(功), 덕(德), 인(仁)을 헌신하며 봉사하며 섬기며 사랑을 배우고 가르치는 지혜가 필요한 것이다. 물처럼 산다면 더욱 인생을 아름답게 살 것이다. 물은 순종하는 것을 보게 된다. 물은 밑에서 위로 올라가지는 않는다. 물은 위에서 밑으로 내리는 것이다.

이것은 순종과 사랑과 넉넉함을 말하기도 한다. 비가 없으면 생명이 존재할 수 없고 햇빛이 없으면 생명은 자랄 수가 없다. 풍성한 열매를 거둘 수 없는 것이다. 덕망(德望) 있는 삶을 살았으면 좋겠노라.

남들은 너무도 쉽게 담그는 김장이지만 나는 오늘도 삶의 작은 과정 속에서 보람을 느끼고 살아간다. 오늘에 최선을 다할 때 내일도 섭리대로 이루어주심을 「실로암 연못의 집」 김장 과정을 보며 다시금 깨달았다. 나는 비로소 마음이 고요하고 평강이 넘쳤다.

그러면서도 한편으로는 부끄러웠다. 결과가 잘 나와서, 기어이 김장을 하고야 말아서 이런 생각이 드는 건 아닐까? 어쩌면 이것도 일종의 교만이 아닐까 생각했다. 그리고 또 반성하고 조심했다.

황폐한 땅, 고황산을 일구고 뜻을 세워 길을 열고 한 그루의 나무를 심어 가꾸어온 지 어언 30년, 그 앉은 자리 갈고 닦아 북돋으며 피땀과 눈물로 지나온 세월 동안 무에서 유로 올린 「실로암 연못의 집」.

밤하늘의 뭇 별들과 계절 따라 차고 기우는 달을 보면서 끊임없이 소망하였더니 비로소 이렇게 예쁜 꽃으로 활짝 피어났다.

『양 볼에 밭고랑 같은 깊은 골이 패이고
끝내 사명 이루지 못하고 무너질까
두려움에 잠들어 기도할 때
임께서 내게로 와 다시 일어나 숨 쉬게 하시었네.

새벽이 오기 직전이 가장 어두우니

슬픈 영욕의 터널을 빠져나오라 용기를 주시었네.

임이여!

목마른 목숨

생명수로 적셔주는 사랑하는 나의 친구여!

당신은 불멸의 웃는 목자요,

불요불굴(不撓不屈) 불사조이어라.

이 땅의 영원한 생명이여!

시사여생 (時死如生) 밑거름 되어 다시 부활하셨으니

천둥 우는 천지에서도

눈보라 치는 언덕에서도

매서운 강풍 속에서도

수적천석(水滴穿石) 되어

「실로암 연못의 집」을 붙들고 일어섰노라.

활활 타오르는 고황골 정열의 의지여!

엄동설한에도 꽃을 피우는

수어지교(水魚之交) 사랑이 여기 있으매

수수방관(袖手傍觀) 말고

사면춘풍(四面春風) 불어오듯

배고프고 가난한 자들에게

사랑의 손길을 전해주오.

이 겨울은 봄이 되어 다시 오리니.』

한 해의 끝자락 12월, 세밑에는 으레 도와주신 지인들에게 감사 편지를 쓰곤 했다. 월동준비다 김장이다 뭐다 해서 눈코 뜰 새 없이 바쁜 시간이 지났다.

어느 날 아득히 잊고 있었던 사람, 그녀에게서 전화가 걸려온 건 책상 앞에서 연하장을 긁적이고 있을 때였다. 띠리링! 띠리링! 쩌렁한 벨소리가 정적을 헤집고 울려댔다. 눈 속에 폭 파묻힌 산수화가 인화된 반드르르한 연하장에서 눈길을 떼지 않은 채 건성으로 집어든 휴대전화 창에 언뜻 김 실장의 이름이 눈에 띄었다. 순간 심장이 쿵하고 떨어지면서 지난날 입맞춤의 기억이 빠르게 떠올라 마른침을 삼켰다. 애써 침착하려 했지만 나도 모르게 목소리가 떨리고 있었다.

"여보세요?"

"저, 김 실장이에요. 김장은 잘 하셨어요?"

"네. 뭐 그럭저럭……."

그녀는 방금 전까지 곁에 있었던 사람처럼 넉살스럽게 안부를 물어왔고 나는 기계적으로 영혼 없는 대꾸를 하고 있었다. 오히려 그녀의 목소리를 들으니 마음이 더 편안해졌고 감정의 동요도 그새 사그라졌기 때문이다. 아마 그녀에 대한 나의 마음은 전화를 받기 전 몇 초의 떨림, 딱 그 정도였던 것 같다.

"올해는 몇 포기나 하셨어요?"

"5천 포기 정도."

어쩐지 그녀가 정작 하고 싶은 말은 하지 않고 변죽만 울리고 있다는 생각이 들었다. 나는 슬슬 '뭐야?' 싶은 생각이 들었다.

"네에⋯⋯. 지금부터는 연말 연하장도 쓰셔야겠네요. 또 잡지도 출간하고 밀린 원고도 쓰셔야 되잖아요?"

"그렇죠, 뭐⋯⋯.

그렇게 한참을 인절미 쌀을 치대듯 박자를 맞추며 대화를 이어가는데 그녀가 불쑥 내뱉은 말이 가관이다.

"저 안 보고 싶으세요?"

"네?"

"제가 보고 싶지 않으셨냐구요?"

그녀에게서 그런 말을 들으니 그래도 기분이 나쁘진 않았다. 나는 짐짓 에둘러 말했다.

"보고 싶긴요. 뭘⋯⋯. 그나저나 이젠 깁스는 풀었나요?"

"깁스는 풀은 지 좀 됐고요, 언제 원장님 한 번 뵙고 싶네요."

어느 날 저녁시간에 맞춰 만날 생각으로 오후 5시쯤 느지막하게 출발했다. 외곽도로를 타고 중계동까지 가서 '내 고향 약국' 앞에 차를 세우고 그녀가 나오길 기다렸다.

저만치서 나타난 그녀는 여전히 몸이 불편했다. 한쪽 다리를 들고 목발에 몸을 의지한 채 조수석에 탄 그녀를 데리고 추어탕 집으로 향했다. 그녀는 평소에 팔팔 끓는 뚝배기에 생부추를 듬뿍 넣어서 추어탕을 아주 맛있게 먹곤 했었다.

나는 허기가 지고 뱃구레에서 꼬르륵 꾸르륵 요동질하는데도 이상하게 밥이 먹히질 않아 그녀의 식사가 끝날 때를 기다렸다가 그만 수저를 놓고 말았다. 어쩌면 몇 시간 후의 일을 몸이 먼저 알아서였을까? 아니면 본능이 말해줬을까?

답답한 커피숍보다는 차라리 찬 공기도 쏘일 겸 식당 근처 공원에서 이야기하는 편이 더 나을 것 같았다. 추운 날씨임에도 공원에는 사람들이 꽤 많았다. 그녀는 다시 한적한 곳으로 차를 운전하게 했다. 밤 9시가 훌쩍 넘은 야심한 시각에 말이다.

"이제 집에 가야지? 시간도 많이 지났고 아들도 있고 딸도 있는데. 그리고 나도 피곤하고 힘들어. 요즘 연말이라 눈코 뜰 새 없이 바빠. 누가 내 일을 대신해 줄 사람도 없으니 죽으나 사나 혼자서 해결해야 되니까 서로 피곤한데 빨리 가야지."

"원장님 내가 그렇게 싫어요?"

"싫고 자시고 할 게 뭐 있어? 피곤하니까 그렇지. 그리고 차 안에서 무슨 이야기를 해. 남들이 보기에도 좋지 않지."

"꼭 할 말이 있어요. 10분이면 됩니다."

나는 거절할 수 없어 그녀의 행동에 끌려가고 말았다. 어쩐지 그때의 기억이 온몸으로 떠올랐다. 나는 점점 긴장된 느낌으로 차를 몰았다. 후미진 골목 어디쯤에선가 차를 세우게 하더니 그녀는 다시 나의 품에 와락 안겨들었다.

반신불수의 몸뚱이에게 그처럼 영락한 밤이 어디 있겠으며, 환락의 순간이 또 오겠는가. 그 순간만큼은 차라리 살아있음이 거추장스러웠다. 세상에! 이보다 더 좋을 순 없다.

꽃샘추위가 오락가락 새치름한 봄날에 한쪽다리에 보안대를 감고 운동화를 신은 김 실장이 실로 오랜만에 출근을 했다. 그녀는 등산이나 운동할 때를 제외하고는 항상 힐을 신고 원피스나 깔끔한 정장의 완벽한 커리어우

먼 복장으로 출근을 했었다.

그런 그녀였기에 다리를 절면서라도 굳이 원피스를 차려 입고 운동화를 신고 출근을 한 것이리라. 아직 몸이 불편해 보이는 그녀를 보고 있자니 기분이 영 언짢았다. 완쾌되지도 않은 몸으로 부득이 일을 한답시고 기를 쓰는 모양이 안쓰럽기도 하고 답답하기도 해서 왠지 개운치가 않은 것이다.

다치기 전부터 내 모든 시중을 들어주던 그녀는 재입사 후에도 크게 달라짐 없이 최선을 다해서 수발을 들어주었다. 그러나 달라진 것이 있었다. 그냥 원장과 직원 사이가 아닌, 어딘지 모르게 관계가 있는 사람들의 내색이 시작된 것이다. 어느 날부터인가는 커피 한 잔을 부탁해도 그냥 놓고 가는 법이 없었다. 농인지 진담인지 모를 빈말 한 마디라도 꼭 던지고 갔다.

"원장님, 참 귀여우세요."

"오늘은 넥타이가 화사하신데요, 핸섬 가이처럼 보여요. 호호호."

그녀가 실없이 던지는 말들 때문에 기분이 묘해지고 당혹스러운 건 오히려 나였다. 그런데 그녀의 그런 말이 말로 끝나지 않았다. 내가 무슨 행동을 하거나 다른 여자와 웃고 있으면 어김없이 그녀의 질투심이 타오르는 것 같았다. 정말로 그녀는 질투도 심하게 했고 점차 집착도 강해졌으며 사적인 간섭도 간간이 하기 시작했다.

급기야는 내가 장애인이라는 사실조차 잊게 해주는 그녀의 애교와 다감함 때문에 도무지 여우같은 그녀의 마음을 종잡을 수 없게 된 날들이 계속되었다. 그녀는 그렇게 봄 햇살에 언 땅이 해빙되듯 내 쓸쓸한 일상에 스멀스멀 스며들어 왔다.

1999년 3월 강원도 산골 오지의 땅에 건축을 시작했다. 「실로암 교회」와 「장애인의 집」을 완공했으나 채무 때문에 법인 시설로 낼 수가 없어 부득이 개인 신고 시설로 운영하게 되었다. 나는 건물을 짓고 나면 금세 후원의 손길이 이어질 줄 알았다.

하지만 이곳은 봉사와 온정이 닿기엔 너무도 척박한 산골짜기였고, 도심에서 오가는데 1시간 반이 넘는 깊은 산 속의 초라한 오두막에 지나지 않았던 것이다. 나에게는 장애인들을 지켜줄 보금자리요 대궐 같은 곳이었지만 다른 사람들이 보기에는 그랬나 보다.

날씨도 변화무쌍해서 눈이 한 번 내리기 시작하면 어른 배꼽까지 쌓이는 건 다반사요, 춥기도 추웠다. 강원도 산골은 서울이랑 10℃ 이상 차이가 나니 어지간한 방한복으로 무장하지 않고서는 문 밖 출입조차 엄두를 낼 수 없었다.

자연적인 지리적 여건이 이처럼 열악하다 보니 그나마 연중행사처럼 간간이 찾아주곤 하던 봉사자들의 발걸음도 아예 끊어져 버렸다. 후원이 단절되자 장애인들의 삶은 처참하게 피폐해져만 갔고 그야말로 춥고 배고픈 아픔의 세월이 이어졌다.

그러나 지금의 고통이 끝이 아니었다. 지금 상태가 계속된다면 더더욱 어두운 나락으로 떨어질 것은 뻔한 일이었다. 다른 사람들에게는 밝히지 않았지만 매월 1,500만 원의 마이너스가 계속되는 적자운영에 피가 바짝바짝 말라붙는 듯했고 자책과 자학 속에서 세상을 향해 독을 품고 세상에 대한 비관을 하기에 이르렀다.

'건물을 지은 것이 진정 잘못이란 말인가. 사춘기 열병에 방황하는 애처로운 딸도 돌보지 못하고 가정마저 장애인과 함께 하는 삶과 맞바꿔 버린 내가 아닌가.'

그랬다. 나는 사춘기의 딸을 떼어 놓고 이 깊은 산골짜기까지 들어온 것이다. 누가 시켰다면 할 수 없는 일이었다. 그러나 나는 사명감이 있었고 내가 아니면 누가 하겠느냐는 책임감이 있었다. 그런 생각을 하면서 잠자리에 든 장애인들을 살피기 시작했다. 그들이 내 고통의 시작이었으며 내 행복의 시작이기 때문이다.

'세상 모르고 코를 골며 깊은 잠에 빠져든 저 해맑은 50여 명의 장애인들을 이제 어디로 이끌라는 것인가. 세상은 결국 나를 버리고 마는 것인가.' 인적이 끊긴 고적한 산 속에서 우울하고 서글픈 새소리, 바람소리만이 들려온다.

'내가 모태에서 알몸으로 나왔은즉, 또한 알몸으로 돌아가리라. 내가 사는 것도 하늘의 뜻이요, 내가 죽는 것도 하늘의 뜻이니 오, 나의 임이여. 허탈감과 허무한 삶을 생각하지 않도록 나를 잡아 묶어주소서!'

그러나 이대로 포기할 수는 없다. 그 옛날처럼 땅바닥을 기어다니며 장사를 해서라도 저들을 먹여 살려야만 한다. 궁리 끝에 아버지가 물려주신 땅을 밑천으로 창업을 계획했다. 우여곡절 끝에 땅을 팔아 마련한 돈으로 수익성과 안정성이 모두 보장되는 좋은 사업 아이템을 찾아 전국을 떠돌기 시작했다.

내가 박찬수 회장(73)을 다시 만난 것도 바로 이 시기이다. 박 회장은 고 이기풍 목사의 막내딸인 이사례 권사의 양아들이기도 했다. 박 회장의 양모인 이 권사가 처음 본 내게 마치 예수님을 만난 것 같다며 너스레를 떨면서 친근하게 웃음을 보냈을 때 내 머릿속에서는 이렇게 비아냥거렸던 기억이 있다.

'예수쟁이들은 참 말도 잘한다. 아주 청산유수(靑山流水)야. 아무나 보고 형제님, 자매님 하며 친절하다니. 정말 혈육 같은 정이라도 나눌 수 있

다는 것인가?'

비단 그 당시의 반항적 객기만은 아니었던 것 같다. 유난히 포교적이고 공동체적 사랑과 희생을 부르짖는 그들의 교만함에 솔직히 비위가 상할 때가 많기 때문이다. 또 일부에서는 교회를 세우기만 하면 떼돈을 번다고 교인들을 조롱하는 비 기독교인들도 상당하다.

실제로 교회를 팔면서 신도들의 머릿수와 헌금 내역을 가지고 권리금을 받는다거나 목사가 한 달에 천만 원을 못 벌면 바보라든가, 무능력자라고 무시하는 말들도 많이 들었다. 그리고 그런 것들이 대다수의 선량한 목사들에게까지도 피해를 준다는 사실도 알고 있었다. 어디를 가든지, 무슨 일을 하든지 개울물을 흐리는 미꾸라지는 항상 있는 법이다.

이래저래 사회적 시선에서 자유롭지 못한 나는 좀 비겁할지 모르지만 목사라고 칭하는 대신 원장이라는 직함으로 생활하는 게 더 편했다. 그것이 훨씬 밝고 따뜻한 전도의 등불이 되어 주었기 때문이다. 어쨌든 새로운 사업 구상을 위해 동분서주할 즈음 재회하게 된 박 회장을 내가 처음 만난 건 하남의 〈실로암 선교원〉에서 장애인 70명을 믿음과 소망과 사랑으로 힘들게 양육하던 때였다.

잠시 짬이 나서 막 샤워를 하려던 참인데 양 간사가 손님이 찾아왔다고 했다. '이 시간에 찾아올 사람이 없는데…… 누가 연락도 없이 왔지? 옷을 다시 또 입어야 하나?' 욕실 바닥을 벅벅 기어 나와 반신불수의 육신에 옷 쪼가리를 걸치자니 한숨부터 새어 나왔다.

옷을 입거나 목욕을 할 때마다 나는 내가 장애인이라는 사실을 다시 한 번 절실히 깨닫게 된다. 정상인이 장애인을 볼 때처럼 불편하게 느낀다면 장애인은 하루도 살아갈 수 없을 것이다. 늘 육체는 장애를 가졌으나 마음은 건강하고 아름답고 유쾌하기 때문에 착각을 하게 된다. 그러나 분명 나는 심한 중증 중복장애인이다. 뒤뚱거리며 바닥을 기고 벽을 기대며 갖은 몸부림이 필요하기 때문이다. 혼자서 옷을 입는 것은 온몸을 이리저리 뒹굴면서 오랜 몸부림 끝에 겨우겨우 입어야 하고 비장애인들은 단번에 해치우는 일도 내게는 너무 힘들고 피곤하며 눈물겨운 과정이다.

나름 급하게 옷을 주섬주섬 챙겨 입고 거울을 보니 안색은 칙칙하고 동공은 겁먹은 아이처럼 흔들리고 굳게 다문 입술에서는 그동안의 결핍과 허기가 느껴지는 한 사내가 보였다. 뿐만 아니다. 어찌 보니 피곤에 지친 험상궂은 도둑놈, 사기꾼과 같은 볼품없는 장애인 사내가 이마에 땀을 뻘뻘 흘리며 거울을 마주하고 있었다. 도대체 이런 사내를 어디다 내놓을 수 있을까 싶었다. 이 몰골로 손님을 만난다는 것이 왠지 양심에 허락되지 않았다.

나는 갑자기 거울을 보면서 입을 크게 벌리고 웃기 시작했다.

'하 하 하, 허 허 허, 후 후 후……. 아 에 이 오 우…….'

미친놈처럼 한참을 소리지르며 웃다가 고개를 앞으로 쭉 내밀고 눈을 크게 뜨고 입을 상하좌우로 벌려주는 동작을 연거푸 반복했다. 그랬더니 금세 얼굴에 생기가 돌기 시작했다. 언젠가 TV에서 본 이미지 메이킹 강사의 말이 썩 효과가 있는 것 같았다. 조금 전까지 보였던 볼품없는 사내 대신 그래도 얼굴이라도 건강한 사내의 모습이 드러났다. 피식 웃음이 나왔다.

손님 맞을 마음의 준비를 마치고 목발에 의지하여 서재로 들어갔다. 서재에는 이사례 권사와 진한 화장의 키 작은 어떤 여인, 그리고 건장한 중년 남자가 앉아 있었다.

"안녕하세요, 권사님. 그동안 건강하셨습니까?"

나는 깍듯하게 인사를 했지만 '오냐, 오냐.'하면서 두 번째 만나는 내게 은근히 하대를 하는 이 권사가 그리 달갑지만은 않았다. 나는 다른 사람들에게 함부로 하대하지 않는 대신 나 역시 다른 사람들에게 함부로 하대 당하는 게 싫었다. 어쩌면 장애라는 콤플렉스 때문일 수도 있다. 만약 내가 정상인이라면 그냥 넘어갈 수도 있는 문제지만 어쩐지 내가 장애인이라서 무시당하는 기분이 들었기 때문이다. 그래서 더더욱 다른 사람에게 깍듯이 대했고 나 역시 깍듯한 대우를 원했다.

이사례 권사는 내가 소파에 앉자마자 나와 마주 앉은 남자를 가리키며 호기롭게 말했다.

"앞으로 큰 형님으로 모셔."

그렇게 박찬수라는 남자와 첫 대면을 하게 된 것이다. 그는 상당한 미남형으로 훤칠해 보였으나 옛날 임금처럼 눈썹 숱이 검고 많아서 언뜻 사납게 보이기도 했다. 알고 보니 그는 13년 동안의 수감생활을 마치고 출소한지 불과 몇 개월 밖에 안 됐다고 했다.

'무슨 죄를 지었기에 그렇게 오랫동안 옥살이를 했을까. 저 사람의 정체가 뭐지? 왜 저런 인간을 보고 형이라고 하라는 거야?' 이제 겨우 죗값을 치르고 혹독한 인생 공부를 마쳤을 그의 과거가 나는 좀 거북하고 내심 불쾌했다. 웬만한 죄목이라면 13년이라는 긴 시간을 감옥에서 보내지 않았을 텐데 어떤 죄일까 궁금하면서도 은근히 불안했다.

나는 그때 당시 나이가 어렸기 때문에 진리를 따라 순종하고 그 옛날의 세례 요한처럼 노방전도를 하면서도 그리스도인은 절제하며 조용히 사는 것이 많은 사람들에게 상처를 주지 않는다고 생각했다. 이제 와서 생각해보면 내 맘대로 내 뜻대로 살아온 것이 많은 분들에게 죄스러울 따름이다.

수많은 사람들이 주일이 되면 벌떼와 구름떼 같이 몰려드는 대형교회가 많다. 교회를 팔아먹고 성도들의 숫자에 따라 가격을 매긴다고 한다. 교회는 재산이 아니다. 교회 성도들의 피로 교회를 세운 것이다.

그렇게 어색하고 불편했던 첫 만남이 있은 후 며칠이 지난 아침, 그가 전화를 해서는 대뜸 자신의 사무실로 놀러오라고 했다. 내가 그와 어떤 친분이 생긴 것도 아닌데 대뜸 자기 사무실로 오라니, 나는 기분이 상했다. 게다가 그의 자신만만하고 힘이 잔뜩 들어간 목소리에는 교만하기 짝이 없는 거만함이 묻어 나왔다.

그에 대한 선입견도 있었던 탓에 별 기대감도 없었고 선뜻 만나고 싶은 생각도 없었다. 며칠을 망설이다가 그래도 한 번은 부딪쳐야겠다는 생각과 작금의 난국을 걷어낼 획기적인 변화가 절실했던 나는 누구라도 만나서 돌파구를 찾아야만 했다. 결국 그의 사무실이 있다는 강남으로 내키지 않는 걸음을 옮겼다.

막상 가보니 사무실은 꽤 컸고 제법 규모도 있어 보이는 것이 여타의 안정적인 사무실의 분위기와 크게 다르지 않았다. 덩치가 크고 무서운 남자들만 득실거릴 거란 생각으로 갔지만 내가 본 풍경은 그런 생각과 많이 달랐다. 게다가 나를 맞이한 여직원의 환대가 고맙고 더 이상 싫지 않았으며 덕분에 나의 태도도 사뭇 다소곳해지고 있었다.

200평은 족히 넘어 보이는 사무실에는 앉은 사람의 정수리가 살짝 보일 만한 높이의 정갈한 사무용 칸막이 책상이 있었고 머리에 헤드셋을 쓴 10여 명의 남녀 직원들이 전화를 받느라 웅성웅성 정신이 없었다.

엉거주춤 서 있는 내게 화장이 유난히 진하고 키가 작은 아담한 여자가 다가왔다. 전에 우리 사무실에서 봤던 사람인데, 아마도 그의 비서인 모양이었다.

"어서 오세요, 원장님. 회장님께서 기다리고 계십니다. 이쪽으로 오시 겠어요?"

나는 배에 힘을 주며 조용하고 묵직한 목소리로 짧게 대답하고 그녀의 뒤를 따랐다. 오늘도 정장을 입고 오길 잘했다는 생각을 하면서 주눅이 들 지 않으려 애쓰며 휠체어를 밀었다.

우리는 장애인이라면 무조건 못 배우고 가난하다는 인식이 뿌리박힌 한 국에서 살고 있다. 세상의 온갖 멸시와 조롱, 혐오의 시선을 온몸으로 받아 내며 서럽게 살아야 하는 것이 이 나라 수많은 장애인들의 현실이다. 그리 고 그 다르다는 걸 사람들은 틀렸다고 생각하고 나쁘다고 생각하기도 한 다. 그게 바로 편견이다. 내 생각에 진정한 장애는 바로 그 편견이다. 편견 으로 세상을 바라본다면 무엇 하나 제대로 보이겠는가?

사람들의 편견 속에서 제대로 대우 받기 위해 내가 할 수 있는 가장 첫 번째 행동은 깔끔한 외모다. 그래서 나는 옷이라도 깔끔하게 입으려고 노 력한다. 언제나 정장차림에 헤어드라이어로 머리를 단장한 다음에야 사람 들 앞에 나섰다.

여직원은 회장님이라는 표지가 걸린 방문 앞까지 나를 안내하고는 '똑똑' 두 번 노크한 다음 제자리로 돌아갔다.

검은색의 널따란 책상과 갈색의 가죽 소파가 고급스럽게 펼쳐져 있는 방 에서 박 회장이라는 사람이 소파 중앙 상석에 앉은 채로 나를 맞았다. 박 회 장의 태도는 여전히 거만했지만 나는 그게 그 사람의 스타일이려니 생각하 며 자리에 있었다. 사소하고 일상적인 이야기를 나누다가 문득 그가 내놓 은 제안이 나의 귀를 쫑긋하게 했다.

"원장님, 내 말 잘 들어 보세요. 21세기는 소비 형태가 많이 바뀔 겁니다. 지금은 백화점이나 마트, 시장에서 대부분의 유통이 이루어지지만 자꾸 세상이 다변화 · 다양화 되고 있어서 소비자들의 욕구도 천차만별로 달라질 거예요.

다변화된 소비자의 니즈에 맞는 서비스가 충족되어야 하는 거지요. 따라서 소비자들 곁으로 최대한 빠르고 편리하게, 가깝고 깊숙하게 침투하는 마케팅 전략이 필요합니다.

그래서 제가 생각한 기발한 아이템이 있어요. 집에서 필요한 물건들을 구매할 수 있는 홈쇼핑 시장을 개척하는 겁니다. 생필품에서부터 각종 식품이나 의류 등 각종 상품들을 TV나 온라인상의 점포를 통해 유통시키는 거죠.

전국에서 직거래가 가능한 유통 인프라를 구축한다면 적은 비용으로 소비자에게 더 큰 이익과 서비스를 충족시킬 수가 있어요. 보석이나 귀금속 같은 고가품도 좋고 건강 관련 상품들도 구매 욕구를 높이는 추세죠. 아니면 고령화 시대에 맞춰 실버사업 관련 상품 판매도 인기가 있을 겁니다. 어때요? 나와 함께 홈쇼핑 사업 한 번 해보지 않겠어요?"

한참 동안이나 열성적으로 사업 설명에 열변을 토하는 박 회장은 다가올 미래 사회에 대한 식견이나 통찰력이 대단했다. 그런 이야기를 처음 듣는 것은 아니었지만 나름 논리와 가능성이 있었고 미래에 대한 충분한 예측까지 겸비한 듯 보였다. 내가 보기에 예리하고도 정확했다.

수년을 장애인들과 함께 다람쥐 쳇바퀴 도는 생활만 해온 나로서는 그 사람만큼 세상사에 밝지를 못했다. 나는 달리 사족을 달 수 있는 처지가 못되었기 때문에 단지 생각해 보겠다는 짧은 답변만 남기고 돌아와야 했다.

하남과 강원도에 있는 복지시설은 나에겐 고행의 십자가였다. 수십 명의 장애인들과 인지능력장애 노인들을 먹이고 입히는데 부족함이 없어야 하는데 제대로 보살펴주지도 못하고 있는 내가 과연 사명감이 있는지 회의 적일 때가 많았다. 저들에게 제대로 된 아버지가 되어주지 못해서 가슴이 천 갈래로 찢겨 나갔다.

나는 약한 자를 보면 가슴이 아프고 강자를 보면 정의에 불타는 성격이 다. 그래서 내가 돌보는 이들이 힘들어 보이면 참을 수 없는 슬픔에 빠진다.

보랏빛 성공

보랏빛 성공

　나는 돈을 많이 벌어서 더 좋은 환경의 복지법인시설을 세우고자 하는 원대한 꿈을 꾸어왔다. 실버병원, 장애인 학교, 청소년 교도소, 대안학교, 노인무료양로시설 등 나에게는 아직 해야 할 일이 아주 많다. 그러나 나는 무능했다.

　겨울은 곧 닥쳐오는데 곡간은 텅텅 비어갔다. 고질적인 굶주림과 궁핍에 날마다 고사되어 가는 내 자식과 형제들을 위해서 어떻게든 결단을 내려야만 했다. 사면초가(四面楚歌)요 진퇴양난(進退兩難)이지만 이대로 포기할 수는 없었다. 어떻게든 이들을 살리기 위해 최선의 방법을 찾아야만 했다. 그리고 그때 강남의 그 회장이 떠올랐다. 선택의 여지가 없었다.

'그래 강남으로 가자. 내 비록 반신불수이지만 천성적으로 말재주며 수단이 좋고 상술도 뛰어나지 않았던가. 강남으로 가서 박찬수 회장과 사업을 같이 해보자. 나는 할 수 있다.'

박 회장을 다시 만났다. 이번에는 서로의 역할이 바뀌었다. 박 회장이 내 말을 들었고 내가 열변을 토했다. 나는 절대로 말을 꾸미지도 않았으며 억지로 아전인수(我田引水) 하지도 않았다.

오직 진실만이 가장 강한 무기라는 사실을 알기에 오직 진실로만 승부했다. 그날도 나는 진실을 담아 최선을 다 했다. 나는 왜 이 사업을 반드시 성공시켜야만 하는지에 대해 눈물로 성토했다.

묵묵히 듣고 있던 박 회장은 나의 진심을 알아줬다. 서로의 결의를 확인한 다음날부터 새로운 사무실을 구하기 위해 강남 바닥을 종횡무진 돌아다녔다. 그러나 몇날 며칠을 헤매도 우리들의 조건에 맞는 자리가 쉽게 나타나지는 않았다. 한 달 남짓 강남의 부동산들을 전전해 마침내 역삼동 로데오거리 근처에 사무실을 얻었다.

사무실을 얻은 후 우리의 사업은 일사천리로 진행됐다. 우선 박 회장 쪽 인맥을 중심으로 사회 각계에서 연륜을 쌓은 중견 인사들을 영입했다.

1979년 겨울, '명품주식회사'라는 법인명 아래 마케팅 담당에는 김상준, 송추미 상무, 소명덕 상임이사, 김종배 상임이사, 초대회장 자리는 한승주, 내가 맡는 것으로 조직이 모양새를 갖추게 되었다. 그런데 사지육신 멀쩡한 다른 인사들을 제치고 장애를 가진 내가 회장직을 맡는다는 게 그들에게는 마뜩잖았다. 나는 다른 사람이 회장을 하는 게 낫다고 생각했다.

"소 상무, 나 같은 병신이 굳이 회장을 해야 되겠나?"

"당연히 회장님이 회장을 하셔야지, 누가 합니까?"

"그러니까 그 당연한 이유가 뭐냐고?"

"일단 풍채가 조직의 보스 같고 결정적으로 회장님께는 신뢰감이 있지 않습니까?"

"거참! 그전부터 사람들이 나만 보면 회장님, 사장님 하더니만 진짜로 회장이 돼 버렸네. 허허허."

그 뒤로도 몇몇 사람들에게 회장 자리의 불편함에 대해 이야기했지만 돌아오는 대답은 소 상무의 대답과 비슷했다. 결국 사업을 위해서 회장 자리에 앉기로 결심할 수밖에 없었다.

마케팅팀은 물론이고 나를 비롯해서 지위고하를 막론하고 모든 직원들이 투자 유치에 열을 올렸다. 모두가 내 일처럼 최선을 다했다. 밤샘 일도 마다하지 않고 뛴 덕분인지 하나둘씩 투자자들이 모이기 시작했다. 마침내 자금이 조금씩 만들어지고 있었다.

35평 쯤 되는 회장실에는 고급 소파가 놓여졌다. 난생 처음으로 번듯한 회사와 개인 집무실까지 생긴 역사적인 날의 그 감개무량함을 어찌 말로 다 할 수 있겠는가.

평생을 눅눅한 천막 속에서 살아온 인생이었다. 거지들을 먹이고 장애인들의 똥을 치우면서 그들의 뒤틀린 몸이 바로 내 모습이려니 연민하며 살아온 슬픈 내 인생에 무지개가 뜨는 순간이었다.

그러나 이제 시작이라는 생각을 잊지 말아야겠다는 생각을 했다. 이 정도 일로 흥분해서도 안 되고 마치 다 온 것처럼 마음을 놓아서도 안 된다. 모든 건 이제부터 시작이었다. 물론 그렇게 벅찬 마음 한 켠에는 괴롭고 두려운 마음 또한 없지 않았다.

나는 본래 목사의 신분으로 가난하고 병들고 소외된 자들을 위해서 목숨을 바쳐야 하는 소명을 지녔다. 그들을 좀 더 윤택하게 보살피기 위한 불가피한 선택일지라도 내가 사업가의 길을 자청한 것은 어찌 보면 찌들고 병든 세상과의 얄팍한 타협이었다. 이는 하나님께서 원하시는 올바른 사역의 방향이 아님을 알기에 신앙적 질타와 양심의 가책에서 자유로울 수는 없었다.

그런 생각이 들 때마다 다짐했다. 이것은 수단이다. 장애인들과 불쌍한 사람들을 돕기 위한 수단으로써의 가치다. 절대 자만하지 말 것이며 여기에 만족해서는 안 될 것이다. 나는 사명감을 가지고 태어난 사람이다. 사명감을 잃는 순간 나는 더 이상 내가 아니다.

하지만 어둑한 빗줄기 끝에 영롱하게 내비치는 무지개의 단꿈을 나도 함께 꾸고 싶었다. 그런 생각이 들 때면 나도 어쩔 수 없는 나약한 인간이구나 싶었다. 그렇지만 가끔 그 정도 생각만이라도 나에게 베풀어 주고 싶었다면 욕심이었을까?

나날이 활기차고 즐거웠다. 내가 움직일 때마다 어여쁜 비서 두 명과 건장한 남자 두 명이 수행을 하면서 나를 엄호했다. 저녁이면 기름진 음식으로 배를 채웠고, 고학력의 멋진 여비서들이 양쪽에 앉아 산해진미를 수저에 올려주면서 입 안의 혀처럼 달달하게 굴었다.

"회장님, 아~. 많이 드시고 힘내세요. 그래야 우리 회사를 경영해 갈 수 있죠." 회장 자리는 참으로 가슴 벅차고 고된 일이었다.

그녀들은 매일 몸보신에 좋다는 보양식이며 스테미너 음식들을 권하며 내 건강을 살뜰하게 챙겨주었다. 언제나 나의 하루 스케줄, 일주일 스케줄을 챙겨줬으며 내가 가는 곳은 어디든 따라다니며 조금의 불편함도 없게 최선의 조치를 해줬다. 그러다보니 그들이 없는 생활은 생각하기도 힘들었다.

'아니, 세상에! 내가 이렇게 행복해도 될까? 이런 세상이 또 나에게 주어지다니!' 이때의 삶은 내 생애 두 번째로 맛보는 별천지였다.

세상을 비관하며 방황하던 한 마리 짐승 같던 그때가 내 인생에서 가장 젊고 시린 시기였다.

무엇인가 하려고 할 때마다 운명의 여신은 나를 비켜 갔고 저만치서 새로운 빛이 보이는 듯싶으면 어느새 어둠이 그 빛을 삼키곤 했던 것이다. 참으로 추운 시절이었다.

당장 장애의 몸으로 어디 취직할 곳도 없었다. 그때 결심했다. '그래, 어차피 어디가나 병신 몸뚱이. 이왕 병신 소리를 듣더라도 서울에서 듣자. 거기서 뭐라도 해 보자.' 나는 한 번 결심하면 뒤돌아보지 않는 성격이다. 결심이 서자 바로 짐을 쌌다. 짐이라고 해봐야 달랑 가방 하나였지만 말이다.

그러나 막상 서울에 도착하자 앞이 막막했다. 떠나올 때의 호기로움은 다 사라지고 두려움만 남았다. 말 그대로 서울역 한가운데에 아무 연고도 없는 병신이 겨우 서 있는 모습이었다.

한 며칠은 가진 돈으로 밥을 사 먹으며 겨우 노숙을 피해서 허름한 여인숙에서 시간을 보냈다. 그러다가 우연히 시장 바닥에서 장사하는 장애인을 보고 내가 할 일을 깨달았다.

그때부터 내가 한 일은 좀약, 구두약, 이태리타월 등 잡동사니를 손수레에 싣고 땅바닥을 뱀처럼 기어다니며 물건을 파는 것이었다. 이왕 시작한 일이요, 돈을 벌기 위해 바닥을 기는 일이라면 더 많이 팔아야했다.

나는 사람들이 내게 모이게 할 방법으로 노래를 생각했다. 처음에는 입이 떨어지지 않았지만 결국 노래를 시작했다. 생존 앞에서 못할 것이 무엇이 있겠는가?

'배신자여, 배신자여, 사랑의 배신자여, 얄밉게 떠난 임아~'

노래를 부르면서 전국의 시장을 누비고 다녔다. 한 곳에서 장사하지 않고 그렇게 전국을 다니다 보면 노래 한 곡이 채 끝나기도 전에 내 처량한 노래를 듣고 수많은 사람들이 나를 에워싸곤 했다.

"아저씨는 노래도 참 잘 하시네요. 부잣집 도련님 인상에다 많이 배운 사람 같아서 이런 일할 사람 같지는 않은데……. 암튼 노래를 어쩜 그리도 구성지게 잘 부르세요?"

비록 몸은 장애가 있었지만 얼굴과 풍채는 결코 초라해 보이지 않는다는 점이 나의 장점이다. 그나마 다행이었다. 사람들은 모두 한 마디씩 하고는 너도나도 물건을 사주었다.

이럴 수가, 생각지도 않은 돈이 들어오기 시작했다. 돈이 정말이지 소낙비처럼 쏟아졌다. 믿을지 모르겠지만 이태리타월, 좀약들을 팔아 하루에 백만 원을 벌어본 적도 있었다.

하지만 돈이 호락호락 손에 쥐어졌던 것은 결코 아니었다. 오뉴월 땡볕과 한겨울 추위를 견디고 온갖 멸시와 학대에 맞선 뼈아픈 희생의 대가였다.

겨울에는 온몸이 꽁꽁 얼어 바늘로 쑤시는 고통 때문에 노래를 부르기는 커녕 빙판 위에 있는 내 몸이 뒤로 자꾸만 미끄러지는 통에 물건이 가득 실린 손수레를 끌고 앞으로 나아가는 것조차 힘겨웠다. 여름이면 온몸에 고무 튜브를 칭칭 감아 땀범벅이 되어 갈증으로 목이 타들어가도 물 한 모금

못 마시고, 허기가 져도 밥 한 끼 제대로 챙겨 먹을 수가 없었다. 바로 대소변 때문이었다. 고무 튜브는 입는 것도 벗는 것도 엄청 힘들었다.

온갖 오물이 묻어 있는 화장실 바닥까지 기어 들어가서 일을 본다는 것이 죽기보다 힘들었기 때문이다. 장애를 가져 본 사람은 안다. 본능적이고 생리적인 현상 앞에서 얼마나 초라해지는지. 또 아스팔트를 기어다니다 보면 무릎이 퉁퉁 붓고 물이 차서 병원에 가서 주사기로 빼내는 날이 많았고, 발톱이 닳아 피가 철철 흐르기가 일쑤였다. 쌩쌩 전속력으로 달리는 자동차들로 인해 생명의 위협을 느꼈던 적도 다반사였다.

다리에 고무 튜브를 칭칭 감고 바닥을 기어다니면서 꾸역꾸역 장사를 하는 나를 보면서 사람들은 불쌍하다고 혀를 차기도 했고, '전생에 얼마나 죄가 많아 저런 병신이 됐을까. 차라리 죽어 버리지 저런 고생을 하면서까지 살고 싶을까. 쯧쯧쯧.'하며 천 원짜리 한 장을 던져주고 가기도 했다.

그 분들의 마음을 탓하고 싶지는 않았지만 그런 말을 들을 때마다 나는 괴로웠다. 내가 전생에 무슨 죄를 지었는지 당신들이 어찌 안단 말인가? 나도 모른다. 내가 정말 전생에 죄를 지어 이런 몸으로 태어났을까?

나는 그들이 던져준 돈을 보며 그냥 죽고만 싶었다. 나는 비록 장애를 가졌지만 절대 구걸을 하지 않겠다고 마음먹었기 때문이다. 나약한 장애인들은 그저 어디 한 구석에 앉아서 작은 돈 통을 앞에 내놓고 초라한 몰골로 지나가는 사람들의 동정심을 유발한다. 그리고 그렇게 평생을 살아간다.

나는 그런 삶을 사는 것은 생각도 안 했다. 그렇게 사는 건 차라리 죽는 것만 못하다고 생각했기 때문이다. 그런데 그런 나를 구걸하는 사람으로 만들어버리는 행인들을 보면서 소리 없이 눈물이 흘렀다.

그럴 때마다 결심했다. 그래 조금만 더, 조금만 더 하자. 그래서 얼른 이 무거운 고무 튜브를 벗어버리자고 의지를 다지고 또 다졌다. 힘들어도 비록 작고 값싼 물건이지만 이것들을 팔아서 내 힘으로 내 노력으로 여기를 벗어나자고 생각했다. 그런데 사람들은 여전히 나에게 불쌍하다며 돈을 던져 줬고 어떤 이들은 안됐다며 이미 자기 집에 있어 필요가 없는 물건임에도 두세 개씩 사 가기도 했다.

나는 그렇게 내 노랫소리를 듣고 몰려든 사람들에게 매일 둘러싸여 땅바닥을 기어다니는 거지 아닌 거지가 되어 동정을 먹고 살았다. 하지만 온몸이 분골쇄신(粉骨碎身) 뼈가 가루가 되고 몸이 부서지도록 일을 하고 집에 돌아와도 정작 따뜻한 밥 한 끼 챙겨주는 사람도 여전히 없었다.

너무 지쳐 식당 밥이라도 사먹고 싶어도 하루 종일 얼음처럼 꽁꽁 얼었던 몸이 일단 녹기 시작하면 전신이 얼얼하고 칼로 에는 듯 통증이 몰려와 아무리 배가 고파도 밥을 입에 넣을 수가 없을 정도였다. 그래도 나는 살아야 했다. 살기 위해 기어야 했다.

비가 오는 날이었다. 눈 비가 많이 내린 궂은 날에는 시장에서 장사를 할 수가 없었다. 그 날도 아침부터 장대비가 내리더니 저녁까지 그칠 기미가 없어 마음만 심란하게 흔들어 놓았다. 애당초 장사는 글러진 것 같아서 장애인들을 전국의 시장에 데려다주고 물건을 팔 수 있도록 운전해주던 봉고차 기사 중영이를 부르기로 마음먹었다. 그는 내가 장사 수완이 좋아 물건도 많이 팔고 돈도 잘 번다며 나를 무척 믿고 따랐다.

밤 아홉 시쯤 집 근처 식당으로 그를 불러 식사와 함께 소주도 한 잔 기울였다. 지금이야 술을 거의 입에 못 대지만 그때는 그래도 한두 잔 정도는 마시곤 했다. 문득 중영이가 요즘 물건을 못 팔아서 거의 매일 공(空)친다는 김 씨 아저씨 이야기를 꺼냈다. 김 씨 아저씨는 온몸이 비틀어지고 말도 못하는 중증 뇌성마비다.

"김 씨 아저씨는 장사를 너무 못해. 보기 안타까워 죽겠어."

"어휴, 어쩌겠냐. 말도 못하고 고개도 틀어지고 팔도 꼬여서 주는 돈도 제대로 못 받는 중복 중증장애잖아."

"승주 너는 지체장애 일급이라지만 말도 잘하고 머리에 든 것도 많아 김 씨 아저씨하고는 비교도 안 되지. 음성 꽃동네 같은 복지시설을 운영하는 것이 네 꿈이라고 했지? 그러고 보면 땅바닥을 기는 장애인이라도 재능이 있어야 하는 것 같아. 너처럼 말이야. 얼굴이면 얼굴, 노래면 노래, 말은 또 얼마나 청산유수냐고. 도대체가 너는 빠지는 게 없잖아?"

"야, 한승주는 그래 봤자 병신이야."

중영이가 내 어깨를 툭 치며 말했다.

"넌 장애 빼면 빠지는 거 없어."

"내가 뭘 그렇게 잘 생겼냐?"

중영이의 팔을 툭 치며 건성으로 흘려듣는 척했지만 내심 나를 치켜세워 주는 그가 싫지 않으면서 은근히 기분까지 들뜨기 시작했다. 취기도 서서히 오르는 것 같았으며 초라한 식당 문전의 처마에 떨어지는 빗방울은 점점 굵어지고 있었다.

"야, 이 기사 중영아. 오늘 비도 오고 기분도 좋은데, 우리 근사한 데 한 번 가볼까?"

"어디, 그런 데가 있어?"

"예쁜 여자들이 나오는 술집이든지 나이트 어때?"

"야야, 승주야, 그런 덴 비싸. 술값이 많이 있어야 한다고."

"괜찮아, 돈 있어. 나 열심히 벌고 있는 거 너도 알지?"

"그렇게 힘들게 벌어서 쓸데없이 그런 데 쓰면 되냐? 착실하게 모아서 집도 사고 장가도 가야할 놈이."

나는 잘 마시던 술이 거꾸로 올라오는 느낌이었다. 아무리 아닌 척하고 신경 안 쓴다고 생각했지만 이성이나 결혼에 대한 이야기가 나오면 나도 모르게 삐딱해지는 것이다. 아마도 청춘의 뜨거움을 속으로 삭혀야 했던 괴로움 때문이었으리라.

"미친놈! 나 같은 병신이 장가는 무슨? 난 거지야. 거지 중에 아주 상거지. 설령 내가 돈을 많이 모았다 치자. 아무리 돈이 좋아도 그렇지. 어떤 여자가 나 같은 병신한테 시집을 오겠냐? 흥! 꿈도 안 꾼다, 나는."

"그렇게까지 자학할 필요 뭐 있어? 찾아보면 장애인 중에도 착한 여자는 얼마든지 있잖아?"

"거참! 나도 병신인데, 병신끼리 지지고 볶고 살라고? 나는 죽으면 죽었지 병신하고는 결혼 안 해. 차라리 혼자 살고 말지."

그랬다. 비록 내가 장애가 있지만 아내까지 장애가 있는 여자를 얻고 싶지는 않았다. 나는 정상적인 여인과의 사랑을 꿈꿨다. 그래서 그게 힘들다는 생각이 들 때마다 더더욱 속이 상했던 것이다.

"서로 상처 있는 사람들끼리 의지하면서 살면 좋지 뭘 그래?"

"시끄러! 그딴 얘기 이제 그만 집어치우고 여기 좀 봐라. 내 주머니에 지금 삼백만 원 있거든? 죽이게 예쁜 아가씨들 있는 술집이나 한 번 가보자!"

"이놈이 드디어 미쳤군."

"여태까지 살면서 여자가 어떻게 생겼는지, 룸살롱이 어떻게 생겨먹었는지 본 적도 들은 적도 없다고. 그러니까 오늘은 미친 척하고 가보자고. 얼른 일어나."

"어이구, 미친놈. 이 꼴을 해 가지고 어디를 간다는 거야? 정신 차려! 인마."

"그러냐? 그럼 일단 옷부터 갈아입자. 깃 빠짝 세우고 머리에 포마드도 바르고 구두 광택도 좀 내면 낫겠지, 안 그래?"

"승주야, 그건 그렇고. 넌 언제 그렇게 비상금을 많이 모았냐? 내가 매일 은행에 저축해서 쌈짓돈이 있을 리가 없을 텐데?"

나는 그때까지만 해도 은행 거래를 한 번도 해본 적이 없었다.

"야야, 말도 마라. 한푼 한푼 몇 달 걸려서 모은 피 같은 돈이다. 하하하."

"이 새끼, 그동안 거짓말을 했구먼. 날 속였다 이거지? 하하하."

결국 그는 나의 고집을 꺾지 못했다. 어쩔 수 없이 나를 데리고 천호동에 있는 룸살롱에 갔다. 5천 원권 100만 원 한 묶음을 주머니에 넣고 네온사인이 요란하게 춤추는 어느 술집 입구에 섰다.

까만 골프 우산을 집어 쓴 검은 양복 차림의 남자가 왼쪽 팔을 벌려 중영이를 거칠게 막아서며 말했다.

"여긴 당신 같은 병신이 오면 안 돼! 손님들 다 도망간다고. 다른 데 가서 알아보쇼. 얼른!"

나는 술기운 탓도 있으려니와 병신이란 말에 순간 열이 확 뻗쳤다. 그간의 설움과 울화가 배꼽 밑 창자를 뒤틀면서 끓어올라 심장이 터질 듯 벌떡이게 했다.

마침내 눈높이에서 중영이와 남자가 옥식각신하고 있는 기회를 내가 놓칠 리가 없었다. 순식간에 남자의 그곳을 움켜쥐는 순간 남자는 '악!' 외마디 비명 소리와 함께 성기를 움켜쥔 채 제자리에 '퍽'하고 고꾸라져 버렸다. 얼굴은 처참하게 일그러졌고 마치 네온 빛에 물든 것처럼 붉으락푸르락 고통스러워했다. 나는 그 남자에게 호기롭게 쏘아붙였다.

"지 물건 하나 제대로 간수 못하는 주제에 누구한테 가라마라야?"

남자는 여전히 고통스러워하면서 바닥을 기었다.

"나는 나보다 약한 사람을 함부로 대하지 않는다. 억울하면 언제든 덤벼라. 사지육신 멀쩡한 네가 병신 하나 잡는 게 어렵겠어? 그러나 명심해라. 나는 내가 이길 때까지 너를 찾을 것이다. 네가 죽든 내가 죽든 둘 중 하나가 죽을 때까지."

사내에게 그렇게 말을 던지고 나서야 오랜 체증이 내려가는 듯 후련했다. 호기롭게 술집을 들어가려는데 지하 계단이 또 발목을 잡았다.

"중영아, 근데 여긴 계단이잖아?"

"이 새끼야, 룸살롱은 다 지하에 있어. 그러니 병신들이 가서 술 먹을 데라고는 우리나라 어디에도 없다고 봐야지."

화가 나기보다도 어이없는 실소(失笑)가 나왔다. 입구에서는 똘마니가 병신이라고 막고 이제 안으로 들어가려 했더니 지들끼리만 마시고 놀겠다고 계단 저 아래에 룸살롱을 만들어 놓다니. 정말 이 나라는 장애가 죄인가? 나는 오기가 발동했다. '그래, 내가 한 번 봐주마.'

"그래, 까짓것 못 내려갈 나도 아니지. 야, 뒤에서 내 허리띠나 단단히 잡아. 만약에 허리띠를 놓쳐 목발이 미끄러져 넘어지면 내 머리통 깨지니까 꽉 잡으라고. 괜히 상병신 만들지 말고."

나는 조심스럽게 목발을 떼면서 한 계단 한 계단 내려갔다. 손님이 들어오고 있음을 알리는 멜로디가 출입문 건너에 울려퍼질 즈음 우리는 방음 처리된 두터운 문을 밀고 안으로 들어섰다. 손님의 기척을 듣고 민첩하게 걸어오는 젊은 남자와 눈이 마주치는 순간, 나는 재킷 안주머니에서 돈 다발을 꺼내서 허공을 향해 확 뿌려 버렸다.

돈다발이 허공을 나르는 모습을 보며 나는 속이 후련해졌다. 그리곤 나도 모르게 울분처럼 소리가 터져 나왔다.

"야, 이놈들아! 돈 있다, 돈! 유전이면 최고지."

홀 안에 있던 사람들의 시선이 일제히 우리에게 집중되면서 술렁이기 시작했다. 그때 취객 하나가 일어서더니 대뜸 나에게 삿대질을 해대며 육두문자를 날렸다.

"어이구! 병신 육갑하고 있네. 여기가 어딘 줄 알고 저런 치들이 발을 들여 놔. 여기 물 관리를 어떻게 하고 있는 거야?"

일면식도 없는 사람에게 병신이라는 욕을 듣고만 있을 수는 없었다. 나 또한 벌레만도 못한 위선덩어리 남자를 향해 독설을 퍼부어 주었다.

"뭐라고? 야, 너 누구야? 누군데 감히 나보고 병신이래? 이 새끼야, 너 나 알아? 그래, 병신 맛 좀 볼래? 내 보기엔 니가 더 병신이야. 술을 먹으려면 곱게 처먹으라고, 이 개새끼야!"

나는 장애인을 함부로 무시하는 놈들에게는 절대 고개를 숙이지 않았다. 그런 놈들일수록 강자에게 약하다는 걸 알기 때문이다.

"뭐, 이 새끼야? 어디서 병신 새끼가 나타나서 지랄이야?"

정말 싸움이라도 한바탕 일어날 분위기였다. 상황이 이쯤 되자 주방 쪽에서 처음 나와 눈이 마주친 젊은 남자가 잰걸음으로 뛰어와 허리를 굽혀 깍듯하게 인사를 했다. 나는 그의 깍듯한 태도에 당황스러웠다.

"어서 오십시오! 손님."

"뭐야, 당신은 또 누구야?"

"네. 저는 이곳의 지배인입니다. 무엇을 도와드릴까요?"

이번엔 줄곧 내 옆에서 엉거주춤 어쩔 줄 몰라 하던 중영이가 나섰다. 그리고 갑자기 튀어나온 중영이의 거짓말이 내 어안을 벙벙하게 만들었다.

"지배인, 이분 얼른 룸으로 모셔요. 이 사람 꼴통부리면 아무도 못 말려요. 병 깨서 이빨로 누룽지 씹듯 잘근잘근 씹어서 아무한테나 뱉어버린 다음 싹싹 문질러 아예 얼굴을 갈아버린다니까요. 꼴통 중에 상 꼴통이라고."

중영이 녀석이 졸지에 나를 무슨 험악한 건달쯤으로 만들어 버렸다. 어쨌든 지배인은 우리를 룸으로 안내했다. 중앙의 길고 번들거리는 사각 실까지 겸비된 방에는 천장에 오색의 미러볼이 저 혼자서 빙글빙글 휘황하게 돌아가고 있었다. 나는 룸살롱이 이런 곳이었구나 싶은 생각으로 주변을 둘러보았다.

"손님, 이쪽이 상석입니다."

"상석이라니, 다 똑같지. 무슨 상석이 따로 있어?"

"아닙니다. 술값을 내는 분이 상석에 앉아야 합니다."

술값 내는 사람이 상석의 주인이라니 납득은 안 되었지만 일단 중앙에 자리를 잡고 내가 먼저 앉았다.

"술은 어떤 걸로 드릴까요?"

어떤 술이라니? 그걸 나한테 물으면 뭐라 대답할 것인가? 그때까지 마셔본 술이라고는 막걸리와 소주가 전부였던 때였다. 솔직히 어떤 술을 주문해야 될지 잘 몰랐다. 나는 어찌할까 생각하다가 평소 하던 대로 하고 싶었다.

"지배인, 일단 소주 두 병하고 안주는 돼지고기 삶아서 수육으로 줘요. 상추하고 마늘도 듬뿍 주고."

내 말을 들은 지배인은 적잖이 당황한 표정이었다. 그리고 조심스럽게 입을 열었다.

"저 손님, 죄송합니다만 이곳은 소주나 수육은 팔지 않습니다. 여기 보시다시피 양주와 맥주만 준비되어 있습니다."

지배인이 내미는 메뉴판에는 듣도 보도 못한 양주가 종류별로 가격이 명시되어 있었다. 나는 아무리 들여다봐도 뭐가 좋은지를 도무지 알 수가 없어서 그냥 지배인한테 알아서 가져오라고 했다.

몇 분이 지나자 빨간 나비넥타이와 빨간 반짝이 조끼를 입은 웨이터가 이름을 알 수 없는 양주 한 병과 맥주, 과일안주, 우유, 음료수를 담은 쟁반 두 개를 마치 묘기를 부리듯 포개어 한 손으로 들고 와서는 테이블에 세팅을 시작했다. 휑하니 썰렁했던 테이블이 금방 술과 술잔, 안주들로 가득 채워졌다.

생전 처음 보는 것에 나의 눈이 휘둥그레졌다. 그리고 내 앞에 놓인 작은 술잔, 스트레이트 잔을 보면서 이건 또 뭐야 싶었다. 나는 세상에 태어나서 그렇게 조그만 술잔은 처음 보았기 때문이다. 소주잔보다 작은 것으로 도대체 몇 잔을 마셔야 취하게 될지 궁금할 따름이었다.

웨이터가 양주 한 잔을 따라 주고 나가자 지배인이 들어오더니 그 뒤에 등과 어깨가 시원하게 파이고 허벅지가 하얗게 드러나는 원피스를 차려 입은 아가씨들이 우르르 따라 들어왔다. 이미 술에 취한 나의 눈에는 50명도 더 되는 선녀 무리 같았다. 그 많은 아가씨들의 얼굴이며 몸매가 하나같이 예쁘고 섹시해 보였다.

텔레비전에서나 봤음직한 예쁜 여자들이 이곳 술집에 다 모여 있었다. 너무 신비롭고 황홀해서 머리가 띵하고 가슴이 다 찌릿찌릿했다. 대한민국의 아름다운 아가씨들은 다 여기에 모여 있는 것 같았다.

"회장님, 초이스 하시지요."

지배인이 나를 회장이라는 호칭으로 바꿔 부르면서 하는 말을 나는 아무리 곱씹어 생각해봐도 도통 이해할 수가 없었다. 그러나 거기서 그걸 시비 삼을 이유는 없었다. 오히려 난생 처음 듣는 초이스란 말이 더 혼란스러웠다.

"초이스? 초이스가 뭐야? 그게 뭔 말이야?"

"회장님께서 맘에 드는 아가씨를 선택하라는 말입니다."

그제서야 깨달았다. '아, 선택하라는 뜻의 초이스? 그럼 여기 있는 아가씨들 중 내가 원하는 사람을 고르라는 것?' 돈이 좋기는 좋구나 싶었다.

나는 아가씨들을 쭉 둘러보았다. 이렇게 예쁜 아가씨들을 가까이에서 바라보는 것만으로도 황송한 일인데 아예 두어 명을 옆에 앉혀 같이 놀라니 정말이지 그 많은 아가씨들 중에서 누구를 골라야 할지 쉽게 판단이 서지 않았다. 지배인이 눈치를 챘는지 조심스럽게 끼어들었다.

"그럼 제가 골라드릴까요?"

"그래. 지배인이 이 병신하고 술 한잔할 수 있는 마음씨 착하고 예쁜 아가씨 둘만 골라 줘 봐. 난 하나 갖고는 성에 안 차거든."

나는 호기롭게 두 명을 원한다고 말했다. 나는 취기와 함께 객기도 올랐다. 지배인이 골라 준 아가씨를 양쪽에 앉히자 나는 정말 회장이라도 된 듯한 착각에 어깨가 으쓱하고 자신감이 샘솟았다.

"아가씨는 몇 살인가?"

"호호호. 저요? 저는 방년 스무 살이에요."

"뭐야! 열여덟이 아니고. 나이 속이는 건 아냐? 크크크."

"어머나, 아니에요. 호호호. 그러는 자긴 몇 살?"

"난 스물다섯이다. 니들 오빠야. 어디 술 한번 따라봐."

아가씨는 취하지도 않을 것 같은 그 작은 잔에 술을 따랐다.

"감질나게 이게 뭐냐. 이렇게 병아리 눈물만큼 마셔가지고 취하기나 하겠냐고? 그냥 맥주잔에 이빠이 따라. 얼음 하나 넣고. 옳지 잘한다."

나는 맥주잔을 단숨에 들이켰다. 속이 타는 듯 뜨거웠지만 나는 끝까지 다 마셨다. 나의 '캬' 하는 소리와 동시에 아가씨들은 안주를 입에 넣어 주기 바빴다.

"양주는 맥주 마시듯 마시면 안 돼. 작은 잔으로 마셔야 해, 자기야!"

"야, 내가 자기라고?"

"야, 이년아. 손은 닦았어? 손도 안 닦고 네 입 아니라고 막 처넣는 건 아니지?"

"아휴! 회장님 욕도 잘 하시네."

"왜, 이 병신이 욕하니까 기분 나쁘냐?"

"아니에요, 회장님이 욕하는 건 구수해요."

참인지 거짓인지 알 순 없었지만 어쨌든 나에게 초이스된 그녀들은 나의 온갖 폭언과 농담을 특유의 아양과 애교로써 웃어넘기며 테이블을 꿋꿋하게 지켰다.

한참을 마시다 보니 술병이 바닥을 드러냈고 나는 내친김에 부어라 마셔라 계속 달려보기로 하고 양주 한 병을 더 추가했다. 아가씨들은 팁을 달라고 요구했고 나는 돈을 세지도 않고 꺼내 그녀들의 젖가슴 골에 깊숙이 박아 주었다. 돈이 들어가자 아가씨들의 행동이 더욱 대담해졌다.

"우리 회장님 최고! 그럼 저희가 특별히 쇼 한 번 보여드릴게요. 보시고 잘한다 싶으시면 팁 더 주세요, 아셨죠?" 하더니 내 오른쪽에 앉았던 긴 생머리의 인형같이 큰 눈을 가진 아가씨가 먼저 테이블 위에 올라가 옷을 하나씩 벗기 시작했다. 상의 탈의만 하겠거니 했지만 점점 시간이 갈수록 아가씨는 알몸이 되어갔다. 급기야는 알몸으로 춤을 추었다.

신고식이라고 했다. 그리고 그게 그녀들만의 인사 방식이라고 했다. 나는 마냥 신기하고 놀라웠다. 돈 앞에서 수치심도 모르는 그녀들은 과연 사람일까 짐승일까. 오히려 내가 얼굴이 뜨거워져서 차마 똑바로 쳐다볼 수가 없었다. 이상하고도 신선한 충격이었다.

"아니, 뭐가 부끄러워요? 자기야, 이게 우리 직업이야. 프로가 되어야 한다고."

이번엔 왼쪽의 아가씨가 두 번째 쇼를 한다며 알몸으로 테이블 위에 엎드리더니 뇌쇄적인 눈빛을 나한테 고정하며 기어왔다. 그리고는 맥주 한 병을 쇄골에서부터 가슴께로 붓더니 일면 계곡주를 만들어 나에게 마시도록 했다.

마지막 아가씨는 유난히 피부가 희고 맑았으며 보름달처럼 탐스러운 힙이 참 아름다웠다. 그녀는 흐느적 흐느적 유연한 춤사위를 뽐내다 말고 갑자기 테이블에서 내려와 나를 꼭 끌어안았다.

심장이 뛰고 호흡이 곤란해지더니 내 모든 말초신경이 곤두섰다. 내 몸 구석구석을 발가벗은 몸으로 애무하며 내 입술에 키스를 퍼부었다. 탐욕스러운 욕정에 도취된 나는 이성을 잃고 마구잡이로 돈을 뿌려가며 마녀 같은 그녀들의 구미를 돋우며 질펀한 밤을 즐겼다. 어쩌면 술과 여인에 만취한 피끓는 청춘의 환영이었나 싶은 황홀한 오욕(五慾)의 그 밤은 후로도 오랫동안 신기루 같기만 했다.

다음날 새벽까지 두통과 울렁증으로 헛구역질을 해대며 화장실을 밤새 들락거렸다. 머리를 꽁꽁 싸매고 사경을 헤매다 아침녘에야 겨우 잠이 들었는데 중영이가 찾아와 단잠을 깨웠다. 지난밤 기억을 또 들추며 이죽거렸지만 나는 만사가 다 귀찮고 이유 없이 침울했다.

"승주야, 너 참 잘 놀더라. 많이 놀아본 거 같던데? 여자 다루는 솜씨가 보통이 아냐."

"놀아보긴 뭘 놀아 봐. 병신이 구질구질하게 놀면 여자들이 좋아하겠냐? 화끈하게 놀아야지. 안 그래?"

술 취한 중에도 내 성격이 드러난 것이다. 병신이라고 기죽지 않는다. 기죽으면 진짜 병신이다.

"그래, 너 잘났다. 난 너한테 질려서 제대로 놀지도 못했어. 네가 취해서 또 성질부리고 싸울까 봐 불안해서 맘 놓고 술도 못 마시고. 근데 넌 자식아, 나는 아랑곳 않고 참 잘도 놀더라."

얼마나 심하게 마셨는지 나는 꼬박 삼일 동안을 살아있는 행시주육(行尸走肉) 송장이요 시체처럼 누워만 있다가 오랜만에 잠실 새마을시장에 나가니 여기저기서 아는 체를 해왔다.

"미남 아저씨, 오랜만이에요? 근데 왜 이렇게 얼굴이 안 됐어요?"

"그동안 좀 아팠어요."

차마 죽도록 마시고 술병이 났다고 말할 순 없었다.

"아이고 저런! 그럼 결혼은 했어요? 아무도 없을 때 아프면 서러운데. 마누라가 있어야 죽도 끓여주고 간병해 줄 텐데."

"뭐 저 같은 병신한테 시집 올 여자가 어디 있겠어요?"

"무슨 소리에요? 어제 어떤 장애인 부부가 장사하러 왔었는데 서로 의지하며 아주 잘하던데요? 남자는 양손이 다 꼬부라지고 다리도 약해서 땅바닥에 질질 끌고 다닐 정도로 장애가 심했지만 여자는 아주 명랑하고 사근

사근했어요. 장애가 좀 있긴 해도 노래도 썩 잘하고… 암튼 둘이 합심해서 열심히 사는 모습이 좋아 보이더라고요.

지나가는 사람들이 안 됐는지 돈도 주고 물건도 많이 팔아 줘서 아마 거의 떨이했을 걸요? 그러니 몸 좀 불편하다고 결혼까지 포기할 일은 아닌 것 같아요. 힘내세요!"

나는 결혼이니 여자니 하는 것보다도 오늘 장사에 대한 생각으로 머릿속이 복잡해졌다.

'에이! 재수 대가리 없어! 그 병신 부부 때문에 오늘 내 장사는 물 건너 갔군. 아주 죽 쑤겠어.'

그들이 나보다 한 발 앞서 시장을 돌았다면 오늘 장사는 그다지 신통치 않을 것이다. 그렇다고 작파하고 돌아설 수는 없는 노릇이라 아랫배에 힘을 모아 목청껏 노래를 부르기 시작했다.

〈녹슬은 기찻길〉

휴전선 달빛 아래 녹슬은 기찻길
어이해서 피 빛인가 말 좀 하려마
전해다오 전해다오 고향 잃은 서러움을
녹슬은 기찻길아 어버이 정 그리워 우는 이 마음

대동강 한강물은 서해에서 만나
남과 북의 이야기를 주고받는데
전해다오 전해다오 고향 잃은 서러움을

녹슬은 기찻길아 너처럼 내 마음도 울고 있단다.

노래를 부르고 있노라니 그래도 구경꾼들이 하나 둘씩 몰려들기 시작했다. 역시 내가 노래는 좀 하는 모양이었다. 사람들은 혀를 차며 나를 동정하는가 하면 구성진 내 노래에 칭찬 또한 아끼지 않았다.

"어머나! 저기 노래 부르는 사람, 혹시 가수 남진 아냐?"

"뭔 소리야. 남진이 언제 장애인이라도 됐단 말이야."

"아니, 잘 봐! 남진 닮지 않았냐고."

"내 보기엔 오히려 나훈아 같은데? 아까 '녹슬은 기찻길' 부를 때 너무 잘하지 않았어. 진짜 나훈아가 노래 부르는 줄 알았어. 완전 잘 부르잖아."

"그러게. 어쨌든 참 잘 생기고 재능도 많아 보이는데 장애인이라 좀 안타깝다. 그치?"

"설마 성불구자까지는 아니겠지."

"야, 아니야. 내가 아는 고등학교 동창 친구 여자애가 있는데 그 애는 얼굴도 예쁘고 몸매도 섹시한데 장애인하고 결혼해서 잘 살고 있어."

"야, 그 장애인이 남자 구실을 할 수나 있어? 두 다리를 못 쓰는데."

"아니야, 페니스가 강하고 탐스럽고 너무 좋대. 그리고 자기가 콤플렉스가 있기 때문에 아내밖에 몰라. 내 친구 그 여자애는 신랑밖에 몰라, 미쳐 죽는데. 지금은 아이 3명 낳았어. 남편하고 참 행복하게 잘 살고 있어. 보기에 참 좋아!"

"그래, 장애인도 하체가 힘이 없지만 성기는 강하고 힘이 좋은가 봐. 야, 저 남자도 그럴지 몰라. 나훈아처럼 무척 노래도 맛있게 부르잖아. 얼굴도 잘생기고 말이야."

사람들은 나를 들었다 놨다 하며 저희들 마음대로 생각하고 재단했다. 그러나 그런 일에는 이미 이골이 난 터라 그냥 넘겼다.

"글쎄, 다리가 저래가지고 어떻게 연애는 할 수 있겠어?"

그렇게 수군대는 소리를 한 귀로 흘려들으며 노래에만 열중하는데 말쑥한 중년남자가 다가오더니 자기가 노래 한 곡 불러보겠다며 내 마이크를 잠깐 빌리자고 했다.

나는 이건 또 무슨 일인가 싶었지만 옷맵시며 말투가 보통 사람 같진 않아서 어찌 노는지 좀 볼 요량으로 마이크를 넘겨주었다. 제법 노래 부르는 흥이며 폼이 기존 가수 뺨치고 절정의 꺾기도 맛깔스럽게 표현해내고 하는 것이 아주 끼가 철철 넘치는 사람이었다.

어찌됐든 내 장사는 생각지도 않은 그 사람 덕분에 활기를 되찾기 시작했다. 어제 장애인 부부가 와서 많이 팔고 갔다기에 별 재미가 없을 줄 알고 마음을 비웠는데 뜻하지 않은 남자의 등장으로 제법 장사가 호황을 이뤄 천만다행이었다.

저녁 일곱 시가 넘어가도록 빈속인 채 덜덜 떨며 시장 모퉁이를 지키고 있는데 오십대쯤 돼 보이는 건어물가게 주인아주머니가 내게로 다가왔다.

"총각, 오늘 장사는 어땠어? 많이 팔았어?"

"네, 그럭저럭요."

"잘했네. 춥고 배고플 텐데 뜨끈뜨끈한 국밥 한 그릇 시켜줄까?"

점포 하나 없이 시장바닥을 전전하는 초라한 내게 조건 없이 온정을 베풀어준 아주머니의 배려 덕분에 나는 따뜻한 국물 맛을 볼 수 있었다. 그렇게 언 땅 위에 국밥 그릇을 놓고 허겁지겁 소나기밥을 먹고 있는데 갑자기 회오리바람이 불더니 순식간에 흙먼지 속에 밥그릇이 묻히고 말았다. 아주머니가 베푼 따뜻한 인정이 그냥 사라지는 순간이었다. 나는 더 이상 밥을 먹을 수가 없어 그나마 허기를 채운 것으로 만족을 해야 했다.

밤 10시, 봉고차가 도착해서 나를 데리고 갔다. 몸과 마음이 너무 춥고 고단했으며 서럽고 외로웠던 하루가 그렇게 침잠하고 있었다.

어느 날은 가락시장으로 새벽 장사를 나갔다가 우연히 연설을 하게 된 적도 있었다. 새벽 3시쯤이었는데 그날은 야채 쓰레기가 산더미 같이 쌓여 있어서 도저히 손수레를 끌 수가 없어 무지무지하게 힘이 들었다.

옴짝달싹 못하는 손수레 때문에 장사는 이미 날 샌 것 같았다. 궁리 끝에 노래 대신 즉석에서 그간 시장 사람들에게 가졌던 감사의 마음과 나름 가슴에 품고 있던 생각을 전달해 보기로 결심했다. 조금이라도 값 싸고 물 좋은 상품들을 흥정하기 위해 바쁘게 움직이는 상인들을 향해 소리쳤다.

"여러분! 잠도 설쳐가며 새벽시장에 나와 고생하시는 상인 여러분, 하루 하루 이렇게 열심히 살아가시는 여러분이 계시기에 저와 같은 장애인들도 더불어 살아갈 수 있는 것 같습니다. 여러분의 수고로움에 머리 숙여 감사 드립니다. 행복은 타인으로부터 오는 것이 아닌 오로지 스스로가 자신을 사랑하고 도울 때만이 값진 행복의 기쁨이 주어진다고 생각합니다."

처음에는 무슨 소린가 싶어서 슬쩍 고개를 돌리던 사람들, 관심 없다는 듯 자신의 일만 하던 사람들이 하나둘씩 내게 시선을 돌리기 시작했다. 나는 계속 연설을 이어나갔다.

"그래서 어쩌면 행복과 사랑은 멀리 있지 않고 늘 우리 가까이에 있는 것 이겠지요. 만약 슬프고 괴로운 순간이 찾아오더라도 나보다 더 어려운 사 람들을 생각하며 꿋꿋하게 이겨낸다면 오늘의 고난이 곧 저주가 아니요, 축 복으로 되돌아온다는 것을 굳게 믿고 있습니다.

비록 저는 장애를 가졌지만 저보다 더 힘든 사람이 많다는 사실을 떠올리며 이렇게 용기를 내서 살아가고 있습니다. 지금 이 순간에도 여러분과 더불어 숨 쉬며 살고 있다는 것이 얼마나 큰 행복인지 모릅니다. 오늘도 행복한 하루 되시고 항상 사업 번창하시길 기원 드립니다."

몇 명은 나를 향해 박수를 쳐 주었고, 몇 명은 나를 향해 엄지손가락을 치켜세워 주었다. 그리고 몇 명은 손을 흔들어주었다.

쓰레기 더미 옆에서 우연히 시작된 내 넋두리가 신새벽부터 먹고살기 위해 사투를 벌이는 수많은 상인들의 한기와 고단함을 잠시나마 훈훈하게 녹여준 듯했다. 노래 부를 때만큼은 아니어도 그날 밥벌이 정도는 되는 물건들을 팔고 좀 일찍 귀가를 했다. 역시 성심을 다하면 하늘은 감동으로 응대를 해주시는 것 같았다. 감사하게도 매번 사람들의 반응은 나의 기대 그 이상이었으니 말이다.

부산 천사원에서 온 서상돈(남)이라는 중증장애인이 있었다. 그는 양쪽 어깨와 팔다리가 손가락만큼 가늘고 죽은 낙지처럼 흐물흐물 했다. 그의 목과 머리, 얼굴만 정상이었다. 이중영(남)이 그를 내게 데려와서는 장사로 먹고 살게끔 나의 비법을 좀 전수해주라고 했다. 나는 장애의 정도가 너무 심하다는 생각에 중영이의 부탁을 거절했다. 장사도 아무나 하는 게 아니었기 때문이다.

"중영아, 저 애가 손이 있어 발이 있어? 흐물흐물 죽은 낙지 같은 손과 발을 가지고 목숨만 살아 있는 사람을 데리고 어떻게 시장바닥에서 장사를 시킨단 말이냐. 야, 니가 데리고 다녀! 니가 알아서 하란 말이야! 니가 장사를 시켜! 너는 건강하니까 잘 하겠네. 괜히 시간낭비 하지 말자. 안 그래? 야, 살아 있는 송장이야. 나는 못해!"

나는 불가능하다고 고개를 내둘렀지만 중영이는 포기할 줄을 몰랐고, 나중에는 다른 장애인들까지 모두 나서서 승주가 안 도와주면 상돈이라는 사람은 굶어 죽는다며 애걸복걸했다. 도대체 내가 뭐길래 사람들이 내게 이렇게 매달리는 것일까. 어느새 내가 그들의 리더가 된 것인가. 나는 나만 바라보는 장애인들을 보며 알 수 없는 책임감을 느꼈다. 일단 상돈이라는 사람을 만나서 이야기를 나눠보기로 했다.

상돈이는 고아원에서 만난 좋아하는 여자가 있다고 했다. 그녀는 손가락 두 개가 잘려져 없는 것만 빼면 모두가 정상인데다 머리까지 똑똑한 미녀였다. 중증장애인 상돈이가 어떻게 저토록 예쁜 여자와 사귈 수 있는지 도저히 이해가 가지 않을 정도로 여러모로 괜찮은 여자라고 생각했다. 나조차도 상돈이가 정말 부러웠다. 상돈이는 장사를 열심히 배워서 돈도 많이 모으고 그녀와 행복한 가정도 꾸리는 것이 단 하나의 꿈이라고 했다.

서로가 너무 애틋한 두 사람을 보고 있자면 내 눈시울이 뜨거워질 정도로 가슴이 훈훈해졌다. 상돈이와 그녀의 사연을 들은 나는 결국 그를 도와주기로 마음을 먹었다. 다음날부터 새벽 네 시에 가락동 야채시장을 상돈이와 함께 다니기 시작했다.

노래를 부르는 내 옆에서 거북이처럼 생긴 몸을 느릿느릿 움직이는 상돈이 곁에는 항상 그의 연인이 함께했다. 화장실을 오갈 때나 장사를 하러 여기저기를 헤집고 다닐 때도 어딜 가든 그를 업고 다니며 살뜰하게 보살피고 챙겼다.

어느 날은 쌓여있던 야채 쓰레기 더미가 떨어져 그의 얼굴을 덮쳤다. 꽤나 아프고 서러웠던 모양인지 울먹이며 하소연을 하기도 했다.

"승주 형, 이러다 저 죽는 거 아니에요?"

나는 상돈이를 다잡아야겠다고 생각했다. 앞으로 더 아프고 고통스러운 일이 많이 있을 텐데 이 정도 일로 고꾸라지게 할 수는 없었다. 어떻게든 상돈이가 앞으로 나갈 수 있게 만들어야 했다. 생각해보면 내 마음 속에 들어 있는 리더로서의 기질이 점점 밖으로 뛰쳐나오던 시기였다.

"야, 이놈아! 네가 이렇게 훈련을 받지 않으면 살림을 꾸릴 수가 없어. 어떻게든 이 고비를 잘 넘겨서 여자가 도망가지 않도록 경제적 안정을 찾아야 한다고. 넌 이게 아니고는 아무것도 할 수가 없잖아. 그대로 굶어 죽는 거야."

하긴 양손, 양다리를 전혀 쓰지 못하는 1급 중증 지체장애의 몸으로 손수레를 입으로 밀며 힘겹게 살아보겠다는 그의 모습을 볼 때면 마치 단장(斷腸)의 고통을 느끼듯 내 창자가 꼬이고 끊어질 듯 아팠다.

그러나 더 큰 아픔을 막기 위해 지금의 아픔을 이겨야 했다. 그렇게 지독하고 무섭게 훈련을 시킨 결과 한달 남짓이 지나자 그는 드디어 혼자서도 장사를 할 수 있게 되었다.

상돈이는 행복해 했다. 상돈이를 보는 다른 장애인들도 모두 웃음꽃을 피웠다. 상돈이가 한 사람의 몫을 다 하게 된 것은 다행한 일이었으나, 반면 나는 상돈이를 데리고 장사를 가르쳐주다 그 트라우마로 나의 몸과 마음은 급격히 지쳐가며 우울증과 무력감에 빠져 들기 시작했다. 그것은 병신의 몸으로 세상의 멸시와 어쩔 수 없는 무력감을 느끼곤 할 때면 한 차례씩 찾아오는 사춘기의 열병 같은 것이었다. 차라리 우리 같은 병신들이 이렇게 힘들게 사느니 몽땅 한강에 빠져 뒈져나 버렸으면 좋겠다는 자괴감에 가슴 속 불덩어리가 목구멍으로 불쑥 솟구치는 열병을 앓아야 했다.

대한민국 사람들은 우리를 보면 눈살을 먼저 찌푸리고 병신이라며 무슨 에이즈 환자라도 보듯이 슬금슬금 피했다. 하나같이 입을 비쭉이고 혀를 차며 차라리 죽어나 버리지 구차한 목숨 질기기도 하다는 식의 눈총들을 받아내자니 불현듯 사는 것에 대한 심한 회의가 몰려왔다.

나는 벌레요, 사람이 아니다. 사람의 비방거리요, 국민의 조롱거리이다. 우리가 모태에서 나올 때부터 장애자였지만 문명이 발달되어 사람이 살아가면서 두 다리가 절단되고 두 팔이 절단되어 그대로 살고, 뇌졸중으로 인해서 전신마비가 되어 목숨만 살아있으매 사람은 나무보다도 못한 것이니 누가 누구를 판단하리요. 인간은 초록동색(草綠同色)이요, 살아야 될 권리가 있으니 이 땅에 왔으니 차별을 하지 말라.

한때는 자살기도로 부질없는 목숨 수없이 괴롭혀도 보았다. 하지만 마땅히 죽지도 못하고 그저 연명을 위해 죄 없는 육신을 혹사해가며 매번 구차하게 살아가는 스스로의 모습이 너무도 처량하여 견딜 수가 없었다. 아무런 희망도 보이지 않는 캄캄한 터널 같은 내 인생이 지독하게 환멸스러웠던 것이다.

자괴감에 빠져들면서 한 잔 술에 밤을 새우고 두 잔 술에 취해버리는 날들이 많아졌다. 내가 방황하고 있다는 소식을 들은 지인들이 나를 만나길 원했지만 내가 그들을 만난다고 해서 내 염세적(厭世的) 방황이 끝날 것 같지는 않았다.

내 그동안의 소신이나 소박한 꿈들은 점점 술과 향락의 구렁텅이에 추락해 버렸다. 밤마다 술을 마시며 알코올 중독자가 되어가고 있었다. 그렇게 가진 돈이 거의 바닥날 때까지 그렇게 마시고 울고 토하고 또 마시고 울었다. 그렇게 거의 5개월 동안을 두문불출하며 그야말로 막가파로 살았다.

머리는 몇 달이고 감지 않아 개기름과 비듬이 범벅이 되어 더께가 지고 몸뚱이에서는 거친 각질이 내 삶의 치욕처럼 뚝뚝 떨어져 나왔다. 날마다 내 몰골은 사람이 아닌 듯 추잡해졌고 내 방은 마치 난지도의 쓰레기 더미처럼 역하고 어지러웠다.

과연 나는 그때 살아있기는 했었던 것일까. 고무 튜브를 다리에 칭칭 감고 땅바닥에서 뱀처럼 기어다니며 장사를 시작했을 때 나는 마치 도살장에 끌려가는 소가 된 기분이었다.

내 어릴 적 시골집에는 일을 아주 잘하는 누렁이라는 소가 있었다. 주인 말도 잘 듣고 먹성도 좋아 무척 힘이 센 놈이었다. 더구나 우리 집 일 년 농사를 책임지는 귀중한 존재로 사랑을 독차지하고 있었는데 그런 놈을 아버지는 사업 밑천을 마련하기 위해 어쩔 수 없이 팔기로 하셨던 것이다.

우시장으로 팔려가는 당일, 누렁이의 그 커다랗고 까만 두 눈에서 빗물 같은 눈물이 주르륵 흐르는 것을 나는 보았다. 아무런 소리도 없이 하염없이 울고만 서있던 누렁이는 불구의 어린 나에게 깊은 슬픔의 기억만을 남긴 채 가고 싶지 않았을 그 길을 그렇게 영영 떠나버리고 말았다.

그날 누렁이도 고무 튜브를 입고 장돌뱅이로 나서며 차라리 이렇게 사느니 죽는 편이 더 낫겠다고 절규하던 나와 똑같은 심정이었을까. 누렁이를 보내기 전에 한 번만 더 쓰다듬어줄 걸 하는 진한 아쉬움이 남는다.

나는 그렇게 밤낮으로 술에 취해 미치광이처럼 나뒹굴면서 하늘과 땅이 이대로 딱 붙어버렸으면 좋겠다고 악을 쓰는가 하면 청춘 남녀의 평범한 사랑과 연애, 하다못해 이별하는 모습까지도 부럽기만 했다. 생각해보면 세상이 원망스러웠고 장애의 몸을 가진 내가 싫었던 것이다.

남들처럼 평범하게 산다는 것이 얼마나 사무쳤는가? 매일 아침 깔끔한 슈트에 화사한 넥타이를 매고 단정한 헤어를 한 회사원들의 출근길 자가용

행렬에 나도 한번쯤은 끼어보고 싶어 죽을 지경이었다. 보통처럼 평범한 여자를 만나 데이트하고 서로를 바라보며 밥을 먹고 애틋한 시간을 보내는 것이 너무 부러웠던 것이다. 부러우려니와 내게는 그런 일이 기적처럼 일어나야 한다는 생각에 그렇게 고통스러웠던 것이다. 정말 딱! 남들처럼만 살고 싶었다. 그럴수록 나만 소외된 채 멀쩡하게 돌아가고 있는 세상의 모든 평범한 것들이 다 부럽고 샘이 났다.

'나 같은 장애인은 언제까지 이런 몰골로 살아야 할까. 내게도 인격과 자존심이 있고 이성과 감성이 있는데 왜 매번 동정과 비난의 대상이 되어야만 할까. 부모에게도 버림받은 몸이 왜 여태 죽지도 못했을까. 차라리 조용히 죽어 버릴까. 그래, 자살을 하자.'

그랬다. 나는 또다시 자살을 꿈꾸기 시작했다. 차라리 뇌에 문제가 있으면 행복한 바보로 살 수 있었을 것이다. 그러나 나는 너무도 멀쩡했고 완전히 건강한 정신을 가지고 있는 장군 같은 남자인 것이다.

두렵고 괴로운 미래가 보였다. 그걸 견딜 자신이 없었다. 자살만이 유일한 행복이라 생각했다. 점점 더 무서운 생각들이 나를 유혹했다. 자살에 대한 갖가지 방법을 떠올리며 수개월 동안 삶과 죽음의 기로에 놓여 시름하고 있을 즈음, 어느새 쌀쌀한 가을바람이 불어오고 있었다.

대문 밖에서 누군가 나를 부르는 소리가 났다. 이른 아침부터 날 찾아올 사람이 없을 텐데 도대체 누가 왔단 말인가. 오랫동안 감감무소식이라 답답했던 중영이가 술 냄새와 곰팡이가 찌든 쓰레기 같은 나의 방으로 갑자기 들이닥쳤다. 내 꼴을 본 그는 눈을 희번덕거리며 어찌할 줄을 모르고 방방 뛰었다.

"야, 너 왜 이래? 집안 꼴은 이게 다 뭐고, 죽으려고 작정한 거야?"

"왔냐? 중영아, 난 더 이상 사는 게 싫다. 너무 고달프고 지쳐. 이제 더 이상 하고 싶은 것도 꿈도 희망도 없다. 나 이런 식으로 살아도 되는 걸까? 친구야, 나 정말 괴롭고 힘들어."

중영이는 크게 화를 냈다. 친구라는 녀석이 정말 폐인이 되어 있는 모습 때문이었다.

"뭐야, 이 자식. 하도 안 보이기에 방구석에 틀어박혀 도(道)라도 닦고 있나 해서 와봤더니 도대체 뭔 짓거리를 하고 있었던 거야?"

"내가……, 내가 말이다. 사는 게 너무 힘들다고 이 자식아!"

"야, 승주야, 내 말 좀 들어봐. 이런다고 뭐가 달라지냐? 내 개똥철학 한번 들어봐라. 누구나 인생은 마음먹은 대로 살아지는 건 아니라고 생각한다. 다만 노력해서 조금씩 만들어가는 것이지. 그래서 인간은 석제(石梯)라고 하는지도 몰라. 아무짝에도 쓸모없는 못생긴 돌이지만 튼튼하기 때문에 그 돌로 조각을 할 수가 있는 거겠지. 주인을 잘 만난 돌이 비로소 최고의 예술작품으로 재탄생하는 것이고. 승주 네가 비록 장애를 가졌지만 여태까지 얼마나 자신 있고 당당하게 살아 왔니? 시장 사람들에게도 인기짱이고 열심히 산다고 많은 이들에게 살아있는 감동도 주면서 말이야.

그뿐이냐? 여기 있는 장애인들에게는 또 얼마나 든든한 버팀목이 돼주고 있는데, 근데 왜 인생을 포기하려고 그래? 인마! 너는 아직 다듬어지지 않은 원석에 불과하다고. 위풍당당(威風堂堂)하던 자신감은 어디 가고… 안 그러냐? 내 말이 틀려 승주야, 힘내자!"

중영이는 어떻게든 내 마음을 붙잡아주려고 애썼다. 나는 중영이의 마음을 충분히 이해했다. 그 녀석은 진심이었다. 대부분의 비장애인들은 장애인에 대한 편견이 있어 소통하기를 꺼려했지만 그만은 밤새 나의 말에 귀

기울여 주었고 틀림없이 성공할 거라며 항상 격려를 아끼지 않았었다. 그는 내 평생에 잊지 못할 소중한 친구이며 영원한 동반자였다.

"승주야, 기운을 차리려면 우선 먹는 게 최고야. 우리 밥부터 먹으러 가자."

어쩌면 나는 누군가를 기다리고 있었는지도 모르겠다. 그렇게 삶과 죽음에 대해 생각하며 방구석에 처박혀 있을 때, 아무도 모르는 곳에서 혼자 죽자고 생각했을 때, 진심으로 나를 찾아주는 누군가의 따뜻한 위로를 기다리고 있었는지도 모르겠다. 아니, 기다리고 있었던 것 같다. 왜냐하면 신기하게도 투박하지만 진심어린 그의 마음씀씀이에 그동안 웅숭그려진 시린 내 가슴이 슬그머니 풀어지고 있었기 때문이다.

그의 등살에 못이기는 척 식당에 가기로 마음을 정하고 채비를 서둘렀다. 마치 제멋대로 휘늘어진 버들가지처럼 힘없이 축 처진 다리를 땅바닥에 질질 끌며 목발로 몸의 균형을 겨우 잡아가며 우리는 인근의 영양탕집으로 향했다.

"중영아, 나 영양탕 잘 못 먹는데 왜 하필 여기야?"

"야! 이 미친놈아, 6개월 동안 폐인으로 살았으면 이런 거라도 먹어 줘야 몸이 빨리 회복될 거 아냐? 잔말 말고 억지로라도 먹어 둬."

"그럼 소주하고 같이 먹으면 안 될까? 딱 한 잔만!"

"뭐? 또 술을 먹겠다고? 어휴, 이 병신아! 제발 정신 좀 차려."

그는 퉁명스럽게 퉁바리를 주면서도 간절한 내 눈빛이 안됐던지 마지못해 소주 한 병을 주문해 주었다.

"으이구, 내가 미친다. 그럼 딱 한 잔만이야? 더는 안 돼!"

"아줌마. 소주 한 병 주세요."

"네. 여기 있습니다. 술도 못하면서 무슨 술을 하려고 하시나요?"

"헤헤헤, 알았어, 알았어. 고마워! 그렇지만 중영아, 네가 나한테 아무리 잘한다고 해도 멀쩡한 네가 어떻게 이 병신 마음을 다 이해하겠냐. 차라리 대가리가 장애면 모르겠는데 내 대가리는 지나치게 정상이라 더 괴롭단 말이지."

"이런 머저리를 봤나. 그나마 머리가 정상이니 이만큼 살아가는 것이지. 네 몸뚱이에 머리까지 장애여 봐라. 어떻게 밥이나 벌어먹고 살겠냐?"

"으이구, 저놈의 잔소리. 이제 그만해라. 밥 좀 먹게."

썩 내키지 않은 음식이었지만 그의 애쓰는 모습에 기꺼워 영양탕 한 그릇을 남김없이 뚝딱 먹어치웠다. 그런데 다 먹고 나니 거짓말처럼 힘이 솟는 듯했다. 한많은 이 세상 제대로 한 번 살아보고픈 오기가 다시금 꿈틀대기 시작했던 것이다.

소박한 식사와 소주 한잔으로 그득해진 배를 딱딱한 의자 뒤로 재끼고 한껏 포만감에 취해 있는데 이번엔 느닷없이 대중목욕탕엘 가자고 했다.

너무 기가 막히고 황당해서 화가 다 치밀었다.

"야, 이 미친놈아! 지금 내 몸을 보고도 그런 말이 나와. 대중탕에서 나 같은 병신을 출입하게 놔두데냐. 설령 들어간다 치자. 사람들은 동물원 원숭이 구경하듯 몰려들거나 아니면 벌레 본 듯 도망가 버릴 텐데 그 수치를 나보고 또 감당하라고?"

"또, 혼자 소설 쓰고 있네! 쓸데없는 생각을 그렇게 많이 하니까 힘들지. 세상 사람들이 너 하나에 신경 쓸 만큼 한가하지도 않고 그렇다 해도 내가 옆에 있는데 뭐가 걱정이냐. 내가 다 책임질 테니까 잔소리 말고 빨리 가자."

나는 대중목욕탕이 죽기보다 싫었다. 그래도 몸에 뭐라도 걸치고 있을 때는 나의 장애를 조금이라도 가리고 있었는데 그 껍데기마저 벗어버리면 정말 정신적으로 발가벗겨진 기분이 들기 때문이다. 그런데 그날은 중영이의 태도가 너무 완강했고 나 역시 그런 중영이를 거절할 명분도 힘도 없었다.

중영이는 떵떵거리며 목욕탕 문을 밀치고 들어섰다. 겁이 좀 났지만 할 수 없이 그를 믿어야 했다. 그는 나를 짐짝 메듯 들러 업고는 남탕이라고 쓰인 쪽으로 들어가더니 열쇠가 꽂힌 사물함 앞에 나를 털썩 내려놓았다. 벌거숭이 남자들이 오가며 힐끔거렸다. 그 시선이 따가웠지만 개의치 않기로 했다.

옷 벗을 일이 더 큰 일이었기에 사람들의 시선 따윈 뒤로 하고 먼지 쌓인 바닥에 앉아 몸을 이리저리 비틀며 옷을 벗어 보았다. 역시 뜻대로 움직여지지 않았고 상기된 얼굴엔 이미 땀이 번들거렸다. 보다 못한 중영이가 도와주어 막상 탈의를 하고 보니 빈약한 하체가 더없이 초라하고 볼썽사나워 너무 수치스러웠다. 나는 팬티를 입고 탕으로 들어가려했다.

"팬티는 입고 들어가야지. 창피해서 어떻게 다 벗고 간단 말이야."

"으이구, 촌놈 새끼. 서울 와서 목욕탕도 처음이지?"

"얌마, 그럼 이 몸을 해가지고 목욕탕을 어떻게 갈 수가 있었겠냐. 당연히 처음이지."

그는 속옷까지 홀라당 벗겨 버리고는 자신의 품에 나를 안아들고 탕 안으로 들어갔다. 예상대로 많은 사람들이 나에게 시선을 고정하며 키득거렸다.

"뭘 봐? 사람 목욕하는 거 처음 봐?"

중영이는 매몰차게 쏘아 주고는 수개월 동안 물 곁이라고는 단 한 번도 가보지 않았던 꼬질꼬질한 내 몸 구석구석을 야무지게 밀어주었다. 뜨거운 탕 안의 증기에 퉁퉁 불은 때가 누룽지 일어나듯 잘도 벗겨졌다.

"봐라. 이렇게 때가 많은데 안 온다고 버텨. 이게 사람 몸이냐고. 어이구."

아무리 친구지만 내 몸뚱이를 이렇게 적나라하게 보여준 건 중영이가 처음이었다. 내 벌거벗은 몸뚱이는 스스로에 대한 최후의 자존심이었기 때문이다. 나는 중영이가 밀어주는 때와 함께 나의 마지막 남은 자존심도 밀어냈다. 최소한 중영이에게 나는 무장 해제가 된 것이다.

나는 그만 울컥 눈시울이 뜨거워졌다. 이렇게 듬직한 친구가 있다는 사실이 새삼스레 고맙고 든든했다. 옛날 시골에서 학교 다닐 때 나를 많이 도와주었던 주태일이라는 초등학교 친구가 생각났다.

그 친구는 내가 추운 겨울에 손이 곱아 힘들어 하면 늘 제 장갑을 끼워주거나 불을 피워 녹여 주곤 했었다. 그나마 편히 학교에 다닐 수 있도록 물심양면으로 도와주던 친구가 남의 때를 미느라 안간힘을 쏟고 있는 중영이의 얼굴에 오버랩 되어 스쳐갔다.

'중영아, 고맙다. 네가 나를 새사람으로 거듭나게 해주는구나. 이제부터는 정신 차려서 마음 다잡고 열심히 살게.'

나는 중영이를 조용히 내려다보며 미소 지었다. 그의 손길 따라 뽀드득 깨끗해지는 나의 몸처럼 앞으로의 내 삶도 새롭게 거듭날 수 있기를 마음속으로 외치면서 말이다.

내 몸의 때와 함께 내 마음의 때가 밀려나고 있었다. 나는 거의 한 달 가까이를 술 한 방울 입에 대지 않고 장사만 열심히 했다.

"중영아, 오늘은 마천시장으로 갈 거야."

"그래, 알았어. 넌 마천시장에 가면 많이 팔고 오더라."

"글쎄, 다른 사람은 못 팔아도 나는 이상하게 잘 되더라고."

큰 소리는 쳤지만 오랜만에 장사를 하려니 몸이 피곤하고 힘들어서 견딜 수가 없었다. 결국 몇 시간을 버티지 못하고 '마천동 서울약국'에 다리를 질질 끌고 기어갔다. 피로회복제라도 먹어야 저녁까지 버틸 수 있을 것 같았다.

"약사님, 약 좀 주세요."

약사가 아는 척하며 나를 맞이했다.

"오랜만에 오셨네요. 어디가 불편하세요?"

"제가 너무 피곤하고 힘들어요."

"요즘 특별히 무리하신 일이라도 있으셨나요?"

"그냥 사는 게 무의미해서 자포자기 심정으로 술만 먹고 살았더니 몸이 곯았나 봐요."

약사는 안타깝다는 듯 나를 바라보며 말을 이었다.

"그렇군요. 무슨 힘든 일이라도 있으셨나 봅니다."

"제 개인의 일이라기보다는 어려운 장애인들에게 조금이나마 도움이 될까 싶어 가끔씩 일도 가르쳐주곤 하는데 어느 순간 회의가 들더라고요. 이렇게 구차하게 살아서 뭐하나 하고요."

"네. 이렇게 성치 않은 몸으로 혼자 사는 것도 힘들 텐데 더 어려운 사람을 도와주고 있다니 정말 대단하십니다. 우리 약국에도 장애인분들이 많이 오시지만 대개는 인상을 쓰면서 '내가 죽게 생겼으니 도와주세요.' 하는 모습이거든요.

그런데 손님은 늘 자신감이 넘치고 활기차서 보기 좋았는데 그렇게 힘든 시간이 있었네요. 여기 이 약 드시면 기운이 좀 날 겁니다. 다시 기운내서 위풍당당(威風堂堂)하게 파이팅 하셔야죠."

약사는 굳이 약값을 받지 않았다. 오히려 피로회복제 몇 병까지 챙겨주었다. 자상한 약사의 말을 듣고 보니 힘들었던 몸이 거짓말처럼 가벼워지면서 다시금 힘이 솟는 듯했다.

한참 동안 노래를 부르며 장사를 하고 있는데 어떤 아가씨가 조심스레 다가오더니 예수를 믿으라고 했다. 나는 다짜고짜 나타난 그녀를 아래위로 한번 훑어보며 퉁명스럽게 말했다.

"예수는 뭐 아무나 믿나요?"

가시 돋친 내 말에 아가씨는 전혀 기가 죽지 않았다. 오히려 아무렇지도 않게 내 말을 받아 넘겼다.

"그럼요, 아무나 믿지요. 예수 믿는 사람이 따로 있나요?"

나는 그녀의 태도가 싫었다. 어쩐지 그녀를 꺾고 싶었다.

"예수는 말이죠. 돈 많고, 많이 배우고, 맘 편한 사람들이나 심심풀이로 믿는 거지, 나 같은 병신은 교회 가봤자 사람들 구경거리밖에 안 되고 부담만 줘요. 그러니까 장사 방해하지 말고 얼른 가쇼."

아가씨는 호락호락하지 않았다.

"아니에요. 예수님은 가난하고 어려운 사람을 더 사랑해요. 그러니까 아저씨 같은 분은 꼭 믿으셔야 해요."

나는 '아저씨 같은 분'이라는 말에서 확 눈이 뒤집혔다. 그렇지, 내가 병신이니까 만만하지 싶었다.

"아가씨, 지금 나하고 말장난하자는 거요? 그만 하고 얼른 가라고요. 세시 넘으면 장 서는 시간이라 빨리 돈 벌어야 됩니다. 돈이면 최고지. 병신이 교회는 가서 뭐합니까? 얼른 가쇼."

어느새 내 목소리는 고함으로 변하고 있었다. 마냥 버틸 것 같던 아가씨가 내 목소리에 질렸는지 움찔했다. 그래도 그냥 물러서진 않았다.

"안녕히 계세요. 다시 봬요."

그날의 첫 만남 뒤로 그녀는 어찌된 일인지 내가 마천시장에 갈 때마다 약속이나 한 것처럼 어디선가 불쑥 나타나곤 했다.

"아저씨, 또 오셨네요?"

"아니, 이 아가씨는 어떻게 된 게 내가 여기 올 때마다 나타나서는 예수 믿으라고 귀찮게 하네. 거 참!"

아가씨는 넉살좋게 아는 체하면서 좀약을 하나 달라고 했다.

"아가씨 예수 믿으라고 할 거면 그냥 가요. 나 예수쟁이들한테는 물건 팔고 싶은 맘 없어요. 하나님이 어디 있어요? 하나님이 있다면 나를 땅바닥에 주저앉아 이렇게 버러지처럼 살게 내버려두지 않았겠지요. 이 신세를 좀 보라고요. 이게 어디 사람 꼴이랍니까? 죽지 못해 사는 인생이 무슨 인생이랍니까? 나 같은 인생이 무슨 하나님을 찾고 할렐루야를 찾아요? 에이! 난 싫어요. 예배 끝나면 잠자리채나 돌리고, 다 돈 벌려는 수작이지. 안 그래요? 목사도 장로도 다 도둑 같다고요. 그러니까 나한테 시간낭비하지 말고 제발 좀 가라고요!"

내가 인상을 쓰고 소리를 지르는데도 아가씨는 오히려 웃는 얼굴로 다음에 또 오겠다는 말을 남기고 돌아갔다. 그 후에도 고래심줄처럼 질긴 아가씨는 예수를 믿으라며 아주 끈질기게 찾아왔다.

나는 슬슬 의구심이 들었다. 정말 교회 신자 한 명 늘리자고 내게 이리 집착하는 것일까? 그게 아니라면 도무지 다른 이유는 생각이 나지 않았다.

여느 때처럼 일찌감치 일어나 장사 나갈 채비를 하며 가락시장으로 데려다 달라고 중영이를 불렀다. 중영이는 가락시장엔 토박이 격으로 예전부터 장사를 해오던 두 사람이 있어서 다른 시장으로 가야 된다고 했다. 가락시장은 다른 데보다 넓어서 노래하고 큰소리로 떠들어대기 좋아서 장사하기에는 안성맞춤이었는데 좀 아쉽긴 했다.

"승주야, 오늘은 마천시장으로 가보자. 다른 사람들은 가면 다 죽 쒀가지고 오는데 승주 너는 마천시장으로 가면 장사를 잘 하잖아."

마천시장이라는 말에 나는 깜짝 놀랐다. 나도 모르게 펄쩍 뛰며 손사래를 쳤다. 나는 마천시장에 가기 싫었다. 무엇인지 모르지만 두려웠다.

"아니, 거긴 싫어. 그냥 잠실 새마을시장에 내려줘."

중영이는 펄쩍 뛰는 나를 보며 의아하다는 듯 물었다.

"왜 거기야? 그러고 보니 너 요즘 마천시장엔 통 안 가려고 하더라?"

"그냥 묻지 말고 잠실로나 데려다 줘. 다 이유가 있으니까."

"왜? 또 거기서 술 먹고 객기 부렸어?"

"거 참! 말 많네. 잔소리 좀 그만해. 아주 네 잔소리 듣는 것도 지겹다 지겨워!"

"이 새끼야, 내가 널 모르냐? 뻔하지. 술 퍼먹고 상인들하고 싸우고, 옷에다 오줌 싸고, 장사도 안 하고, 잠만 자고 그런 거 아냐?"

내게는 말할 틈도 주지 않고 아주 날이라도 잡은 듯 속사포로 잔소리를 쏘아댔다.

"야, 그렇게 낙오자로만 보지마라. 나 맘 잡은 지 오래됐다."

"어이구 그러셔 믿어도 될까, 며칠이나 갈까나?"

아무튼 중영이가 무어라 오해를 하든지 나는 한 달이 넘도록 마천시장에는 가지 않겠다고 버텼다. 어느 날 더 이상은 못 참겠던지 유독 마천시장만 피하는 이유를 집요하게 물어왔다.

"왜 하필 마천시장만 안 가려고 해? 너 말고 다른 사람은 가봐야 장사가 덜 된단 말이야. 책잡힌 게 아님 안 갈 이유가 없잖아?"

"이 새끼, 되게 꼬치꼬치 물어보네. 오늘 장사 잘해야 되는데 재수 없게 자꾸 성질나게 하지 마라."

"어라! 뭔가 있긴 있는데 끝까지 말을 안 하시겠다? 그래, 네 멋대로 해라, 인마."

너무 귀찮아진 나는 할 수 없이 모든 것을 말해 줬다.

"어떤 여자가 재수대가리 없이 자꾸 찾아와서 하나님 믿으라고 귀찮게 하잖아. 그래서 안 가기로 했다. 이제 됐냐?"

중영이가 내 말을 듣더니 갑자기 눈을 게슴츠레하게 뜨더니 음흉한 웃음을 지으며 내 어깨를 붙잡고 말했다.

"야야, 그 여자가 너 좋아하나 본데?"

사실 나는 중영이의 입에서 그런 말이 나올까 봐 두려웠다. 혹시나 그녀가 나를 찾는 이유가 단순히 교회 신도 한 명 늘리는 게 아니라면 어쩌면 내게……?

그런 생각을 하자 나는 얼른 정신을 차려야 한다고 생각했다. 시장 바닥을 기어다니면서 장사하는 나 같은 병신을 좋아할 리가 있겠는가?

혹시나 내가 그런 착각에 사로잡힌다면 분명히 상처를 입을 것이고 그 상처 때문에 또다시 방황할 게 불을 보듯 뻔했다. 그래서 나는 애써 그녀에 대한 생각을 하지 않으려 했다. 그런데 중영이가 그런 말을 내뱉은 것이다.

나는 가슴이 철렁 내려앉아서 버럭 소리를 질렀다.

"이런 미친! 멀쩡한 여자가 왜 나 같은 병신을 좋아하겠냐?"

"안 그럼 왜 자꾸 찾아오냔 말이지?"

"하긴 그 아가씨, 볼수록 귀엽고 예쁜 구석이 있긴 하더라. 가끔 배고프겠다며 밥도 사주고 음료수도 주고 가는 걸 보면 붙임성도 좋고 남 챙길 줄도 아는 여자 같아."

나는 나도 모르게 마음 속 깊은 곳에 숨겨진 속마음을 꺼내고 말았다. 그러나 얼른 다시 마음을 추슬렀다.

"예수쟁이야. 그래서 싫어. 예수쟁이 아니어도 싫고 다 싫어!"

중영이는 내 말을 귓등으로도 듣지 않았다. 혼자 신나게 계속 떠들었다. 하여튼 남의 연애 이야기는 그게 병신이든 친구든 다 재밌는 모양이다.

"그게 문제구나? 아무리 그래도 오늘은 한번 가봐라. 안 간지 한 달 정도 됐잖아. 혹시 알아? 정말로 너 좋아서 그러는 건지. 아마 그 아가씨가 너 좋아하면 아주 확 달아올라 있을 건데… 하하하 부럽다, 인마!"

나도 그 아가씨가 날 좋아할 리는 만무하다고 생각하면서도 한편으로는 한참 동안 안 갔으니 장사도 할 겸 한번쯤은 가봐야겠다는 마음이 드는 것도 사실이었다. 그리고 부정하고 있었지만 어느새 나도 그녀가 보고 싶었다.

추운 겨울이었다. 마천시장은 경제적으로 좀 어려운 사람들이 살고 있는 곳이다. 그래선지 사람들이 소탈하고 인정도 많아 사랑이 넘치고 왠지 친근한 이웃 같은 편안함이 있다. 속옷을 따뜻하게 챙겨 입고 사람의 움직임이 가장 많은 사거리쯤에 자리를 잡고 장사를 시작했다.

그런데 그 아가씨가 정말 약속이나 한 듯 태연하게 내 앞에 서 있는 것이었다. 나는 놀랍고도 반가운 마음에 하마터면 먼저 웃으며 인사를 할 뻔했다. 나는 애써 그녀를 무시했다. 그러면서도 그녀가 다가오는 걸 실감나게 느낄 수 있었다. 그녀는 오랜만에 보는데도 어제 본 사람처럼 어색함이 전혀 없이 오히려 성큼 내 쪽으로 허리를 숙여 다가와서 왜 그동안 안 보였냐며 살갑게 안부를 물었다.

그녀는 전보다 더 예뻐진 것 같았고 친절했으며 이해심도 많은 사랑 가득한 진실한 여성 같았다. 나는 그녀 앞에서 무너지고 말았다. 그녀를 따라 교회에 나간 지도 벌써 1년이 다 되어가고 있었다. 그녀가 전도를 하겠다며 내 뒤꽁무니를 쫓아다니던 때가 엊그제 일처럼 또렷한데 말이다.

그녀는 단발머리에 자그마한 코, 보조개가 얕게 들어간 눈웃음이 매력적인 귀염성 있는 얼굴이었다. 나이보나 앳돼 보이던 그녀는 주로 노란 원피스와 같은 파스텔톤의 옷을 입고 흰색의 높은 힐을 신고 다녔다. 사실 처음부터 그녀의 환한 미소는 무엇 하나 내세울 것 없는 초라함 때문에 무조건 그녀를 밀어내기에 급급했던 내 가슴을 얼마나 설레게 하였던가.

비가 오는 날이었다. 그녀는 내게 저녁밥을 차려주고 싶다고 했다. 나는 난생 처음으로 돈벌이를 위해서가 아닌 맛있는 식사준비를 위해서 시장엘 가게 되었다. 그것도 천사같이 예쁜 그녀와 나란히 시장을 보게 되었으니 참으로 감회가 남달랐다. 내게 이런 날이 오다니 믿을 수 없었다. 그러나 마음 한쪽으로는 늘 불안했다. 이런 행복이 얼마나 갈까?

"미스터 한, 어떤 음식을 좋아하세요?"

"저는 가리지 않고 다 잘 먹습니다. 특히 시금치나물을 좋아하긴 하죠."

내겐 너무도 익숙한 시장이었건만 오늘의 시장은 달랐다. 생존을 위해 기었던 시장이 아니라 나의 저녁을 위해 나온 시장이었기 때문이다. 기대와 설렘으로 정신이 혼미해져서 장바구니를 어떻게 채웠는지도 모르겠다.

그녀는 집에 돌아오자마자 팔을 걷어붙이고 식사준비를 시작했다. 시금치와 조개로 된장국을 끓이고 살짝 데친 시금치나물에 두부를 으깨 넣어 익숙하게 묻혀 냈다. 손이 많이 가는 당면 잡채도 내가 좋아하는 시금치를 듬뿍 넣어 어느새 뚝딱 완성했다. 간을 봐달라며 갓 만들어진 음식들을 내 입 안에 넣어주기도 했는데 정말이지 그녀는 음식 솜씨까지도 일품이었다.

간절히 원했지만 포기하며 살 수밖에 없었던, 대개는 평범하기 짝이 없는 소소한 일상의 행복을 느끼게 해준 그녀가 황홀하게 좋았고 감사했다. 이런 날이 나에게도 찾아오다니 가슴이 두근두근 터져버릴 것만 같았다. 그녀는 정녕 상처투성이인 영혼에게 찾아온 구원의 천사였을까.

그렇게 순수한 만남을 6개월 정도 이어가던 어느 날이었다. 휘영청 밝은 달이 온누리를 하얗게 비추던 밤이었다. 그날도 평소처럼 그녀가 차려준 저녁을 먹고 쉬고 있었다. 그런데 그 날은 뭔가 그녀의 분위기가 달랐다. 그녀가 무슨 말인가 하고 싶어하는 듯했다. 결국 그녀가 먼저 입을 열었다. 보기에도 포근할 것 같은 분홍 스웨터와 잔주름이 곱게 잡힌 하늘색 롱스커트를 입은 그녀가 잠시 밖으로 나가자고 제안을 했다.

"우리 나갈래요?"

나보다 두어 걸음 앞서 걷는 그녀의 뒷모습을 바라보면서 나는 처음으로 한숨을 토해냈다. 부족하지도 넘치지도 않게 아름다운 그녀가 나에게 내민 손은 하얗고 곱상했다. 고생이라고는 전혀 모르고 살았을 법한 고운 손을 맞잡고 걷는 것만으로도 가슴이 콩닥콩닥 설렜다. 그러나 한편으로 무거운 마음이 들기 시작했다. 병신 주제에 감히 그녀와의 핑크빛 로맨스를 꿈꾸고 있었기에 깊은 한숨까지 절로 터져 나왔다.

‘이런 마음을 가지면 안 돼. 절대 있을 수 없는 일이야. 포기해.’

나는 상처 입을까 두려웠다. 그래서 끊임없이 나를 다그쳤다. ‘만약 정상적인 몸이었다면 내 사랑을 당당하게 고백할 수 있었을 텐데……. 우리의 인연은 앞으로도 계속될 수 있을까? 아니야. 이건 그냥 그녀의 호의야. 여기까지야.’ 두 마음으로 갈피를 잡지 못하고 그녀의 까만 눈동자만을 조용히 응시하는데 그녀가 수줍어하면서 신중하게 입을 뗐다.

“저……. 미스터 한은 저를 어떻게 생각하세요?”

그 말이 무슨 말인지 못 알아들었을 리 없건만 나는 선뜻 그 말을 이해할 수 없었다. 나는 변죽만 울릴 수밖에 없었다.

“어떻게 생각하다니요? 늘 고맙고 내 옆에 있어주는 것만으로도 아주 큰 힘이 되죠. 여러모로 감사해요.”

“아니, 그런 의미가 아니고요.”

그녀가 한 번 더 나를 몰아붙였다. 나는 그녀가 무슨 말을 하고 있는 건지 충분히 이해했지만 간신히 참고 있던 나의 진심을 들켜 버릴까 봐 그녀의 시선을 애써 외면해 버렸다. 짧은 침묵 끝에 그녀가 다시 정적을 깨뜨리며 나지막하지만 단호한 한 마디를 내뱉었다. 그건 선언이었다.

“저는 미스터 한과 결혼하고 싶어요.”

결혼이라는 그녀의 목소리가 계속 내 귓전에서 맴돌았다. 그건 마치 아련하고 몽롱한 울림처럼 느껴졌다.

“…….”

“왜 아무 말씀이 없으세요? 저는 미스터 한이 좋아요.”

그녀는 나를 막다른 곳까지 계속 밀어붙였다.

“결혼이라고요? 무슨 그런 말도 안 되는 소릴……. 이 꼴을 보고서도 그런 말이 나와요? 지금 동정하는 겁니까?"

나는 선뜻 그녀의 말에 동의할 수 없었다.

"동정이라니요? 누구라도 결혼이라는 중대사를 동정심으로 하진 않아요. 무조건 거절만 하지 말고 진지하게 생각해 주세요."

꿈에라도 만나고픈 여인에게서 그토록 간절히 원했던 프러포즈를 막상 받고 보니 당황스러워 심장이 요동치고 세상이 순간 정지된 채 나만 빙그르르 돌고 도는 듯했다. 나는 일단 그 자리를 벗어나야 했다. 정신을 차리고 생각할 시간이 필요했기 때문이다. 무슨 정신으로 집까지 왔는지 모르겠다. 그녀와 헤어져 돌아온 후부터 식음을 전폐하고 번뇌의 날들을 보냈다.

'그녀는 왜 나 같은 병신에게 청혼을 했을까. 과연 진심은 뭘까. 비록 땅바닥을 기어다니지만 돈은 많이 번다고 하니 혹여 내 돈을 보고 접근한 것은 아닐까? 아니겠지. 그렇게 번 돈이 많아봤자 얼마나 된다고 돈 때문에 자기 인생을 걸겠어? 더구나 그녀는 천사같이 고운 여인이 아닌가.'

며칠 밤낮을 갈등하며 지새우다 강파르고 보잘것없는 내 육신과 오장육부는 아예 새까맣게 타버려 마치 박재된 표구와 같이 음산해졌다. 불면의 날들이 계속되었다. 깜빡 잠이 들었을 때나 깨어 있을 때, 장사를 할 때도 오직 그녀 생각뿐이었다. 바람에 나뭇잎이 부스대는 소리에도 행여 그녀일까 귀가 쫑긋해졌다.

세상의 모든 소리가 그녀의 발자국 소리처럼 들렸고 어디선가 '까르르' 웃는 소리가 들려도 그녀의 목소리 같았다. 급기야는 열병이 찾아왔다. 오랜 불면증에 두통이 골을 패고 헛소리까지 하며 땀을 비 오듯 쏟아 꼼짝을 할 수 없게 된 것이다. 그것은 분명 상사병이었다. 그런데 지금 이 상사병을 생각하면 웃음이 나온다.

내가 사랑하는 사람이 먼저 청혼을 했는데 왜 상사병이 걸린 것인가? 그냥 승낙하면 될 것을. 그러나 그녀와 나 사이에는 장애라는 큰 산이 가로막혀 있었다. 물론 그녀는 상관없다고 했지만 나는 그렇지 못했다. 어쨌든 장애를 가지고 있는 건 나였기 때문이다. 그래서 그녀의 마음이 진심인지도 두려웠고 혹시나 오래지 않아 깨져 버릴 수도 있다는 두려움이 엄습했다.

어떤 경우든 나는 커다란 상처를 입을 수밖에 없기 때문이다. 나는 누가 놀리거나 비웃는 정도의 일에는 상처를 입지 않는다. 이미 그 정도는 충분히 상처 입은 이 도시의 한 마리 짐승이었기 때문이다. 그러나 사랑이라는 감정에 상처를 입는다면 그것이 아무리 작은 상처라도 견디기 힘들 것 같았다. 처음 겪는 일이었기에 더욱 그랬다.

게다가 사랑이란 무엇인가 떠올리면 또 다른 고통이 밀려왔다. 내가 진정 그녀를 사랑한다면 그녀를 보내야하는 것이 아닌가 생각했다. 과연 그녀가 나와의 만남을 행복하게 이어갈 수 있을까? 그녀가 상처 입을까 두려웠다.

그때의 나는 내 속을 바늘로 찌르며 가까이 다가온 상대마저 바늘로 찌를까 봐 잔뜩 웅크린 기형의 고슴도치 같았다. '내가 청혼을 한 것도 아닌데 왜 이렇게 힘이 들까? 어떻게 내 주제에 그녀의 청혼을 냅다 수락한단 말인가. 내 암울한 인생에 고운 그녀를 끌어들일 수는 없는 노릇 아닌가.'

나는 끙끙 앓으면서도 그녀에 대한 생각을 한순간도 놓친 적이 없었다. 얼추 보름 정도의 시간이 지났을까. 하루 종일 아무것도 입에 넣지 못하고 누워만 있던 저녁 무렵인데 뜻밖에도 그녀가 내 방으로 찾아왔다. 그녀의 얼굴도 맘고생이 전혀 없지는 않았던 듯 핏기가 없이 야위고 창백했다. 자신이 더 지치고 핼쑥한 모습임에도 불구하고 오히려 내게 안부를 물었다.

"시장에 갔더니 안 나오셨던데요, 어디 아프셨어요?"

나는 짐짓 퉁명스럽게 대꾸했다.

"뭣 하러 여기까지 왔어요?"

"걱정 많이 했어요. 괜히 저 때문에 병이 나신 것 같아서요. 죄송해요."

내가 딱히 대꾸할 말을 찾지 못하고 있을 때 고개를 조용히 떨어뜨리고 있던 그녀가 짐짓 태연한 척 밝게 웃으며 부엌 쪽으로 잰걸음을 옮겼다.

"제가 계란죽 끓여 올게요. 식사를 해야 약이라도 드시죠."

내가 일부러 그녀에게 퉁명스럽게 굴었다면 그녀는 일부러 아무렇지도 않은 척 내게 다가왔다. 그러면서 자신의 까만 핸드백에서 하얀 종이봉투를 꺼내더니 식탁 위에 올려놓았다. 아마도 몸살약이라도 챙겨온 모양이었다. 그릇 부딪치는 달그락 소리가 구수한 밥 냄새와 섞여 내 오감을 간질였고, 사분사분한 그녀의 몸놀림을 보고 있자니 어느새 지친 내 마음이 평화롭게 안정이 되면서 그간의 번뇌와 힘겨움이 푸른 하늘의 새털과 같이 가벼워지고 있었다.

그동안의 갈등과 고민보다도 지금 내 앞에 있는 그녀가 소중했기 때문이다. 나는 어느새 그녀에게 무너지고 있었다. 그녀의 따뜻한 성품에 나는 부지불식간 젖어들었고 1년 남짓을 행복의 단꿈에 빠져 살았다. 그녀와 함께 한 삶은 폭신한 이불 속처럼 따스하고 감미로웠다. 우리는 시간이 날 때마다 외유(外遊)를 가서 날개라도 돋친 듯 자유롭게 세상 구경도 만끽했다. 행복했다. 그리고 그 행복을 잡기 위해 노력했다. 더 열심히 일했고 그녀를 위해 못할 것이 없었다.

여느 때처럼 시장에서 장사를 마치고 부랴부랴 집으로 돌아왔는데 집 안이 이상하게 냉랭했다. 평소와 다른 분위기였다. 단지 그녀가 집에 없어서 느껴지는 그런 냉랭함은 아니었다.

한참을 현관에서 부스럭거리며 인기척을 냈다. 안에서 그녀가 나오기를 바라는 마음으로 일부러 인기척을 냈다. 그녀가 나타나 나를 맞아주기를 절실하게 바랐다. 그러나 안에서는 아무런 움직임이 없었다. 나는 점점 더 불안에 빠져들었다.

문 앞에까지 다가갔다. 손잡이에 손을 대면서도 불안했다. 방문을 열었을 때 펼쳐질 풍경이, '아! 제발 아니기를, 내가 불순한 생각을 한 것이 맞기를……. 그렇다면 내가 그녀에게 빌리라. 잠시라도 당신을 의심했다고 빌리라.'

떨리는 손으로 문을 열었다. 방안은 썰렁했고 그녀의 흔적은 어디에서도 찾을 수 없었다. 불행한 예감은 어찌 그리도 잘 맞는지……. 그녀가 사라졌다. 그동안 열심히 모은 돈을 몽땅 챙겨서 야반도주하듯 그렇게 도망을 가버린 것이다. 도저히 믿기지 않는 현실 앞에 또다시 내 삶이 통째로 흔들리고 있었다.

호화로운 파티가 마법의 시간이 풀리면 연기처럼 사라져 버렸던 그 옛날 소설처럼 지난 1년의 단꿈이 허무한 물거품이 되어 온데간데 없어져 버린 것이다. 돈은 괜찮았다. 그녀가 원한다면 내 인생을 저당잡혀서라도 돈을 마련해줄 수 있었다. 그러나 이건 아니었다. 나는 배신당한 것이다.

'차라리 죽는 게 낫지, 이 기막힌 상황을 어떻게 또 받아들여야 한단 말인가. 얼마나 힘들게 선택한 길이었는데 하필이면 이렇게 끝이 나야 한단 말인가. 이 지긋지긋한 나락의 끝은 도대체 어디일까.' 나는 가슴이 먹먹해 터질 것 같았고 만사가 귀찮아 실어증에 걸린 병자처럼 말문을 스스로 닫아버렸다.

'에라! 모르겠다. 이놈의 더러운 팔자. 그럼 그렇지. 나 같은 병신에게 무슨 여자 복이 있을 거라고. 내가 미쳤었지.' 나는 일이고 뭐고 다 내팽개쳐 버리고 술독에만 빠져버릴까도 싶었지만 그러지 않았다. 스스로의 자괴감 때문이었다면 전처럼 함부로 살 수도 있었겠지만 그러지 않았다.

내 인생을 다른 이의 배신 때문에 망가뜨리고 싶지 않았다. 그렇게 한다면 정말 패배자가 되고 나를 배신한 신정미(여) 그녀에게 지는 것이다. 나는 이를 악물고 마음을 다잡았다. 더 열심히 살아야 했다. 그녀를 만나서 그 추악한 얼굴을 보며 용서해 주리라. 그래야 내 인생에 부끄럽지 않을 것이라 다짐했다.

예나 지금이나 복잡한 마음을 다스리는 데는 시장만한 곳도 없다. 나는 잠실 새마을시장에서 독하게 장사를 했다. 상점들의 문이 걷힘과 동시에 노래를 시작해 그들이 장사를 마칠 때까지 나도 시장바닥에 몸을 질질 끌고 다니면서 육신을 혹사시켰다.

가슴은 검뎅이처럼 새까맣게 타버렸고 영혼은 이미 오래 전에 고사된 마른풀처럼 황폐해졌다. 일하고 또 일하고 일했다. 그것만이 내가 살 수 있는 길이었기 때문이다. 일하지 않고 잠시라도 머리를 비워두면 나는 배신감의 고통에 참을 수 없었다. 그녀를 잊어야했다. 배신감마저도 잊어야 했다. 그래야 내가 살 수 있었기 때문이다. 그랬다. 나는 살기 위해 일했다.

그렇게 내가 마땅히 설 곳을 찾지 못하고 방황 아닌 방황의 날들이 이어졌다. 그녀를 몰랐던 과거로 돌아가기 위해선 내 자신을 찾아야 했으나 상처 난 가슴에 새살이 돋는 것은 더디기만 했다. 실연과 배신의 상처도 사랑에 빠지는 시간에 비례해서 아물 수 있다면 얼마나 좋을까 생각했다. 사랑에 빠지는 건 한순간인데 그 사랑을 잊는 건 얼마나 많은 시간이 필요할까?

나는 사랑이 무섭다는 생각이 들었다. 그리고 다시는 사랑 따윈 하지 않겠다고 이를 악물었다. 그러면서 마음을 다스리기 위해 여러 가지 생각을 했다. 기도원이 떠올랐다.

'기도원에 가볼까? 한 번도 가보지 못한 기도원이지만 나같은 장애인도 갈 수 있을까. 거기라면 잃어버린 나를 찾을 수 있을까?' 수시로 전국의 기도원을 돌아다닌다는 시장 통 헌책방의 토큰박스 아줌마한테 내가 갈만한 기도원을 알아보기로 했다. 내 옆에서 가판대를 펼치고 유행 지난 소설이며 시집 등 잡동사니 도서들을 파는 아줌마가 식후 오수(午睡)에 꾸벅꾸벅 졸고 있었다.

"아주머님, 저도 기도원을 한 번 가보고 싶어요."

평소 교회나 목사를 싫어하는 나를 알기 때문에 의아스럽다는 듯 물었다.

"갑자기 기도원은 왜 가려고요? 아니, 교회도 안 다니잖아요?"

"실은 저 교회 다닌 지 1년 정도 됐어요."

"그렇군요. 그럼 강원도에 있는 '대한수도원'이라는 곳이 좋아요. 거긴 비용이 전혀 안 들거든요."

나는 그때까지만 해도 강원도라는 곳은 생소해서 어디쯤에 있는지 짐작조차 못했었다. 수도원의 위치를 알 수 없어 며칠 후에 다시 잠실 새마을 시장엘 찾아갔다.

"아주머님, 지난번에 말씀하신 수도원엘 가려면 어떻게 가야 하죠? 알려주세요."

"정말 가시게? 난 그냥 해본 소린 줄 알았더니."

"아니요. 정말 갈 겁니다."

"현리로 해서 쭉 가다보면 한탄강이 나와요. 그곳에서 다시 한 번 물어보면 잘 알려줄 거예요.

"네, 알았습니다. 감사합니다."

수도원 가는 방법을 꼼꼼히 메모해 두고 다시 장사에 집중했다. 장사는 허기와의 싸움이기도 했다. 나는 대소변을 자유롭게 볼 수도 없다. 장사를 할 때는 고무튜브로 온몸을 챙챙 감고 있기 때문에 생리적인 고통이 처녀가 아기를 낳는 잉태의 고통과도 같아서 물이며 먹는 것을 최대한 절제해야 한다. 하루 종일 굶고 시장 바닥을 쓸고 다닐 때면 몹시 허기가 지고 맥없이 지치곤 한다.

그날은 이상하게도 평소와 달리 엄청나게 배가 고팠다. 배고픔을 참다 참다 도저히 참을 수가 없어 시장골목 한 귀퉁이에서 점심을 시켜먹기로 했다. 막 밥 한술을 뜨려고 하는데 시도 때도 없이 시장 바닥에 나타나 내 마음을 흔들어 놓고 떠나버린 그녀의 모습이 눈에 선하게 떠올랐다.

허기와 함께 그녀의 모습이 찾아오다니. 허기와 사랑에 대한 갈증이 같은 것인가 아니면, 그녀에 대한 배신감이 육체적 고통으로 밀려온 것인가? 이상하게도 그녀를 향해 더 이상의 증오나 원망은 하고 싶지가 않았다. 오히려 그녀가 행복하기를 바라는 마음으로 기도하고 싶은 심정뿐이었다.

'하나님, 그녀가 어디서 무엇을 하든지 항상 즐겁고 행복하게 해주세요. 저보다 더 좋은 사람 만나서 잘 살도록 보살펴주세요. 또…….'

나는 잠깐 눈을 감았다 떴을 뿐인데 40여 분이 넘도록 기도를 했던 것 같았다. 시간 개념이 상대적이라고 하지만 이렇게 느껴지기도 하나 싶었다.

기도 중에 나는 생애 처음으로 성령체험을 하게 되었다. 교회와 목사에 대해 반감을 갖고 있던 내가 그런 체험을 하게 될 줄은 꿈에도 몰랐다. 그리고 그것이 앞으로의 내 삶에 빛과 그림자가 될 줄은 그때는 전혀 알지 못했다. 나는 하얀 가운을 입고 양손을 가지런히 들어올린 채였고 내 머리 위에서 천사가 내 손을 맞잡고 축도하는 모습을 환영으로 보았던 것이다. 그러면서 여태껏 해보지도 않았던 회개(悔改)가 내 입에서 봇물 터지듯 새어 나오기 시작했다.

숱한 나의 이야기들이 마치 무성영화의 영사기가 돌아가듯 내 심장에 비수(悲愁)가 되어 투영되었다. 치기 어린 지난날의 실수와 잘잘못들이 하나둘씩 스쳐 지나갔다. 눈물과 땀이 온몸을 적셨다.

나는 회개 중에 철없던 어린 시절이 떠올랐다. 큰 산골짜기에 골이 깊은 것처럼 그 옛날 생각들이 주마등처럼 스쳐갔다.

"동영아, 내가 우리 집 곳간에 있는 쌀을 훔치려고 하거든. 네가 조금만 도와줘라."

"쌀을 훔친다고? 야야, 큰일나려고?"

"걱정 마, 인마! 내가 다 책임질 테니까."

"정말이지? 네가 다 책임지는 거다. 응?"

"짜식 쫄기는. 빨리 준비나 해."

"알았어."

우린 주의 깊게 주변을 살핀 후 슬그머니 곳간에 들어가는데 성공하긴 했지만 정작 쌀을 훔치려고 뒤주를 열어보니 쌀 위에 필시 어머니가 해 놓았을 것 같은 표시가 있었다. 맙소사! 어머니 딴엔 손가락으로 그럴싸한 그림을 그려놓고 쥐똥까지 뿌려놓은 것일 테니 그걸 잘못 훔쳤다가는 몽둥이찜은 따논 당상일 터였다. 쌀 도둑이 그렇게 많았던 것인가?

어떻게 할지를 잠깐 고민하다가 그대로 포기할 순 없겠다 싶어 이번엔 그 옆에 있는 작은 용기 뚜껑을 열어보았다. 역시 독특한 문양을 그려 놓으셨다. '왜 이랬을까? 누나들이 하도 쌀을 내다 팔아 용돈을 쓰거나 군것질을 하니까 더 이상 못 훔치게 하려고 어머니 나름의 머리를 쓴 것일까? 아무리 감각 좋은 어머니시지만 설마 이 병신이 쌀을 훔칠 거라고 짐작하고 이런 표시를 해둔 건 아니시겠지?'

설마 하는 생각 속에서도 나는 이왕 벌인 일, 어떻게든 결과를 내고 싶었다. 나는 성격상 한번 시도한 일은 어떻게든 결과를 내야했다. 비록 도둑질이긴 하지만 이왕 시작한 일이니 끝을 봐야했다. 어머니가 치밀하게 방비를 했으니 나는 치밀하게 들키지 않고 작업을 시도하기로 했다.

일단 쥐똥의 개수를 세어 보았다. 스물세 개였다. 그리고 그림의 모형을 유심히 기억해 두었다. 이제 준비는 끝났다. 나는 군데군데 티 안 나게 조금씩 빼내어 반말 정도의 분량을 훔쳐 낸 다음 미리 그려놓은 도면대로 어머니의 그림과 쥐똥을 표시해 놓았다. 사진으로 찍어서 비교하더라도 알 수 없을 정도로 아주 감쪽같았다. 나도 모르게 미소가 지어졌다. 그렇게 나의 첫 곡물 서리는 성공적으로 마무리 됐다.

처음이 문제지 그 다음부터는 쉬웠다. 그 뒤로도 몇 번의 시도를 했고 나는 단 한 번도 들키지 않았다. 그러나 곡물 서리를 계속 하지는 않았다. 그렇게까지 돈이 많이 필요한 일도 없었고 꼬리가 길면 밟힌다는 것을 알고 있었기 때문이다. 결국 몇 번의 곡물 서리는 완전범죄로 마무리 되었다.

또 한 번은 농사일로 바쁜 농번기 때의 일이었다. 우리 시골은 6월 중순경이 되면 보리를 수확하기 위해 눈코 뜰 새 없이 바쁘게 움직였다. 특히 우리 집은 정미소를 운영했는데 아버지는 일본에서 수입해 오신 경운기로 보리타작을 했다. 마당에는 짚을 엮어서 짚둥우리 다섯 동을 만들어 그 안에 갈무리한 보리 곡식들을 가득히 채워두었다. 나는 사촌형을 내 계획의 공조자로 만들 궁리를 했다.

"형, 나 좀 도와줘."

"뭘 도와달라는 건데?"

"내가 돈이 필요한데 말이야. 이 짚둥우리에서 보리 한 가마를 빼내려고 하거든. 내가 빼낸 보리를 형 집으로 옮겨 놔줬으면 해서."

사촌형은 내 계획을 듣고 적잖이 당황했다.

"승주야, 저렇게 짚으로 둘러 칭칭 싸매놨는데 무슨 수로 곡식을 빼낸다는 거야?"

"형, 그런 건 걱정 마. 내 머리가 천재잖소. 나만 믿어 봐."

나는 관이 넓은 대나무를 한 자 정도로 자른 다음 한쪽 끝을 날카롭게 다듬었다. 그런 다음 시험 삼아 뾰족한 끝부분을 짚둥우리에 냅다 꽂아 몸통을 툭툭 두어 번 쳐주었더니 내 예상대로 통보리 낟알이 시냇물 흐르듯 관을 타고 줄줄 쏟아졌다. 사촌형은 나의 기지(奇智)에 감탄을 했다.

"넌, 다리 빼고는 완전 난 놈이다."

나는 한쪽에서만 빼면 짚둥우리가 수그러들 것을 염려해 대여섯 군데를 사방으로 돌아가며 골고루 빼돌려 결국 보리 한 가마니를 만들어냈다. 한 가마니 이상도 만들어낼 수 있었지만 완전범죄를 위해서는 적당한 선에서 물러날 줄 알아야했다. 아마도 아버지가 아셨다면 경을 칠 노릇이었겠지만 다행히 멋지게 성공했으니 그때의 짜릿했던 쾌감은 아직도 생생하게 기억한다.

"휴! 성공이다. 형, 티 안 나지?"

"와, 감쪽같다야. 넌 그런 걸 어떻게 알았어? 몸도 불편한 놈이 별걸 다 알아, 자식이.”

“내가 누굽니까? 만 4살 때 학교 문턱 한번 안 넘어보고도 책을 청산유수로 읽어내는 사람 아닙니까? 내가 몸은 불편하지만 세상에 못할 건 별로 없다고 봐, 난.”

그랬다. 그 시절 나는 두려울 것도 무서울 것도 없었다.

“알았다, 알았어. 네가 천재다, 그래.”

사촌형은 빼돌린 곡식을 지게에 짊어지고 가서 자기 집 곡간에 숨겨주었다. 나는 곡식을 팔아서 만든 돈으로 용돈도 쓰고 주위의 배고픈 사람들에게 술과 음식을 대접해주기도 했다. 어차피 공짜로 생긴 돈이 아니었던가? 짚둥우리 서리는 두 번째로 이어졌지만 아버지는 물론 가족들 누구도 눈치를 못 챘을 거라고 굳게 믿고 있었다.

두둑하게 마련된 용돈으로 혼자서 흐뭇해진 나는 오랜만에 아버지와 함께 대청마루에 앉아 한낮의 한가로움을 즐기고 있었다. 먼 곳에 시선을 두고 계시던 아버지가 갑자기 고개를 갸웃거리더니 댓돌 위의 흰 고무신을 질질 끌면서 마당 구석의 짚둥우리 쪽으로 가는 것이었다. 나는 가슴이 철렁했다.

“이상하네. 왜 짚더미가 옆으로 기울어졌지. 혹시 손(損)을 탄 건 아니겠지?”

헉! 순간 눈앞이 캄캄했다. 자칫 잘못 했다가는 모든 것이 끝장날 순간이었다. 어떻게든 이 위기를 넘겨야했다. 나는 금방이라도 심장이 터져버릴 듯 쿵쿵거렸지만 시치미를 뚝 떼고 태연한 척 거짓을 말해버렸다.

“아! 제가 며칠 전에 쥐들이 그 안으로 들락날락 하는 걸 봤어요. 그래서 돌멩이로 쫓은 적이 있었거든요. 아마도 쥐들 때문인 것 같은데요. 그걸 누가 감히 손댔겠어요?"

아버지는 고개를 갸웃거리며 정말 모를 일이라며 헛기침을 연신 내뱉으시고는 방으로 들어가셨다. 구부정한 뒷모습을 보고 있자니 죄송한 마음이 잠깐 들기도 했지만 일단은 들키지 않은 것을 다행으로 여기며 이내 회심의 미소를 지었다.

우리 집에는 마음씨 착한 외삼촌 네 명이 함께 살았다. 그들은 모두 키가 훤칠했고 외모까지 잘 생겼다. 그래서 나는 언제나 외삼촌들을 보면 부러운 마음이 들었다. 외삼촌들은 언제나 우리 아버지께 '매형, 매형' 하면서 살갑게 잘 따르고 성실하고 온순한 사람들이었다.

그런데 군대에 간 둘째 외삼촌에게 변고가 생기고 말았다. 이유를 알 수는 없지만 둘째 외삼촌이 군대를 탈영해서 원양어선을 타고 3년 동안이나 숨어 다녔다고 했다. 외삼촌이 탈영한 직후부터 우리 집에는 수시로 경찰과 군부대 관련 조사관들이 들락거렸다. 처음에는 무슨 일인지 몰랐지만 아버지와 어머니의 대화를 듣기도 하고 동네 사람들이 수군거리는 소리를 들으며 조금씩 깨닫게 되었다.

어느 날 저녁인가 갑자기 둘째 외삼촌이 나타났다. 우리 집으로 몰래 숨어 들어온 외삼촌은 큰방의 다락방에서 허겁지겁 주린 배를 채우고 있었다. 외삼촌은 배를 채우면서도 흔들리는 눈빛으로 연신 밖을 경계하고 있었다.

반쯤이나 먹었을까? '우당탕' 거칠게 문을 열어재끼는 소리와 함께 건장한 남자 서넛이 들이닥쳤다. 그들이 누군지 어린 나도 알 수 있었다. 분명 외삼촌을 잡으러 온 자들이었다. 당황한 어머니는 남자들을 양팔로 막아서며 마치 숨어있는 외삼촌에게 알리기라도 하려는 듯 사뭇 대범한 척 큰소리로 따졌다.

"당신네들 누구야? 누군데 남의 집에 무단으로 침입해서 행패를 부려? 무단 가택 침입은 불법인 거 몰라요? 영장은 받아왔냐고?"

거의 악다구니에 가까운 어머니의 저지에 외삼촌은 낌새를 채고 이미 뒷방문을 열고 텃밭을 가로질러 어디론가 도망친지 오래였다.

"경찰입니다. 탈영병 수색 중이니 협조하기 바랍니다."

그들은 몹시 성가시다는 듯 면상을 구기면서 신분증을 무성의하게 쓰윽 한 번 보여주고는 우리 집을 샅샅이 뒤지기 시작했다. 그리고 큰방을 확인하던 그들 중 한 명이 텃밭으로 난 방문과 채 먹지 못한 밥상을 보더니 황급히 소리쳤다.

"여기다! 텃밭. 텃밭으로 도망쳤어!"

말이 끝나기도 전에 구둣발들이 큰방을 가로질러 텃밭으로 내달렸다. 그들은 열어젖혀진 뒷방문을 발견하고는 외삼촌과 똑같은 방법으로 잽싸게 텃밭을 가로질러 거칠게 달려 나갔던 것이다. 밖에 있던 또 다른 사람들은 대문을 통해 텃밭으로 달렸다.

아버지는 애써 불안감을 감추면서 깊은 한숨을 내쉬고 있었고 어머니는 아버지에게 몸을 기댄 채 바들바들 떨고 있었다. 오래지 않아 피투성이가 된 둘째 외삼촌이 끌려왔다. 둘째 외삼촌이 잡히지 않으려 반항하다가 그리 됐는지 아니면 3년이라는 시간 동안에 도망 다녔던 삼촌에 대한 보복 때문이었는지는 모르겠지만 삼촌은 상당한 구타를 당한 채 끌려왔다. 그리고 손목에는 수갑이 채워지고 포승줄에 꽁꽁 묶인 채 개 끌려가듯 힘없이 기동대차에 실려가는 외삼촌의 참혹한 모습은 내 머릿속에 오래도록 지워지지 않는 영상으로 남았다.

어머니는 울며불며 경찰들에게 매달렸고 아버지는 그런 어머니를 그저 달랠 뿐이었다. 그때 부모님들은 불과 10개월 후면 있게 될 경천동지할 외삼촌의 부음을 감히 상상이나 하실 수 있었겠는가.

그렇게 오랜 도피생활에 종지부를 찍고 탈영병이 되어 군 형무소에서 수형(受刑)을 하던 외삼촌은 갑자기 의문의 죽음을 맞았다. 기막히고 어처구니가 없는 일이었지만 고작 보상금 500만 원으로 그의 죽음은 급하게 일단락되고 말았다.

아버지는 외삼촌의 목숨 값 500만 원을 천장 속에 깊숙이 숨겨두었다. 사람의 목숨을 어찌 금액으로 환산할 수 있을까 싶지만 법이 그렇게 정했고 남은 사람들은 그렇게 받아들여야 했다.

슬픔과 분노의 시간이 한바탕 휘몰아쳤다. 어머니는 매일 우셨고 아버지는 한숨만 쉬셨다. 아버지는 당시로서는 제법 고학력자에 속했고 또한 동네 유지였다. 외할아버지는 한옥 건축의 대가(大家)로 목수로서의 명성은 그 일대에서 자자했다고 한다. 그런데 외할아버지가 돌아가시면서 가세가 기울어지고 더 이상 외가를 돌볼만한 사람이 마땅히 없게 되자 아버지께서 직접 외가를 돌봐주게 되었다. 그러니 아버지가 외가의 실질적인 가장이 되는 셈이었다.

산 사람은 어떻게든 살아진다고 바쁜 일상 속으로 일련의 충격들이 조금씩 가라앉고 시나브로 그 슬픔도 서서히 수그러들던 때였다. 막내 외삼촌이 나를 조용히 불렀다. 그는 키가 175cm에 풍채는 보통이지만 눈과 귀가 크고 쌍꺼풀이 두껍고 코가 오뚝하니 잘 생긴 미남이었다. 막내 외삼촌이 내게 던진 질문은 뜻밖이었다.

"야, 네 아빠가 우리 형 보상금 받아서 어디다 뒀는지 넌 알고 있지?"

"나는 몰라요."

"그러지 말고 알려줘. 내가 10만 원 줄게."

"정말 몰라요, 외삼촌."

내가 계속 모르쇠로 일관하자 안 그래도 몹시 불안해하던 외삼촌은 별안간 씩씩거리며 부엌으로 들어가더니 손잡이 부분이 두툼하게 살짝 뒤틀린 부지깽이를 들고 나와서는 마루에 널브러져 있는 나를 마구잡이로 때리기 시작했다.

"너 이 새끼, 똑바로 말하지 못해?"

이성을 잃고 날뛰는 막내 외삼촌의 기에 눌려 나는 그만 오줌을 지렸던 것 같기도 하다. 나는 도리 없이 보상금의 행방을 토설하고 말았다.

"저기 천장 속에 숨기는 걸 봤어요."

"이 병신 새끼가 진작 말을 하라니깐. 저리 비켜."

막내 외삼촌은 퉁명스럽게 나를 밀치고 안방으로 들어가더니 천장을 식칼로 북 찢고 돈 200만 원을 주섬주섬 챙겨서 점퍼 안주머니에 쑤셔 넣었다. 그는 또 수입해 들여온지 얼마 되지도 않은 새 경운기의 부품도 빼내서 읍내에 되팔아 서울로 야반도주해 버렸다.

평소 예의바르던 막내 외삼촌이 갑자기 왜 그랬는지 알 수가 없었다. 다만 500만 원을 모두 가져가지 않고 200만 원만 가져갔다는 것은 그 정도의 염치가 있음을 말하는 것이리라. 아니면 그간 우리 집에서 일한 대가를 스스로 계산하고 그 정도의 금액을 가져갔을 수도 있었다.

그렇게 막내 외삼촌의 가출이 있고 한 달 정도가 지났을 무렵 나는 뜻하지 않은 갈등으로 괴로운 날들을 보내게 되었다. 말하자면 나도 외삼촌의 도둑질을 흉내내고픈 충동에 사로잡혔기 때문이다.

'딱 30만 원만 훔쳐볼까? 돈이 조금 더 없어진다고 한들 이미 도망간 외삼촌을 의심할 게 분명하지. 나는 병신이기 때문에 설마 천장에 있는 돈을 훔칠 수 있을 거라고는 상상도 하지 못할 거야.' 급기야 나는 마음의 결정을 하고 나서 친구를 불러들였다.

"야, 동영아, 내가 엎드릴 테니까 저 천장 속에서 30만 원만 꺼내 봐."

동영이는 내 말에 깜짝 놀랐지만 이내 고개를 끄덕였다.

"근데 걸리지 않을까?"

"야, 걸려도 내가 걸리지 네가 걸리겠냐? 하는 거다."

나는 동영이에게 재차 다짐을 받았다. 그리고 아무도 없는 때를 노려 작업에 성공했다. 어린 시절의 우리 집은 근동에서 소문난 부잣집이었다. 그래서 그랬는지 동네 아이들은 나를 무척 좋아라 하며 따랐다.

특히 가난한 아이들에게 나의 인기는 특별했는데 훔친 거금의 돈을 가지고 읍내에 가서 엿, 라면, 과자, 빵 등을 사다가 그 아이들에게 되팔기도 했다. 물론 그냥 나눠주기도 했지만 되팔아서 버는 돈벌이가 제법 짭짤하기도 했다. 어쨌든 상당한 돈을 쉽게 만졌던 나는 아이들에게 선망의 대상이었고 그럴 때면 마치 우상이 된 것처럼 우쭐댈 수 있어서 마냥 좋았다.

그러던 겨울, 바다에 둘러싸인 작은 섬마을에 파도가 잠잠해지고 낮 동안 거친 파도 위를 바쁘게 살아 움직인 고기잡이배가 조용히 닻을 내리는 저녁 무렵이었다. 내가 칼바람 추위에도 아랑곳 않고 읍(邑)에 물건을 사러 간다며 목발을 의지해 나서는데 아버지도 일이 있다며 함께 가자고 하셨다.

'헉, 어떡하지?'

나는 읍에 다녀오겠다는 인사를 한 것인데 아버지가 그 인사에 함께 가자고 나선 것이다. 순간 가지런했던 내 마음이 마구 엉키면서 무겁고 복잡해지기 시작했다. '어디서 돈이 나서 물건들을 이렇게 많이 사는지 물어보

시면 뭐라고 대답할까?' 사실 내 주머니에 있던 돈은 은행에서 처음 찾아
온 빳빳한 신권 그대로 천장 속에 숨겨져 있던 보상금이었다. 나는 심장이
두근거리고 얼굴까지 화끈거렸지만 애써 태연한 척 했다. 그것은 물론 동
영이와 함께 훔쳐낸 돈이었기 때문이다. 그러나 동영이와 법적으로는 공
범이지만 내 친구한테 억울한 누명을 씌우는 건 인간의 도리로서 할 수 없
는 행동이다.

　죄를 짓고 매를 맞는 것은 당연한 것이나 죄를 짓지 않고 매를 맞는 것은
억울한 누명을 쓰는 것이나 마찬가지다. 내가 스스로 무덤을 팠으니 이 사
실은 내가 죽는 그날까지 동영이와 나만의 비밀로 할 것이며 만약에 아버
지가 아신다면 죄의 십자가는 내가 질 것이다.

　진도 읍내를 가면 제과점이 열 개 이상이 있다. 그 중 하나를 선택하여
'부부상' 도매집에 들어갔다. 그 사장님은 조도에서 멸치잡이를 하여 떼돈
을 벌었다고 했다. 사장님은 키가 크고 풍채가 좋은 덕망 있는 분이었다.
그때는 못 먹고 못 입는 시절이었기에 날씬하고 바짝 마른 사람들은 인기
가 없었다. 배가 나오고 풍채가 좋으면 돈이 없어도 회장님, 사장님 소리
를 듣던 시절이었다. 그 제과점의 사장님은 세 발로 된 트럭이 한 대 있었
고 용달차가 세 대이며 자가용이 두 대나 되는 부자였다.

　나는 아버지의 눈치를 보며 조금씩 필요한 물건을 샀다. 아버지는 내가
사는 물건에 대해 신경을 쓰지 않는 눈치였다. 나는 점점 더 대담해졌다.
어느새 두려움보다 내가 사고 싶은 것을 마음껏 살 수 있다는 즐거움에 빠
져들었다.

　그때나 지금이나 배짱 하나는 대단했다. 지금에 와서 생각해보면 그날
아버지는 눈치를 챈 것도 같았지만 아버지는 끝까지 아무런 말씀이 없으셨

다. 어쩌면 내가 흥청망청 다 날리는 게 아니고 물건을 구입해서 장사를 하고 있다는 사실을 알고 계셔서 그랬을 수도 있다. 어쨌든 나는 필요한 물건들을 모두 구매했다. 역시 무사 통과였다.

위기를 잘 모면하는 가운데 재미로 시작한 장사놀이가 제법 용돈벌이가 되자 나는 본격적으로 장사를 해서 돈을 많이 벌고 싶어졌다. 얄궂은 운명을 살아가야 하는 박복(薄福)한 내가 감히 재벌이 되겠다는 꿈을 꾸게 된 것도 바로 그 시절부터다.

막내 외삼촌이 다시 돌아온 건 2년의 시간이 지난 후였다. 200만 원의 돈과 경운기 부품까지 챙겨서 떠난 막내 외삼촌은 몰래 도망칠 때와는 달리 멋진 양복을 쫙 빼입고 마치 개선장군이라도 된 것처럼 기세등등하게 돌아왔다. 아버지는 미안한 기색 하나 없이 뻔뻔스럽게 등장한 외삼촌이 못마땅하셨던지 대청마루로 그를 불러 세웠다.

"어이구야, 너 모양새를 보아하니 돈 좀 많이 벌었나 보다?"

막내 외삼촌은 당당하게 대답했다.

"네, 열심히 했습니다."

"허, 그래? 네 주제에 무슨 수로 돈을 벌어? 밑천이 있어야지. 네가 천장의 돈 훔쳐간 거잖아?" 아버지는 잘못했다는 말 한마디 하지 않는 막내 외삼촌이 무척이나 서운했던 모양이다. 말끝마다 서운함이 묻어났다.

"매형, 무슨 말씀이세요? 전 절대 훔치지 않았습니다."

외삼촌의 입에서 거짓말이 떨어지기가 무섭게 아버지는 몽둥이질을 시작했다. 한때는 건달 생활을 하면서 파란만장한 삶도 살아보셨던 아버지인지라 30대 가량의 몽둥이질에 온몸에 피멍이 들고 단말마의 비명이 온 집안을 쩌렁하게 울려 퍼져도 눈 하나 깜짝하지 않고 외삼촌을 패대기쳤다.

"매형, 제발 제 말 좀 들어 보세요. 저는 절대로 훔치지 않았습니다."

"그럼, 이 새끼야. 누가 훔쳐가? 승주가 훔쳐갔겠냐? 저놈이 병신인데 무슨 수로 천장 속에 있는 돈을 훔쳐가? 너 아니면 훔쳐갈 놈이 없어!"

"아이고 아이고 나 죽네."

방바닥을 데굴데굴 구르면서도 막내 삼촌은 끝까지 자신이 한 짓이 아니라며 발뺌을 했고, 아버지는 매질로는 도저히 안 되겠던지 외삼촌의 손을 뒤로 해서 노끈으로 묶은 채 온 동네를 끌고 다니며 조리돌리기를 시켰다. 그 모습을 보면서 속으로 얼마나 두려움에 떨었는지 모른다. 내가 한 짓이 걸린다면 지금 저 자리에 나도 함께 있을 거라는 생각이 들었기 때문이다. 나는 식은땀이 흘렀다.

"이놈은 도둑놈입니다. 경운기 부속을 빼가서 엿 바꿔 먹은 것도 부족해 자기 형 목숨값을 훔쳐가 2년만에 탕진해버린 놈입니다. 아직까지도 자신의 잘못을 깨우치지 못하는 천하에 아주 못된 놈입니다."

동네 사람들은 손버릇이 나쁜 막내 외삼촌을 향해 혀를 끌끌 차며 질타했다.

"저놈 매 좀 더 맞아야 되겠군. 아예 형무소(교도소)로 보내버리지."

"야, 이 죽일 놈아. 왜 그렇게 매형 속을 썩이는 거야?"

막내 삼촌이 입고 온 멋진 양복은 흙투성이가 되었고 단정하게 빗어 넘긴 막내 삼촌의 머리도 온통 땀과 흙투성이가 되었다. 그렇게 조리돌림이 끝나고서야 막내 삼촌은 완전히 기가 꺾였다. 결국 그날 밤 자정이 되어서야 기진맥진한 막내 외삼촌이 아버지께 모든 사실을 눈물로 고백하고 용서를 구한 후에야 집안의 소동이 잠잠해질 수 있었다.

아마 막내 외삼촌도 억울한 마음은 있었겠지만 고스란히 230만 원 모두를 훔친 것으로 그렇게 사건은 일단락되었다. 외삼촌에게 미안했지만 200만 원을 훔쳤다고 말하는 건 다른 문제다. 나까지 도둑이 되는 것이니까 말이다. 나는 입을 꾹 다물고 있었다.

결국 내 부모님은 이 병신이 그 옛날 곡식을 서리한 것도 30만 원의 보상금을 훔친 사실도 끝내 모르고 돌아가셨다. 그때 죽지 않을 만큼 매를 맞았던 막내 외삼촌도 그 의문의 30만 원은 도대체 누가 훔쳤는지 지금까지도 알지 못한다.

옛날이야기를 하고 있는 지금, 나는 그의 안부가 궁금하고 30년 전에 돌아가신 아버지가 무척 그리워진다. 그때의 솔직하지 못했던 내 자신에게 양심의 가책이 느껴지고 가족들에게도 미안한 마음에 가슴이 뭉클해진다.

우리 고향은 빈부격차가 아주 심했다. 농사 깨나 짓고 가축을 키우는 집들은 그나마 풍족하게 먹고 살았지만, 대부분은 작은 배(뗏마)를 가지고 바닷가에서 고기를 잡아 연명하고 농사를 지으며 허우적대야 겨우 생계를 이어갈 수 있는 가난한 어촌마을이었다. 파도가 무시로 출렁이고 백사장에는 하늘을 찌를 듯 높이 솟은 소나무 수만 그루가 해풍을 받으며 우뚝 솟아 있는 아름다운 동네였다. 어지간해서는 폭설이나 폭우, 태풍 같은 자연재해는 운 좋게 피해가는 조용한 마을이었는데 그때는 연일 눈이 퍼부어댔다.

그날도 무서운 폭설이 내리는 밤이었다. 작은 촛불로도 자그마한 내 방안 어둠을 사르기엔 충분한 불빛이 만들어졌다. 그 불빛이 주는 포근함에 설핏 잠이 들었나 싶었는데 어디선가 웅성거리는 소리가 들려 눈을 떠보니 방문 앞이 대낮같이 훤하고 매캐한 냄새 때문인지 콧물과 눈물이 핑 돌았다.

꿈인지 생시인지 분간이 안 갈 정도로 깜짝 놀란 나는 그 와중에도 살아
야겠다는 생각을 했던 것 같다. 병신 몸뚱이지만 생존에 대한 본능은 정상
인과 다를 바 없었다. 나는 뜻대로 움직여주지 않는 몸뚱이를 버둥거리며
뜨거운 불꽃 사이를 벗어나기 위해 필사의 노력을 다했다. 그러나 그런 노
력에도 불구하고 그만 정신을 잃고 쓰러졌다. 다행히 급하게 달려온 아버
지 덕분에 모진 목숨을 지금까지 이어오고 있다.

불이 난 곳은 내가 운영하던 구멍가게였다. 처음엔 소일거리로 가볍게
시작했지만 점차 단골도 생기고 현금 만지는 재미 또한 쏠쏠해서 나름 사는
맛을 알게 해준 나의 소중한 일터인 구멍가게에 불이 난 것이다.

불이 지나간 자리에는 아무것도 남아있는 게 없었다. 사람 구실 할 줄 몰
랐는데 이제야 사람 구실한다고 기뻐하시던 부모님의 웃음도, 힘들지만 조
금씩 꿈꿔왔던 나의 미래도 모두 불과 함께 사라졌다. 그리고 남은 건 부모
님의 한숨과 나의 절망뿐이었다.

나는 또다시 삶의 의미를 잃고 힘든 시간과 싸워야 했다. 하루는 차라리
죽어버리는 게 낫겠다 싶어 백사장으로 어기적어기적 기어갔다. 바닷물 속
으로 막 들어가려는데 어떻게 알았는지 저 멀리서 큰누나가 손사래를 치며
황급히 뛰어오고 있었다. 나는 짜디짠 소금물을 마셔가며 눈물로 달려오는
한영이 큰누나를 보았다. 턱주가리까지 물이 차올랐을 때 큰누나는 무슨 커
다란 보따리 하나 걷어 올리듯 힘겹게 나를 건져냈다.

"너, 왜 이딴 일로 죽으려고 해? 세상에는 너보다 더 어려운 사람도 있다
고 네 입으로 노래 부르며 살아온 너잖아? 왜 새삼스럽게 이러는 거야? 다
시 힘을 내야지, 안 그래?"

물에 젖은 몸이 사시나무 떨듯 부들거리고 이가 덜덜거려서 다물어지지

않는 내게 담요를 덮어주며 위로하는 누이에게 기대어 복받쳐 오르는 설움을 다시 목구멍으로 삼키며 집으로 돌아왔다.

두려웠다. 죽기를 각오했으면서도 다시 한 번 현실과 마주하는 것이 두려웠다. 어쩌면 바닷속으로 들어간 것도 그런 두려움을 버틸 자신이 없었기 때문이었다. 그러나 용기를 내야 했다. 용기를 내서 현실을 직시해야 다시 일어설 수 있을 것 같았다.

나는 큰누나의 부축으로 그토록 애지중지하던 나의 일터, 나의 작은 구멍가게 앞으로 갔다. 그리고 화마(火魔)가 휩쓸고 간 가게를 보았다. 새까맣게 타다 만 서까래며 문틀의 골조가 망측하게 드러나고 거무튀튀하게 그을린 세간이 수북했다. 고풍스러움을 자랑하던 우리 집 한옥의 위용은 어디가고 추하고 지저분한 쓰레기더미만 남았다. 그해 추석 대목을 보려고 미리 들여놓은 선물세트며 상품들이 까만 잿더미에 파묻혔다고 생각하니 억장이 무너졌다.

매일 새벽 정화수 떠 놓고 승승장구를 축원한 나의 치성(致誠)은 보람 없이 헛된 것이 되고 말았으니, 나는 또 가족들의 천덕꾸러기가 되어 밥벌이도 못하는 식충이로 살아야 할지도 몰랐다. '나는 왜 이 모양 이 꼴인가? 내 팔자도 참 더럽다. 병신들은 밥값 좀 하고 살면 안 되는 건가? 그저 식충이로 살다가 때 되면 죽으면 그만이란 말인가?'

점심을 채 먹지도 못하고 부모를 죽이려한 죄, 동네 사람을 죽이려한 죄, 스스로 목숨을 끊으려고한 죄, 부모의 돈을 훔쳐 친구들과 흥청망청 탕진해버린 죄 등 지난날의 숱한 죄악들이 나의 입술을 통해서 고백되고 있었다. 전혀 예기치 못한 순간에 비로소 진정한 하나님을 영접하게 된 것이다. 회개가 끝나고 눈을 떠보니 눈물 콧물 범벅이 된 내 모습은 그야말로 상거지꼴 그 자체였다. 그러나 마음만큼은 솜털처럼 가볍고 커다란 기쁨으로 충만해 어찌할 바를 몰랐다.

그날 이후로 시장바닥에서 부르던 내 노래의 레퍼토리가 바뀌었다. 세상 사람들의 노래를 구슬프게 불러대던 내가 갑자기 예수를 믿으라고 소리치기 시작했던 것이다. 그렇게 예수와 교회를 불신하던 내가 오히려 예수를 믿으라고 소리치며 찬송가를 부르기 시작한 것이다.

"예수 믿으세요. 예수를 믿으면 평강이 넘쳐요. 즐겁고 행복해요. 예수를 안 믿으면 고통과 괴로움이 찾아와요. 저는 예수를 만나고부터 참 행복을 찾았습니다."

때 아닌 전도를 하고 다니는 나를 두고 사람들은 모두 미쳤다고 웅성거렸다. 어떤 이들은 예수 팔아서 장사한다고 손가락질을 했다.

"병신 새끼가 아주 돈 벌려고 환장했네."

"저 아저씨가 술을 너무 많이 마시더니 드디어 미쳤나봐. 웬 헛소리야? 예수는 무슨 놈의 예수!"

장사를 마치고 집에 돌아오면 내일 교회에 입고 갈 깨끗한 옷가지들을 준비하고 샤워도 미리 하고 풍성하게 꾸민 다음에야 잠자리에 들었다. 그러던 어느 날, 가장 화사한 넥타이를 골라 매고 은혜로움을 한가득 안고 교회에 나갔다. 맨 뒤에 자리를 잡고 앉으려고 하는데 난데없이 떠나간 그녀가 중간쯤 되는 자리에서 머리를 조아리고 묵도하는 모습이 보였다. 나는 설마 하는 눈으로 다시 그녀를 보았다.

내 집착이 불러온 환영일 거라고 머리를 내저으면서도 혹시나 하는 마음으로 그 여자의 뒷모습을 뚫어져라 응시만 하다가 예배가 다 끝나버렸다.

예배가 끝나고 잠시 동안 나는 자리에서 일어날 수가 없었다. '당장 그녀에게 다가가 뭐라고 소리라도 지를까? 아니면, 가서 왜 나를 떠났냐고 따져 물어보기라도 해야 할까?' 이런 생각들이 뇌리를 스치고 있었다. 그러나 나는 모든 것을 포기했다. 이미 잔잔해진 내 마음에 또다시 어떤 식으로든 파문을 일으키고 싶지 않았다. 나는 서서히 자리에서 일어나 입구 쪽으로 목발을 옮겼다. 그때 뒤에서 너무도 익숙한 목소리가 나를 불러 세웠다.

"미스터 한, 저 왔어요."

"……."

나는 그 목소리에 걸음을 멈칫했다. 그리고 돌아서서 이 여자를 한 번은 봐야겠다는 생각이 들었다. 어쩌면 이 여자가 내게 할 말이 있어서 교회에 온 것이 아닐까 싶은 생각이 들었기 때문이다. 나는 서서히 뒤돌아 그녀를 보았다.

'나를 배신하고 떠난 여자가 어찌 내 앞에 다시 나타났단 말인가.' 나는 내심 놀랍기도 하고 반갑기도 한 복잡한 심기를 숨길 수가 없었는데 그녀는 내 돈을 훔쳐 달아난 이후의 생활에 대해 조곤조곤 얘기하기 시작했다.

"대한수도원에 갔었어요. 근데 매일 기도 중에 미스터 한 생각이 나서 견딜 수가 없었어요. 함께 기도했던 나이 드신 어르신께 상담을 했더니 앞으로 당신이라는 사람은 하나님의 큰 종이 될 거라며 꼭 당신에게 다시 돌아가라고 말씀해 주시더군요. 그래서 어젯밤 고민 끝에 수도원을 나와서 이렇게 당신에게 돌아왔어요. 그동안 제가 죄송했어요. 부디 용서해 주세요."

마음대로 떠난 사람이 이제 또다시 본인 마음대로 돌아온 것이다. 내가 가장 두려운 것들을 안고 말이다. 내가 제일 두려운 것은 마음의 상처다. 그녀가 준 상처를 치유하기도 전에 또다시 상처가 벌어지고 있음을 느꼈다. 그러나 나는 그녀를 다시 받아들이기로 했다. 예전의 내가 아니었기 때문이다. 하나님의 말씀을 진정으로 받아들이기 시작하면서 나는 분명 달라지고 있었다.

'용서라니. 용서하고 말고가 어디 있으랴. 나도 뒤늦게 예수님을 만나 회개하고 겨우 마음의 평안을 되찾았거늘 굳이 애증할 그 무엇이 더 남아 있으랴.'

더구나 나도 가보려고 했던 수도원에서 그녀가 마음 수련을 하고 왔다는 우연한 사실이 왠지 더 미덥게 느껴졌다. 그녀가 진정 그곳에서 생활했었고 그곳에서 왔다면 믿어야 한다고 생각했다. 다만, 내 돈을 훔쳐서 수도원으로 갔다는 그 사실이 미심쩍었지만 그건 그냥 묻어두기로 했다. 그간의 섭섭했던 마음이나 원망이 눈 녹듯 사라졌고 나에게는 다시금 봄날이 찾아왔다.

나는 하남에서 강남으로 출퇴근을 하게 되었다. 매일 아침 회사 문을 열고 들어서면 많은 직원들이 일시에 일어나 인사를 했고 나는 고개만 까딱이고는 회장실로 직행했다. 대개는 여비서가 모닝차를 준비해 주었다. 하루 일과의 시작은 그렇게 여비서의 모닝차로 시작됐다.

"회장님, 차는 무엇으로 준비할까요?"

"커피로 한 잔 주지."

차 한 잔으로 하루 일정을 정리하고 있는데 소 상무가 내 방으로 들어왔다.

"회장님, 오늘 두 시부터 사업 설명회가 있습니다."

소 상무는 언제나 내 스케줄을 관리하면서 사업 방향에 대한 조언을 하곤 했었다.

"그렇지. 준비는 차질 없이 진행되고 있지?"

"네. 완벽하게 준비하고 있습니다."

"그래. 소 상무만 믿어. 차는 몇 대나?"

"50인승 버스 10대 준비했습니다."

"그럼 사람들은 몇 명 정도나 모이지?"

"사백 오십에서 오백 명 정도 예상합니다."

"홍천까지 가려면 몇 시간 정도 걸리겠어?"

"아마도 차들이 많아서 두어 시간은 잡아야 할 것 같습니다."

"음식은?"

"600인분 정도의 뷔페음식하고 돼지 바베큐 한 마리도 준비했습니다."

"우리 식구들(장애인)도 먹을 수 있도록 넉넉하게 준비하지. 약한 자들을 소중하게 여길 때 축복 받을 수 있는 거야."

무슨 일을 하든지 내 최종목표와 초심을 잃지 않았다. 장애인 노인들을 위해 시작한 사업이 아니겠는가? 사업은 수단일 뿐이요, 최종 목표는 인지능력장애를 앓고 있는 노인들이 조금도 불편함 없이 넓은 초원에서 행복을 만들어가며 서로가 의지하고 위로하면서 살 수 있는 복지를 이루는 것이다.

소 상무는 내 의중을 읽기라도 한듯 시원하게 대답했다.

"그럼요, 회장님. 알겠습니다."

"기념품은?"

"10만 원짜리 만년필로 했습니다."

"그래도 좀 쓸 만한 것이어야 할 텐데?"

"그럼요. 이 정도면 괜찮은 겁니다."

"알았어. 암튼 차질 없도록 제대로 하자고."

강원도 홍천군 서면에 위치한 「실로암 연못의 집」에서 사업설명회를 열게 되었다. 실로암 장애인들을 위해 떡, 과일, 쌀 20kg 100포대, 라면 50박스, 세제 30박스, 점퍼 100벌 등을 챙겨 갔고 그들과 기념사진도 찍었다.

　　장애인들과 단란한 시간을 보내고 있을 때 소 상무가 설명회장에 들어가야 할 시간임을 알렸다. 한 사람은 뒤에서 잡고 두 사람은 휠체어 바퀴를 양쪽에서 들고 나를 태운 채로 휠체어를 불끈 들어 계단 위로 이동시켰다.

　　목발을 짚고 힘겹게 계단을 오르내리던 때가 엊그제 같은데 이렇게 회장이라는 자리에 있으니 편의 아닌 편의를 제공받을 수 있게 되었다. 썩 익숙하지는 않았지만 어쨌든 귀하게 대접받는 기분이 나쁘진 않았고, 무엇보다 몸부림치지 않아서 좋았다.

　　그리고 그럴 때면 언제나 마음속으로 다짐했다. '초심을 잃지 말자. 지금의 나에게 만족하지 말자. 내가 원하는 목표를 위한 과정임을 잊지 말자.'

　　내가 회의장에 들어서자 장내(場內)에 모인 사람들이 기립박수로 환호하며 내 손을 잡으려고 연단으로 모여들었다. 나는 작은 헛기침 두어 번으로 목을 가다듬고 엷은 미소를 띤 입술을 자연스럽게 앙다물며 연단(演壇) 앞에 가 섰다.

　　"오늘 설명회에 참석해주신 여러 귀빈 여러분, 바쁘신 중에도 이곳 강원도 산골짜기에 왕림해주심을 진심으로 감사드리며 환영합니다. 저는 지난 30년 동안 꾸준히 복지사업을 해왔습니다. 그렇기에 가난한 자, 병든 자, 장애인, 가난한 고학생들이 좌절에 빠져 있을 때 두 팔 걷어 붙이고 그들을 돕는데 주저하지 않았습니다.

　　그랬던 제가 왜 본 사업을 하게 되었는지 궁금하실 것입니다. 간단히 말씀드리자면 빚을 내어 복지시설을 짓고 보니 그 부채 때문에 복지 법인을 낼 수가 없었기 때문입니다. 언제까지나 다른 분에게 손을 내밀고 후원만을 요구할 수 없다는 생각에 사업을 병행해서 금전적인 난관을 극복하고자 합니다. 저는 여기 모인 내빈들께서 우리 회사를 믿고 우리와 동행해 주신다면 능히 이룰 수 있을 거라 확신합니다.

우리 회사의 목표는 정직한 이윤 창출은 물론 인간 우선의 복지에도 주안점을 두는 것입니다. 투자자들에게는 많은 이익이 배분될 수 있도록 탄탄한 기업으로 성장할 것을 감히 약속드리겠습니다.

직원들에게도 동종업계 회사 대비 30퍼센트 이상의 급여를 더 지급하고 사원 여러분들에게는 사원 아파트 혜택도 줄 계획입니다. 또한 수익금의 일부는 주위의 어려운 사람들을 위한 기부금으로 적립해 나눔을 실천하는 인간적인 기업이 될 것입니다.

그러기 위해서는 회사와 투자자, 임직원들이 이인삼각(二人三脚)으로 나아갈 수 있어야 합니다. 한 쪽만 균형을 잃어도 앞으로의 전진은 힘들어지고 넘어질 수도 있습니다. 삼자(三者)가 모두 한마음으로 삼위일체(三位一體)된 회사, 이것이 우리 '명품 주식회사'의 소망이자 기업정신이며 목표입니다.

우리 인간은 관계성을 가지고 서로가 공감하며 상대를 이해하고 가치를 인정해주는 성부동형제(姓不同兄弟)처럼 성은 비록 다르지만 형제와 같이 가까운 사람으로 사랑하며 의리와 우애를 가지고 살아야 됩니다. 즉 뿌리 깊은 나무처럼 열매를 맺고 혈족 같은 형제처럼 서로가 의지가지 하여야 합니다.

인간은 아무리 돈이 많아도 관계성, 즉 수평적 관계와 수직적 관계를 갖지 않는다면 제일 불행하고 가난한 사람입니다. 재산은 유형재산만이 다가 아닙니다. 눈에 보이지 않는 무형재산이 매우 중요한 것입니다.

유형재산은 하루아침에 가을에 낙엽이 떨어지듯 사라져 버려 빈곤이 찾아올 수 있습니다. 그러나 무형재산은 재산 때문에 상처와 생명의 위협을 느낄 수도 없고 자신 혼자만이 여유를 가지고 부자로 살 수 있는 것입니다. 인간은 유형재산보다 무형재산이 더욱 중요합니다. 따라서 수많은 사람들이 관계를 유지하고 살아갈 때 남이 나를 부자로 만들어주는 겁니다.

그래서 더불어 사는 구성원들이 되고 상대에게 상처받는 말은 절제하며 섬기고 사랑할 때 내가 부자인 것입니다. 남이 잘 살 때 내가 잘살고 남이 행복할 때 내가 행복한 것입니다. 이것이 더불어 사는 사회의 공동체입니다. 회사는 10%의 수익을 취하고 나머지 90%는 여러분들에게 혜택이 돌아가도록 수익을 배분할 것입니다. 회사의 주인은 바로 여러분들과 소비자입니다.

이상으로 모두(冒頭) 발언을 마치겠습니다. 끝까지 경청해 주셔서 감사합니다."

나의 인사말이 끝나고 사람들이 박수를 치며 나를 에워싸듯 몰려들어 너도나도 악수를 청했다. 식순에 의해 사업 계획에 대한 자세한 브리핑이며 마지막의 질의응답까지도 소 상무와 직원들이 분담해서 매끄럽게 진행되었다. 모든 회의 일정이 정오쯤 마무리되고 나서 정원에 차려진 뷔페 음식으로 장애인, 치매노인, 비장애인 등이 모두 모여 식사를 했다. 모든 사람들이 사업내용과 목표에 대해 호감과 관심을 표현했다. 나는 무언가 될 것 같다는 생각이 들었다. 식사 중에도 몇몇 손님들은 궁금한 점들을 내게 물어왔다.

"회장님, 저 분들은 어떻게 여기까지 오게 되었나요? 너무 불쌍하네요.

가족들은 있나요?"

"대부분은 가족들이 없지요. 길거리에 쓰러져 있던 사람을 데려오기도 했고, 치료비가 없어서 병원에서 쫓겨온 사람도 있고 사연들이 다 기구합니다."

"그렇군요. 50명이 넘는다고 하던데 정말 힘드시겠어요. 회장님께서 참 좋은 일을 하시네요."

사람들은 내가 하는 일이 아무나 할 수 있는 일이 아니라며 존경과 걱정의 말들을 건넸다.

"말이 쉽지 성치도 않은 몸으로 이 많은 사람들을 어떻게 챙기셨나요? 존경스럽습니다!"

"저희야 금전적으로 후원하고 돌아서면 그만이지만 현장에서는 정말 힘드실 텐데 정말 좋은 일 하시네요."

나는 그들의 말에 정확하고 또렷하게 대답했다.

"내가 좋은 일을 하는 게 아니라 비장애인들이 장애인과 함께 살아가려고 하지 않기 때문에 제가 대신하는 것입니다."

나는 말을 꺼낸 김에 장애인에 대한 비장애인의 편견을 조금이나마 깨뜨리고 싶었다. 그래서 말이 길어졌다.

"저들도 인간으로서 기본적인 욕구는 모두 갖고 있거든요. 성욕과 식욕은 물론이고 초록동색(草綠同色)의 인격으로서 수치심과 모멸감도 정상인들과 똑같이 느낍니다. 그런데도 다수의 사람들은 장애인을 보면 동물원 원숭이 구경하듯 비웃음과 야유를 보내며 상처를 주기 일쑤죠. 행여 저들과 함께 식사를 하게 되면 몹쓸 병에라도 걸릴까 봐 지레 겁부터 내고요.

하지만 오히려 저들이 이 세상을 아름답게 정화시켜 주는 도구가 되기도 하고 탐욕에 사로잡혀 아등바등 살아가는 사람들에게 깨달음을 줄 수도 있는 그야말로 날개 없는 천사일지도 모릅니다.

저는 30년이 넘도록 저들과 함께 살아오면서 장애를 안고 살아야 했던 내 어린 시절의 모습을 자주 보게 됩니다. 사실 저는 모든 인간은 장애인으로 태어나서 장애인으로 죽는다고 생각합니다."

"……"

"회장님, 무슨 말씀이신지 잘 이해가 안 되네요. 모든 인간이 장애인이라니요?"

나는 내가 생각하는 장애의 또 다른 개념에 대해 설명했다.

"인간이 태어날 때부터 바로 걸을 수 있나요? 돌이 지나야 비로소 아장아장 걷기 시작합니다. 또 아기가 태어나자마자 엄마의 목소리를 들을 수 있나요? 물론 정신적으로야 교감을 하겠지만……. 이렇게 귀도 눈도 열리지 않은 채 말도 할 수 없는 벙어리로 불완전하게 태어나는 것이 인간입니다.

시간이 흐르면서 성장해 가고, 그러다가 어느새 세월부대인(歲月不待人) 늙어지면 또다시 눈이며 귀며 온 육신이 서서히 망가지게 되죠. 결국엔 장애를 안고 태어나서 장애를 앓으며 생을 마감하는 거 아니겠습니까?"

사람들은 식사하는 것도 잊은 채 고개를 끄덕이며 내 얘기에 귀를 기울였고 촉촉해진 눈을 지그시 감고 생각에 잠기기도 했다

"동물은 배가 차면 더 이상의 욕심을 부리지 않고 먹이를 두고 유유히 자리를 뜬다고 합니다. 하지만 인간은 어떻습니까? 배가 고플 땐 비굴하리만치 겸손하고 온유한 척 순종적이다가도 일단 배가 부르면 한없이 교만해지고 고압적이 됩니다. 점점 명예와 권력의 맛에 사로잡힌 미치광이 짐승

으로 변해가지요."

심취해서 말을 하다 보니 내 주변으로 꽤나 많은 사람들이 몰려들었다. 어느새 식사 자리는 마치 나의 작은 연설장으로 바뀌고 있었다. 사람들은 점점 더 내 이야기에 빨려 들어가고 있었다. 나는 더욱 힘을 주어 그들의 편견을 깨기 시작했다.

"육신의 장애는 아무것도 아닙니다. 나는 중증 1급 장애인이지만 혼자서 못하는 것이 거의 없습니다. 노래실력도 수준급이고 공부도 잘했으며 스스로 운전도 합니다. 게다가 글 쓰는 것을 즐겨서 시도 제법 잘 쓰고 책도 다수 펴낸 바 있지요. 이런 제가 장애인입니까? 끝없는 욕망으로 부귀영화의 노예가 되어 살아가는 비정한 인간들이야말로 중증장애인이 아니고 뭐겠습니까?

세상 사람들은 우리를 볼 때 가난하고 불편하고 가련하다고 쉽게 동정들을 합니다. 하지만 그들의 생각처럼 불편하기만 하다면 우리가 어떻게 살아갈 수 있겠습니까?

육신의 장애는 조금 불편할 따름입니다. 문제는 정신의 장애지요. 대한민국에서 대다수의 사람들이 정신적 장애를 겪고 있다고 합니다. 그래서 옛날에는 산부인과 의사가 인기였지만 현재는 정신과 의사가 제일 잘 나간다고 하지 않습니까?"

"어머나, 회장님께서 잘못 알고 계신 거예요."

40대로 보이는 얼굴이 군데군데 얽은 아주머니 덕분에 화제가 전환되어 다시 화기애애한 웃음이 번졌다.

"요즘은요, 성형외과가 인기에요. 저도 상담만 해봤는데 3,000만 원 정도 견적이 나왔거든요. 시술하고 싶어도 비용이 만만치가 않아서 원······.

호호호."

"저런, 그러지 마세요. 충분히 개성 있고 매력 있는 얼굴이에요. 사람들이 많은 번화가에 한 번 가보세요. 걸핏하면 성형을 하는 통에 피 한 방울 섞이지 않았어도 쌍둥이처럼 그 사람이 그 사람 같다고 합니다. 그러니 누가 진정한 미인인지 구별하기가 쉽지 않은 거죠. 개개인은 모두 각각의 개성을 살려 창조하신 최고의 예술작품임을 기억해야 합니다."

"네, 회장님 말씀도 맞네요."

"그러니까 성형할 돈 있으면 차라리 다른 좋은 일에 쓰시고 지금의 얼굴에 만족하세요. 혹 누가 압니까? 30~40년 후면 반대로 그 얼굴이 개성이 있어 모델이 될 수도 있잖아요."

이렇게 한참을 성형 얘기로 수다를 떨고 있을 때 소 상무가 다가와 이제 돌아갈 시간이라고 알렸다. 나는 출발하기 전에 복지시설에 있는 직원들에게 재차 당부를 했다. 아무래도 내가 없는 상황은 늘 걱정이 되었기 때문이다.

"우리 애들 잘 돌봐. 절대로 소리지르거나 윽박지르지 말고. 오늘 갔다 내일 오후쯤에 다시 올 테니까."

나만 빤히 바라보고 있는 장애인 가족들을 일일이 끌어 안아주고 뽀뽀도 해주었다.

"원장님이 내일 맛있는 거 많이 사가지고 올게. 모두들 말 잘 듣고 있어."

매번 겪는 일이지만 매번 같은 감정이 울컥 솟아올랐다. 금방 다시 돌아올 터인데도 왜 매번 울컥울컥 눈시울이 뜨거워지는지 모를 일이었다. 저 작고 연약한 천사들이 있기에 나는 더없는 용기를 갖고 소망 속에 살아갈 수 있는 것인지도 모르겠다.

'명품 주식회사'에서 보석을 다뤄보자고 해서 춘천 광석 단지로 현지답사를 다녀왔다. 그리고 한 달 후에는 서산에 있는 디지털 TV 생산업체도 찾아가는 등 바쁜 일상을 보냈다.

회사를 운영한다는 건 단순히 보고만 받고 사인만 하는 일이 아니다. 일일이 발로 뛰고 확인하고 또 확인해야 하는 일이다. 내가 직접 확인해보니 피상적으로 알던 것과는 확연히 달랐다. 강렬한 햇빛 아래서도 화면이 선명하고 뚜렷했다. 화면을 상하좌우로 흔들어대도 정중앙에 확실하게 자리해 괜찮은 상품이라는 생각이 들었다. 그러나 TV의 총 판매권을 손에 넣기는 쉽지 않았다. 그래서 해당 기업의 사장과 개발팀장에게 우리 회사에 방문해줄 것을 요청했다.

나는 사회 경험도 부족하고 이제는 술도 안 할뿐더러 목사라는 신분의 제약 때문에 그들의 술대접은 소 상무가 대신했다. 다음날 소 상무는 디지털 TV의 총판권을 우리 회사에 주겠다는 계약서를 체결했다고 보고했다. 내심 기대하고 있었지만 소 상무의 입에서 계약 체결이라는 말이 나오자 나는 뛸 듯이 기뻤다. 그러나 짐짓 태연한 척하며 가벼운 치하와 함께 다른 일을 물었다.

"쉽지 않았을 텐데, 소 상무 수고했어. 그럼 춘천 광산 건은 어떻게 됐나?"

"한 3주 정도 후면 결과가 나올 것 같은데요."

"이 사장 사무실은 잘 돼 가나?"

"네, 잘 돼 가고 있습니다."

"이 사장 말이야, 돈이 너무 없는 것 같아."

"아닙니다. 돈에는 부족함이 없는 분입니다."

"근데 왜 우리에게 5천만 원을 지원해 달라고 하나?"

"처음에 일부만 지원해 주면 나머지는 다 대리점을 통해 5억에서 10억씩 받을 수 있게 됩니다."

"글쎄, 그렇게만 풀린다면야 걱정이 없는데……. 참, 송추미가 말한 땅 계약건은 어떻게 됐나?"

송추미는 평창 동계올림픽이 열리게 되면 이 땅값이 천정부지로 오르게 된다고 말했었다.

"계속 협의 중에 있습니다."

"지난번에 가서 봤더니 너무 깊은 산속이던데? 아무리 시골이라도 시골 나름이지 너무 골짜기에 있으면 어느 세월에 개발이 되고, 또 어느 천년에 땅값이 오르겠냐고? 그쪽에 고속도로가 뚫릴 수 있는지 여부부터 알아봐야 한다니까. 그 여자는 건축 쪽 일만 해서 그런지 성격이 거침이 없고 여자 깡패 같잖아. 사기성이 농후해. 잘 알아보라고."

나는 어쩐지 송추미라는 여자가 의심스러웠다. 구체적 정보도 없이 무조건 큰소리만 떵떵치는 게 영 개운치가 않았던 것이다. 그러나 나의 이런 의구심과 달리 소 상무는 그 여자를 철썩같이 믿고 있었다.

"에이! 걱정 마세요. 만약 우리한테 사기 치면 흙냄새 좀 맡게 해줘야죠."

나는 아무래도 재차 확인을 해야 했다.

"야, 사업도 하기 전에 재수 없게 큰집부터 들락거릴 생각 말고 조 실장 데리고 뒷조사나 확실히 해."

"네, 알겠습니다."

여직원을 시켜 마실 것을 부탁하고 잠시 쉬고 있는데 저녁 5시 반쯤 김 부장이 내 방으로 들어왔다.

"무슨 일이야, 김 부장?"

김 부장은 선뜻 말을 꺼내지 못하고 머뭇거렸다.

"……."

"아니, 이유가 있으니까 찾아왔을 거 아냐? 말을 해야 알지."

"아닙니다."

"어허! 이 사람, 싱거운 사람이었구먼."

"그냥 회장님이 보고 싶어서 왔습니다."

나는 김 부장이 돈이 필요해서 왔다는 사실을 깨달았다. 남에게 돈을 부탁하는 사람의 모양새가 김 부장에게서 풍겼기 때문이다. 내가 먼저 말을 꺼내기로 했다.

"야야, 내가 김 부장 애인이라도 되나? 쓸데없이 보고 싶게. 혹시 돈 필요해서 그래?"

"네, 실은 돈이 좀……."

"얼마나 필요한데?"

"천만 원 정도……."

"김 부장, 내가 사적으로 유용할 수 있는 그렇게 큰돈이 어디 있겠나? 그나저나 어디에 필요한 건데?"

"제 후배가 두 달 전에 잡혀 들어갔습니다."

사고치고 들어가고 그러면 또 뒤를 봐주고, 이게 김 부장과 후배들의 일상이었다. 나는 김 부장이 그런 후배들이나 그런 일과 엮이는 게 싫었다. 이제는 엄연히 나와 함께 일하는 부하직원이기 때문이다. 괜히 회사 이미지까지 망치는 일이었다.

"당신은 말이야. 애들 관리를 왜 그 따위로 하나. 쯧쯧쯧. 한두 번도 아니고 이제는 철들 때도 됐는데 언제까지 학교(교도소)만 들락거릴 텐가. 그런 애들 싹 다 끊어내 버리고 살 순 없는 거야?"

"회장님도 아시다시피 평생 저와 함께 가야 될 동생들입니다. 피를 나눈 형제나 마찬가지인 애들인데 어떻게 모른 척 합니까."

김 부장은 의리를 내세우며 또 한 번 내게 읍소했다.

"한 번만 부탁드리겠습니다."

나는 김 부장의 얼굴도 있고 김 부장 자체가 미운 건 아니었기 때문에 부탁을 들어주기로 했다.

"이 새끼들, 꼴에 개도 안 먹을 의리는 어지간히 찾고 있네."

비서실에 호출을 하여 재정팀장인 서 팀장을 회장실로 불러들였다.

"회장님, 부르셨습니까?"

"음, 그래, 들어와요. 이 계좌로 지금 천만 원만 송금해."

서 팀장은 은행계좌와 이름을 보더니 김 부장을 째려보았다.

"아니, 뭘 째려보고 그래? 그냥 가서 처리해주면 되지. 돈은 개도 안 먹는 거야!"

나는 퇴직금을 미리 당겨주는 형식으로 천만 원을 김 부장에게 건네주었다.

대리점 계약이 있는 날이었다. 나는 아침 일찍부터 대리점 계약 건으로 직원 몇 명을 데리고 부산으로 향했다. 인간사는 그리도 자주 변하건만 사시사철 자연의 섭리는 변함이 없었다.

차창 너머로 보이는 형형색색의 꽃들이 저마다의 맵시를 뽐내며 나를 향해 방긋 웃어주는 것만 같았고 이름 모를 풀꽃들은 자신들의 존재를 세상에 알리려고 앞다투어 세상에 고개를 내밀고 있었다. 그러나 내 마음 어딘가에는 어두운 먹구름이 드리워지고 있었다. 그 옛날 부산 자갈치시장에서 바닥을 기던 생각이 났기 때문이다.

나는 가락시장에서만 장사를 한 게 아니었다. 전국의 웬만한 시장을 다 온몸으로 쓸고 다니며 물건을 팔았다. 지금 가고 있는 부산의 자갈치시장도 마찬가지였다. 온갖 악취와 생선 비린내가 코를 찌르는 시장 바닥에서 노래를 부르며 물건을 팔아 숱한 사람들의 동정의 대상이 되었던 오래 전의 기억이 바로 어제 일처럼 떠올라 주마등처럼 스쳐갔다. 그런데 이상하게도 나는 그런 자갈치시장에 들르고 싶었다.

"일정 괜찮은 거 같은데 자갈치시장 한 번 들렀다 가지."

"네?"

내 마음을 알 리 없는 직원들은 어리둥절한 눈빛들만 교환하더니 더 이상 토를 달지 않았다. 시장에 도착하니 먹고 살기 위한 경쟁 속에서 최선을 다하는 상인들의 모습은 세월이 비껴간 듯 예나 지금이나 여전했다. 순박한 그들에게서 여전히 생존과 삶이 한데 어우러진 사람 냄새가 났다.

억센 경상도 사투리와 함께 드러난 그들의 얼룩진 앞치마와 헝클어진 옷매무새가 진실로 아름다워 보였다. 그들을 보는 순간 여기에 오고 싶었던 내 마음을 깨달았다. 과거에 대한 향수와 이제는 더 이상 그렇게 살지 않는다는 자부심도 있었겠지만 직원들에게 보여주고 싶어서였다. 새벽부터 밤까지 힘써 일하고 작은 것에도 감사하며 만족할 줄 아는 저들의 겸손한 삶의 모습을 우리 직원들에게도 보여주고 싶어 시장을 찾았던 것이다.

총판 사무실은 자갈치시장에서 얼마 떨어지지 않은 곳에 위치하고 있었다. 우리 사업에 관심이 있는 사람들이 저마다의 호기심과 비전을 가지고 벌써 꽤 많이 모여 있었다. 나는 아무리 바쁘고 힘들어도 결코 사람에 대한 관심과 시간을 아끼지 않는다. 그래서 그날도 모여 있는 사람들과 일일이 다 악수를 나눈 후에 간단한 인사말과 함께 향후 5년만 지나면 디지털 TV가 대유행될 것이며 AI 시대가 찾아올 것이라고 말했다. 때를 같이 해서 우리 사업자들이 다양한 홈쇼핑 채널을 통해 전국은 물론 해외시장까지 개척해 온라인 판매가 가능하도록 모든 시스템을 갖추었음을 설명했다.

사람들은 내 말에 반신반의하는 것 같았다. 그 당시에 디지털 TV나 온라인에 대한 이야기가 그들에게는 생소할 수도 있기 때문이다. 나는 그들을 설득하기 위해 이야기를 이어갔다.

"유통단계를 최소화하고 이로 인해 발생되는 수익금이 사업자들에게 골고루 배당되게 할 것입니다. 제가 그렇게 만들겠습니다. 그래서 반드시 노력한 만큼, 투자한 만큼, 아니 그 이상의 소득을 보장 받을 수 있을 것입니다."

나는 회사명이 명품인 만큼 상품과 직원, 소비자들까지도 모두 명품이 되어야 한다고 생각했다. 그리고 그 명품의 의미는 정직과 신뢰, 공동체 의식이었다. 이는 사업을 하면서 가진 내 생각이 그대로 투영된 것이었다. 나는 정직한 사업을 통해 회사와 직원이 모두 풍요로워지기를 진심으로 원했으며 더불어서 내가 보살펴야할 장애 가족들의 삶이 더 윤택해질 수 있다면 더 바랄 것이 없었다.

나의 진심어린 설명이 통했는지 그날로 부산 대리점 계약은 원활하게 체결되었다. 계약을 마치고 서울로 향했을 때는 벌써 밤 10시였다. 잘 꾸며진 사무실과 달리 내 집은 천막으로 지은 가건물이었다. 그렇게 나의 일터와 쉼터는 천양지차(天壤之差)로 다른 환경 속에 있었다.

사무실은 사업을 위한 곳이지만 집은 내가 스스로를 돌아보고 장애인들과 함께 살아갈 각오를 다지는 곳이었기에 편하게 만들기가 싫었기 때문이다. 아무리 사업에 바쁘고 성공이라는 달콤한 현실 속에 있더라도 내 머릿속에는 장애인들에 대한 복지와 사랑으로 가득 차 있었다.

늦은 시각인지라 대충 잘 준비를 마치고 침대에 누웠다. 몸은 녹지근하게 피로했지만 쉽게 잠은 오지 않고 오히려 눈은 전전반측(輾轉反側) 말똥말똥 머릿속은 점점 또렷해졌다. 회사가 잘 되면 잘 되는 대로 힘들면 힘든 대로 늘 걱정이 끊이지 않았다. 과연 무엇인가를 이끌어간다는 건 직장 이상의 어려움과 고민이 늘 뒤따랐다.

'과연 이 회사를 진실하게 운영해 나갈 수 있을까. 내가 혹시 속전속결로 돈을 벌 수 있다는 허울에 미혹된 것은 아닐까. 이렇게 세상을 살아도 괜찮은 걸까.'

우리가 지금 추진하려는 명품의 제품 사업이라는 것이 일종의 상술로 다른 시각에서 본다면 속임수가 전혀 없다고 할 수도 없었다. 이런저런 생각에 빠지면서 시간 또한 깊은 밤 속으로 빠져들었다. 그럴 때면 나는 매일 밤 눈보라 치는 언덕에 나 홀로 발이 묶인 채 점점 고립돼 가는 무서운 꿈을 꾸곤 했다. 그러나 잠에서 깨어나면 스스로의 나약함과 미래에 대한 두려움을 떨쳐내려고 애쓰곤 했었다.

나는 절대 쓰러지고 싶지 않았다. 내 한 몸에 대한 미련이야 진즉에 버렸지만 만약 내가 주저앉는다면 내가 돌보는 장애인들은 어쩌란 말인가?

'아니다. 더 이상은 후회하지 말자. 기왕에 시작했으니 개미처럼 일해서 꿀벌처럼 나누면 그만이다. 나에게는 지금껏 나를 지탱해온 철학과 사명이 있지 않은가. 초심만 잃지 않으면 되는 것이다.'

나는 1년 만에 지방의 20군데에 총판계약을 체결하였고 전국에서 수많은 사업자들이 마케팅에 열성을 다한 덕분에 마치 먹이사슬과도 같은 유통라인이 자고나면 생기고 자고나면 또 생겨났다. 정말 몸이 열 개라도 모자라다는 말이 실감나는 시간들이었다. 공급 물량이 달려 서산 공장은 24시간 풀가동되었다.

사무실이나 공장이 숨 가쁘게 돌아가던 어느 날, 출근 시간이 한참 경과했음에도 소 상무가 보이질 않았다. 평소의 소 상무 같았으면 진즉에 나왔거나 늦는다는 연락이 있었을 텐데 그날은 이상하게 아무 연락도 없었다. 왠지 불안했다. 직원에게 물으니 오늘 새벽 급한 일로 중국에 들어갔다고 했다.

'나에게 보고도 없이?' 그러나 중국시장에 대해 한창 준비하던 차라 나는 총판 업무를 보러 갔겠지 하고 대수롭지 않게 생각하고 더 이상 소 상무를 찾지 않았다. 역삼동에서 대리점을 하고 있는 김 사장은 춘천 보석 관련 일을 모두 마무리했다고 말했다. 나는 허진영 부장을 불렀다.

"송추미 뒷조사는 좀 해봤나?"

"해봤는데 아직까지는 별다른 게 보이지 않습니다."

"실수 없도록 해. 전에도 말했지만 사기성이 많아 보여. 어설피 덤볐다가는 남자들 몇 놈쯤은 우습게 잡을만한 여자니까 대충대충 하지 말라고."

"네, 걱정 마십시오. 제가 철저히 확인하겠습니다."

허 부장의 목소리에는 그깟 여자가 싶은 자신감이 녹아있었다. 허 부장의 자신감과 달리 나는 송추미라는 여자에 대한 불안감을 감출 수가 없었다. 어떤 예감이랄까 그 즈음 어쩐지 사업이 잘 될수록 뭔가 사고가 터질 것 같은 불안감이 나를 엄습하곤 했었다. 그리고 그 불안감은 다른 곳에서 먼저 터졌다. 다음 날 부산 총판에서 급한 일이라며 연락이 왔다.

"무슨 일이야?"

"사고가 났습니다."

"사고? 무슨 사고? 간밤에 불이라도 난 거야, 뭐야?"

총판 직원은 말을 어물거렸다.

"아니, 그게 아니라……. 아무래도 회장님께서 직접 내려오셔야 할 것 같습니다."

자세한 설명도 없이 무조건 내려오라고만 재촉하는 직원이 어찌나 답답한지 화가 날 지경이었다. 단순한 사고였으면 이미 해결했을 것이고 그게 아니라면 단순사고는 아닐 것이다. 분명 사람 때문에 생긴 일인 듯싶었다. 나는 당장 허 부장을 불렀다.

"허 부장, 부산 가자!"

"네? 갑자기 부산은 왜요?"

"가 봐야 알겠지만 일이 터졌어."

심각한 표정과 함께 입을 다문 내게 허 부장은 더 이상 묻지 않았다. 그렇게 나는 다른 일들을 다 제쳐두고 허 부장을 데리고 급하게 부산으로 향했다. 부산으로 향하면서도 오만가지 생각이 다 들었다.

'사기, 누군가 공금을 횡령했나. 혹시 작업장 사망사고인가?' 그렇게 걱정과 긴장 속에서 어느새 나는 부산 총판에 도착했다. 총판 사무실로 들어가자 직원들 20명 정도가 넋빠진 사람처럼 앉아있었고 몇 명은 아예 책상 위에 널브러져 있었다. 마치 부도난 사무실 풍경이었다. 걱정했던 것 이상의 사고가 터진 게 분명했다.

"무슨 일이오?"

"큰일났습니다. 총판의 도기현 사장이 물건을 다 팔아 처먹고 도망가 버렸습니다."

역시 그랬다. 사람이 문제였다. 사람을 배신하고 사람을 해치는 건 역시 사람이었다. 억장이 무너졌지만 좀더 수소문해보라는 말을 애써 담담한 척 호기롭게 내뱉고는 허 부장이 함께 하겠다는 걸 애써 말리고 혼자서 휠체어를 밀어 해운대로 향했다.

하얀 포말을 일으키며 백사장으로 밀려오는 거센 파도만을 한없이 바라보았다. 끝없이 밀려오고 밀려가는 파도를 보며 그 속으로 뛰어들고 싶은 생각도 들었다. 그만큼 사람에 대한 배신은 정말 치가 떨리고 더러운 느낌이었다.

어느새 달이 떴다. 구름에 가린 흐린 달빛이 바다 위를 가득 채워 하늘과 바다의 경계가 시나브로 사라진 그곳은 어두컴컴하고 을씨년스러웠다. 분노와 배신감에 치를 떨던 내 마음은 이제 어둠 속에서 인간에 대한 연민과 나에 대한 자조로 바뀌고 있었다.

'내가 병신이라 만만해서 저 짓들인가.' 그런 생각을 하는 동안에도 바다는 여전히 살아있었다. 강풍이 휘몰아치고 폭탄이라도 맞은 것과 같은 성난 파도가 지나간 후에야 비로소 바다는 깨끗하게 정화된다. 바다 위의 온갖 부유물과 더러운 티가 사라지고 바다가 그 속살의 투명함을 보여주고 있다.

모래밭의 조약돌은 또 어떤가. 파도에 부서진 바윗덩어리가 숱한 파도와 바람에 깎이고 패여서 마지막엔 어여쁜 예술작품의 돌로 재탄생하지 않는가. 이 세상 어디에 흔들리지 않고 피는 꽃이 있겠으며 이 세상 어디에 한번쯤 흠뻑 젖어 보지 않고 살아가는 사람이 있겠는가. 세상에 어떤 시련과 고통 없이 공으로 얻어지는 아름다움이나 성공은 그 어디에도 없을 것이다.

'인간도 조약돌처럼 수련(修鍊)되어야 한다면, 지금이 바로 내가 성인(成

人)이 되기 위해 날카로운 정(丁)을 맞아야 할 때란 말인가.'

나는 억지로라도 마음을 다잡아야 했다. 그렇지 않으면 컴컴한 심연의 바다 속에 갇혀 영원히 영어(囹圄)의 몸으로 지낼 것만 같았기 때문이다. 나와 총판을 하게 되면 큰 성공을 거둘 것이니 한번만 도와달라며 겸손하게 투자를 부탁했던 그였다. 사업 경험이 전무(全無)한 내가 밤잠을 설쳐가면서 고민을 할 때도 온유하게 위로하며 희망을 말했던 그가 왜 도망을 갔단 말인가.

아마도 처음부터 그럴 계획이었는지도 모르겠다. 내 신뢰를 송두리째 빼앗아 달아난 도 사장, 작정하고 나를 짓밟고 도주한 그를 도대체 어디로 가야 찾을 수 있단 말인가. 사람을 쉽게 믿은 내가 잘못이란 말인가. 끝없는 후회만이 밀려왔다.

'나'라는 인간이 매끈매끈한 조약돌이 되기까지는 아직 갈 길이 한참 멀었다는 자괴감에 오래도록 쓸쓸한 백사장을 떠나지 못했다. 그때 저 멀리 내게로 다가오는 실루엣이 어둠 속으로 가물가물 보였다. 실눈을 뜨고 가까스로 형체를 분간해보니 여비서가 나를 찾아온 모양이었다.

"회장님, 힘내세요. 허 부장님이 수습하고 있어요."

아마도 걱정이 되어 허 부장이 보냈나 보다.

"음, 그래야지. 그래야 하고말고. 그리고 오늘은 서울에 가긴 틀린 것 같으니 숙소를 좀 알아봐."

"이미 다 준비해 놨어요."

여비서는 감기에 걸려 몸져눕기라도 하면 더 큰일이라며 한사코 백사장에서 나를 끌어내다시피 했다. 역시 그녀의 강압에 못 이겨 억지로 저녁밥 몇 술을 뜬 후 숙소로 들어가 더운물에 언 몸을 녹이고 잠을 청했다. 내일은 또다시 내일의 태양이 뜬다고 했으니 내일에 희망을 가져볼까 싶었다.

그러나 아무리 무상무념으로 잠을 청해봐도 낮의 충격에서 벗어날 수가 없었다. 일을 하다 보면 실수도 할 수 있고 사람을 믿다 보면 상처도 받을 수가 있다. 그러니 앞으로라도 조직을 더 치밀하게 재정비해서 회사를 운영한다면 언젠가는 꼭 성공할 수 있을 거라는 다짐을 수차례 되뇌었다. 그리고 그건 결코 쓰러져서는 안 된다는 자기최면과도 같은 것이었다.

이리저리 뒤척이고 있을 때 허 부장이 내 방으로 들어왔다.

"회장님."

"무슨 일인가?"

"이미 도기현 사장이 중국으로 자취를 감춰 버렸습니다."

나는 순간적으로 잠시 잊고 있었던 소 상무가 떠올랐다. 내게 보고도 없이 중국으로 들어간 소 상무, 그리고 나를 배신하고 중국으로 도망친 도 사장. 어쩐지 앞뒤가 딱 맞는 움직임으로 보였다. 분명 둘 사이에 모종의 거래가 있지 않았을까 생각이 들었다.

"야, 소 상무 이 새끼는 중국 간 거 맞아?"

"네, 맞습니다."

"수상한데, 너희들 나 속이는 거 아냐?"

"아닙니다, 회장님."

나는 소 상무에 대해 전혀 아무 의심도 하지 않는 허 부장까지 의심이 들었다. 의심이란 그런 것이다. 한 번 누군가를 의심하면 그 폭은 점차 커지고 그렇게 인간관계가 파행으로 몰리는 것이다.

"중국에 사람들 다 풀어서 그 두 놈 싹 잡아들여! 한국으로 끌고 와서 입에서 단내날 때까지 흙냄새 좀 맡게 하고 물건값 모두 회수해! 집 담보물 압

류시키고 집기류도 냄비 쪼가리 하나까지 모조리 다 빨간 딱지 붙여서 압류해버려. 조환웅 실장한테 맡겨서 총괄하도록 지시해."

나는 내가 할 수 있는 모든 조치를 내렸다.

"알겠습니다, 회장님."

허 부장이 다녀간 뒤에 설핏 잠이 들었나 싶었는데 새벽 4시쯤 다시 깼다. 요동치는 마음을 달래기 위해 무심코 무릎꿇고 기도했다. 기도 중에 「실로암 연못의 집」 장애인들이 떠올랐다. 그 천사들과 함께 사는 것이 나의 사명이고 기쁨이고 즐거움이었거늘 그들을 위한다고 뛰어든 사업이 결국 내 발목을 잡아 도리어 그 천사들의 날개를 꺾어버리는 것은 아닌지 두렵고 또 두려워 기도하는 두 손을 꼭 그러쥐었다.

부산 총괄 사무실에 내려가서 어수선한 분위기를 쇄신해야 했다. 직원들이 의욕적으로 상품을 파는 것은 물론 사업자 또한 활발하게 영입하여 개개인의 라인이 확대될 수 있도록 스스로 노력해야 한다고 다시 한 번 정신무장을 시켰다. 그리고는 사정이야 어떻든 간에 지속적으로 납품시키라고 지시를 했다.

"대신 이제부터는 현금이 아니면 절대 납품시키지 마라."

"네, 그러면 아무래도 매출이 저조할 텐데요?"

"아니, 그래서 선입금 후출고 하는 것을 원칙으로 해야 돼. 그리고 직원별 미결제누적현황표도 제출하라고 각 라인에 전달하도록."

낮 12시에 해운대를 출발해서 장장 6시간 동안 고속도로를 달려 서울로 돌아왔다. 곧장 회사에 들어갔는데 감감무소식이던 소 상무 소식이 들려 귀가 번쩍했다. 재무부장이 황급하게 내 뒤를 따라 방으로 들어와서는

"회장님, 소 상무가 잡혀갔습니다."

"잡혀가다니, 왜? 어디로?"

"부산 경찰서에서 조사 받고 있습니다."

"갑자기 경찰서엔 왜? 내가 모르는 사연이라도 있다는 건가? 여태 날 속인 거야?"

"걱정하실까 봐 회장님 모르게 저희들끼리 수습해보려고 했던 건데…….아마 과거에 사기를 친 일이 있었나 봅니다."

"야, 그런 일이 있었으면 진작 말했어야지? 벌써 구치소로 넘겨져서 빼내지도 못할 텐데……. 일단 차나 빨리 대기시켜!"

전속력으로 차를 몰아 경찰서에 도착은 했지만 막상 피해자들을 어떻게 설득해야 할지 대책이 서지를 않았다. 우선 유치장에 갇힌 소 상무부터 만나보기로 했다. 언제나 명품으로 도배를 하고 말쑥하게 멋을 내 번드르르 하던 그가 수염으로 덥수룩한 새까맣고 까칠한 얼굴로 거지꼴을 하고 있었다.

"회장님, 저 한번만 살려주세요."

"나도 그러고야 싶지. 하지만 저 밖에 있는 피해자들과는 무슨 수로 합의를 한단 말이야?"

한숨을 푹푹 쉬며 코를 빠뜨리고 있는 초췌한 소 상무를 보고 있자니 말문이 탁 막혔다. 유치장을 나오자 담당 경찰관의 책상 주위에 있는 피해자네 명이 나를 단단히 벼르고 있다는 듯 눈을 희멀겋게 치뜨고는 씩씩거리고 있었다. 피해자 진술에 의하면 소 상무가 6년 전에 3억을 빌려갔는데 원금은 물론 이자도 갚지 않고 연락두절이 되었다고 했다.

결국 사기죄로 수배 대상이 되었고 소 상무 본인은 그런 사실조차 까맣게 모르고 있다가 우연히 검문검색에 걸려 현장에서 바로 연행됐다는 것이다. 뿐만 아니라 중국 여자와 사귀면서 그녀의 돈까지 빌려 쓰고 갚지 않은 죄목도 추가되었다.

나는 도저히 소 상무라는 인간을 이해할 수가 없었다. 인간이 인간답게 살아야지 짐승만도 못하게 살면서 어떻게 제대로 된 사회의 구성원으로 자리매김할 수가 있단 말인가. 소 상무의 행실을 생각하면 몇 년이고 감방에서 썩어보라고 모른 척 하고 싶었지만 회사에 도 사장 사건이며 해야 할 일들이 산적해 있으니 어떤 식으로든 결론을 지어야만 했다.

나는 경찰서 내(內) 회의실로 피해자들을 모아달라고 담당 경찰에게 부탁했다. 그들에게 지금의 형편을 솔직하게 말하고 선처를 부탁하자 역시나 노발대발하며 조금도 손해 보지 않겠다는 팽팽한 긴장감이 감돌았다. 나는 숙고(熟考) 끝에 극단의 계책으로 으름장을 놓았다.

"요컨대 피해금액의 원금만 갚아드리겠습니다. 그러니 조금씩 나눠서 분할상환을 해주겠다는 각서에 지금 당장 서명하면 그나마 잃어버린 돈을 되찾을 수 있을 것이고 만약 그렇지 않을 경우엔 아예 피의자를 징역 살리게 하고 저도 더 이상은 개입하지 않겠습니다. 그렇게 되면 원금이고 뭐고 돈 한 푼 받을 수 없을 것이니 생각 잘 해서 결정하기 바랍니다."

3시간이 넘도록 겨우 설득해 합의점을 찾았고 소 상무는 새벽 3시쯤에야 유치장을 나올 수가 있었다. 새벽인지라 마땅히 갈만한 곳이 없어 강남의 회사 직원 숙소에서 하룻밤을 묵기로 했다. 샤워를 하려고 옷을 벗은 소 상무의 몸에는 푸르퉁퉁한 문신이 새겨져 있었는데 특히 가슴에서부터 배까지 그려진 커다란 십자가 문신을 보고 나는 적잖은 충격을 받았다. '저 사람은 왜 저렇게밖에 못 살까?'

놀랍고 혐오스러운 마음에 선뜻 다가서지 못하고 섰는데 물기 묻은 짧은 머리를 무심하게 닦고 있는 그의 쓸쓸한 뒷모습에서 세상살이의 힘겨웠던 흔적들이 묻어나는 듯했다. 동시에 그는 질타와 비난보다는 관용과 포용이 한번쯤은 더 필요한 사람이겠구나 하는 확신도 갖게 했다.

'어떻게든 회사를 번창시켜 저들이 살아가는데 조금이라도 어려움을 덜 수 있도록 해줘야겠구나.' 늘 그렇듯 소 상무의 뒤치다꺼리를 하면서도 그를 원망하기보다는 측은하고 안쓰러워 가슴이 쓰리고 아팠던 기억이 지금도 선명하다.

다음 날 아침, 여느 때보다 더 엄숙한 분위기에서 회의가 진행되었다. 창립 2년도 채 되기 전에 지방 총판은 대형사고가 터져 풍전등화(風前燈火)의 상황에 처해지고, 상무라는 인사는 사기죄로 몰려 유치장을 들락거리고 있는 판국에 직원들 단속을 더 철저히 해야만 했다. 때마침 코앞에 앉은 소 상무가 재수 없게 내 레이더망에 걸려들었다.

"소 상무!"

"네, 회장님."

"넌 도대체 언제 사람될 거야?"

"면목 없습니다, 회장님. 하지만 6년 전 일입니다."

"6년이든 600년이든 간에 사업을 하는 사람은 신뢰가 생명인 거 몰라? 믿음이 깨지면 그걸로 끝이라고. 당신 같은 사람들을 누가 좋아하겠어. 앞으로 한 번만 더 이런 일 생기면 그땐 각오하라고. 그 꼴 두 번은 절대 못 봐주니까!"

"네, 알겠습니다. 회장님. 이 은혜는 각골난망(刻骨難忘) 절대로 잊지 않겠습니다."

"이 사람아, 피해자들 말 들어보니까 구두며 옷이며 모두 명품으로 빼고

다니면서 팔찌에 목걸이까지 엄청나게 개폼잡고 다녔다던데? 이제 그 허세
는 벗어버려야 돼. 지금 우리에겐 진실만이 살 길이야. 거품만 가득하고 실
속이 없다면 누가 우리 회사에 투자를 하고 상품을 팔아주겠는가 말이야."

　서울을 기점으로 서산, 대전, 광주, 대구, 부산 대리점까지 전국의 대리
점을 순회하면서 점검하고 20일 만에 서울 본사로 복귀했다. 다행히 부산
을 제외하고는 별 문제 없이 안정적으로 조직이 꾸려지고 있는 것 같았고,
이에 중국투자만 원활하게 성사된다면 대기업이 부럽지 않을 정도의 AI 인
공지능 회사로 성장할 수 있을 것이라는 확신이 들기도 했다.

　마치 희망적인 메시지가 전달이라도 된 것처럼 투자자들이 하나 둘 몰려
오더니 순식간에 자금 회전에 탄력을 받게 되었다. 초심으로 돌아가 복지를
향한 내 꿈을 본격적으로 펼칠 때가 서서히 도래하고 있었다.

　나는 직원들에게는 안정된 생활공간을 제공하고 독거노인이나 장애인
들을 비롯한 소외 계층에게 더 많은 혜택을 줄 수 있는 그날이 올 때까지 이
한목숨 다 바칠 각오가 되어 있었다.

　강원도에서 전화가 왔다. 그렇잖아도 일간 다녀올 생각이었는데 때마침
연락이 오니 또 무슨 사고라도 터진 건가 싶어 불안이 엄습해왔다.

　"원장님, 진 총무입니다."

　"응, 왜? 무슨 일 있나?"

　"모레쯤 대명콘도에서 50명 정도의 단체손님이 오신다고 합니다. 원장
님을 뵙고 싶다고요."

　"알았네. 오늘 가도록 하지."

　봉사자들이 단체로 방문해준다는 흐뭇한 소식에 내 마음은 이미 홍천에
가 있었다. 강원도 산골까지 찾아와 준 봉사자들에게 고마운 마음을 담아

청강(聽講)에 응해 한 시간 남짓 강의를 하게 되었다.

"우선 이곳 오지마을까지 귀한 걸음 해주신 여러분들께 감사드립니다. 이렇게 외롭고 힘든 분들에게 온정을 나눠주시는 여러분들이 계시기에 우리는 오늘도 삶의 끈을 단단히 부여잡고 살아갈 수가 있습니다. 제각각 먹고 살기 바쁜 각박한 세상인지라 점점 마음 둘 곳을 잃어가는 소외된 계층이 많아지고 있는 것 같습니다.

현대의 문명은 그 끝을 알 수 없이 발전되어만 가고 지식인들은 늘어가고 예전과 달리 배고픈 자들 또한 없어졌다고 볼 수 있겠습니다. 저는 이런 사회가 오히려 문제라고 생각합니다. 인간은 배가 부르고 가진 것이 많아지고 지식이 늘어나면 교만해질 수밖에 없기 때문이지요.

세상에서 가장 무서운 병은 교만입니다. 교만은 온 사지육신을 쇳덩이마냥 굳게 하고 제아무리 고학력을 자랑해도 정신을 굳게 하여 지혜(智慧)가 자랄 수 없게 합니다. 결국 지식은 지혜를 따라갈 수 없습니다.

우리 부모님 세대는 많이 배우지는 못했지만 현대인들보다 훨씬 지혜로웠습니다. 그 지혜의 씨앗이 이 땅에 뿌려짐으로써 우리 세대들이 잘 먹고 잘살 수가 있게 된 것이지요. 그렇다면 소중한 그 지혜를 구하려면 어찌해야 할까요? 분명 학문으로는 한계가 있을 것입니다.

예컨대 저희와 같은 시설의 장애인들을 보면서 스스로를 성찰하는 깨달음의 시간들을 가져보는 것도 그 방법 가운데 하나일 거라고 생각합니다. 이곳 「실로암 연못의 집」에 봉사나 도움을 주기 위해 오신 여러분들도 교만하지 않고 소박한 지혜를 구하는 뜻깊은 경험을 많이들 하고 가시길 바랍니다.

여러분도 언젠가는 늙고 병들 것이며 어떤 측면에서는 장애인으로 생을 마감하게 될 것입니다. 이곳에 있는 많은 장애인들을 가슴으로 안아주신 다면 진정 우리 모두는 한가족이 될 것입니다. 감사합니다. 사랑합니다."

나는 마지막으로 장애인들이 배가 고프다고 하거나 돈을 좀 달라고 해도 절대 주면 안 된다는 당부를 한 후 단상을 내려왔다. 왜냐하면 그들에게는 지적장애요, 인지능력장애가 있어서 절제 능력이 전혀 없기 때문이다.

나는 시장을 볼 때 양재동에 자주 갔다. 값이 저렴하면서도 중국산은 없기 때문이다. 나는 될 수 있으면 최상품의 좋은 것만을 우리 가족들에게 먹이기 위해서 노력했다. 450만 원어치 부식거리를 사니 트럭 한 대에 너끈히 차고 남았다.

예나 지금이나 가족들을 먹이고 입힐 때나 직원들에게 급여를 줄 때, 어려운 이웃을 도울 때, 지인들을 대접할 때면 나는 정말 기분이 좋고 행복해진다. 나는 내친김에 싱싱한 재료들로 맛있는 요리를 직접 해서 먹이고 싶었다. 콧노래를 부르면서 고기를 재워 굽고 동태찌개를 끓이고 두부를 부치고 계란 프라이를 해서 보글보글 된장국과 함께 저녁 성찬(盛饌)을 준비했다.

오밀조밀 모여 서로들 많이 먹겠다며 부산을 떠는 식구들의 모습을 물끄러미 바라보며 한숨 돌리고 있는데 갑자기 문규가 배를 움켜쥐며 식당 바닥을 데굴데굴 나뒹굴기 시작했다. 문규는 양팔과 다리가 꽈배기처럼 배배 꼬여있고 듣지도 말을 할 수도 없는 농아요, 인지능력장애자였다. 오직 멀쩡한 곳이라곤 두 눈밖에 없는 천하에 가련하기 그지없는 그의 장애는 미남형 얼굴과 대조를 이루어 더욱 처참해보였다. 하지만 나만 보면 애교를 부리며 자기 얼굴을 내 볼에 문지르면서 마음 속 깊이 우러나오는 사랑을 표현하는 따뜻한 사람이었다. 그랬던 그가 괴성에 가까운 비명을 지르며 아픔을 호소했다. 밥을 너무 많이 먹어서 탈이 난 건 아닐까. 도대체 어디가 고장이 났단 말인가.

나는 진 총무를 불러 봉고차에 문규를 태워 원주 기독교병원으로 향했다. 시간 반 거리를 40분 만에 도착해 응급실로 곧장 데려갔다. 병원에 오는 내내 정화숙 집사는 문규를 꼭 안고 울며불며 간절히 기도했다. 그녀는 항상 장애인들을 진정으로 자신의 몸처럼 사랑하고 위하는 신실(信實)하고 온유한 사람이었다.

"설마 죽진 않겠죠? 큰 병은 아니겠죠?"

"그럼요. 절대 그럴 리 없을 겁니다. 걱정 마세요."

눈물 콧물 범벅이 된 채 안절부절못하는 그녀를 애써 진정시키는 내 머릿속도 실은 온갖 불안한 생각들로 가득 차 있었다. 조심스럽게 문규를 침대에 옮기고 검사를 시작했다. 엑스레이를 찍어본 결과 장파열이라고 했다. 말하자면 대장과 소장이 터져서 즉시 수술하지 않으면 생명이 위험하다는 것이다. 낮에 봉사자들이 떡과 고기 등 음식을 너무 많이 먹인 것이 화근이었다. 의사로부터 죽음이라는 단어를 들으니 가슴이 철렁거리고 절망감에 하늘이 노랬다.

나는 선택의 여지없이 수술 동의서에 급하게 사인을 하고 3시간이 넘도록 수술실 문 앞을 지켰다. 이마에서는 식은땀이 줄줄 흘렀고 입술은 바짝바짝 타 들어갔다. 길고 더딘 시간이 흘러서 드디어 수술방의 전광판에는 '이문규 수술 완료'라는 문구가 켜지면서 녹색불이 점멸하고 있었다. 마치 '그는 이제 살았다.'고 말해주는 듯 환하게 깜빡였다. 답답했던 내 심장도 덩달아 살았다는 기쁨으로 부풀어 오르고 있었다.

문규는 중환자실로 옮겨졌고 배는 붕대로 칭칭 감겨진 채 마취가 덜 풀려 마치 죽은 사람처럼 두 눈을 꼭 감고만 있었다. 불쌍하다고 생각하면 안된다. 문규는 어린아이처럼 웃음과 기쁨을 주며 수많은 사람들에게 소망의 꽃이었다. 그래서인지 만나는 사람들마다 그에게 무엇을 주기도 하고 음식을 많이 먹이기도 한다. 그런데 그것은 큰 죄악이다.

절제하지 못하는 사람은 인지능력장애라고 말할 수 있다. 인간이라는 동물은 절제할 수 있는 능력을 가지고 있어야 하지만 문규에게는 절제의 능력이 전혀 없었다. 그래서 나는 문규나 직원들에게 주입시키곤 한다. 음식을 너무 많이 먹는 것은 죄요, 음식을 남기는 것은 죄가 아니라고.

그는 어떻게 태어난 생명일까. 미혼모에 의해 낳자마자 화장실에 처참하게 버려졌다는 가엾은 그는 미성년의 무책임한 불장난의 참혹한 결과였다.

가엾은 멍에를 지고 태어난 그는 세곡동 아동병원에서 8살까지 입원해 있다가 상일동 특수학교로 옮겨졌고, 스무 살이 되면서부터는 정부 보조금이 끊겨 특수학교를 나와 일반시설로 옮겨지게 되었다.

나는 그런 문규를 보면서 항상 가슴이 저리고 아팠다. 내게는 천사 같은 착한 마음씨를 지닌 아들과도 같은 존재인 그가 도대체 무슨 잘못이 있기에 지체와 지적중증장애라는 천형(天刑)을 안고 살아야 하는지 안타깝기만 했다. 무얼 듣지도 느끼지도 감각도 없는 인지능력장애를 가지고 힘들게 살아가고 있는 모습을 보자니 너무 안타까운 마음에 땅을 치고 통곡하고 싶은 심정이었고 마치 심장이 멈추는 것만 같았다.

인간은 사랑을 먹고 비로소 진정한 인간으로 거듭날 수가 있겠으나 문규를 비롯한 실로암에 있는 가족들에게는 사랑의 가뭄이 일생토록 지속되는 경우가 많았다. 그들의 모습과 크게 다르지 않은 나 역시 내 자식보다 더 소중히 그들을 아끼고 사랑할 수밖에 없었다. 매번 끊임없이 사랑을 주지만 여전히 부족함을 느끼는 나는 어쩌면 저들과 한 운명으로 묶인 한 몸인지도 몰랐다.

문규(35세)는 발달장애 지체중증장애를 가지고 있었지만 언젠가 '아빠, 아빠' 하면서 내게 다가와 종이 위에 힘겹게 글씨를 쓴 적이 있었다.

"아빠, 장가 보내주세요. 나도 장가가고 싶어요."

참 기가 막힐 노릇이었다. 나는 어이가 없고 황당함을 감출 길이 없었지만 그에게는 어쩌면 당연한 소망인지도 몰랐다. 다섯 살 정도 수준의 지능일지라도 인간의 본능으로서 결혼하고 싶다는 욕구와 사고는 정상인 못지않게 강렬했다는 것을 알고 얼마나 암담하였던가.

'비장애인들이여! 장애인들을 더 이상은 딴 세상사람 취급하며 소외시키지 말라. 그들의 눈물을 하늘은 아시매, 우리 장애인들도 소중한 인격체로서 이 사회에서 당당히 살아갈 수 있도록 용기를 줄 수 있기를…….'

4~5주 후 퇴원하는 날이었다. 나는 문규의 병원비를 계산하기 위해 1층 수납처에 갔다. 장애인 창구가 따로 없어 휠체어에 앉은 채로 일을 보기엔 창구의 턱이 높아 너머의 직원과 눈을 맞추기가 버거웠다.

가까스로 병원비 천오백만 원을 수납하면서 사소하지만 병원에서조차 장애인에 대한 배려를 찾을 길 없는 이 차가운 현실의 벽을 여실히 느끼며 씁쓸하게 돌아서야만 했다. 나의 염원은 부질없는 넋두리에 불과했던 것이다.

문규가 조금씩 차도를 보이는 것을 확인하고 시설로 돌아왔다. 겨울을 나기 위한 예산도 짜야 하고 서울의 사무실 일도 챙겨야 해서 할 일이 산적해 마음이 급했다.

우선 몇몇 직원을 모아놓고 겨울 동안 필요한 난방용 기름이나 쌀과 주식 및 부식비를 추정해 보았다. 직원 급여까지 계산해 보니 가족들 병원비 빼고 월 1억 정도는 있어야 이번 겨울을 무사히 넘길 수가 있었다.

　"진 총무, 작년엔 비용이 얼마나 들었지?"

　"작년에도 비슷했습니다. 1억이 넘었으니까요."

　"그럼 올해도 그 정도 예산으로 준비해야겠네."

　"네, 원장님. 그래야 할 것 같습니다. 워낙에 큰 돈이라 부담되시겠지만 너무 걱정하지 마세요."

　"하기야 내가 걱정한다고 해서 해결되는 것도 아닐 테고……. 어쨌든 여러분들은 입원해 있는 문규라도 좀 신경써주세요. 내가 자주 못 들여다보니까 정 집사나 진 총무가 특별히 챙겨주면 좋겠어요. 애들 식사는 정확한 시간에 먹을 수 있도록 해주고요. 입맛에 맞는다고 정량을 무시하고 마냥 먹게 됐다가 누가 또 문규꼴 날지 모르니 적당히 먹여야만 합니다. 반드시 유념해주세요. 음식을 남기는 것은 죄가 아니고 많이 먹는 것이 죄이고 죽음의 무덤입니다."

　실로암 일이라면 사소한 것들까지도 마음이 쓰이고 걱정스러워지는 나의 속내를 알 리 없는 직원들이 그저 잔소리로만 흘려들을지 새겨들을지는 알 수 없는 노릇이지만 그래도 서울의 사업을 병행해야 하는 지금으로서는 저들의 성실과 충성스러움을 믿을 수밖에 없으니 일단은 조곤조곤 타일러서 일에 능률을 높여야만 했다.

　"그리고 지금 우리 가족들 중에 제일 문제가 되는 사람이 또 누가 있죠?"

　"부영입니다."

　"부영이가 왜? 내 보기엔 많이 좋아졌던데.

"

"웬걸요? 아무데나 침 뱉고 오줌 싸고 X발X발하며 욕도 하고 다닙니다. 매일 사무실에 들어와서는 엄마 아빠한테 전화 걸어달라고 떼쓰고요."

"그럼 전화를 걸어주면 되잖아?"

"아무리 전화를 걸면 뭐 합니까? 부모들이 받지도 않는데요."

"그러다 또 가출하면 안 되니까 힘들더라도 직원들이 더 신경 써서 최대한 스트레스 안 받게 보살필 수밖에 없겠네요."

나는 여러 가지로 마음이 놓이지 않았지만 일주일이 넘게 사무실에 출근하지 못하고 있던 터라 애들 잘 보살피라는 당부만을 연거푸 하고는 급히 서울로 올라왔다.

오랜만에 사무실로 들어서자 이번엔 왜 이렇게 오래 걸렸냐며 직원들 모두가 아우성이었다. 그들에게 눈인사만을 건네고 내 방으로 들어왔다.

실로암에 있으면 사무실이 걱정되고 막상 사무실에 앉아 있으면 실로암이 궁금해서 안절부절 못했다. 그때 소 상무가 춘천의 산에서 채굴한 옥(玉)을 우리가 직접 가공해서 판매하자는 제의를 했다.

"그쪽 파트는 김 사장이 맡기로 했잖아?"

"아닙니다, 회장님. 이렇게 큰 건은 본사가 맡아서 해야 합니다. 덩치가 워낙 커서 우리가 주도적으로 개발과 가공까지 하고 김 사장은 주로 마케팅을 담당하도록 해서 성과가 나온 만큼 이윤배분을 해주면 그만입니다."

"그래? 그럼 소 상무가 보석 가공과 관련한 자료부터 수집해봐요. 보석에 대해서는 문외한인 내가 뭘 알아야 일을 추진하든 말든 할 것 아니겠나. 보석 공정(工程)도 모르는 지금은 뭐라고 확답을 할 수가 없겠군 그래. 참, 송추미 건은 어떻게 됐지? 인제의 땅은 계획대로 매입하기로 한 건가?"

송추미는 인제에 땅을 사서 건물을 올리고 싶어 했다. 동계 올림픽이 개최되면 땅값이 많이 오를 거라는 야무진 꿈을 꾸는 여장부 송추미는 자신이 우리 회사에 투자자를 연결해주는 대신 건설비 일부를 지원받는 조건을 내세운 바 있다. 땅 매입은 된 건지 터파기 공사는 언제쯤부터 시작하는지 몹시 궁금하던 차에 그녀가 사무실로 갑자기 찾아왔다.

"회장님, 송추미 씨가 왔습니다. 강남에 중년 여성들 한 열 명쯤은 끌고 왔는데, 이게 무슨 일이죠?"

그녀는 치렁치렁 온갖 멋을 부리고 의기양양하게 내 방으로 들어오더니 콧소리를 내며 먼저 안부를 물었다. 함께 온 귀부인들 역시 고만고만하게 귀티 나는 차림으로 우르르 따라 들어와서는 자리를 잡고 앉았다.

"어머나! 회장님 오랜만이에요."

"네, 그래요. 어서 오세요."

"회장님, 요즘 많이 바쁘신지 연락도 없으시고 해서 제가 이렇게 사모님들 모시고 찾아뵈었네요."

"여기저기 벌려 놓은 일이 좀 있다 보니 바쁘게 지내고 있습니다."

"바쁘시면 좋지요, 뭘. 그나저나 여기 사모님들께서 명품주식회사에 투자하고 싶다고 하셔서 제가 이렇게 모시고 왔습니다."

"아이고! 감사합니다. 그런데 뒤탈 안 나게 해야 합니다. 굳게 믿었던 부산 대리점 도 씨는 중국에 물건을 다 팔아먹고 도망가 버렸습니다."

"어머나 저런! 그럼 지금 부산 대리점은 어떻게 됐는데요?"

그녀는 나를 위로하는 척 상냥하고 친절했지만 뭔가를 더 캐낼 것이 있는 사람처럼 집요하게 무언가를 알아내려고 애를 썼다.

"그래도 다행히 재정이 좀 탄탄해서 부산 총판의 부도 위기는 면할 수 있었습니다."

"그거 정말 다행이네요."

"우리 송 사장님은 앞으로 어떻게 하실 계획이신지요?"

"땅 계약은 며칠 전에 마무리되었으니까 이제 슬슬 건물 올려야지요."

"부디 잘 되었으면 좋겠네요."

"그럼요. 그러려면 회장님께서 도와주셔야만 하는데요? 말 나온 김에 명품주식회사에서 건축비 절반만 부담해 주셨으면 합니다."

드디어 올 것이 왔다는 생각이 들었다. 직원들은 하나 같이 송추미를 좋아하고 믿었지만 내 보기에 그녀는 한낱 노가다꾼에 거간(居間)꾼, 아니면 사기꾼에 불과했다. 거품이 많은 여자처럼 보였을 뿐만 아니라 우리 회사로 투자자들을 모집해놓고 그들을 이용해 자신의 뱃속을 채우려는 사람 같았다.

회사는 그럭저럭 잘 돌아갔다. 서산의 TV공장과 춘천의 육가공도 우리 회사가 주축이 되어 활발하게 운영했다. 수많은 투자자들이 우리 회사를 찾았고 회사는 10%, 투자자는 90%의 수익률을 창출하는 마케팅으로 가히 성공의 신화가 쓰여지고 있었다.

그래서 당초의 설립 취지에 맞게 직원 급여와 복지 혜택도 점차로 늘려 갈 수 있었고 실로암 시설을 좀 더 윤택하게 운영할 수 있는 자금이 조금씩 마련되어 갔다.

나의 하루하루는 감사와 기대와 설렘으로 가득 찬 날들의 연속이었다.

중국으로의 수출 길을 뚫어보자는 포부를 지니고 현지로 소 상무를 출장 보냈다. 거대한 시장, 중국을 상대로 전 세계가 마케팅 전략을 펼치고 있는 이때에 나도, 아니 우리 명품주식회사도 저들과 어깨를 나란히 하며 대

륙의 주인공으로 부상하여 멋지게 야망을 펼쳐 보이고 싶어졌기 때문이다.

나는 직원 다섯 명과 함께 강원도 총판을 개설하기 위해 실태 조사를 나갔다. 고속도로를 3시간을 넘게 달려 춘천에 도착하자마자 우선 강원도 지역의 판매를 총괄하게 될 김상준 사장을 만나러 사무실을 찾아갔다.

"회장님, 어서 오십시오. 오시느라 힘드셨죠?"

"아닙니다. 준비는 잘 돼가고 있나요? 사무실과 매장은 몇 평쯤 되죠? 꽤 넓어 보이는데요? 주차공간도 널찍하고 깔끔해서 일할 맛나겠어요. 하하하."

"사무실은 150평이고 매장은 200평 정도 됩니다."

"그 정도면 충분하죠. 애썼네요. 자, 그럼 세미나실로 가서 직원들을 만나볼까요?"

나는 저마다 알토란 같은 비전을 품고 세미나실에 모여 있을 23명의 풋풋한 직원들에게 우리 회사의 철학을 확실하게 주지시켜 그들이 지금 품고 있는 비전이 결코 허상이 아님을 강조하고 싶었다. 나는 조용히 단상으로 나아가 덤덤한 어조로 말문을 열었다.

"우리 명품주식회사에는 회장이나 사장은 없습니다. 오로지 회사의 주인은 여러분이며 동시에 여러분의 고객들뿐입니다. 그 소중한 고객이 여러분의 급여를 만들어줄 것이고 그 돈이 여러분의 가정을 더욱 윤택하고 평화롭게 한다는 사실을 항상 기억해야 합니다.

따라서 회사의 주인은 바로 '나'라는 주인의식과 사명감을 가져야만 본 사업이 성공할 수가 있습니다. 만약 회사의 사소한 것이라고 해서 소홀히 여겨 무시해 버린다면 개인의 영달(榮達)은 물론 회사의 존망(存亡)을 누구도 장담할 수가 없을 것입니다.

또한 작은 고객 한 분이라도 소중하게 여겨 꾸준히 관리하지 않는다면 제아무리 많은 자산을 보유한 회사라도 사상누각(沙上樓閣)에 불과할 것입니다.

　존경하는 강원도 총판 직원 여러분, 오늘부터라도 고정관념에서 과감하게 탈피하십시오. 아무리 고학력과 실력을 겸비한 능력자라 해도 구태(舊態)를 버리지 못한다면 새로운 변화를 일으킬 수 없습니다. 필승을 위해서는 흐름에 맞는 변화와 혁신을 두려워해서는 안 됩니다. 우리 명품주식회사와 함께 기필코 성공하는 여러분들이 되시길 기원합니다. 감사합니다."

　내 인사말이 끝나자 우레와 같은 박수가 쏟아졌고, 다음은 실장을 시켜 우리 사업의 유통단계 및 소득 발생 과정, 마케팅 비법 등을 상세히 설명하게 했다. 경청하느라 장내(場內)는 쥐 죽은 듯 고요했고 마이크 에코만 쩌렁쩌렁하게 울려 퍼졌다. 마치 먹잇감을 발견한 호랑이의 포효(咆哮)처럼 우렁우렁했다.

　성황리에 설명회를 마친 후에 흡족한 마음으로 여유롭게 커피 한 잔을 부탁해서 마시고 느긋하게 총판 계약서에 사인을 했다.

　오후 다섯 시쯤 총판 사무실을 나왔다. 한겨울의 해는 유난히 짧아 이미 땅거미가 내려앉고 있었고 쌩한 바람이 불어와 차갑게 얼굴을 감싸 혼미한 정신을 번쩍 나게 했다. 겨울의 추위가 싫지만은 않았다.

　강릉으로 가서 바다를 보기로 했다. 나는 북적대는 여름 바다보다는 사색에 잠길 수 있는 조용한 겨울 바다를 더 좋아한다. 겨울의 바닷바람은 살을 에듯 실로 매섭게 온몸을 파고들었다. 잠깐 사이에 손발이 꽁꽁 얼어붙었다. 춥다고 발을 동동거리며 호들갑을 떨어대는 직원들의 등살에 못 이겨 백열등이 따스하게 켜진 조그만 횟집에 들어가 우선 언 몸을 녹이기로 했다.

　스키다시 없는 단출하지만 싱싱한 횟감이 먹음직스럽고 풍성하게 한상 차려지고 직원들은 소주 한 잔으로 목을 축였다. 이내 종일 얼어붙은 몸과 마음이 노긋노긋하게 녹아내리는 것 같았다. 더운 곳에 있던 탓인지 급 피로감이 몰려와 홀로 백사장에 나가보았다. 멀고 먼 바다로부터 왔을 파도만이 무심히 밀려왔다 밀려갈 뿐 밤바다는 유난히 고요하고 적막했다.

　그렇게 한참을 바다를 벗삼아 한가함을 즐기고 있는데 어디선가 한 무리의 여고생으로 보이는 이들이 청량한 웃음소리와 카랑카랑한 목소리로 왁자지껄 떠들며 몰려오고 있었다.

　이 겨울 저녁 바닷가엔 무슨 일일까? 자유를 만끽하며 해맑게 웃고 떠드는 그녀들의 모습을 한없이 부러운 시선으로 바라보고만 있었다. '참 아름다운 청춘(靑春)이구나! 나도 저런 때가 있었나? 저렇게 푸르던 때가 내게도 있었던가? 낭만은 젊음에서 샘솟는 것일진대 내 젊은 시절엔 저처럼 생기발랄한 낭만은 결단코 없었구나!'

　정신없이 수다를 떨던 그녀들이 나의 시선을 의식했는지 나한테로 다가와 먼저 말을 건넸다.

　"와우! 안녕하세요? 여기서 뭐 하세요?"

　"글쎄 난 생각 좀 하느라 바다구경 중인데……. 그런 너희들은?"

　"저흰 수학여행 왔어요. 지금은 자유시간이라 바다 보러 나온 거구요."

　"겨울에 웬 수학여행? 너희들 혹시 가출한 거 아냐?"

　"호호호. 아니에요. 우린 동계 수학여행 온 거예요."

　"그래, 재밌겠구나. 근데 혹시 너희들 술 먹을 줄 아니?"

　"술이요? 왜요? 사주시려고요?"

여고생들은 술이라는 내 말에 반색을 하며 호기심 가득한 표정으로 서로를 빤히 쳐다보고 있었다. 나는 학생임을 감안해서 맥주는 돌아가며 한 모금씩만 먹을 수 있도록 캔맥주 각자 한 캔씩만 사고 대신에 음료수와 과자를 양손 가득 사서 주었다.

"감사합니다."

"와! 아저씨 완전 멋쟁이세요. 짱이야, 짱!! 잘 먹겠습니다."

그녀들은 작은 베풂에도 아주 밝게 화답하며 진심으로 기뻐했고 나 또한 그 모습을 보며 더불어 미소가 피어올랐다. 나는 그만 자리를 그녀들에게 내어 주고 일행들한테로 돌아가려 했다. 그런데 내게 가지마라 극구 만류하는 통에 얼결에 백사장에 주저앉아 모닥불을 피우고 그녀들과 함께 이야기꽃을 피우게 되었다.

나는 짧은 인연일 테지만 내 특유의 직업병을 발휘해 그녀들의 앞날에 필요한 쓴소리 몇 마디쯤 해주고 싶어졌다.

"부모님은 너희들이 술을 마시거나 남자친구를 사귀면 안 된다고 하시지?"

"네, 맞아요. 좀 있으면 우리도 성인인데 안 된다는 게 너무 많아서 짜증나요."

"그건 왜 그러냐 하면 말이지, 인간은 태어나서 죽을 때까지 그때그때 해야 할 일들이 각기 정해져 있기 때문이란다. 마치 사계절이 다 다르듯 우리도 살아감에 있어서 그 시기에 맞는 행동들을 해야만 제대로 성장할 수가 있지.

예컨대 우리가 태어나서 신나게 뛰놀다가 열심히 공부해서 훌륭한 사회인으로 성실하게 살다가 때가 되면 좋은 인연을 만나 결혼도 하게 되고……

등등 그때그때 시기에 맞게 최선을 다해 살다가 비로소 최후의 마지막 순간이 왔을 때 후회 없이 죽는 것, 이것이 인생이란다. 내 말 알아듣겠니? 그러나 남친을 사귀되 몸과 마음이 견인불발(堅忍不拔) 바람은 나무를 흔들어대지만 나무의 뿌리는 깊이 자리잡고 있어야 된다. 어떠한 고난과 슬픔이 와도 마음이 흔들리거나 포기하면 안 돼.”

“에이, 아저씨도 참! 꼭 우리 선생님 같은 소리만 하시네요.”

그녀들은 내 말이 지루했던지 아니면 이해하기가 좀 어려웠던지 신통찮은 반응들을 보였지만 한 번 시작한 얘기의 끝은 맺고 싶은 나대로의 욕심이 있었다.

“그래서 자기 인생의 때를 잘 보내야 되는 거야. 시간을 귀하게 여겨 알차게 보내야 후회가 없겠지? 옛말에 세월부대인(歲月不待人)이란 말이 있지. ‘세월은 사람을 기다리지 않는다.’는 말이야.

시간은 너희들이 철들 때까지 기다려 주지 않는단다. 너희들은 이미 철부지가 아니잖아. 독립적인 인격체로서 각자의 철학이 있고 인생관과 세계관이 있을 거라고 이 아저씨는 믿는다. 부디, 지금의 이 귀한 시기에 걸맞은 인생을 설계하고 실천해 아름다운 성년이 되었으면 좋겠구나.”

“아저씨께서 우리들 마음을 그렇게 잘 이해해 주시니 참 좋네요.”

“난 태어날 때부터 장애인이라서 지금까지 살아오면서 수많은 고통을 당했단다. 우리나라는 장애인에 대한 편견이 유독 심해서 나 같은 사람들이 살기가 참 힘들거든. 하지만 어쩌겠어, 현실에 수긍하며 살아야지. 너희도 나름의 고민들이 있겠지만 이런 나보단 덜 힘들겠지. 성인이 될 때까지는 부모님이 이끌어 주시는 대로 사는 것도 현명한 일이야. 그리고 좋은 대학을 가는 것만이 반드시 훌륭한 성공이라고는 생각지 마라. 중요한 것은 너희들만의 철학이 담긴 인생관과 신념을 꿋꿋하게 실천해서 공동체와 더불어 살 수 있는 사회인으로 성숙해가는 것이란다. 아저씨가 말이 좀 길었지만 무슨 말을 하고 싶은 건지는 다 이해할 수 있겠지?"

그녀들은 내 말이 끝나기가 무섭게 좀 지루했다며 목젖을 보이며 한바탕 웃어댔다. 그쯤 해두라는 일차 경고인 셈이었다.

"그래그래. 집 떠났다고 너무 들떠서 괜히 사고나 치고 다니면 안 돼. 모쪼록 좋은 추억들 많이많이 만들고 가렴."

"네, 아저씨도요. 그럼 안녕히 가세요."

우리는 환하게 웃으며 마지막 인사를 나누고 헤어졌다. 여전히 재잘재잘 떠들며 멀어져가는 그녀들을 바라보는 내 마음이 왠지 모를 뭉클함으로 심하게 요동쳤다. 또래의 딸아이가 생각나서였을까. 제대로 된 부모의 가르침이나 사랑 따위를 나누어줄 변변한 기회 한 번 갖지 못했던 딸. 단 하나의 혈육이 목에 가시처럼 걸려서 아려왔다.

밤하늘에 휑하니 차오른 달빛이 나를 위로하듯 처연하게 빛났고 마치 무대 위에 서있는 나를 위해 조명을 밝히는 듯 하였다. 한편 바다는 무대 위 광대에게 노래 한곡을 청하듯 철썩철썩 하염없이 출렁이고, 나는 어느새 콧노래를 흥얼거리고 있었다.

세상사 시름 겨울바다에 잠시 내려놓고 흩어진 마음결 곱게 다듬어가는 묵상의 밤은 그렇게 깊어가고 있었다. 다음 날 아침, 간밤에 비해 한결 잠잠해진 바다를 뒤로 하고 발걸음을 서울로 돌렸다.

강원도 총판 체결을 축하하는 환대(歡待)를 듣는둥 마는둥 하고 임원들을 다 불러들였다. 영문을 몰라 경직된 표정의 임원들이 하나둘 내 방으로 들어섰다. 몇 마디의 덕담을 주고받으며 고압적인 분위기를 전환시킨 후 본격적으로 회사 발전 방안에 대한 조언과 의견을 기탄없이 토의했다. 다양한 의견들이 활발하게 발의(發議)되어 대안으로 회사가 해야할 대여섯 가지의 선결 과제가 제시되었다.

첫째, 서산 공장의 보안 대비를 철저히 할 것. 둘째, 경험이 풍부한 마케팅 전문가를 영입할 것. 셋째, 회사를 잘 경영해줄 리더십을 갖춘 리더의 필요성. 넷째, 학벌(學閥)이나 스펙 위주가 아닌 지혜롭고 성실한 인재를 양성할 것. 다섯째, 투명한 회사가 될 것. 여섯째, 사회 복지를 실천하는 기업이 될 것 등으로 최종 의견이 모아진 것이다.

우선 다양한 인재를 양성하기 위해 장애인 직원도 모집하는 파격적인 인사를 단행(斷行)하기로 결정하고 사회적 기업을 별도로 설치하여 운영하도록 하였다.

"끝으로 당부드립니다. 생각을 바꾸면 성공할 수 있습니다. 이 일터의 주인은 '나'라는 주인의식을 갖고 항상 고객 입장에서 생각하고 소비자가 곧 기업이라는 인식을 한다면 회사와 직원, 우리 모두 행복할 수 있습니다.

또한 우리 회사는 세금 포탈이나 대표자의 가족들이 임원 및 직원이 되는 불공정한 인사는 절대 허용하지 않겠습니다. 그야말로 투명하고 공평무사(公平無私)한 조직을 지향(指向)하는 건강한 회사가 될 수 있도록 우리모두 노력합시다."

엄숙하고 결연(決然)한 분위기 속에서 회의가 끝나고 나는 다시 개발팀장을 불렀다.

"디지털 TV 업그레이드가 절실한 시점인데……. 두 달 정도 시간을 가지고 획기적인 업그레이드 아이디어와 남성에게 어필할 수 있는 액세서리를 개발해봐. 겉모양만 예쁘게 만들려고 다들 혈안이 되어 정작 기능면에서는 뒤처지거나 부품의 수명이 너무 짧다는 단점을 우리가 보완해야만 해.

우리 회사는 모델의 예술성도 중요하지만 한 번 사면 백년 이상은 족히 사용할 수 있는 최상의 상품을 개발하는 것에 중점을 두어야 한다고 생각해. 특히 팀장은 이 사실을 간과해서는 안 돼. 알겠나?"

"회장님, 그럼 회사의 손익분기에 문제가 생길 수 있습니다. 늘어난 비용 대비 수입이 뒷받침 되지 않으면 손실이 커지기 마련이니까요."

"무슨 소리 하는 거야? 당장 눈앞의 이익에 양심을 팔아서야 어디 기업이 승승장구 할 수 있겠나? 우리 회사는 눈 가리고 아웅 하진 말자고 다짐했잖은가. 당분간 적자를 감내하더라도 잘 만드는 게 우선이지. 최고의 상품은 소비자가 먼저 알아주는 법이야. 그들의 입소문을 타고 유명해지는 인맥 홍보만큼 효과를 거둘 수 있는 것 또한 없거든."

사람 한 명의 입을 통해서 200명 이상에게 알리는 홍보효과는 언론이나 광고보다 천 배 이상의 효과가 나타나는 능력이 사람 한 사람에게 있다는 것을 중요하게 생각하고 명심해야 된다.

소 상무가 중국에 간지 20일 만에 돌아왔다. 소 상무의 보고에 의하면 서산 공장에서 TV 부품을 만들어 중국 현지에 총판을 두어 현지인의 노동력으로 조립 및 완성 단계를 거쳐 다시 해외 각지에 수출하는 방식을 택한다면 비용절감이나 해외수출의 용이성 등 효과가 한국에서보다 훨씬 유리할 것이라는 내용이었다.

사업에는 까막눈인 내가 듣기에도 솔깃한 기획인지라 바로 실행에 옮겼다. 소 상무와 직원 몇 사람을 데리고 서산 공장을 방문했다. 공장은 3교대로 풀가동 되고 있었다. 방진복에 위생장갑 등 복장을 갖춰 입고 생산 라인에 직접 들어가 정신없이 제품이 만들어지고 있는 현장을 탐방했다.

석명철 사장은 생산과정에 대해 하나하나 설명해 주었다. 기계화 되고 첨단화된 생산 현장을 보니 모든 것이 다 신기하고 놀라워 입을 다물 수가 없었다. 사장실로 안내된 나는 방문 취지를 설명했다.

"석 사장, 우리가 중국 진출을 계획하고 있습니다. 중국 총판 오픈이 초읽기에 있는데 여기서 생산하는 것으로 내년부터 사업이 가능하겠습니까?"

"글쎄요. 가능은 합니다만 그렇게 많은 물량을 뽑으려면 자금이 좀 필요합니다. 자재비 선입금만 보장된다면 충분히 가능하고말고요."

"그렇군요. 문제는 자금이 관건이겠군요? 일단 서울 가서 검토해 보고 다시 한 번 방문하거나 연락을 드리도록 하겠습니다."

비서가 챙겨주는 부품량에 따른 원자재비를 비롯한 일체의 부대비용 서류들을 한보따리나 챙겨서 서산 공장을 나왔다.

어느새 서쪽 하늘과 산봉우리가 맞닿은 곳에는 반쪽의 해가 걸리어 하늘을 온통 붉은 빛으로 물들여 놓았다. 그러나 노을이 어찌나 황홀하게 아름답던지 절로 탄성이 나오려는 순간에도 자금 마련에 대한 걱정으로 나는 무거운 한숨만 토해낼 뿐이었다.

토요일이라 홍천에 가야했지만 아침나절부터 흰 물감을 흩뿌리는 듯 폭설(暴雪)이 쏟아졌다. 하나님을 영접(迎接)하고부터 지금껏 주말에는 강단을 비워 본 적이 단 한 번도 없었다. 그래서 주말엔 맘대로 아플 수조차 없었는데 난데없는 폭설로 발이 묶여 꼼짝을 할 수가 없게 되니 난감하고 답답하기만 했다. 어둑어둑한 하늘에 구멍이라도 난듯 끊임없이 퍼붓는 눈이 그칠 때를 기다리는 마음은 초조하기가 이를 데 없었다.

'오후에는 그치겠지. 그래, 그칠 거야. 그치고말고.' 그러나 그렇게 간절히 소원했건만 점심을 먹고 난 후부터는 그런 나를 비웃기라도 하듯 아예 바람까지 세차게 불어대며 더욱 성난 기세로 눈보라가 휘몰아쳤다.

'실로암 가족들은 이제나 저제나 내가 오기만을 손꼽아 기다리고 있을 텐데…….' 애타는 내 마음은 벌써 실로암에 가 있었다. 오후 3시 반쯤이 되자 어김없이 전화가 왔다. 정화숙 집사였다.

"원장님, 여긴 대설주의보가 발령되어 산사태에 통제구역도 늘어 정말 난리예요. 서울은 어때요. 거기도 많이 내리죠?"

"여기도 지금 장난 아니오. 그렇잖아도 눈이 너무 많이 내려서 어떻게 가나 걱정하던 참이오."

"그렇죠? 지금은 오실 수 있는 날씨가 아닌 것 같아요. 어쩌면 좋아요?"

"염려 말아요. 가다가 죽는 한이 있어도 가야지요. 그것이 내 소명(召命)일 테니까."

진심이었다. 조 실장과 김 원장, 우리 셋은 다 같이 목숨 걸고 눈보라 속을 헤쳐가기로 작심했다. 서울 시내를 지나 설악까지는 노면이 많이 얼진 않아서 그럭저럭 갈만했다. 그러나 설악고개를 채 넘지 못하고 차가 미끄러지기 시작했다. 헛바퀴가 돌고 이리저리 비틀거리는 차 안에서 일행들은 넋이 반쯤 나가 있었다. 도저히 그대로 진행하기는 무리다 싶어 내가 핸드브레이크를 잡은 상태에서 핸들을 잡고 두 사람한테 차를 밀도록 해서 엉금엉금 기다시피 설악에서 모곡까지 3시간 반만에 겨우 도착했다.

그러나 「실로암 연못의 집」 입구는 대관령고개 저리가라 할 정도로 험준한 길이었으니 산 넘어 산이었다.

"회장님, 더 이상은 무리일 것 같은데요?"

"그래도 가야지. 좀 더 시도해 보자고."

"보세요, 회장님. 이 눈 속을 어떻게 뚫고 갑니까? 이러다 낭떠러지로 굴러 우리 다 죽게 생겼다고요!"

어떻게든 가보려고 애를 써 봤지만 차바퀴는 뱅글뱅글 헛돌면서 언덕 밑으로 계속해서 미끄러지기만 했다. '안 돼. 제발, 안 된다고! 이 빌어먹을 눈!' 우선 가변차선에 차를 세워놓고 「실로암 연못의 집」에 전화를 걸었다. 입구까지는 겨우 왔는데 더 이상 차를 움직이기엔 불가능하니 다 함께 방법을 생각해 보자는 말을 했다. 그리고는 지푸라기라도 잡는 심정으로 둘이 번갈아가며 나를 업고 도보(徒步)로 내려가 보기로 했지만 눈이 많이 쌓여 땅이 미끄러워 도저히 발을 뗄 수가 없었다. 순간 옛날 학교 다닐 때 생각이 번뜩 뇌리를 스쳤다.

"이봐, 조 실장. 저 집에 가서 비닐하고 튼튼한 줄 좀 구해와."

잠시 후 푹푹 쌓인 눈길을 헤치고 두툼한 비료부대와 빨랫줄을 한 뭉치쯤 구해왔다. 나는 다리를 구부리고 비닐을 단단히 싸맸다. 그리고는 허리에 줄을 묶어서 두 사람에게 잡아당기게 했다.

내 아이디어는 대성공이었다. 그 옛날 눈썰매를 타듯 비료부대에 싸여 우여곡절 끝에 시설에 입성할 수가 있었으니 말이다. 목숨을 걸고 어렵사리 가는 길이지만 주일과 나의 신념을 지킬 수 있다는 것이 얼마나 기쁜 일이었는지 모른다. 언덕을 넘어 중간 정도를 가는데 실로암 진 총무와 정 집사가 잠바를 가지고 고래고래 소리를 지르며 뛰어오고 있었다.

"원장님 원장님! 원장님께서 일요일을 그냥 지나칠 분이 아니라는 건 잘 알고 있었지만 이건 너무 무모하십니다. 상당히 추우시죠. 고생하셨어요."

"춥기는. 땀만 잔뜩 뺏고만. 죽을둥 살둥 하느라 추울 겨를도 없었어."

우생(愚生)의 허세였으나 기분은 좋았다. 저만치 길이 좋은 곳에 승합차가 그날따라 도도한 위용을 뽐내며 세워져 있었다. 일행들은 그때서야 안도를 하며 승합차에 옮겨 탔지만 출발과 동시에 꿈같은 편안함을 누릴 겨를도 없이 승합차 역시 헛바퀴가 돌기 시작했다. 또다시 진퇴양난의 공포와 두려움 속에 꼼짝없이 차 안에 갇힌 신세가 되어버린 것이다.

시설까지 가는 길, 기도를 하러 가는 길이 참으로 멀고도 험난하다는 생각이 들었다. 불안과 초조 때문에 온몸은 망치로 두들겨 맞은 듯 경직되어갔고 가슴은 턱턱 막혀왔다.

'하나님! 저 가엾은 양들과 함께 마지막 예배라도 드리고 죽을 수 있는 시간을 허락하소서. 이 공포의 지옥에서 저희를 구하시어 당신의 기적으로 하여금 영생을 믿게 하소서. 그리만 해주시면 내일이라도 이 목숨 잠자듯 거두어 가셔도 무방하겠나이다.'

설마(雪魔)와 싸우기엔 너무도 작고 미약한 내가 그 순간에 할 수 있는 것이라곤 고작 하나님 앞에 머리를 조아리는 것뿐이었다. 그런데 할렐루야! 기도가 끝나자마자 거짓말처럼 실로암 골에 바람이 잠잠해지고 거센 폭설이 잦아들기 시작하더니 이내 밤 8시쯤 달빛이 온 세상을 하얗게 비추고 있었다.

일행들은 무사히 실로암에 도착한 사실에 감탄하였고 그날의 일을 두고두고 무용담처럼 입에 올리곤 했었다. 그렇게 위험천만한 눈 속을 뚫고 들어온 실로암에서의 3일간은 그야말로 알차고 뜻깊게 보내져야 했다. 그래서 예배시간에는 열성을 다해 강의와 설교를 하였고, 예배가 끝나면 대부분은 장애 가족들을 챙기는데 시간을 할애했다.

행여 강추위에 감기 걸리지 않도록 난방 상태를 꼼꼼히 체크하는가 하면 약은 꼬박꼬박 잘 챙기고 있는지, 욕창 환자들의 드레싱은 미루지 않고 잘 하고 있는지, 더 심해진 환자들은 없는지 내 사명을 다해 그들을 살피고 돌보았다.

방마다 퍼지는 뜨끈한 온기처럼 직원들의 섬김과 관심이 상처 받은 저들의 몸과 마음에 잔잔히 녹아들어 나날이 건강해지고 평안해지는 것 같아 흐뭇하고 행복했다. 그 중심에는 늘 정 집사가 있었는데 그녀는 지상으로 재림(再臨)한 천사의 미소와 사랑과 헌신으로 모든 가족들에게 지극정성을 다 했다.

정 집사를 보고 '엄마, 엄마!'하며 졸졸 쫓아다니는 이가 있는가 하면, 또 어떤 조현병 지체아는 '엄마, 우리 결혼하자, 결혼해.'라며 의미를 알고 있는 소리인지 아닌지 시도 때도 없이 내뱉는 통에 주변 사람들을 당황스럽게 하기도 하였다.

이렇듯 초롱초롱 빛나는 눈망울로 오로지 직원들의 사랑만을 갈구하는 그들의 그늘에서 조금씩이나마 행복을 그려가는 가족들을 보면서 나 또한 존재의 이유를 찾았으니 그들은 내게 아픔이면서 동시에 행복의 전령임에 틀림이 없었다.

내가 그들을 위해 무엇을 해야 할까. 이제는 사업도 어느 정도 궤도에 올라섰으니 그들이 향상된 복지 혜택을 충분히 누릴 수 있도록 견마지로(犬馬之勞)의 노력을 다할 것을 다짐하고 또 다짐했다. 비록 빚을 다 청산하지는 못했어도 저들을 넉넉히 먹이고 입히는 것이 그토록 행복할 수가 없었다.

무심코 올려다본 하늘가엔 이 세상에서 제일 행복한 인간의 웃음이 무지개 빛깔 오선지(五線紙) 위의 선율(禪律)로 남아 선연히 맴도는 것만 같았다.

박찬수 형으로부터 긴히 할 얘기가 있으니 만나자는 전화를 받았다. 사색이 되어 내 방에 들어서는 그의 안색이 몹시도 불안해 보였고 자리에 앉기가 바쁘게 폭탄선언을 하는 그를 나는 도저히 이해할 수가 없었다.

"나는 이쯤에서 회사에서 손을 떼야 되겠어."

"이사님, 뜬금없이 그게 무슨 말씀이요? 뭣 때문에 빠진다는 건데?"

"별다른 이유는 없어."

"아니, 이유도 없이 잘 굴러가는 회사에서 손을 뗀다는 게 상식적으로 말이 됩니까? 무슨 영문인지 알아먹을 수 있게 얘기를 하라고요. 귀신을 속이지 감히 내 눈을 속일 수 있어?"

"애초부터 맘에 걸렸던 건데……. 좋아, 다 말 하지. 명품회사는 소비자를 등쳐먹는 다단계 회사야. 수억을 벌 수 있다는 희망고문으로 서민들의 피를 빨아먹는다고 볼 수 있지. 여기서 더 문제가 커지면 너나 나나 빠져나갈 구멍은 없어."

"그럼, 이제부터라도 좀 다른 방식으로 마케팅 체계를 바꾸면 되잖아요?"

"이젠 늦었어. 홈쇼핑까지 진출해서 방문판매 피라미드 형식으로 주부들을 엄청 끌어들였잖아? 승주야, 부탁한다. 이쯤에서 우린 손 털자."

"이사님, 아니 이 인간아, 지금 돌았어? 이제 겨우 정착해 가는 회사를 접으라니! 지금 나보고 죽으란 말이지?"

"이 멍청한 새끼야! 다 너를 위해서 그러는 거야! 차라리 나하고 같이 죽자. 나는 네가 패가망신(敗家亡身)하는 꼴은 차마 눈 뜨고 볼 수가 없을 것 같다."

흥분한 나는 박찬수의 멱살을 잡고 흔들어댔다. 그렇게 애원하는 나를 뿌리치고 그는 얼음장같이 냉정히 돌아섰다. 서러웠다. 하지만 이미 회사가 정상적으로 경영되고 있는 마당에 뭐가 문제란 말인가. 애써 위로하며 마음을 단단히 다잡았다. 나는 회사에 대한 확신을 결단코 버릴 수가 없고, 박 이사가 휑하니 돌아가자마자 잠시도 지체하지 않고 전 임원들을 소집해서 다시 한 번 의지를 불살랐다.

"여러분, 내가 매번 강조하는 얘깁니다만, 우리 회사는 투자자에게 피해를 주지 않는 투명한 기업(企業)이어야 함을 모두들 깊이 명심해야 할 것입니다. 한 치의 거짓이나 사기성이 있어서는 안 되며, 열심히 살아가는 선량한 소비자의 고혈(膏血)을 탐하는 행태 또한 절대 용납하지 않는다는 것을 양지하기 바랍니다."

나는 지금처럼만 회사가 돌아가 준다면 내가 꾸는 복지사업에 대한 꿈은 한낱 백일몽(白日夢)으로 끝나지 않을 것을 확신했다. 사실 내가 그처럼 복지에 목을 매는 것은 어린 시절 무참히 버려진 내 모습이 투영(投影)되었기 때문이었다.

그때는 벌에 쏘인 듯 얼얼한 상처 속에 항상 마음이 아팠다. 마음의 상처는 잠시 위로받을 수는 있어도 쉽사리 지울 수 있는 것은 아니었다. 단지 덧없는 세월 속 바쁜 일상에 묻어두고 태연한 척 견딜 뿐이다. 그럴수록 뼛속 깊이 박힌 상처를 조건 없이 치유해줄 사랑의 안식처가 절실했다.

그 무조건적인 사랑의 실천을 토대로 해서 우리 실로암 가족들에게 꿈같은 복지 혜택으로 장학금, 주거문제, 가족수당, 절기수당 등 여러 가지 혜택을 받으며 직원들은 살아야 된다. 하지만 내가 꿈꾸는 복지는 비단 장애인만을 위한 것은 결코 아니었다.

이 지구상의 80%의 인구가 육신 또는 마음의 장애를 안고 살아간다고 해도 과언이 아닐 것이다. 지나친 문명의 이기(利器)가 온갖 질병과 사고를 유발하여 급기야 후천적 장애를 낳고 있기 때문이다. 지나친 문명의 마천루(摩天樓). 자고나면 치솟는 마천루 같은 초고속 발전이 과연 바람직하기만 한걸까.

인간은 윤리와 도덕, 이성과 감성, 인격과 감동, 책임과 의무 등 다양한 정서가 한데 어우러져야 균형 잡힌 성장을 할 수 있는 불완전한 존재일진대 현대인들은 외골수처럼 반쪽 성장에만 집착한 나머지 점점 메마른 병자가 되어가고 있다. 어쩌면 우린 매일매일 죽음의 레이스를 펼치며 살아가고 있는지도 모르겠다.

이렇게 몸과 마음의 장애를 앓고 쇠약해지고 있는 소외된 현대인들이 배움의 깊이를 떠나서 지혜로운 자와 어리석은 자를 구분하지 않고 부와 명성을 초월해 서로서로 양보하고 보듬어 한 울타리를 이룰 수 있는 세상, 이 작은 세상에는 내가 어린 시절 수없이 당했던 인격살인 같은 차별과 학대는 절대 용납되지 않을 것이다.

내가 그리는 복지는 바로 그런 세상을 만들고 싶은 열망의 발로(發露)였다. 그런데 그 좋은 세상을 실로암 가족들에게 보여줄 날이 머지않았다.

박찬수는 우리 회사가 다단계 회사라고 부정적인 시각으로 보고 있지만 모든 기업은 다단계적 마케팅의 성격을 띠고 있다. 그러나 우리 회사는 회사가 10%의 이익을 보고 나머지는 소비자와 생산자에게 골고루 분배되도록 하고 있다.

다음날 아침, 소 상무와 송추미가 찾아왔다. 그들의 주장은 동계 올림픽만 개최되면 어마어마한 수입이 발생될 것이니 강원도 인제에 호텔 사업을 적극 추진하자는 내용이 골자였다. 우선은 숙박 사업 계획에 신빙성이 있었고 무엇보다 사람에 대한 믿음이 컸었기에 나는 호텔 투자와 명품 보석 홈쇼핑 투자에 거침이 없었다. 또한 서산 공장에도 자금을 쏟아부어 탄력적인 성장의 발판을 마련하는데 주저하지 않았다.

사업은 갈수록 안정권에 들었고 날마다 승승장구 번창하는 사업에 모든 직원들은 생동감의 행복을 누리고 있었다. 연매출 총액이 약 5천억 원 가량이나 되었다. 그러던 어느 날 갑작스레 소 상무가 마케팅을 위해 중국에 가겠다고 했다. 중국 건은 전적으로 그에게 일임한 업무였기에 추호의 망설임도 없이 잘 다녀오라며 출장비도 넉넉하게 준비해 주었다. 그렇게 소 상무가 출장을 떠나고 3주가 지나서였다. 조 실장이 내 방으로 헐레벌떡 뛰어 들어왔다.

"회장님! 큰일났습니다. 서산 공장에 화재가 발생했답니다. 지금 홀라당 다 타고 있습니다."

"그게 무슨 소리야 불이라니? 첫째도 둘째도 안전이라고 그토록 신신당부했건만. 당장 차 대기시켜!"

별의별 방정맞은 생각들이 내 머릿속을 새까맣게 태우고 불안과 절망으로 서산 공장으로 향하는 발걸음은 참담하기 짝이 없었다. 도착해서 바라본 건물은 화마(火魔)에 휩쓸려 검은 잿더미를 뒤집어쓰고 흉물스럽게 변해버렸고 쓸 만한 물건이라고는 하나도 없었다. 거무튀튀하게 그을린 부품들만이 여기저기 볼품없이 굴러다닐 뿐이었다.

눈앞에 펼쳐진 황망함을 보고 있으면서도 도저히 믿겨지지가 않았다. 모두가 망연자실(茫然自失)하여 한동안 맥을 못 추고 주저앉아만 있었다. 단장(斷腸), 내 창자가 끊어지는 고통이요, 내 살을 사시미를 뜨는 아픔이요,

나의 뼈는 가루가 되어 휘날리고 있었다. 그러나 정신을 차려 이 모든 것들을 수습해야만 했다. 이 세상의 어떤 누구도 나의 일을 대신해줄 수가 없다. 내가 시작한 일이니 다시 일어나 길을 찾아나서야 된다.

"조 실장, 이리 와봐! 나는 걱정하지 말고 모든 뒷조사를 해봐! 혹시 다친 사람은 없어? 다들 괜찮나? 설마 죽은 사람은 없겠지?"

다행히 인명 피해는 없었다. 참으로 다행이었다. 그런데 화재의 원인을 알 수가 없었다. 부주의에 의한 것이 아니라면 누군가에 의한 고의적 방화라는 것일 텐데, 우리 회사에 앙심을 품고 시기 질투하는 무리의 소행일 것이라는 심증만 있을 뿐이었다.

연구실장 유충만(남) 교수를 호출했으나 어쩐 일인지 수일째 연락두절이라고 했다. 그러기를 며칠, 또 한 차례 온몸을 전율케 하는 폭풍우가 몰려올 줄은 우매한 나로서는 전혀 예상하지 못했다.

회사 설계 및 기획의 중추였던 유 교수가 이미 오래 전부터 나를 기망하고 회사를 배신했다는 청천벽력 같은 소식이 전해졌다. 그렇게나 믿고 의지했던 그가 우리의 아이템과 설계도면을 A회사로 팔아 넘겼다는 비보(悲報)에 사무실은 침통하게 가라앉아 아예 일손을 놓고 먼 산만 바라보고들 있었다.

그가 우리와 함께 일을 하게 된 것은 삼고초려(三顧草廬)와도 같은 나의 지극정성이 있었기 때문이었다. 나는 그의 됨됨이와 능력을 높이 평가했고 그런 만큼 확실한 내 사람으로 만들기 위해 사석에서의 만남도 자주 가졌었다. 그러면서 내 철학과 포부를 몇 번이고 그에게 들려주었고 우리와 같은 배를 타고 원대한 항해를 해줄 것을 간곡히 회유하고 설득했었다.

개미촌 사람들

개미촌 사람들

아마도 내 생일이었을 것이다. 날이 날인지라 유 교수와 독대하여 식사를 하는 자리였는데 이런저런 담소를 나누다 문득 개미촌 사람들과의 첫 만남이 떠올랐다.

"유 교수, 부디 나를 좀 도와주게. 나는 그동안 이 한국이라는 나라에서 장애인으로 태어나 살면서 감히 말로 다할 수 없는 고통과 학대를 당해 왔다네."

그때만 해도 유 교수가 내 생의 깊이를 조금이나마 이해할 수 있게 되기를 진심으로 바라고 또 바라면서 개미촌 사람들의 피폐한 삶을 이야기해 주었던 것 같다.

1956년 10월 7일. 나는 그때껏 생일이라지만 누구 하나 따끈한 밥에 미역국 한 대접 끓여준 적이 없었고 그 흔한 케이크에 불 밝히고 축복 한 번 받아본 기억이 없는 인생이었다.

우유에다가 밥을 말아 먹었다. 오늘이 나의 생일날인데 자신이 너무 비참했다. 그 길로 허전한 마음을 달래기 위해 전동 휠체어를 타고 개미촌으로 향했다. 이 빈곤을 위하여 목숨을 바치고 사명이 화염충천(火燃衝天), 마음의 불꽃이 하늘을 찌르고 있었다.

집이라고 보기에는 너무도 초라하고 빈약한 비닐하우스인지 움막인지가 다닥다닥 붙어 있어 내 집 네 집 구분이 어려웠다. 한참을 돌아본 개미촌 사람들의 모습은 비참함 그 자체였다.

거적때기를 덕지덕지 이어 붙인 천막 속에서는 개미떼와 같은 인간 족속들이 꼬물꼬물 웅숭그리고 앉아 몸의 진드기를 잡거나 혹은 널브러진 채 나자빠져 있었다. 음습(陰濕)한 그곳에는 삶의 의욕이 있을 리 없었고 희망도 다 부질없는 사치처럼 느껴졌다.

달동네 다락의 쪽방보다도 못한 칸막이 안에는 결손가족들의 애환이 서리고 장애자와 걸인들의 고단함이 고스란히 녹아있었다. 과부와 홀아비와 또 그 자식들이 그저 세 끼를 힘겹게 연명해 나갈 뿐, 마땅히 먹고 입을 것 하나 없이 운 좋게 적자생존(適者生存)하며 하루하루를 살아냈다. 그렇게 악바리로 살아도 결코 그곳을 벗어나지 못하는 지독한 가난의 대물림 속에서 유년을 보내고 청춘을 버티고 그렇게 그들의 인생은 시들어갈 것이었다.

나는 나보다도 더 처참하게 살아가는 그 사람들을 보며 심장이 뻐근해졌고, 내가 살아야 하는 이유를 그때서야 비로소 극명하게 깨닫게 되었다. '당신들도 사랑받을 충분한 가치가 있는 고귀한 생명입니다.'는 말이 내 목구멍을 타고 수없이 넘어왔다. 하지만 그들에게 해주고픈 내 희망의 메시지가 세 치 혀로 끝나버릴 것만 같아서 억지로 꾹꾹 눌러 참으며 대신에 나의 심장과 굳은 다짐을 했었다. 나는 앞으로 챙겨주는 이 하나 없는 생일 따위에 마음 다치기보다는 가엾은 저들을 위해 한 알의 밀알로 썩어져 빛과 소금이 되는 참삶을 살겠노라고 말이다.

그날 이후부터 나는 떡과 주전부리를 짝으로 사서 정기적으로 개미촌을 후원하기 시작했다. 그런데 희한하게도 자고나면 새 식구가 늘어있고 자고나면 초라한 세간들이 쪽방에 짐짝처럼 쌓여 있곤 했다. 알고 보니 가난한 떠돌이나 부랑자들 사이에 개미촌에 가면 공짜로 먹고 살 수 있다는 입소문이 퍼져 새가 둥지를 찾아 날아들 듯 하나둘 개미촌으로 모여 들었던 것이었다.

얼마 지나지 않아 개미촌은 그야말로 안타까운 사연의 주인공들로 북새통을 이루게 되었고, 여기저기에서 몰려든 다양한 사람들로 구성되다 보니 혼란과 무질서 또한 난무했다. 하지만 개미촌은 이제 더 이상 철거대상 1순위인 천덕꾸러기 움막촌이 아니었고 어엿한 마을 공동체로서의 모습을 조금씩 갖춰나가기 시작했다.

나는 그 혼돈 위에 「실로암 연못의 집」을 설립하여 내일이 없이 오늘만을 살아가는 그들에게 복음을 전했고, 몽매(蒙昧)한 그들을 계몽하고 교육해 서서히 무질서를 바로잡는데 헌신했다. 이렇게 탄생한 개미촌 「실로암 연못의 집」은 내 사명의 출발점이자 모토(母土)라고 할 수 있다. 마을사람들도 내 생일이기도 한 그날을 시설의 설립일로 기억하며 두고두고 감사하고 고마워했었다.

유 교수는 다소 군색스럽고 구구한 나의 이야기가 지루할 법도 한데 그 가늘고 작은 눈을 지그시 뜨고 충분히 공감한다는 표정을 지어보였다. 나는 그때 진지하게 경청하는 그의 모습에서 인간 본연의 따뜻함이랄까 성심(誠心)을 보았다.

"유 교수, 어떤 사람은 부모 잘 만나 온실 속 화초처럼 곱게 자라 자연스럽게 이 땅의 사회인으로 성장하고, 또 오갈 곳 없는 개미촌 사람들은 빈곤까지도 서로 나누며 그저 목숨만을 연명하지. 유 교수는 그들이 사는 세상의 모진 광경을 상상이나 할 수 있겠나?

나는 돈을 벌어 나 혼자만 잘 살겠다고 생각해본 적이 단 한 번도 없었어. 사회는 더불어 살아야만 하고 가난한 사람들을 의무적으로라도 도와야 한다는 게 내 철학이지. 소외되고 병든 자들을 위해서 돌봐 줄 사람 하나 없이 버려진 장애인들과 더불어 살아가는 세상이야말로 가장 값지고 아름다운 세상이라고 믿고 있거든.

약자에 유독 냉혹하기만한 이 한국 땅에 내가 강렬한 태양과도 같고 어머니의 무한한 사랑과도 같은 희망의 씨앗을 뿌리고 싶은데 내게 유 교수가 힘을 보태주실 수는 없겠는가?"

눈물겹게 호소하고 설득한 끝에 그의 동참 의사를 받아낸 나는 천군만마를 얻은 듯 얼마나 기뻐했던가. 그토록 나의 신망을 한몸에 받았었던 그가 어찌 이리 쉽게 배신을 할 수가 있단 말인가. 도저히 믿기지 않아 소식을 접하는 그 순간에도 유 교수는 우직하게 연구실을 지키며 일을 하고 있을 것만 같았다.

나는 그가 미래를 함께 설계할 영원한 파트너라는 사실을 한순간도 의

심한 적이 없었건만 어찌하여 하루아침에 잔인한 배신으로 보답한단 말인가. 나의 믿음이 그렇게도 헛되고 보잘 것 없었음을 가슴 치며 후회해도 아무런 소용이 없었다.

유 교수 행방불명에 대한 충격이 채 가시기도 전에 설상가상으로 석명철 서산공장 사장 역시도 연락이 끊겨버렸다. 놀란 가슴으로 부랴부랴 서산으로 내려가 이곳저곳 수소문해 보았으나 그의 거처를 알 길이 없었다. 전화번호마저도 바꿔버린 모양인지 없는 번호라고 하니 도대체 어딜 가서 그 인간을 찾아야할지 울화통이 터졌다. 간신히 기운을 차려 서울 사무실로 돌아와 조 실장과 직원들 앞에서 참았던 분통과 울분을 토해냈다.

"석명철 이놈, 당장 수배해! 공금횡령해서 도망친 게 확실하니까 당장 수배하라고!"

"저기 회장님, 너무 성급한 결단이 아닐까요? 사태의 추이를 좀 더 지켜보신 다음에……."

"내가 지금 괜한 사람 도둑으로 몰고 있다는 소리야? 더운 밥 먹고 할 일 없이 오버하고 있는 거냐고! 태평한 소리들 지껄이지 말고 소 상무, 석 사장 이놈들 전부 다 한통속이니까 당장 수배 때려서 잡아들여!"

"설마 한 패일라고요? 현재 경찰조사 중이니까……."

"분명 내 직감이 맞아. 우선은 서산공장 손해액부터 따져봐야 돼. 그 놈들 밑구멍으로 빠져나간 현금은 얼마고 온라인 쇼핑은 어떻게 유지되고 있는지 모조리 다 확인해. 그리고 이참에 인제의 호텔건물도 얼마나 올라갔는지 꼭 체크해 보고."

회사는 초비상 상태였고 마치 폭풍전야처럼 묵직한 침묵만이 감돌았다. 웃음기 사라진 나와 직원들의 얼굴에는 초췌한 근심만이 가득했다. 그간에 벌려놨던 모든 일들을 하나하나 조사하기 시작했다.

나는 극심한 스트레스로 인한 불면증에 시달렸고, 어느 날은 내 주변을 둘러싼 사업체며 사람들이 갑자기 괴물처럼 느껴졌다. 나를 한 입에 집어삼키려는 그 흉측한 괴물은 탐욕스럽게 아가리를 쫙 벌리고 성큼성큼 나를 덮쳐왔고 겁먹은 나는 현기증에 눈을 질끈 감아버렸다.

악몽에서 깨어나려고 버둥거릴수록 더 끔찍한 가위에 눌려 고통스럽기만 했고 가까스로 눈을 뜨고 나면 성치 않은 내 다리가 더 배배 꼬여서 시퍼렇게 죽어 있곤 했다. 그렇게 설마설마 걱정하고 두려워하던 일이 급기야 현실에서 터지고야 말았다.

송추미가 내 재산으로 담보대출 최고액을 받아 챙기고는 행적을 감춰버렸다고 했다. 호텔사업을 하네, 건물을 짓네 하는 것들은 모두 돈을 빼돌리기 위한 허무맹랑한 쇼였고 계략에 불과했다. 그 얼마나 천인공노(天人共怒)할 일인가.

분노도 어느 정도라야 표출되는가 보다. 지독하게 분개(憤慨)하니 '악' 소리 한 마디도 제대로 나오질 않았다. 나는 심장이 멎는 것만 같은 통증에 가슴을 쥐어뜯으며 그대로 꼬꾸라지고 말았다.

언제까지나 이인삼각(二人三脚)으로 가자며 눈물까지 줄줄 흘렸던 사악한 인간들. 정의의 탈을 뒤집어쓰고 온갖 사탕발림으로 혜안(慧眼)을 흐리게 한 철면피 같은 인간들. 그들은 끝내 나의 피 같은 돈을 한몫 챙겨 해외로 도피한 인간쓰레기였다.

애초부터 계획적 사기를 목적으로 간교하게 접근한 그들을 반병신인 내가 무슨 수로 응징할 수가 있겠는가. 추악한 그들의 구밀복검(口蜜腹劍), 입에는 꿀이 있고 배 속에는 칼이 있다는 것을 눈치채지 못한 내가 어리석은 바보 천치였다.

결국 해외로 도주한 비열한 그 작패들은 18개월만에 중국 공안에게 붙잡혀 한국으로 송환되었다. 지리(支離)했던 경찰조사에 따르면 석 사장이 공장 화재의 주범이었고, 최 부장과 소 상무 셋이 중국에서 따로 야합(野合)하여 TV사업을 확장하는 척 자금을 빼돌린 것이었다.

꼬리가 길면 잡힌다고 그들의 사기행각은 덜미가 잡혔고 도피도 오래가지 못했던 것이다. 결국 그들은 방화, 절도 및 공금횡령 등의 죄목으로 수감되었고 수년이 지난 지금까지도 교도소에서 혹독하게 죗값을 치르고 있다. 송추미는 사람을 시켜 살인교사한 후 강원도 평창 산골에 암매장을 시키고 1,352명의 지인들에게 사기를 친 죄로 지금 무기수로 옥살이를 하고 있으며 그의 가족은 워커힐집의 화재로 다 죽고 말았다. 서산공장 석 사장과 상무는 현재 교도소에서 징역을 살고 있다.

88년 늦여름, 불볕더위로 몸살을 앓던 대지는 어느새 선선한 바람으로 생기를 되찾아갔고, 전국은 88올림픽 개막을 앞두고 외국 손님 맞을 채비로 들썩였다. 둘만 모이면 올림픽 메달 이야기로 꽃을 피우며 온 나라가 축제 분위기에 휩싸일 그 무렵, 실로암에서는 시설을 발칵 뒤집어 놓는 사건이 터지고 말았다.

아침식사 시간이었는데 유독 빈자리가 많았다. 알아보니 박정미(25세, 여, 자원봉사자), 김종석(26세, 남, 장애인 1급), 전광민(40세, 남, 장애인 1급) 이 세 사람이 보이지 않았다. 나는 등줄기가 오싹해지는 한기와 불길함에 전율했다. 사람들을 불러 시설 주변부터 샅샅이 찾아보게 하고 나서, 나는 지체하지 않고 기도실에 들어가 두려움을 달래가며 그들이 무사하길 기도했다.

"어디 갔지?"

"모르겠는데요."

전화가 걸려왔다. 천호동에 있는 가톨릭병원 영안실이었다.

"경찰입니다. 실로암 자립회죠?"

"그렇습니다."

"혹시 전광민 씨라는 분이 그곳에서 거주하고 계시나요?"

"네, 그런데요?"

어젯밤 광민이가 교통사고로 죽었다고 했다. 고지숙은 종석이를 좋아했다. 중증 1급 장애인인 그는 다리가 생기다 말았다. 왼쪽 손에는 손가락이 하나가 없다. 그러나 길 가던 사람들이 누구나 뒤돌아볼만큼 기가 막힌 하얀 피부의 미남이었고, 언제나 부정적이기보다 긍정적인 사고를 가지고 있었기에 많은 사람들의 귀감(龜鑑)이 되었다. 그런데다 머리까지 좋아 사법고시마저 준비하고 있었다.

"야, 종석아. 너는 초등학교도 못나왔으면서 어떻게 한글 받침 하나 안 틀리고 그렇게 술술 표현을 잘하냐?"

"아이고 원장님, 혼자 공부했지요."

"혼자 공부해서 그렇게 되기가 쉽냐? 너처럼 멋있게 생기고 똑똑한 놈이 머리까지 좋잖아? 천재네, 천재."

"에이, 과분한 말씀을."

밤에 세 사람이 나가서 술을 마시고 놀다가 지숙이와 종석이만 몰래 다른 곳으로 빠져 나갔다. 하늘의 수많은 별들이 찬란하게 빛나고 있는 새벽 2시, 광민이는 홀로 남겨진 쓸쓸한 마음을 달래며 휠체어를 타고 상일동

낙타고개를 넘어오다가 뺑소니 교통사고로 죽었다고 했다. 그날은 광민이가 두 사람에게 왕따를 당한 날이었다. 나는 세상에 태어나서 죽은 사람을 처음 보게 되었다.

"이 사람이 맞습니까?"

무섭고 두려웠다. 사람이 죽으면 혼이 나간다고 했고 객사(客死)한 사람은 원귀(寃鬼)로 변한다고 생각하였다. 가슴이 쿵쿵 뛰었다. 온몸이 마비가 온 것마냥 정신이 아찔했다.

시신을 보니 광민이는 죽은 게 아니라 잠자는 것 같았다. 얼굴이 천사처럼 예쁘고 아름다웠다. 나는 교통사고로 죽었다고 하면 창자가 터지고 머리가 깨지고 얼굴을 알아볼 수 없도록 전신이 피범벅이 되는 줄만 알았다. 그런데 그는 왜 이처럼 곱디고운가. 천국이 과연 있는 것일까.

장애인이 돈이 있다고 해도 쉽사리 셋방을 얻을 수가 없었다. 광민이는 아들도 하나 있었으며 형들도 세 명이나 있었다. 죽고 난 뒤에야 알려지게 된 사실이었다. 유가족들이 나를 찾아왔다.

"모든 장례 절차는 원장님께 위임하겠습니다. 보상금은 실로암 자립회로 드리겠습니다."

유가족들은 상식이고 뭐고 아무것도 모르는 무례한 자들이었다. 나는 지인이란 지인들은 다 불러서 광민이의 마지막 가는 길을 화려하게 준비했다. 그런데 갑자기 유가족들이 장례식장에서 이놈저놈 서로 멱살을 잡아가며 주먹질을 해대는 것을 보게 되었다. 고인을 놓고 왜 유가족들이 싸우고 있는지 도무지 이해할 수가 없었다. 알고 보니 보상금의 액수가 생각보다 커 그걸 서로 자기가 갖겠다고 다툰 것이었다.

뺑소니차에 치어 죽은 고인을 두고 고작 보상금 몇 푼을 가지고 저렇게 싸운단 말인가? 에이 더러운 작자들! 돈이 도대체 뭐란 말인가.

광민이는 벤츠를 타고 테니스를 치러 가다가 4번과 5번 경추를 다쳐 하반신 장애가 된 사람이다. 그는 은행장으로 아주 잘 나갔으며 지혜롭고 사교성이 좋아서 젊은 나이에 은행장까지 되었던 것이다. 서울대학교를 다니던 시절에는 학생회장을 했고 그의 동문들은 누구나 이름을 대면 다 알만한 수준의 사람들이었다.

행복한 가정을 이루고 살아왔던 그였으나 사고 후 장애인이 되고 나서는 배꼽에 호스를 연결하여 소변을 받아내야만 했다. 그는 하반신 마비와 함께 성적(性的) 불구의 몸이 되어버렸다. 그런데도 마음 안에서는 성적욕구가 늘 그를 괴롭힌 것이다.

하반신 장애를 입고 난 후 그는 욕창이 너무 심하였다. 더구나 남편이 갑자기 장애인이 되고 나자 10년 동안 그와 행복하게 살아온 아내는 하루아침에 가출을 하고 말았던 것이다. 그는 사랑했던 아내가 갑자기 떠나버리자 너무 큰 상처를 입었다. 그래서 인생은 철학(哲學)을 낳는 것이다.

인생은 하루살이와도 같다. 사람이 죽은 것을 처음 본 나는 3일 동안 얼마나 울었는지 눈이 탱탱 부었다. 내가 조금 더 고인의 이야기를 들어줬다면 그의 죽음이 찾아오지 않았을 지도 모른다고 끝없이 자책(自責)하며 눈물을 흘렸다. 종석이도 지숙이도 나도 한없이 울었다.

"우리가 함께 집으로 왔더라면 광민이 형은 시체가 되어 우리를 슬프게 하지 않았을 텐데……."

그들도 후회하며 서럽게 울었다. 입관식을 하게 되었지만 나는 입관식도 발인식도 어떻게 하는지 몰랐다.

나를 늘 도와주었던 이수미 집사가 있었다. 강연을 할 때나 부흥회를 할 때 그는 장애인들로 구성된 합창단을 만들어 많은 이들에게 형언할 수 없는 감동을 주면서 뜨거운 태양 같은 어머니의 사랑으로 장애인들을 보살폈는데, 그녀가 다니는 교회 목사님을 초청해서 입관하고 발인을 하였다. 입관을 할 때 머리를 예쁘게 기름을 발라 빗겨주고 화장을 해주었다. 관 속의 광민이는 죽은 사람이 아니라 잠자는 것 같았고 살아있는 사람처럼 미소 짓고 있는 듯 보였다. 발인식도 거창하게 치렀다.

버스 두 대에 유가족들과 장애인 가족들을 태우고 벽제 화장터까지 갔다. 광민이를 태우고 간 영구차는 특별히 좋은 차로 선택하여 꽃으로 치장하여 마치 영혼의 피로연 같았고 그토록 그리움에 목말라 해온 그가 결혼을 하여 신혼여행을 가는 것 같았다.

광민이 장례식이 끝나고 난 뒤에 허전함이나 슬픔이 아닌 좋은 곳으로 갔을 거라고 기쁘게 빌어주는 마음이 온 식구들에게 충만하였다. 감동을 받은 장애인 가족들이 너도나도 다가와,

"원장님, 나 손도 없고 발도 하나 없소. 나 죽으면 꼭 장례식을 원장님이 치러주시기를 바래요."

"원장님, 감사합니다. 가락동 시장에서 원장님을 만나지 않았더라면 나는 지금쯤 길거리에서 살다가 죽었을 겁니다. 비참하게 말입니다."

사관학교 학생들처럼 단정하고 깨끗한 옷과 모자를 착용한 네 사람이 양쪽에서 관을 들고 화장터 가마로 들어갔다. 목발을 짚고 휠체어를 타고 한쪽 다리를 절어가며 뒤따라온 가족들은 노래로 광민이를 배웅해 주었다.

'하늘 가는 밝은 길이 내 앞에 있으니 슬픈 일을 많이 보고 늘 고생하여도 하늘 영광 밝음이 어둔 그늘 헤치니 예수 공로 의지하여 항상 빛을 보도다.'

고인이 된 사랑하는 광민 씨는 이 땅에 살면서 청년시절을 엘리트로 자

라서 좋은 학교, 좋은 환경과 최고봉의 직장에서 여유롭고 행복한 가정을 이루고 사회의 빛과 소금이 되어 세상의 많은 사람들에게 깨우침을 주고 있었다. 그러나 마지막 중년에는 장애인이 되어 사람 구실도 못하고 비참하게 살았으니 부디 좋은 곳으로 가서 황금마차를 타며 행복하기를 바랐다.

나는 그와 마지막 인사를 나누었다. 한줌의 재로 된 고인(故人) 광민이의 인생은 너무나도 허무하다는 사실을 새삼 가족들에게 일깨워주었고 우리는 서로서로를 위로하며 집으로 돌아왔다. 나는 우리 가족들에게 말했다.

"사람은 태어날 때는 순서가 있으나 죽을 때는 순서가 없습니다. 선과 악 중에서 인간의 본성은 아름답고 깨끗하고 사랑으로 창조된 선한 존재라고 볼 수 있습니다. 그러나 살아가면서 지나친 욕심에 화를 입으며 고통과 괴로움, 탐심과 탐욕 속에 인간의 삶이 점차 악하게 되어 가는 것입니다. 그것을 바로 '죄성(罪性)' 이라고 말할 수 있습니다.

사랑하는 장애인 가족 여러분, 우리 식구들은 위대한 일을 했습니다. 함께 살던 동료가 마지막으로 떠나면서 우리에게 이별의 슬픔을 주고 갔지만 우정과 사랑이 있기에 장례식이 아닌 혼인잔치처럼 되었습니다. 그래서 장례식은 슬픈 것이 아닙니다. 하늘나라로 돌아가게 되는 것이기 때문입니다.

너무 많이 슬퍼하는 사람은 고인에게 잘못을 했거나 영원한 이별이 아쉬워서 우는 것입니다. 우리는 죽음을 두려워해서는 안 되고 기쁘게 소망해야 되는 것입니다. 죽음을 두려워하는 것은 이 땅에 살면서 만족하지 못하고 미완성(未完成)인 채로 살아왔기 때문일 것입니다. 나는 오늘 죽어도 괜찮습니다. 후회가 없단 말이죠."

가만히 듣고 있던 삼수가 나에게 말했다.

"아니, 원장님이 먼저 죽으면 누가 우리를 광민이처럼 장례식을 치러주겠어요? 오래오래 사셔야죠. 원장님은 우리에게 부모요 형이요 선생님이신데 만약 원장님이 우리보다 먼저 죽는다면 우리 장애인 가족들은 객창한등(客窓寒燈) 인생으로 돌아가고 말 것입니다."

개미촌에 자리한 실로암 자립회는 오갈 곳 없는 중증 장애인들이 상부상조하며 오순도순 살아가는 곳이었다. 그들은 큐빅을 만드는 공장에서 몸과 정신이 온전치는 않아도 나름 성심을 다해 일했다. 마치 보잘 것 없는 그들의 인생도 언젠가는 저 아름다운 큐빅처럼 반짝반짝 빛나기를 염원하면서 말이다. 옹기종기 모여 개미처럼 부지런히 일하고 때론 꿀벌처럼 나누면서 그들은 그들만의 우정 어린 삶을 가꾸어갔다.

보는 이들마다 고개를 돌려 외면하는 장애인이지만 이들 역시 조물주의 뜻으로 이 땅에 태어난 귀한 생명들이다. 소외된 이들이 절박함으로 찾은 교회마저도 계단이 너무 높아 휠체어로는 도저히 오를 수도 없었다.

이 땅의 모든 장애인들은 고통의 나날 속에 그저 목숨만 붙어 꿈틀댈 뿐이었다. 그런데도 수없이 오가며 던지는 세인(世人)들의 조롱과 멸시로 겨우 살아 숨 쉬는 생명마저 위협을 받고 있는 현실이니 개탄하지 않을 수 없다.

그렇게 동병상련(同病相憐)의 아픔을 서로 어루만져 주고자 삼삼오오 모인 장애인들이 동고동락한지 꽤 오래되었다. 처음에는 단순히 고통분담의 차원에서 시작된 것이 실로암 자립회의 단초가 될 줄은 몰랐다.

'임이여! 당신은 가난한 자와 눈먼 자, 억압받는 자에게는 자유와 은혜를, 고아와 과부, 뇌졸중 병자와 시각장애인들에게 작은 것이라도 대접하

는 자가 곧 당신께 대접하는 것과 같다고 말씀하셨지요?'

나는 당신이 하신 말씀 하나만을 붙들고 지금껏 실로암을 꾸려오고 있는지도 모르겠다. 빈틈없이 온전한 인간이 세상 어디에 있단 말인가. 나무보다 못한 것이 인간이다. 나무는 가지가 부러져도 다시 피어나지만 사람은 다리가 부러지면 영원히 그 모습으로 살게 되니까 인간은 나무보다 비참한 존재다.

세상은 우리를 저주받은 백성이라며 입술을 삐쭉이고 고개를 돌리며 천형(天刑)의 독사로 취급했건만…. 우리 장애인들은 살아갈 권리는 있으되 막상 살 수 있는 곳을 찾는 것은 하늘의 별따기였다. 그렇기에 갈 곳 없는 장애인들과 하남시 초이동에 위치한, 도깨비가 밤마다 운다는 개미촌 산 밑의 땅 300평을 임대로 얻어 우선 천막을 쳤다.

비닐하우스를 집으로 개조하여 간담상조(肝膽相照)하며 살겠다고 굳게 다짐하고 큐빅 공장을 만들어 일을 하며 하루하루를 작지만 행복하게 살아갔다.

동남아(필리핀)에서도 장애인을 차별하지 않는다. 그러나 한국은 그토록 눈부신 발전을 이루었음에도 장애에 대한 인식은 옛날 그대로이다. 더욱 분통 터지는 일은 아직도 여전히 장애인을 거부하며 노골적으로 얼굴을 찌푸리고 있다는 것이다. 이러한 현실 속에서도 우리끼리 우애(友愛)를 갖고 나눔의 정 속에 살겠다고 약속했다.

강자가 세상 속 빛이 되기는 어렵다. 약자가 열심히 살 때 더욱 세상의 등불로 빛나는 것이다. 강자가 아무리 울면서 자기의 마음을 전해도 사람들의 감동을 이끌어내지 못한다.

아아……. 황금으로 무장(武裝)돼 있는 재벌들이 어이 가난한 자, 병든

자, 장애인들을 알 수 있단 말인가. 어리석은 이들이여. 어떤 달콤한 속삭임을 해댄들, 구슬픈 눈물을 쏟은 들, 그들은 국민을 속이려는 통속적인 쇼를 하는 것일 뿐이다.

약자는 개미같이 부지런하게 살아야 빈곤하지 않게 된다. 진실하고 정직함을 신뢰하며 약속을 태산처럼 여기는 사회를 더불어 만들어야 한다. 상처로 꽃을 피운 장애인들이여, 함께 일어나 달려가오!

본능적인 인간으로서의 양심은 아랑곳하지 않고 매일 밤 가슴으로 피울음을 우는 장애인들에게 절망(絶望)이라는 이름의 총탄을 쏘아대는 그대들은 화인(火印)이라도 맞았다는 말인가. 그대들이 아무리 침을 뱉고 더러운 벌레마냥 바라본대도 유엔으로부터 장애인법이 제정되었으며, 4월 20일을 '장애인의 날'로 지정하여 우리에게도 여명(黎明)이 비쳐오고 있지만 아직도 장애인은 격리된 계층으로 취급되는 것이 한국의 현실 아닌가.

절망보다는 희망을 노래하며 그 꿈을 자립(自立)의 수단으로 발판삼아 개미촌 마을에서 열심히 살아가고 있었다. 다수는 큐빅 공장에서 작업을 하였고 개중 여덟 명은 시장으로 직접 나가 물건을 팔며 생활을 펼쳐가던 어느 날, 하남시청에서 철거계고장(撤去戒告狀)이 날아왔다.

10월 말일까지 자진해서 철거하지 않으면 강제적으로 집행한다는 내용이었다. 시청으로 찾아가서 시장을 직접 면담하고 나오다 푸른 하늘을 올려다보니 구름만이 내 마음을 아는지 모르는지 아무렇지도 않게 흘러가고 있었다.

개미촌은 거의 다 불법으로 지어진 건물이다. 그런데 왜 유독 장애인 거주지역만 강제철거를 하겠다는 것인가? 불법은 비(非)장애인들이 더 많이 저지르고 있지 않나? 가건물(假建物)인 별장이나 공장, 꽃단지 등을 주택으로 개조하여 세를 내주고 돈을 버는 악덕한 자가 한둘이 아니다.

한국은 장애인으로 태어난 게 죄가 아닌 죄로 돌을 맞는 나라다. 비장애인이 장애인을 차별하고 부자가 가난한 사람을 멸시하고 배운 사람이 못 배운 사람을 무시하고 차별을 일삼고 있다. 솔직하게 표현을 하자면 우리 한국은 어쩌면 저주받은 나라이다. 차별이 있고, 사람을 인격으로 대하지 않고 못 먹고 못 사는 사람, 배우고 싶지만 배우지 못한 사람, 달리고 싶지만 두 다리에 장애가 있는 사람들을 행시주육(行尸走肉) 이라고 말하고 있다.

재벌들이여, 배운 자들이여 교만하지 말라. 상대방에게 상처받은 말과 행동의 칼로 사람을 죽이지 말라. 설령 돈이 있다고 해도 셋방을 주지 않으려고 하는 이러한 잔인한 현실을 시청 사회복지과나 건축과에서는 알고나 있을까?

장애인들을 그냥 건들지나 말았으면 한다. 맹수(猛獸)는 건들지 않으면 사람을 본체만체 하지만, 배고픔을 견디지 못하는 사자나 호랑이는 급기야 식인(食人)을 하게 되는 것이다.

관습법(慣習法) 중에서 20년이 넘은 가건물은 인정해주게 되어 있는 법이 있다. 우리들은 맨발로 유리 위를 걷는 듯한 생채기를 가지고도 그저 견뎌내면서 열심히 살아왔다. 그래도 그 아픔 때문에 우울증에 시달리고 기가 죽어 속 시원하게 한마디 말도 못하고 이용만 당하며 살 때도 많다.

나는 어떻게 해야 한국의 장애인들의 위상도 상향(上向)될 수 있는가를 늘 고민하며 살아 왔다. 초록동색(草綠同色), 정상인이건 장애인이건 똑같은 인간인데 사람이 사람다운 대우를 받지 못하고 산다면 무슨 의미가 있겠는가?

나는 주변에서 어렵게 살아가는 학생들과 독거노인들을 위한 잔치를 매년마다 열었다. 손수 음식을 만들어 대접했고 장학금을 전달하는 행사를 매년 단 한 번도 빼놓지 않았다. 그때 장애인을 보는 시각이 달라져 가는 것을 실감할 수 있었다. 비로소 이제는 우리들도 사회의 일원(一員)으로 떳떳하게 살 수 있다는 자신감을 얻었다.

이렇게 하나로 똘똘 뭉쳐진 20여 명의 장애인들은 외로운 세상을 비추는 사명(司命)의 촛불로 알려지게 되었다. 차차 후원자들과 위로자들이 나타나기 시작했다. 한겨울에 한치의 온기(溫氣)도 없이 습기 찬 방 안에서 떨면서 살아가고 있을 때, 난로를 놓아주고 연탄을 가져다 준 어느 중년 부부의 온정을 잊을 수 없다. 그날을 생각해 보면 단순히 동정을 받은 것이 아니라 우리가 인간답게 살아왔기에 그 인간 냄새에 반해 도움을 주셨던 것이다. 겨울에 눈이 소복소복 소리 없이 쌓이듯 하나둘 도움의 손길이 다가오며 우리는 때때로 그들에게 교훈도 주었고 사랑도 가르쳐 주었다.

이 세상을 황금만능시대라고 믿지 말라. 명예도 권력도 허망할 따름이다. 사람답게 살아가는 사람이 성공할 수 있는 것이다. 나보다는 남을 먼저 배려하라. 상대가 있기 때문에 내가 있는 것이고, 지인들이 잘 살아야 나도 잘 사는 것이다.

그러한 나의 지론(至論)은 영원히 나에게 용기를 주고 나를 지켜주는 방패이기에 나는 그들을, 그들은 나를 언제라도 거리낌없이 도울 수 있는 것이다. 어쩔 수 없이 우리 장애인들의 터전은 하남시청으로부터 철거를 당하며 오뉴월의 개처럼 끌려 내쳐졌다. 다홍빛 선혈(鮮血)을 내뿜고 죽을 수도 포기해 버릴 수도 없어서 벌금을 물면서까지 자립을 위해 노력해왔다.

내가 평생 장애인들과 함께 살아오면서도 풀지 못한 하나의 숙제가 있다. 바로 그들은 본능적인 성욕(性慾)을 해결하지 못한다는 것이었고 어떤 중증의 장애를 가진 사람이라도 결혼까지 소원하기에 나는 늘 골머리가 아팠다. 어떤 뇌성마비 청년의 일화(逸話)이다. 새벽 두시에 경찰서에서 전화가 왔다.

"혹시 실로암 자립회가 맞나요?"

"네, 그렇습니다. 무슨 일이시죠?"

"황성민(25, 남)이라고 있죠?"

"황성민이요? 네, 우리 가족인데요?"

"그 사람이 한강에서 자살하려는 것을 어렵게 달래서 지금 경찰서에 있습니다."

그는 결혼을 시켜주지 않는다고 자살 소동을 벌인 것이다. 나는 참 할 말이 많다. 그동안 여러 장애인들을 짝을 맺어주었고 그들은 자녀도 낳고 그들의 방법대로 잘 살아가고 있다.

사회복지법인만 장애인을 다루는 것이 아니고 개인시설도 얼마든지 법인 못지않게 우정이 싹트고 형제처럼 살아가는 보금자리인 것이다. 그것을 부디 알아주었으면 좋겠다. 개인시설이 어쩌면 더 가정처럼 포근하고 우애 있게 자유를 가지고 사는지도 모른다.

봄이 지나고 여름이 찾아왔다. 빚쟁이들이 몰려오기 전에 조 실장은 나더러 몸을 피해 있으라고 했다. 하지만 나는 진짜로 갈 곳이 없었다. 조 실장과 김 선생을 데리고 여관방을 얻어서 어떻게 살아야 할까를 고민하고 앞으로를 설계하면서 의리를 저버리지 않으려고 했다.

무덥던 여름은 인생을 짜증나게 할 정도였다. 나는 두 사람을 데리고 홍천에 가서 당분간 장애인들과 함께 살아가자고 했다.

"회장님이 원하시면 그렇게 해야지요."

그렇게 홍천으로 가서 다시 가족들을 위해 봉사하게 되었다.

어느 겨울이었다. 매서운 겨울바람이 스쳐올 때 외로운 나그네들은 삭신을 움츠리고 둥지를 틀며 인생의 겨울을 준비하였노라.

셋이 저녁 식사를 하고 있는데 갑자기 조 실장이 숟가락을 던져버리더니 괴성을 질렀다.

"난 더 이상 이렇게 못 살아. 같이 뒈져버리자!"

그는 지금까지 내가 보아오던 사람이 맞는가 싶은 생각이 들 정도로 돌변하더니 나의 뒤로 돌아가 넥타이를 뒤에서 잡아당기며 죽여버리겠다고 했다. 김 선생은 겁에 질려 덜덜 떨고만 있었다. 순식간에 일어난 그 일에 당황하고 어이가 없었지만 다음 순간 나는 오히려 마음이 담담해졌다.

"조 실장, 네가 나를 죽여서 이 고통에서 자유를 얻고 행복해질 수 있다면 너 하고 싶은 대로 해라."

그가 나를 죽이려고 할 때 차라리 마음의 평온함이 왔다. 죽일 듯이 목을 조르던 조 실장의 손에서 슬며시 힘이 빠지는 듯하더니 방으로 휙 들어가버렸다. 한 시간이 넘도록 방에 틀어박혀 나오지 않더니 그제야 문이 열리고 내 앞에 와 무릎을 꿇고 펑펑 울었다.

"회장님, 잘못했습니다. 제가 잠시 미쳤었나 봅니다. 용서해 주십시오."

"괜찮아, 괜찮아……."

나는 그를 조금도 미워하거나 두려워하지 않고 그가 더욱 사랑스럽고 불쌍하게 여겨져 꼭 끌어안고 같이 소리 내어 울었다. 조 실장은 너무나 강하고 무서운 사람으로 어두운 그림자 속에서 살아왔던 폭력배였다. 그는 얼굴이 새까맣고 조그맣게 생겼으며 스포츠머리에 눈에는 살기가 있었다.

그는 강했지만 충성스런 마음을 가지고 의정부파 두목을 섬겨 왔었다. 어느 날 그의 두목은 조 실장을 불러 동대문파 두목을 살해할 것을 명령했고 동대문파 두목이 사무실에 있다는 정보를 입수하여 새벽 2시에 전봇대로 올라가 담장을 뛰어내려 두목을 죽였고 휘발유를 뿌리고 불까지 질렀던 것이다. 그래서 그는 20여 년간 살인자에 방화범으로 감옥에서 살다가 2005년 3월에 출소하였다.

나는 의리가 있는 그와 마음이 잘 맞아서 함께 생활을 하게 되었다. 당시 조 실장과 함께 나온 11명의 출소자들은 3개월도 안 돼서 다시 죄를 짓고 옥에 갇히고 말았다. 나는 조 실장이 다시 그들과 어울려 죄를 짓는 것을 차마 볼 수 없었기에 다시는 죄를 짓지 말고 건달생활을 그만둘 것을 당부했다.

"원장님, 돈 5억을 나한테 들고 와서 사람을 죽여 달라고 합니다."

"야, 이놈아! 짧은 세상 사는 동안 많은 고통이 오지만 그것을 참아낼 때 비로소 사람은 성공하는 거야. 이젠 제발 평범하게 살자."

그때부터 그는 나와 함께 잠잠하게 살아왔다. 그러나 다시 어려운 순간이 오자 마음 깊은 곳에 잠들어 있던 야성(野性)의 본능이 깨어났던 것일지도 모르겠다.

춘삼월 며칠 후, 시원한 바람이 우리를 사랑으로 포근히 감싸주려는 듯 너무나 맑고 아름다운 날이었다. 산과 숲으로 둘러싸인 깊은 산골에 새들은 지절거리고 자연의 곤충들은 부지런히 일하고 있었다.

세수를 하고 식사를 하려고 모여 있었는데 조 실장이 상기된 얼굴로 다소 뜬금없는 말을 했다. 조 실장은 나를 형님, 회장님, 원장님 등 자기 기분대로 부르는 것이 그의 독특한 매력이었다. 사람을 죽이고 방화범으로 옥살이를 살다보니 나이가 50이 넘었지만 아직도 그의 눈은 살아서 충천하고 있었다.

"회장님, 저 어젯밤에 아주 기이한 체험을 했어요. 햇빛보다 더 뜨거운 광채가 회장님 사진에서 빛이 되어 나와 내 몸을 비췄어요. 눈부시게 비쳐 오는데 내 몸이 불같이 뜨거워졌어요. 그 속에서 예수님을 본 것 같아요. 너무나 생생해서 지금도 내 몸이 뜨거운 느낌이에요."

그는 정말로 그 빛을 보는 듯한 환한 표정으로 말하고 있었다. 나는 성경 말씀의 사무엘과 엘리 제사장의 생각이 퍼뜩 나서 피식 웃었다.

"하나님이 너를 무척이나 사랑하는가 보다. 인마, 넌 (神)성령을 받은 거야."

나는 그가 드디어 하나님을 알게 된 것이 너무나 기뻤다. 얼굴이 벌게진 조 실장이 헐레벌떡 뛰어 들어왔다.

"큰일났습니다, 회장님. 강남 사무실 앞으로 빚쟁이들이 몰려왔다고 합니다."

"회사 돈 얼마나 남아있어? 그걸로 사업하는 것보다는 빚부터 먼저 갚아야 하지 않을까? 언제까지 양심의 고통을 당하면서 이렇게 살아야겠어. 그분들 만나서 빚 정리부터 해야 되지 않아?"

"송추미 그년이 쳐죽일 년입니다. 회장님은 10원도 회사 돈에는 손대지 않았다는 걸 세상이 다 알고 있는데……."

"야, 그년도 먹었지만 소 상무도 만만치 않은 놈이었어."

"아닙니다. 송추미 년은 투자자들 것까지도 다 해쳐먹었잖습니까."

나는 조 실장을 설득해서 강남 사무실로 가자고 했다.

"회장님, 가도 밤에 가야 됩니다. 밤에."

"일단은 부딪혀 봐야 될 거 아냐. 남의 돈 떼어먹고 언젠가는 잡힐 텐데 가서 투자자들을 설득이라도 해보자."

밤 1시경에 사무실로 돌아와 소파에서 셋이 새우잠을 잤다.

"조 실장, 만약을 모르니까 몽둥이 몇 개 갖다 놔."

"제가 누굽니까. 홍천에서 나올 때 트럭에 세 개 담아놓고 왔습니다. 감옥에 가도 제가 갈 테니까 회장님은 걱정 마세요."

"네가 들어가면 몇 년 살지만 나는 1년이면 될 텐데 가도 내가 가야지. 회사 일도 아니고 내 개인적인 일만 도와준 거고 현대이발관 전종택 사장한테 가서 카네이션 400개나 판 돈으로 홍천 식구들 고기 사다 먹이고 그 의리를 내가 어떻게 잊을 수 있겠나? 우리 서로서로 더 잘하고 살자. 조 실장, 내일 빚쟁이들한테 나 맞아 죽으면 어쩌지? 다른 사람 때리다가 실수로 내 머리 때려버릴 수도 있으니까 사람 잘 보고 때려."

"회장님, 제가 한두 번 죽여 봅니까? 하하."

"야야, 농담이라도 끔찍하다야. 어떻게 사람 죽인다는 소리를 파리 잡는 것처럼 쉽게 하냐. 그만해라. 그래도 네가 소 상무보다는 훨씬 나은 놈이다. 그놈은 사기에 기둥서방 짓에……. 그 놈 문신 봐라. 지독한 놈. 너는 그래도 문신 하나 없는 걸 보니까 독한 놈은 아닌가 봐."

"아이고 회장님. 그만하고 잡시다."

"잠이 올려나 모르겠다."

새벽 5시 반, 두 사람은 코를 골아가며 깊이 잠들었지만, 나는 일어나 어쩌다 내 운명은 이렇게 굴곡이 많은 건지 한숨만을 토해냈다. 까짓것, 있는 돈으로 빚잔치나 해 버리자. 설마 굶어 죽기야 하겠는가. 심적 고통보다는 배고픈 게 낫지 않는가. 기도하다가 눈을 떠보니 아침 동이 텄다. 오전 8시에 식사를 하러 나가려는데 빚쟁이들 열댓 명과 깡패 다섯 명이 회사 문밖에 지키고 서 있었다.

우리를 감시하는 스파이라도 있단 말인가. 깜짝 놀란 나를 조 실장은 휠체어에 태우고 사무실 안쪽으로 숨겼다. 김 선생과 조 실장이 "회장님 안 계십니다. 다음에 오세요." 하자

"여기 있는 거 다 알고 왔어! 문 안 열어? 얼른 안 나와?!!"

고래고래 소리를 지르며 유리창을 깨뜨리고 있었다. 여기저기서 '내 돈 내놔, 내 피 같은 돈, 이 사기꾼 놈들아!' 몸싸움과 고성이 벌어지고 키 크고 덩치 큰 젊은 장정들이 조 실장을 이단옆차기로 후려쳐 땅에 쓰러뜨리자 남녀 빚쟁이들이 우르르 몰려와 그를 반 죽도록 두들겨 팼다.

물론 김 선생은 벌써 한참 전에 팔이 부러지고 머리가 터져 기절해 있었다. 나는 그때까지 사무실 책상 밑에 숨어 있다가 이러다 조 실장과 김 선생이 죽겠다는 생각이 들어서

"자자, 여러분! 저 여기 있습니다. 잠깐 진정하고 대화로 합시다."

나를 본 그들은 너나없이 달려들었다.

"이게 말로 해서 될 일이야? 이 병신새끼. 남의 돈을 사기쳐먹고 왜 안 내놔? 이 도둑놈아, 이 사기꾼아!"

욕을 퍼부으며 머리채를 잡고 몽둥이로 등과 허리를 치고 발로 밟고 따귀를 올려붙여 내 전신에서 선혈(鮮血)이 흐르고 한쪽 눈은 소눈깔처럼 탱탱 부어올랐다. 나는 이를 갈며

"차라리 나를 죽여라! 나도 피해자란 말이다! 말도 들어볼 생각도 안 하고 왜 이렇게 미친개들처럼 두들겨 패기만 하냐. 돈 가지고 도망간 놈들은

하나도 없는데 당신들도 나도 피해자니까 일단 해결책부터 찾아봐야 하지 않겠냐?”

그러자 아주 사납고 더럽게 생긴 뚱뚱한 여자가 벌게진 얼굴로 ‘이 병신 새끼야. 개소리 집어치워!’ 하면서 내 따귀를 치면서 발로 나를 지근지근 밟아버렸다. “아이고” 하고 소리를 질러도 소용이 없었다.

경찰이 오게 되어 조사를 받았다. 피해자는 전부 12명이었고 회사와 공금이 조금 남아 있어 12명이 20%씩 깎아서 합의를 보았다. 빚잔치를 하고 나니 몇 푼 정도 남았다. 폭행한 사람들은 불구속으로 벌금을 물렸고 회사는 정리를 했다. 나는 재벌이 될 팔자는 아닌가 보다.

어렸을 때부터 지금까지 소원했던 일이다. 빈곤하고 소외된 사람들을 위해서 살겠다는 것 말이다. 실로암 복지시설을 하는 것이 나에게는 숙명(宿命)이리라. 철저히 나를 묶어버리고 사역만 하라는 운명이 나에게 찾아온 것이다. 더는 불장난하지 말자. 인생을 불장난으로 산다면 더없이 불행한 어릿광대이리라. 내가 갖고 있는 사명은 그저 이들과 함께 살아가는 것이라고 생각한다.

인간은 태어날 때와 죽을 때가 있고 운명적인 만남을 가질 때와 가슴시린 작별(作別)의 때가 있다. 나는 그들과 영원히 비바람을 등지고 길을 내어 함께 가자고 약속했었다. 그러나 헤어짐의 순간은 가슴이 미어지도록 아파서 견딜 수가 없다.

지금 이 시간에 그들은 뭘 하고 있는지 소식이 없다. 어디에 있을까. 심산유곡(深山幽谷)으로 잠적해 있을까, 아니면 해외로 갔단 말인가. 나의 사정은 온 천지에 알려졌는데 그들은 그걸 알면서도 나에게 전화 한 번 없단 말인가.

가슴이 뛴다. 이 메말라 비틀어진 가슴이 말이다. 가지 말라고 목숨을 걸고 몸부림치며 달래놓았더니 조 실장은 결국 방황하다 또 학교를 갔단 말인가.

인생은 나팔꽃
아침에 피었다가 저녁에 지고 말지요.

인간은 착각의 동물이었습니다.
착각이 없다면 소망이 없습니다.

죽음을 생각하고 기다리는 사람은 지혜로운 자요
생각 없이 사는 사람은 불행한 사람입니다.

세월은 인간을 그냥 놔두지 않습니다.
기다려 주지도 않습니다.
인간은 점점 늙어가지요.

청년의 마음이 충만해서
젊음을 말하지만
예고 없이 죽음은 찾아오고 말지요.
인간의 기쁨은 하루살이지만
죽음은 영원합니다.

어제 한 그루의 나무를 심던 인간은

오늘 그 흔적을 남겨두고

그저 혼자서 영원히 가버렸습니다.

6월 6일 현충일 월요일이었다. 아침 일찍이 일어나 휠체어를 타고 정원을 산책하고 있을 때 아침이슬은 내 발을 촉촉이 적시며 햇살을 먹은 꽃들은 묵묵하게 나를 반겨주었다. 나는 죽어있는 가지를 가위로 솎아내고 전지를 하며 예쁘게 가꾸었다.

나는 꽃을 참 좋아한다. 소나무도 좋아한다. 식물은 거짓이 없기 때문이다. 인생은 야생화처럼 살아야 한다. 누군가 지나가다 발로 밟아도 그 자리를 지키고 살아가면서 다시 아름답게 꽃을 피우는 모습은 인간 스스로의 나약함을 반성하라는 듯하다.

오늘은 진 총무가 쉬는 날이었다. 휴무는 철저히 지키라고 하는 것이 나의 철칙이다. 그런데 그는 화요일에 대신 쉬겠다고 했다.

11시 반 경, 날씨가 몹시 더워서 일하는 농부가 한창 땀을 많이 흘릴 때였다. 갑자기 쓰러진 진 총무는 병원에 입원하면서 8년간을 일해 왔던 「실로암 연못의 집」에서 사임하게 되었다.

金魔鬼가 식당에서 일을 하게 되었다. 사람이 사는 것은 먹는 것에 인생의 절반을 투자하고 사는지도 모른다. 시설에 갇혀있는 원생들은 아무리 환경이 좋은 시설이 만들어져 있다고 해도 공간이 그리 넓지 않기 때문에 자유가 없는 생활을 하게 된다. 어쩌면 이들에게는 식욕이 인생의 전부인지도 모른다. 하찮은 찌개를 하나 끓여도 정성을 다해 맛있게 끓여야 되는 것이다. 또한 식자재를 관리하면서도 가족들을 포용하며 실로암 복지시설을 전반적으로 살펴보아야 한다.

처음에는 일을 곧잘 하더니 날이 갈수록 힘에 부쳐하며 급기야 도와달라는 요청을 하게 되었다. 그녀는 나이가 70이 다 되어 어디로 가서 직장생활을 할 수도 없는 것이 현실이었다. 그래서 죽어도 실로암에 붙어 있으려고 했다. 金魔鬼가 혼자 하기에는 일이 벅차고 불가능하다는 생각이 들어 전문 주방 아줌마를 식당에 채용하기로 했다.

강원도 산골 오지에서 사람을 구하기란 하늘에 별 따기처럼 어려웠다. 백방으로 수소문해서 간신히 사람을 채용했지만 보름도 안 되어 金魔鬼와 싸움을 벌였다. 도저히 납득할 수 없었다.

그녀는 두 얼굴을 가진 늙은 여우였다. 오는 아줌마들한테마다 주인 행세를 하면서 식자재와 창고를 관리할 때 자기 허락 없이는 아무것도 못하도록 쥐 잡듯 잡아버렸다. 그러나 궁서설묘(窮鼠囓猫), 고양이가 쥐를 너무 괴롭히면 쥐가 고양이를 물 수 있는 법이다. 사람이 사람을 괴롭히면 안 된다. 누구나 궁지에 몰리면 이성을 잃고 사람을 죽일 수도 있기 때문이다. 수시로 쌍욕을 하며 식당 위로 그릇이 날아다니고 땅에 뒹구는 소리가 들려왔다.

심지어 金魔鬼는 싸울 때마다 덕환이를 불러 식당 아줌마에게 폭력을 행사하기까지 했다. 말대꾸만 해도 그날로 직원을 그만두도록 고문을 행사했으며 그럴 때마다 나는 식당 아줌마들을 달래곤 했었다. 그러나 "도저히 저런 미친년 하고는 같이 일할 수 없다"며 모두 치를 떨며 떠나갔다.

"왜 식당 아줌마하고 직원들하고 싸우고 공포 분위기 조성하고 그럽니까? 당신 이중인격자요? 나한테는 절대 싸운 적 없다고 해해거리면서…. 우리 시설의 암적인 존재는 金魔鬼 당신이에요. 당신!

윗사람이 아랫사람들한테 인정받으려면 긍휼히 여기고 감싸줄 줄 알아야 하나가 되는 거고 가족들과 나를 도와주는 거지, 이렇게 싸울 거면 오늘 보따리 싸서 당장 때려치워!

"원장님……. 제가 언제 싸웠다고 그러세요? 그 여자들이 호랑이처럼 나한테 달려들어 욕하고 험담하고 그러지, 저는 아무 잘못도 없어요."

나는 머리끝까지 화가 치밀었다.

"하나둘도 아니고 그 많은 여자들이 이곳에 오는 족족 싸우고 나간 게 당신이 문제지 누가 문제겠어?"

"아니에요, 원장님."

"안이나 껍데기나, 그만두세요!"

"다시는 이런 일 없도록 잘 하겠습니다……."

그러나 김마귀 한 사람으로 인해서 남자 직원들도 골머리를 썩었다.

"천하의 나쁜 여자입니다. 원장님만 자리를 비우면 하루 종일 일도 하지 않고 잠만 잡니다. 밥도 하루에 세 번 해야 할 것을 한 번 해가지고 반찬도 있는 그대로 줍니다."

"이 여자가 나를 망하게 하려고 작정을 한 거구만. 원수는 집안에 있다고 하더니 그게 바로 당신들이라는 사실을 알았어. 다 필요 없어. 다들 그만두세요!"

남자 직원이 필요해 60이 다된 남자를 채용했으나 1년도 채우지 못하고 그만 두게 되었다. 새로운 사람이 오면 남자든 여자든 싸움을 걸어서 못 견디고 나가게 만들었기 때문이다.

김魔鬼의 모습은 마치 애 밴 미친년 같았다. 소변을 보아 자신의 흔적을 남겨 영역표시를 하는 짐승마냥 그녀는 자기의 영역을 침범할까 봐, 새로

오는 사람들한테마다 경계를 하며 날이 시퍼렇게 서 있었던 것이다.

金魔鬼가 하는 일은 식당일과 가족들에게 매일 약을 주는 일, 토요일이면 여자들을 목욕시키는 일, 그리고 창고 관리까지에 이르렀다. 누가 시킨 것도 아닌데 멋대로 이 많은 일들을 차지하고는 제대로 하지도 못하면서 힘들어하고 있었던 것이다. 근본적으로 서로 베풀고 나누며 사는 것을 모르는 사람이었다.

잠시 그녀의 과거를 살펴본다면 30이 채 안 된 나이에 이혼을 하고 일본으로 건너가 거류민 단체의 사무실에서 지냈다고 했다. 그녀의 일본(日本) 생활은 그저 돈으로 인생을 가꾸며 한국과 일본을 왔다갔다 하는 쳇바퀴 같은 나날들이었다. 어느 날 그녀의 얼굴을 가까이서 보게 된 적이 있었다. 양쪽 뺨과 귀 사이에서 턱 있는 곳까지 흉터가 있었다. 이미 40년 전에 양악수술을 했다는 것이다.

'남의 나라에 가서 치맛바람에 춤판을 벌이며 30년을 살다가 팔십 먹은 돈 많은 멋쟁이 영감을 사귀었지만 결국 쓴맛단맛 다 보고 들개처럼 떠돌면서 살아왔다' 고 말했다. 나는 그녀에게 물었다.

"그렇게 멋진 남자라면서 왜 헤어졌나요?"

나이도 많고 냄새도 나고 정이 안 가서 도저히 못 살았다고 말했다. 부산에 50평형 아파트를 사 놓고 대그룹 회장들과 사업을 했고 그중 어떤 남자하고 연애를 했다가 1년도 못가서 헤어졌고 돈 많은 변호사를 만나기도 했으나 구두쇠여서 시시했다고 했으며 깡패 두목하고 살다가 칼 맞을 뻔한 적도 있었다고 했다.

그러나 이러한 과거는 그녀의 팔자가 아니라 자초한 필연(必然)일 것이다. 왜 그렇게 험한 세월들을 살아왔는지 그녀를 보면서 현대사회의 단면을 알 수 있는 듯했다.

내가 그녀를 알게 된 것은 어느 따뜻한 봄날이었다. 어느 분이 중매해준다고 해서 썩 내키진 않았지만 간곡한 부탁에 한 번 보기로 했다. 롯데호텔 로비 라운지 커피숍에 중매를 서기로 하신 분은 나오지 않고 두 여자가 앉아 있었다. 소개하려고 했던 당사자와 한 사람이 더 따라 나온 것이다.

그녀는 키가 170정도 되고 다리는 정자 기둥처럼 두꺼웠고 히프는 산봉우리같이 컸다. 징그럽고 무서웠다. 그나마 머리는 뒤로 단정하고 예쁘게 빗어 넘긴 것이 아주 점잖아 보였다. 옆에 앉은 김魔鬼는 단발머리에 세련된 인상이었다. 생각지도 않았던 두 여자의 등장에 적잖이 당황했지만 나는 침착하게 그들과 인사를 주고받았다.

원래 소개를 받기로 한 사람은 여자신학교 학장(學長)이었다. 그 학장의 인상은 왠지 싸늘한 마음이 들면서 몇 마디 말을 해보진 않았지만 영 나와는 잘 맞지 않을 거라는 생각이 들었다.

나는 그녀에게 말하기를 "저는 학장님하고는 같이 협력하며 목회하는데 서로의 부족함을 채워주며 함께 일을 할 수 있겠으나 결혼까지는 아닌 것 같습니다. 저는 여러 가지 조건을 봤을 때 많이 부족하고 지혜롭지 못한 사람입니다.

겉으로는 카리스마가 있고 유능한 사람으로 보이시겠지만 사실은 그렇지 않습니다. 또 마음이 여려서 배신을 잘 못하지요. 그래서 혼자 고민하고 고통 받는 스타일입니다."

그러나 그녀는 미련이 남았는지 가끔 전화를 해서 안부를 묻기도 했으나 나는 단호하게 잘랐다. 그 일을 계기로 김魔鬼를 알게 되었고 서울에서 홍천까지 일주일에 한 번씩 2년 동안 방문하면서 인연을 맺게 되었던 것이다. 그렇지만 나와 그녀는 하늘과 땅만큼이나 엄청난 차이가 있었다. 김魔鬼는 벌써 60이 넘었고 나는 50대였다.

어느 날 그녀가 전화를 해 만나자고 했다. 나를 보자 그녀는 단도직입적으로 말했다. 당신이 필요한 돈을 10억 정도 줄 테니까 자기와 함께 살 수 있겠냐며 프러포즈를 했다. 나는 이 여자가 돌았나 싶었다.

10억이면 사회복지법인을 낼 수 있는 액수였다. 찰나(刹那)에 여러 가지 생각들이 오갔지만 나는 단호히 거절했다. 절대로 내가 사랑할 수 있는 여자가 아니었다. 그녀의 맵시는 정말 아름다웠지만 웬일인지 몸에서는 이상한 냄새가 많이 났다.

어느 날 저녁 여덟시 반쯤에 롯데 커피숍에서 나와 함께 차를 타게 되었다. 차에 오르자 그녀는 갑작스럽게 나에게 기습키스를 해왔다. 나는 너무나 당황하다가 그 자리에서 구토를 하고 말았다.

몸에서도 역겨운 냄새가 나는데 입에서는 더한 시궁창 냄새가 났다. 비위가 약한 나는 너무 역겨워 그 자리에서 휴지를 꺼내 토해버린 것이다. 나는 항상 몸을 깨끗이 씻고 행여 냄새가 날까 향수도 뿌리고 철저히 관리를 하며 늘 신경을 쓰고 있다. 그런데 어떻게 여자에게서 그런 악취가 나는 것인지…….

며칠 후 그녀는 어떤 가난한 개척교회 목사를 데리고 왔다. 나는 빈곤한 사람만 보면 마음이 아파서 견딜 수가 없다. 태어날 때부터 나의 운명이자 이것이 나의 숙명인지도 모른다. 병들고 어렵게 사는 사람들을 보면 눈물이 강을 이루고 가슴이 터질 것만 같은 아픔이 쓰나미처럼 밀려온다. 그래서 나는 먹지 못하지만 남에게 대접하는 것을 삶의 철학으로 여기며 살고 있다.

지금 내가 장애를 가졌으나 부창부수가 될 수 있는 여자가 필요한 것이지, 단지 쓸쓸하거나 외로움을 달래기 위한 상대를 원하는 것은 아니기 때문이다. 나는 남에게 피해를 주지 않으려 노력한다. 인생이 태어났으면 사회에서 꼭 필요한 구성원이 되어야지, 남에게 피해를 주는 사람이 되면 절대 안 된다는 게 나의 지론이다.

김魔鬼는 땡전 한 푼 없었다. 돈이 없는 정도가 아니라 기초수급자였다. 10억을 준다는 말도, 일본에 가서 돈을 가져오겠다는 말도 전부 새빨간 거짓말이었다. 오히려 그녀는 집도 절도 없어 홍천에서 빌붙어 살기를 원했던 것이다.

여자가 나쁜 행동을 하게 될수록 남자는 그 여자 보기를 점점 하찮게 여겨지게 되니 경멸스러웠을 따름이었다. 그녀는 일본에서 몸과 웃음을 팔며 그렇게 살아왔던 여인 같았다.

3년 동안 실로암에 있으면서 셀 수 없이 문제를 일으켰다. 구밀복검(口蜜腹劍)이라고 했던가. 입에는 독을 머금고 눈에는 살기가 있고 속에는 칼을 품고서 양의 탈을 쓰고는 나에게 다가와 점잖은 척 순진한 척 하는 그녀에게 나는 제대로 속아버린 것이다.

직원이 많이 필요하게 되어 신문에 광고를 냈더니 어떤 청년 하나가 찾아왔다. 나는 그를 보자 아들 같은 친근감이 들었다.

"젊은 친구, 장애인들이 똥 싸고 오줌 싸고 밥을 토하고 하면 목욕도 시켜야 하고 매일 병원에도 데리고 다녀야 되는데 그런 일을 할 수 있겠나?"

"네, 할 수 있습니다."

"그렇게 간단한 게 아니라네. 입술로야 못할 게 없다고 대답하겠지만 이곳은 오지인데다 젊은 남자가 인생을 거기에 바친다는 게 쉬운 일이 아닐 텐데?"

"2년만 장애인들과 함께 살겠습니다."

"그럼 급여는 얼마를 원하는가?"

"많이 주시면 좋지요. 하하."

"그래? 그럼 한 달에 천만 원 정도 줄까?"

"아이고 정말요? 저야 좋지요."

그는 장난스럽게 던지는 나의 말을 넉살좋게 턱턱 받아 넘겼다. 남자로서 갖출 것을 두루두루 지닌 33살의 총각인 그가 나는 참 맘에 들었다. 이름이 이남주(33)라고 하는 청년을 나는 실장으로 임명했다. 그는 대형면허증에 특수면허증, 중장비에 요리사 자격증까지 갖고 있었다. 키는 별로 크지 않았고 성격은 소심한 편이었다. 매사에 하는 일은 꼼꼼하여 빈틈이 없었다.

장애인들과 함께 살게 된 계기는 그가 운영했던 텔레마케팅 회사가 부도가 나서 문을 닫게 되어서였다. 그의 실력이라면 대기업도 문제가 없었겠지만 고집이 세고 남하고 잘 어울리지를 못해 공동체 생활을 할 수 없는 성격장애를 가진 사람이었다. 그러나 나는 이남주가 몹시 마음에 들었다. 믿음직스럽고 정말 좋아서 '아들, 아들' 할 만큼 애정을 쏟았다.

「실로암 연못」 재단의 차기 원장으로 키우리라는 기대를 하고 모든 것을 오픈하며 나의 노하우를 전수시키기로 했다. 그가 입사할 때는 가진 옷이 거의 없었고 신용불량자에 너무나 초라한 모습이었다. 그는 어렸을 때 아버지를 잃고 어머니의 사랑을 많이 받으면서 자랐다고 했다. 성격이 남들보다 조금은 특별하지만 사람은 누구나 아름다운 조각상이 될 수 있다는 믿음을 가지고 이 실장을 이해하려고 노력했고 속상하고 괴로울 때도 있었지만 그를 특별히 사랑해 주었다. 그리고 모든 것을 믿어버렸다. 나 자신은 한 번도 입어보지 못한 백만 원짜리 정장을 맞춰줬고 '어디 갈 때는 꼭 이 옷을 입고 가라'고 했다. 그뿐인가. 연봉을 삼천 가까이 주었다.

나는 이 실장의 실체를 알지 못하고 원장으로 만들기 위해서 아낌없이 모든 것을 가르쳤다. 그런데 이 실장은 탐욕스러운 암너구리 같은 김魔鬼와는 물론 식당 아줌마들하고도 늘 싸우곤 했다. 그뿐이 아니고 내 앞에서만 말대꾸가 없고 잘하는 척 했지 위아래 개념도 없는 사람이었다.

김魔鬼와 이 실장은 엄청난 싸움을 하고 있었던 것이다. 나는 직원들 때문에 날이 갈수록 고통이 쌓여가고 있었다. 조직이 완전히 짜여진 게 아닌 개인시설이기에 서로가 왕 노릇을 하려고 했다. 사악한 김魔鬼는 봉사자들이 오면 아예 식당에 들어오지도 못하게 하며 음식은 물론이고 설거지에도 손도 못 대게 했다. 나는 분노하며 김魔鬼를 사무실로 불렀다.

"당신 말이야, 봉사자가 오면 식당에서 좀 나오라고. 봉사자들이 먹을 것, 입을 것 다 싸가지고 오셨는데 그분들이 봉사할 기회를 왜 뺏고 있는 거야. 아무것도 손 못 대게 하면 어쩌라는 거야. 칠십이 다 돼가는 나이면 욕심 좀 그만 부리고 철 좀 들라고. 그 피해가 고스란히 우리 장애인 가족들에게 돌아가잖아.

아예 봉사자들이 오면 그냥 인사만 하고 봉사자들이 일할 수 있도록 빠져 있으라고. 봉사자들이 당신 때문에 올 수가 없다잖아. 이 산골오지까지 봉사하러 와주신다는 자체만으로도 그분들은 천사야. 봉사자들을 소중히 여겨야지 월급 따박따박 받아가면서 그 귀한 분들에게 상처를 주면 되겠냐고!"

"알겠어요. 조심할게요."

"그리고 이 실장하고는 왜 그렇게 사이가 안 좋은 건데?"

"그놈이 얼마나 건방진 줄 아세요? 어른도 몰라보고. 원장님이 아들아들 하니까 머리끝까지 기어오르고, 마치 지가 원장인 것처럼 얼마나 거들먹거리는지 알기나 하세요? 아니꼽게, 쳇!"

"그렇든 어떻든 자식보다 더 어린 사람하고 싸우면 어쩌자는 겁니까. 사람들 다 쫓아 보내고 당신 혼자서 여기 일 다 해볼래요. 나는 서울, 홍천, 대구로 갔다 인천으로 갔다 너무 바빠서 내 한몸 건사하기도 힘든 사람이야. 어이, 金魔鬼씨. 내 혓바닥 좀 봐. 그리고 입술 좀 보라고. 힘들고 고달파서 온 입안이 다 부르터서 밥을 넘길 수가 없어. 밥을 씹으면 모래알 씹는 것 같아. 쌀도, 김치도, 부식도 사오고 후원 몇 푼이라도 더 가져오려고 죽도록 노력하는데 당신네들은 왜 이 모양이야? 金魔鬼 때문에 못 있겠다는 말이나 돌고. 당신 사람이야 짐승이야. 사람이면 사람답게 좀 살란 말이야."

한 시간 동안 야단을 치고 나니 나는 왜 이렇게 살아야 하는지 서글픔에 눈물이 나려고 했다. 나의 외로움은 눈보라 치듯 강풍이 몰아쳤다. 싸늘한 바람을 등지고 바위를 베개 삼고 눈으로 이불 삼아 살아야 되는 나의 인생이 서글펐다.

새로 입사하는 직원들마다 교만이 하늘을 찌르고 있으니 어찌한단 말인가. 나의 능력이 부족하단 말인가. 아니면 영력이 없단 말인가. 정상인 직원들이 성격장애를 갖고 있으니 우리 「실로암 연못의 집」은 어떻게 해야 한단 말인가. 멀쩡하게 생겨가지고 매일같이 이권 다툼을 하고 있는 저들이 나는 인두겁을 쓴 짐승들로 보인다.

과연 신뢰(信賴)란 무엇인가? 신뢰란 약속, 믿음, 순종, 헌신, 봉사, 열매, 축복이다. 신뢰는 자연, 문화, 문명, 과학, 능력이 만드는 것은 아니다.

인간은 절제의 능력이 없으면 모든 것을 잃게 된다. 입을 열면 마음이 가난하고 귀를 열면 마음과 정신이 부유하게 된다. 얕은 물에는 소리가 있다. 그러나 깊은 물속에는 소리가 없다. 마음대로 행동하면 신뢰가 소멸된다. 생각을 많이 하라.

사회는 공정을 이루어야 한다. 인간은 복지가 필요하기 때문이다. 복지는 한 사람이나 특별한 사람에게만 주어지는 것이 아니다. 문명 문화가 발전하면서 복지도 인간 중심이 되어가야 하는 것이다.

나라에는 정치인과 대통령이 있다. 학교에는 교수가 있고 가정에는 부모가 있다. 국정을 다스리는 대통령과 정치인은 나라와 국민을 위해서 목숨을 바쳐야 한다. 이들은 국민의 목자이자 인도자이기 때문이다.

사명이 없으면 안 된다. 헌신과 희생이 없으면 안 된다. 욕심과 교만도 버려야 한다. 수많은 능력을 다양하게 가지고 있다 해도 욕심이 많다면 하루살이의 인생이나 다름이 없다. 슬프다. 비정하다. 허무한 허수아비가 되어서는 안 된다.

교수에게는 인격, 도덕, 지성, 감성이 있어야 한다. 모든 사람을 가르치기 때문이다. 그래서 선생은 권위가 있어야 하고 담력과 지력이 있어야 한다.

가정에는 부모가 있다. 재산, 재능, 지식 등 모든 것을 가졌다 해도 부모가 교육을 잘못하면 그 가정은 붕괴된다. 부모는 권위가 있어야 하고 빛이 되어야 하고 모범이 되어야 한다. 부모는 목자요, 등불이다. 부모의 행동에 따라 그대로 닮아가며 그대로 배우는 것이 자식이다.

심으면 심은 대로 거두게 된다. 악을 심으면 악이, 선을 심으면 선이 싹튼다. 행동은 그 열매로 결과를 말한다. 이 세상의 재벌가라 해도 가정이 없는 사람은 가난한 사람이다. 가정이 있는 사람은 마음에 풍성함이 있다. 헌신이 있고 사랑의 열매가 있다. 항상 그 가정에는 기쁨이 넘친다.

인간은 혼자서는 살 수가 없다. 항상 대상이 있어야 한다. 대상이 잘났든 못났든 부족하든 그 대상은 나에게 영원한 친구이다. 교회에는 목사가 있다. 목사는 예수의 대변자다. 하늘의 별이다. 언약(言約)의 말씀을 가르치고 사람을 변화시킨다. 지·정·의(知情意)를 만드는 아름다운 인도자다. 따라서 성직자는 탐욕과 탐심이 있으면 안 된다. 욕심과 탐욕을 버릴 때 행복하다. 기쁨이 충만해진다. 사랑과 은혜를 전하게 되고 겸손을 말하게 된다. 욕심과 탐욕은 교만을 낳으며 그것은 곧 죽음이고 지옥이다.

정관인(政官人)들은 입을 열기 전에 귀를 열어 감성을 가지고 국민의 눈물과 슬픔을 들어야 한다. 가난에 헐벗은 자들의 외침에 귀를 열고 듣는 사명자들이 되기를 바란다. 부운지지(浮雲之志)하지 말고 비기이존인(卑己而尊人)해야 한다. 내 자신을 낮추고 남을 존경하면 내가 높아지고, 내가 높아지면 내가 가진 무형재산과 유형재산에 축복이 오게 되며 영원한 열매가 맺어져 수많은 사람들이 먹고 살 수 있다.

교만하지 마라. 교만은 죽음이다. 사명이 있는 사람은 그 자리에 빛이 되고 개미처럼 부지런하고 꿀벌처럼 나눠줄 때 나눔의 축복이 있게 된다. 유형재산은 죽음의 무덤이 될 수 있으며 절도나 강도가 찾아올 수 있다.

이 사회가 아름다워지려면 나라의 국정을 다스리는 정치인들이 국민을 무서워하고, 대통령이 국민의 눈물을 닦아주어야 한다. 그렇지 않으면 귀머거리와 소경이 될 수밖에 없다. 정치인이 아무리 정치를 잘 한다고 해도 잘 하는 것이 아니다. 그 자리를 잘 지키는 것이 올바른 정치 철학이다.

독불장군(獨不將軍)으로 자신의 위치까지 갈 수 있는 사람은 한 사람도 없다. 정치인은 국민이 만들어주고 교수는 학생이 만들어주고 성직자는 성도가 만들어 주는 것이다.

언약을 가르치는 교수들이 올바른 인격과 도덕이 없다면 행함이 없는 죽은 생명과도 같다. 인간을 타락시키는 종교는 무의미한 것이다. 바른 종교가 바른 교리를 가르칠 때 아침이 밝아올 것이다.

뜰 안에 양이 있으며 그 양이 기쁨을 노래한다면 목자는 소망이 있다. 미움보다는 사랑이 허풍보다는 진실이 판단보다는 긍휼함이 이 땅에 인복음(人福音)을 전하고 사랑을 전하고 인격을 전해야 한다.

사명자는 신뢰가 떨어지면 죽은 목숨이다. 승승장구(乘勝長驅)해도 탐욕이 있음에 패가망신(敗家亡身)하여 어둠 속으로 사라진다. 인간은 석재(石材)라고 말한다. 신뢰(信賴) 있는 사람, 능력 있는 사람, 권위(權威) 있는 사람, 물권(物權)이 있는 사람, 인권(人權)이 있는 사람이 그 자리를 영원히 지킬 때 신뢰는 빛이 된다. 수수방관(袖手傍觀)하지 마라. 인간은 향기가 있어야 한다.

인간은 지성·감성·의지가 있어야 한다. 빙탄불상용(氷炭不相容)처럼 그렇게 살아서는 안 된다. 심령이 가난한 자가 되어 수평적 만남과 수직적 만남이 이루어질 때 서로가 소통하게 되고 행복과 기쁨이 충만하여 진리의 사랑이 전해진다면 나, 그리고 모든 사람들이 잘 살아갈 수 있다. 약속과 신뢰는 생명이다. 인간에게 아름다운 선(善)은 절제이다.

우리 실로암 복지시설엔 사회복지사, 요리사, 치료사, 간호사, 간병인 등 전문적인 직원 15명 정도가 필요하다. 언젠가는 법인으로 가야 되고 복지를 하기 위해서는 돈도 많이 있어야 한다. 돈이 없는 복지는 옛날이야기다. 지금에 와서 후회하는 것은 강원도 오지 산골마을에 장애인 복지시설을 설립한 것이다. 세상이 이렇게 빨리 바뀔 줄 몰랐다.

사람이 감동이 없어지고 사명자가 없어지고 목회자가 직업의식이 생겨나서 사람 구하기가 너무나 힘들다. 이곳까지 와서 직원으로 일을 한다고 하는 것은 특별한 은혜를 받은 사람이요, 사랑이 많은 사람이라고 생각한다.

어느 추운 겨울날, 이말종(남, 55세) 목회자가 찾아왔다. 그는 장애인들에게 사명을 가지고 있다고 했다.

"사명이 무엇입니까?"

"저들을 특별히 사랑해야 되는 것이 아닐까요."

"그게 사명이 아닙니다. 인간은 본능적으로 받을 줄만 알지 줄줄은 모릅니다. 그것이 인간창조의 원리입니다. 억지로나 인색함으로 사랑을 한다면 기계적인 행동입니다. 그래서 감동이 없는 것입니다. 현대인들은 사랑이 무언지를 모르고 감정에 치우쳐서 이성과 교제하는 것뿐입니다. 부부는 영육쌍전(靈肉雙全)이 되어야 하는 것입니다. 오직 사랑은 순종입니다. 순종은 사명자만이 할 수 있습니다. 사명자는 죽음을 의미하는 것입니다. 내 몸을 상대에게 바치는 것입니다. 그래서 사명자는 순종이라고 나는 배워왔습니다."

한마디 대답도 못하고 있던 이말종에게 면접이 끝난 후 식사를 대접하고 갈 때 차비라고 오만 원을 주고나니 내 주머니는 텅텅 비어버렸다. 포천에 있는 '해 뜨는 집' 박수일 목사님이 한 말이 생각난다.

어느 목사님 집에 갔는데 그 목사님은 너무나 가난했다. 기라성 같은 목사님들이 있었는데

'오늘 점심 대접은 제가 하겠습니다.' 하고 김밥집으로 목사님들을 모시

고 갔다. 만원을 가지고 여러 사람을 대접하는 것을 보고 얼마나 감동이 되었는지 모른다고 했다.

내가 지금 5천 원짜리 식사를 할 정도밖에 안 되는데 1인당 3만 원짜리 비싼 음식을 대접한다면 대접받는 사람도 부담스럽겠지만 그것은 허세일 뿐이다. 자기의 분수를 알고 행동하는 것이 온유한 사람이다.

내가 살 수 있는 길은 오직 회개하며 내 자신이 하나님 앞에 제물이 되어야 하고 마음은 하나님의 성전이 되어야 하는 것이다. 그래서 인간은 도덕과 윤리를 지키지 아니하면 믿음이라고 하는 미명(美名) 아래 살면서 광적인 신앙만 남게 되고 이것은 매우 잘못된 것이다. 기복이 심하면 안 된다는 것이다.

뿌리 깊은 나무가 되기를 조물주는 우리에게 원하고 있는지도 모른다. 사람들은 쉽게 사명자라고 말을 한다. 그리고 성경의 인물들을 등장시키면서 핑계를 일삼는다. 자기 몸을 버리지 아니하고 목사가 되는 것은 이리요 절도요 사기꾼인 것이다.

나는 한평생 오직 이 길을 가기 위해서 내 몸을 불 속에 던지며 정신을 잃고 험한 산골에 길을 내어 평지를 만들고 그곳에 복지시설을 이루었으나 내 교만함 때문에 오늘도 철장 없는 감옥살이를 하고 있는지도 모른다.

전화가 왔다.

"여보세요? 원장님, 이말종입니다."

"아, 네. 어떻게 생각 잘 해보셨습니까?"

"네, 어머니하고 상의했는데 그곳에 제 인생을 바쳐보기로 했습니다."

"정말 고맙습니다. 우리 함께 이 장애인들을 위해 열심히 살아봅시다."

나는 그가 봉사할 준비가 되어 이곳으로 오겠다는 말을 듣고 대단히 기뻤다. 그런 마음을 지닌 사람이 하나만 더 있어도 우리 장애인들에게 얼마나 든든한 버팀목이 될 수 있겠는가.

감사한 마음으로 그를 기다렸고 이윽고 이말종이 우리 복지시설로 오게 되었다. 그와의 전화 통화에서 결혼도 한 사람이 부인하고 상의를 한 것이 아니라 어머니와 상의를 했다고 말하자 왠지 고개가 갸웃해졌다. 함께 지내다 보니 그에게서 점점 이상한 점들이 느껴졌다. 장애인들을 대하는 말투나 행동이 너무도 이해타산적(利害打算的)이었기 때문이다. 경계심을 가지고 지켜보던 중 얼마 지나지 않아 내가 우려했던 대로 수많은 거짓들이 드러났다.

어느 날 그가 한 여자를 데리고 왔다. 대학교수라고 하면서 자기 부인이라고 말했다. 그 여자와 한 방을 쓰고 피아노를 치며 노래를 불렀다. 그런 그들의 모습이 아름다워 보여야 할 텐데 내 눈에는 어쩐지 위선과 거짓이 가득 차 있는 이리떼로 보였다. 실은 그들은 부부가 아닌 불륜관계였던 것이다. 그 두 연인들은 이리의 탈을 쓴 사탄이었다. 놈은 허풍이 세고 가식덩어리고 아부만 능한 종자였다.

또한 탐욕적이었고 독사의 맹독을 지녔으며 속에는 칼을 품은 살인자의 모습과 진배없었고 그의 눈은 항상 눈치를 봤고 사람들에게 절대로 덕(德)을 주지 못하는 전형적인 타입이었다.

음행과 탐욕, 탐심이 그의 행동에서 강하게 보였다. 면접을 볼 때 말했던 사명감이라는 것은 전혀 없었다. 내가 있을 때는 눈물을 줄줄 흘리면서 참회와 복음을 전했으나 돌아서면 그의 행동 깊이에는 구밀복검(口蜜腹劍)의 악을 품은, 「실로암 연못의 집」을 삼키려고 하는 음흉한 하이에나의 모습이 있었다.

그의 실체를 알게 되고부터 경계를 하게 되었지만 혼자서 그를 감당할 수는 없었다. 그는 키가 180 정도로 풍채가 아주 좋았으며 눈은 호랑이처럼 사납고 무섭게 생겼다. 입술로는 "나는 하나님밖에 없는 사람이다", "원장님은 성자(聖者)다", "원장님이 없었더라면 나는 죽은 자나 같다"며 입에 발린 소리를 늘어놓았으나 기회만 있으면 1주일에 세 번의 외출은 기본이요, 외박을 일삼을 때도 많았다.

식탐은 또 어찌나 많은지 나는 '걸신 인간'이라며 그를 놀려대기도 했다. 어떤 때는 너무 많이 먹어서 옆에서 보기가 민망스러웠다. 목사라면 먹는 것도 절제해야 하는 것인데 봉사자들이 고기를 가져와 정자 밑에서 굽고 있는 날이면 체면도 잊어버리고 볼이 미어터져라 고기를 쳐 넣고 우물거리는 그 모습을 보면 옛날 우리 집의 머슴들, 아니 아귀(餓鬼) 같았다.

고인이 되신 우리 어머니께서는 일꾼들에게 입버릇처럼 말씀하시길 "많이 먹어야 일을 잘한다"고 했다. 그러나 그는 일을 하기 위해서 먹는 것이 아니라 마치 걸신들린 거지들이 먹는 것처럼 보였다. 그런 인상을 주는 것에 나는 혐오감마저 느꼈다.

나는 매주 토요일만 되면 식당에 내려가 음식을 직접 요리해서 사랑하는 나의 가족들에게 식사를 대접하곤 했다. 그럴 때면 이말종은 귀신같이 냄새를 맡고 식당으로 뛰어 들어와 이것저것 집어먹으며 말했다.

"원장님, 정말 죽이네요. 맛있어요, 맛있어! 역시 원장님 손맛은 최고에요. 크크크."

"체통을 좀 지켜요. 제발 부탁입니다. 식탐이 그렇게 심해서 어떻게 합니까. 나는 음식 먹는 게 때로는 고통스러워서 안 먹고 살았으면 좋겠다고 생각할 때도 있는데, 절제 좀 해봐요."

"에이, 원장님 밥 먹을 때는 체면이고 뭐고 필요 없습니다. 그래도 역시 맛있어요."

어느 날, 뇌성마비인 허철민이 나를 찾아왔다.

"원장님, 드릴 말씀이 있는데요."

"무슨 말?"

"이말종 씨가 어젯밤에 또 다른 여자를 실로암에 데리고 왔어요."

이제는 수없이 많은 여자들을 갈아 치워가며 잠을 자는 파렴치한 짓까지 하고 있었던 것이다. 나는 창자가 뒤틀리는 것 같았다. 역겨움에 속에서 쓴물이 올라왔다.

이곳에서는 무엇보다도 장애인들 앞에서 행동거지를 올바르게 해야 되는데 이 여자 저 여자 데리고 다니면서 음란(淫亂)행위를 하고 있으니 우리 장애인들이 무엇을 보고 배우겠는가. 보고 듣고 행동하는 것을 보면서 닮아가는 것이 인간인데, 강단에서 설교를 한다는 목사가 얼굴에 침을 뱉어도 할 말이 없는 행동을 하고 있으니 어찌 한단 말인가.

나는 그에게 수시로 태도를 바르게 할 것과 계속 이런 식이라면 해고하겠다고 말을 했지만 그는 여전히 안하무인(眼下無人)이었다. 나는 점점 이말종을 감당하기가 힘들어졌다. 망치로 정수리를 얻어맞는 듯한 고통을 느끼며 탕자(蕩子)에 대한 이야기를 설교 주제로 삼고 깨닫기를 바라는 마음으로 애써 설교를 했더니 한승주 원장은 섹스 이야기만 한다고 여기저기에 뒷담화를 하고 다녔다.

옛날의 나였다면 사시미 칼을 가지고 그놈의 목을 베어 버리고 싶은 충동에 휩싸였을지도 모른다. 그러나 분노하지 말자, 분노하지 말자 하며 절제의 울분을 삼켰다.

이곳 산골마을은 겨울이 되면 너무나 추워 난방준비를 완벽하게 하지 않으면 건물 전체가 다 얼어 터져 사람들이 살아갈 수 없는 곳이다. 나는 이말종에게 난로를 설치하라고 했다. 그는 별로 내켜하지 않으며 월급 받는 것만큼만 일을 하겠다고 퉁명스럽게 말하고는 그냥 나가 버렸다. 어이가 없었지만 그는 조금도 미안하게 생각하지 않는 인간이었다. 그런데다 3개월이 넘었으니 급여를 인상해 줄 것을 요구했다. 그런 말을 내 앞에서 저리도 뻔뻔하게 뱉는 이말종이 과연 사람새끼인가 싶었다.

돈을 벌려고 했으면 성직자가 되지 말았어야지. 월급이 적네, 받아봤자 쥐꼬리만 하네, 기름값도 없네 하며 말이 많아도 너무 많았다. 정말 안수를 받았는지, 정식으로 강도사 고시를 치르기는 한 건지, 어느 목사 밑에서 신앙을 키워왔는지 수없는 문제점을 발견하면서 너무도 허탈스러웠다.

머리를 식히기 위해 맑은 밤하늘을 쳐다보면서 별들을 세어보기도 했다. 사탄인가, 양의 탈을 쓴 이리인가, 양심에 화인을 맞았는가, 걱정이 끊이질 않았다. 어떻게 대처해야 현명한 것일까……

찬양 인도할 때 보면 자아도취(自我陶醉)에 빠져서 고래고래 소리지르며 광적인 신앙을 가진듯한 신앙관 자체가 정말 의심스러웠다.

'저 놈을 어떻게 해야 하나. 갈등과 고민, 아픔과 고독 속에 내가 의지할 분은 역시 하나님밖에 없다. 그 분이 해결해 주시겠지.' 하고 생각했다.

나는 힘도 없다. 마음도 약하다. 어려운 사람들을 보면 예전에 땅바닥에 고무 튜브를 칭칭 감은 채 기어다녔던 생각이 나고, 세상이 나를 학대했던 설움이 그들의 모습 속에서 내 모습이 되어 비치는 것 같았다. 이말종이 어떤 신앙과 사상을 가지고 있는지 제대로 점검을 해 보지도 않았던 내가 어리석었다.

어느 날인가 현수가 나를 보더니 소리를 고래고래 질러대면서 나에게 다가왔다. 아름답고 깨끗하고 수정처럼 빛나는 그 눈이 나를 향하여 힘겹게 입을 열어 말했다.

"아빠, 아빠, 빠빠빠 이말종이가 차 안에서 어떤 여자랑 뽀뽀했다. 내가 봤어. 진짜야."

이들이 어찌 거짓말을 한단 말인가. 보면 본대로 들으면 들은 대로 거짓없이 정의롭게 행동하는 천사 같은 내 아이들인 것이다. 이말종은 거듭나지 못했을까? 그 속에 믿음이 있긴 한 걸까? 그에게는 도덕과 윤리도 없는가? 그를 직원으로 둔 것을 땅을 치며 후회의 눈물을 흘렸다.

옛날 하남시에서 비닐하우스를 개척하며 살았던 때가 생각난다. 그때 너무나 많은 중증장애인들이 찾아오자 그토록 풍성했던 먹을 것과 입을 것이 금방 바닥나 버렸다. 그러던 중 갑자기 시골 고향집에 다녀올 일이 생겼는데 서울로 돌아오면서 쌀 두가마를 가지고 왔다.

그것을 놓고 감사할 때 '내가 보낸 내 생명들을 어찌 네가 감당하려고 하느냐. 네가 하는 것이 아니요 내가 하는 것이니 걱정하지 말라.'하고 말씀하시면서 '좌로나 우로나 흔들리지 말라. 나는 너의 하나님이다. 내가 너를 도우리라.' 라고 하셨다.

그때부터 중증 환자로 도저히 감당할 수 없는 생명들도 나는 거부하지 못했다. 그런 나에게 왜 이말종을 통해서 십자가의 멍에를 지고 골고다 언덕길을 가게 하시는지 나는 이해가 가지 않았다.

'임이여, 나를 도와주세요. 노루가 그물에 걸려 갈 길을 못 찾고 몸부림치고 있는 것처럼 저 악독한 자들을 임께서 해결하여 주시고 나의 인도자가 되어주시기를 원합니다……'

날이 갈수록 그는 이상한 행동을 더해갔다. 내가 입은 옷을 유심히 들여 다보고는 입을 삐쭉하고는 말했다.

"원장님, 그 옷 참 비싸 보이네요. 원장님은 아주 고급스러운 것 아니면 안 입으시는 것 같아요. 허허." 하며 뼈있는 농담을 던지는가 하면, 어떤 날 은 너무 더워서 선글라스를 쓰고 밖에 나가면 멀리서 보고는 쫓아와서 말 했다. "원장님 선글라스 멋있네요. 저 한 번 써 봐도 돼요? 와, 이거 엄청 비 싸겠는데요?"

"이 사람아, 뭐가 그렇게 관심이 많아? 그거 선물 받은 거야. 내가 돈이 어디 있어서 그런 걸 사겠나?"

집요하리만치 일일이 물어보는 일이 많아 마치 일거수일투족을 감시하 려는 듯한 인상을 받기 시작했던 것이다. 그런 느낌을 받게 되면서 가급적 이면 대꾸를 하지 않았고 말도 절제했다.

일류 조경사였던 양 사장이 사업에 실패해 갈 곳이 없어지자 여기에서 기거하라고 기꺼이 방 하나를 내주었다. 그는 「실로암 연못의 집」에 거주하 면서 일당으로 일을 하러 다니며 하루하루를 연명해 나갔다.

그 부인은 빚쟁이들이 밤낮 가리지 않고 찾아와서 협박하는 통에 공포 에 시달리며 우울증에 걸려 머리가 빠지고 정신이 오락가락한 행동을 하게 되었고 거식증에 걸려 앙상한 뼈만 남아 있었다.

나는 그의 부인을 매일매일 상담하면서 용기와 힘을 잃지 말라고 격려 해주었다. 그녀는 상태가 호전되면서 스스로 환자들을 돌보았고 식당에 나 가 서빙도 하는 등 명랑했던 이전의 모습으로 돌아와 급여를 받는 정식 직 원으로 채용했다.

병원에 입원한 아이들을 돌보고 돌아온 어느 저녁에 양 사장과 마주쳤다. 나는 농담 삼아 "양 사장, 돈만 가져가고 왜 나무는 안 가져오나?"

그러자 발끈한 양 사장이 대뜸 고성을 지르며 나에게 달려들었다. 안 그래도 요즘 양 사장이 나를 보는 눈빛이나 태도가 옛날과는 사뭇 다르게 퉁명스러웠었다.

양 사장과 멱살을 잡고 실랑이를 하고 있을 때 이말종이 뛰어 들어와 싸움을 말렸다. 그런데 가만히 들어보니 이놈이 내 편을 들어주는 듯했지만 실상은 계속 싸움을 부추기고 있는 것이었다.

나는 슬며시 멱살을 잡았던 손을 풀고, '양 사장, 내가 잘못했네. 안 좋은 일도 많은데 열심히 살려고 하는 양 사장을 더 이해하고 절제해서 말을 했어야 했는데 내가 미안했어.' 라고 말한 후 방으로 들어가 버렸다.

아침저녁으로 시원한 바람이 불어 곤충들은 각기 개성에 따라 하모니를 맞추고 예쁜 나비들은 뭐가 그리 좋아서 저렇게 춤을 추는지 나도 한 번 함께 노래를 부르며 춤을 추고 싶었다. 그때 노크 소리가 들렸다.

"네, 누구세요?"

"양 사장입니다."

"네, 들어오세요."

"원장님, 어젯밤에 원장님께 말대꾸를 하고 상스러운 욕설을 하여 죄송합니다." 무릎을 꿇고 눈물을 흘리며

"원장님, 어제 저녁 일을 용서해주세요. 아무도 본체만체 하던 우리 부부를 원장님만 성심성의껏 도와주셨는데 그런 은인(恩人)께 함부로 덤벼들었던 제가 죽일 놈입니다."

키가 아주 작고 얼굴을 햇빛에 너무 그을려 새까맣고 바짝 곯아있는 작업복 차림의 그를 바라봤다. 새삼 안쓰러운 마음에 "아니야. 내가 미안했

네." 하고 말했다. 그러자 양 사장이 놀라운 이야기를 했다.

"실은 말종이가 저희 부부 방을 항상 찾아와 원장님을 험담하고 싸우면 편들어 주겠다고 했습니다. 그는 원장님 앞에서는 간도 쓸개도 다 빼줄 듯이 행동하지만 돌아서면 이간질하고 천하의 망종(亡種)으로 말을 합니다. 처음에는 그 말을 믿지 않았습니다. 그러나 매일같이 원장님의 나쁜 점을 부풀리면서 싸우기를 부추기니 저도 모르게 그렇게 됐습니다."

"야, 인간 말종이구만! 그 멀쩡하고 풍채도 좋고 쓸 만한 인간으로 봤더니 이름 그대로 행동하는 그 모습이 더럽고 야비해 악취가 나서 인간으로 봐줄 수가 없구만! 어떻게 저렇게 살까? 그래서 이름이 말종이 아냐?"

"원장님, 원래 이름은 이말종인데 이름을 개명했어요. 이상복으로요. 말종이라는 이름은 다른 시설에서도 문제를 일으키고 이간질을 하고 주위사람들과 싸우고 문제가 하도 많아서 인간쓰레기, 혹은 이말종이라고 말을 하다 보니 그게 대명사처럼 되었습니다."

"원장님 없으면 시체라며 살아야할 이유가 없다면서 꿀보다 달콤한 이야기를 하는 그 모습을 나는 믿었어."

"네, 원장님. 저도 저희 부부방으로 들어와서 매일매일 원장님 험담을 해서 처음에는 믿지 않았지만 나중에는 우리도 모르는 사이에 믿게 되었습니다."

"정말 이름 그대로 인간 말종이구만."

그 즈음 1년 계약이 끝난 이 실장이 나를 찾아왔다.

"원장님, 저는 이제 그만둘까 합니다."

"왜? 원래 2년 정도 있고 싶다고 하지 않았나?"

"그렇긴 한데 원래 하던 쪽 일을 다시 해보고 싶어서요."

그를 물끄러미 바라보다 이 실장보다는 이말종을 먼저 내보내야 한다는 생각이 들었다. 자리에서 일어서려는 이 실장을 다시 앉혀놓고 말했다.

"이 실장, 1년만 더 있어주면 안 되겠나? 자네는 여기 와서 배필도 만나고 이제 일도 손에 익어서 할 만하지 않아? 나는 아직 이 실장이 필요하네. 며칠만 더 생각해 보게나."

이말종을 계속 머물게 한다면 시설을 통째로 말아먹지 않을까 하는 위험마저 느끼고 있었기에 직원들과 싸움을 할지언정 차라리 이 실장이 낫겠다 싶어서 부탁을 했다.

고심 끝에 이 실장은 1년을 더 있기로 했고 내 부탁을 들어준 것에 대해 고마워했다. 그러나 그 결정이 훗날 나의 발등을 찍게 될 도끼로 남을 줄은 나로서는 상상도 하지 못한 일이었다.

나는 전국에 다니면서 강의를 하고 있었다. 「실로암 연못의 집」도 자리를 잡았기에 전적으로 직원들한테 맡기고 외래 강의를 많이 하고 다녔다. 그 강의를 통해서 실로암을 홍보하게 되고 운영할 수 있는 수입도 발생하였다.

내가 비어 있는 그 시간에 직원들은 사명의식이 없이 미친개처럼 서로 자기 밥그릇을 지키려고 싸웠다. 김魔鬼는 이말종이 조금이라도 자기 마음에 들지 않는 것이 있으면 바로 따지고 달려들었다.

"이말종 씨. 나랑 얘기 좀 합시다."

"아, 또 왜 그래요. 내가 뭘 어쨌다고? 왜 나만 보면 시비래?"

"원장님이 안 계신다고 마음대로 외출하고 외박하고. 댁이 양심이 있는 사람이요? 아프고 힘든 사람들 한 번이라도 더 들여다보고 보살펴야 되는 게 당신 할 일이 아니냐고?"

"나 참, 당신 나 감시해?"

"그렇게 할 거면 차라리 때려 쳐라. X빠졌다고 여기 와서 공밥 처먹고 월급 따박따박 타가면서 이년저년 데리고 와서 자고, 네가 그러고도 목사냐?"

"어이구, 사돈 남 말하시네. 그러는 당신은 뭘 그렇게 잘하고 있는데? 밥을 제대로 해주기를 해, 청소를 제대로 하길 해, 욕심보만 늘어가지고는 쯧."

"뭐? 너 말 다했어? 나랑 한 번 해보겠다 이거지? 그래 해 보자, 해 봐."

둘은 만나기만 하면 견원지간(犬猿之間)처럼 으르렁거리고 싸워댔다. 이런 이말종에게 사람들은 등을 돌렸고 그는 왕따를 당하기 시작했다. 그럴수록 그는 점점 나쁜 생각을 하게 되었다.

그는 급기야 어떻게 해야 이 시설을 망하게 할까, 어떻게 해야 자기 속이 더 시원할까를 궁리하다 자기편이 되어줄 사람을 찾기 시작했다. 이말종은 나의 신임을 받고 있는 이 실장에게 눈을 돌렸다. 이 실장을 온갖 감언이설(甘言利說)로 회유한 뒤부터 둘은 단짝이 되었다. 그는 작전을 짜고 이 실장에게 유도질문을 하며 몰래 녹취를 했다.

"이 실장, 원장님 식당 가면 좋은 것만 드시지? 되게 몸 챙기는 것 같아. 그렇지?"

"네, 맞아요. 저하고 가면 매운탕이나 장어 이런 것만 드세요. 덕분에 저도 잘 얻어먹어요."

"캬~ 좋겠구먼. 그럼 서울에 가면 주로 어디서 먹어?"

"내 고향 한우집이라는 곳이 있는데요. 고기가 정말 맛있어요. 거기에 가면 제일 비싼 것만 먹어요. 입에서 살살 녹는다니까요."

"그래? 나도 먹고 싶다. 나도 고기 좋아하는데."

"그럼 이말종 씨도 다음에 사달라고 하세요."

"그럴까? 하하. 그건 그렇고 옷도 말이야 굉장히 비싸 보이던데, 이 실장이 보기엔 어때?"

"옷이 다 좋아 보이긴 하는데 그 중에 원장님이 입고 다니는 모시옷 있잖아요. 그거 굉장히 비싼 거래요."

"그렇겠지. 모시가 원래 비싸잖아."

"나, 옷도 선물 받았어요. 명품 정장을 사주시던 걸요."

이 실장의 자랑 섞인 말을 듣던 이말종의 표정이 샐쭉해졌다. 자신에게는 그렇게 살갑게 대해주지도 않고 옷을 선물한 적도 없었기 때문이다. 이말종이 다시 물었다.

"그 차 있잖아. 그건 얼마야? 되게 좋아 보이던데?"

"내가 알기론 5000cc 프라다 한정판일 걸요? 그 차 기능 자체가 참 좋아요. 그래서 그런지 후원자들이 오면 차고에 넣어놓잖아요. 혹시 후원자들이 보고 좋은 차 탄다고 뭐라고 할까 봐."

"그렇지. 후원자들이 보면 어디서 돈이 생겨서 저런 좋은 차를 샀을까 하고 의심할 거 같으니까 그런 거겠지? 혹시 명의는 누구로 돼 있는지 알아?"

"글쎄요. 그것까진 잘 모르겠는데, 근데 이말종 씨는 원장님에 대해서 뭐가 그렇게 궁금한 게 많으세요?"

"응? 궁금하긴. 그냥 물어보는 거지."

"원장님은요. 강의 다니면 최고 좋은 옷과 신발도 최고급으로 대접받고 차도 돈 많은 장로님한테 선물 받는지도 몰라요. 다른 데 가서 설교나 강의하는 거 보면 원장님의 얼굴에 빛이 나고 한없이 눈물을 흘리는 걸 보고 수많은 사람들이 감화감동해 금목걸이, 금반지, 헌금봉투가 엄청나게 쏟아져요. 꼭 대통령을 영접하는 것처럼 대우를 받고 살아요. 「실로암 연못의 집」에서나 추리닝 입고 정원에 물을 주고 잡초를 매고 하시는 거예요."

이말종의 한쪽 입꼬리가 슬며시 올라갔다. 별로 사이가 좋지 않던 이 실장과 이말종은 이 일을 계기로 사이가 좋아지기 시작했다. 나는 이 실장에게 결재할 수 있는 카드를 주면서 필요할 때마다 사용하라고 했기 때문에 이말종은 이 실장을 포섭하는 것이 무엇보다도 우선이었던 것이다.

갑자기 나의 어린 시절 생각이 났다. 거북이처럼 땅바닥을 기어다니던 어느 여름이었다. 비가 오는 날이면 땅이 질퍽거려서 화장실도 가지 못하는 갇힌 신세가 되고 말았다. 겨울이면 봄이 올 때까지는 세수도 제대로 못하고 목욕도 할 수 없는 우릿간의 돼지처럼 더러운 모습으로 살아가야만 했다.

어느 날 머리가 길다며 어머니께서 머리를 깎아줄 동네 할아버지를 모셔 오겠다며 나가셨다. 나는 여자처럼 머리가 자라 있었다. 거울을 보니 긴 머리의 열아홉 살 먹은 어여쁜 숙녀처럼 보였다.

나는 갑자기 거울 속의 예쁜 그녀를 더 아름답게 꾸미고 싶어졌다. 그래서 누나의 화장품을 훔쳐 빨간 립스틱을 입술에 발라보았다. 기분이 좋아졌다. 여자 옷도 한번 입어 봤다. 참 예뻤다.

그러다 그러고 있는 내 모습이 너무나 가여워서 눈물이 났다. 나도 두 발을 가지고 어디든 달려가고 싶다. 그냥 이렇게 살다가 이 자리에서 소문도 없이 우울증에 걸려 자살을 해 버릴지도 모르겠다. 겨우 나 자신을 다독이며 나는 어떻게 살아야 될까, 이 세상에서 내가 할 수 있는 일이 있기는 한 걸까. 깊은 고민에 빠졌다.

의사가 되어 세계를 돌아다니며 나 같은 장애인들을 무료 진료해 주고 싶다고 수없이 다짐하기도 했고, 사법고시를 치러보기 위해 공부에 미친 듯 몰두한 적도 있었다.

이런저런 상념(想念)에 젖어 있을 때 어머니께서 머리 깎아줄 할아버지와 함께 돌아오셨다. 머리를 자르는데 처음엔 조금씩 자르다가 나중엔 백구칼로 중처럼 삭발을 해 버렸다. 기다랗던 머리카락이 사라진 꺼끌꺼끌한 머리가 영 어색했지만 마음은 시원해졌다.

새로 태어난 기분이었다. 어머니가 나를 업고 부엌으로 가 큰 대야에 뜨거운 물을 반 정도 담고 그 곳에 들어가라고 옷을 벗겼다. 하얗던 피부가 연탄 장사하는 사람보다 더 새까맸다. 어머니께서 나에게 입버릇처럼 '장애자일수록 깨끗해야 한다.'던 그 말씀이 기억에 남아 지금까지도 청결한 모습으로 살아가려고 노력하고 있다.

나는 아버지를 많이 닮았다. 고인이 되신 아버지는 겨울에도 하얀 백구두를 신었으며 머리는 올백으로 넘기고 항상 정장 차림에 멋 부리기를 좋아하셨다. 그런 아버지를 보고 자란 영향인지 나도 깨끗한 옷 입는 것을 좋아했고 멋 부리는 것에도 관심이 많았다. 그 중에서 흰색 옷을 좋아하게 된 계기는 어머니께서 내가 목사가 된 후 나를 부르실 때면 '우리 목사님' 하시면서 이렇게 말씀하셨다.

"목사님은 하얀 옷 입은 게 참 보기가 좋아. 강단에서 강의하거나 설교할 때 보면 얼굴이 해같이 빛이 난다니까. 어쩜 우리 목사는 이렇게 잘 생겼을까. 호호. 날 닮아서 그런가?"

어머니는 내가 하얀 옷이 잘 어울린다며 하얀 모시 정장을 맞춰주셨다. 나는 그것이 무척이나 마음에 들었고 나를 대견해 하시는 어머니의 마음이 느껴져서 하얀 모시옷을 각별히 좋아하게 되었다.

그렇게 모시옷 입은 것을 좋아하시던 어머니는 내게 세 벌을 맞춰주시고 승천(昇天)하셨다. 나는 아무리 배가 고파도 식당에 혼자 가서 밥을 먹을 때가 거의 없다. 밥을 먹지 않아 죽을 지경에 이르러서 어쩔 수 없이 식당에 가면 순간 사람들의 시선이 내게로 와 박힌다. 마치 우리 속의 원숭이가 된 느낌이어서 기분이 좋지 않다. 배가 고프니까 밥을 먹어야 되겠지만 5천 원 이상 되는 밥은 혼자서는 절대 먹어보지 않았다.

나는 태어날 때부터 위장이 안 좋아서 음식 냄새를 맡는 것조차 싫어하고 때로는 밥 먹는 것이 죽는 것보다 더 고통스럽다. 안 먹고 사는 방법이 없는지 지금까지 연구했으나 결론을 내지 못하고 있다.

나는 비록 5천 원짜리 밥을 먹지만 직원들에게는 좋은 음식을 대접한다. 그 이유는 분명하다. 직원들의 월급을 가지고는 비싼 음식을 먹을 수도 없고 유명한 맛집에 자주 찾아갈 수도 없기 때문이다. 물론 나를 돕는 사람들에게 잘 먹이는 것이 어머니의 교훈이며 아버지의 철학이었다. 그런데 직원들은 내가 좋은 것만 먹고 사는 줄로 안다. 마음이 슬퍼서 눈물이 소리 없이 터져 나온다.

나는 자동차를 참 좋아한다. 나는 운전이 불가능하다고 늘 생각했다. 어느 날 여자친구 왕인정이라고 있었다. 그녀는 비가 오는 날이면 하남시에 찾아왔다. 한쪽 다리가 장애로 목발을 양쪽에 의지하고 걸어다니는 아주 못 생긴 여자였지만 그런대로 매력이 있었다. 그녀는 의리가 있고 늘 기쁨이 넘치고 웃음꽃이 피어 남들에게 좋은 인상을 주었다.

하남시 사무실에 온 그녀가 나에게 한마디 툭 던졌다.

"아니, 너 정도면 충분히 운전할 수 있는데 왜 운전을 안 배워?"

"이년아, 너는 다리 하나만 병신이니까 할 수 있지. 나는 손, 다리 다 장애인데 어떻게 운전을 한단 말이야?"

"야, 너같이 똑똑한 애가 왜 운전을 못해? 오른손 좀 줘 봐. 쥐었다 폈다 해봐."

늘 그녀는 나에게 찾아와 운전을 배우라고 권했다. 그래서 나는 운전을 배워보기로 마음 먹었다. 매형은 나하고 열 살 차이가 나는 작은누나와 동행하여 내가 운전을 할 수 있는지 없는지 우선 면허시험장에 가보자고 했다. 시험장에 들어가자 운전대를 잡고 좌우로 돌려 보라고 했는데 곧잘 했다.

"운전할 수 있습니다."

나는 사법고시 시험에 합격한 것보다 더 기분이 좋았다. 내가 할 수 있다는 가능성이 보였기 때문이다. 하루는 필기시험을 쳤는데 보기 좋게 떨어졌다. 그것도 네 번씩이나 말이다. 하이고, 그것도 시험이라고.

사람들은 공부를 안 하고 가면 이번에도 보나마나 낙방이니 공부 좀 하라고 했다. 나는 매번 나를 봉고차에 싣고 다니는 매형한테 미안해서라도 이번에는 합격을 다짐하며 전날 밤잠도 자지 않고 열심히 공부했다.

"처남, 이번에는 공부 좀 했어?"

"좀 하긴 했는데, 이번에는 합격할 거예요."

"이 사람아. 변호사도 공부 안 하면 운전면허는 떨어지는 거야. 너무 자만하지 말고 차분하게 시험을 보라고."

"네."

나는 80점으로 합격했다. 매형은 나를 업고 한 바퀴 빙 돌면서 나보다도 더 좋아하며 어쩔 줄 몰랐다. 필기를 합격하고 나니 실기를 보게 되었다. 실기는 그 자리에서는 떨어졌지만 두 번 만에 면허증을 받았다. 매형은 나를 끌어안고 '합격!!' 하며 펄쩍 뛰어다녔다.

나는 부모의 사랑을 받지 못했지만 지인들의 사랑은 정말 많이 받았다. 운전면허를 딸 수 없다는 포기 속에 살다가 취득하고 나니 소문이 들렸나 보다.

나를 늘 옆에서 챙겨주던 지인이 차 한 대를 사주겠다고 했다. 새 차를 사주겠다고 했으나 '나는 새 차는 필요 없습니다. 중고차로 사 주세요.' 했더니 장한평 중고차시장에 데려갔다.

두세 시간 지인과 매형은 차들을 구경하다가 그랜저를 사라고 했다.

"매형, 이런 대형 그랜저를 사면 나를 아는 사람들이 오해할 텐데요?"

"무슨 소리야? 중증 장애인이 소형차를 타면 장거리도 갈 수 없고 휠체어도 실을 수가 없어. 돈이 없어 기사를 둘 수도 없고 본인이 직접 운전을 해야 할 텐데, 소형차는 중심이 없어. 사고율도 높아서 탈 수가 없고 위험해. 그러니 시키는 대로 해."

700만원 주고 중고를 사서 손에 맞게 개조해 운전을 하게 되었다. 지금 생각해 보면 운전하면서 생명의 위험을 느껴 죽기 직전까지 간 적도 있었다. 그래선지 차에 대한 공포심이 지금도 크다. 서울에서 부산까지 혼자 운전을 해야 되고 학교, 군청, 도청, 행자부 등 수없이 강의 요청이 들어왔다. 월 3천만 원 이상 벌었다.

소형차는 불편해서 탈 수가 없었고 에쿠스는 너무 명품이라 사람들의 눈을 의식할 수밖에 없었다. 그래서 프라다 한정판을 60개월 할부로 구입하여 내 몸에 맞게 구조를 바꾸고 발이 하는 것을 손으로 할 수 있도록 개조를 하였다. 이제 나에게는 차가 사무실이나 매한가지였다. 너무나 안전하고, 생활하는데 불편이 없었고 험한 길을 갈 때나 장시간 운전을 해도 피곤하지 않았다.

나는 가진 것이 하나도 없다. 그러나 사람들은 나를 보고 부자라고 말한다. '아무도 판단하지 마세요. 아무도 말하지 마세요. 하나님이 말씀하실 때까지 나는 찬송하며 살래요. 기도하며 살래요.'

나를 그토록 사랑해주던 매형은 폐암으로 소천하였다.

'20여 년의 세월 속에 당신은 터를 닦고 버려진 통나무와 합판 등을 주워다가 갈 곳 없는 나그네들이 살 수 있도록 소망(所望)을 주었지요. 한때는 그렇게 승승장구 하던 당신은 누나를 두고 영원히, 영원히 이별을 하셨나요.

당신이 가던 그 날에 당신이 뿌려놓은 생명을 앞에 두고 의리요, 우애와 사랑을 가지고 살라는 그 한마디 유언하시고 당신은 말없이 잠이 들었습니다. 잠이 든 당신은 아침이 오면 다시 깨어나 내 곁에 올 줄 알았습니다. 그러나 당신은 영원히 잠들고 말았지요. 그토록 나를 사랑했던 당신이 내 옆에 없음에 눈물이 그리움 되어 흐르고 있습니다……'

매형은 나의 힘이요 보호자였다. 나는 그분이 늘 생각난다. 부천에서 부자로 살던 매형이 하시던 학원이 하기 싫다며 정리하고 놀고 있을 때 나는 누나와 매형을 설득시켰다.

"누나 내가 겉만 비닐하우스지 안에는 아파트 50평처럼 만들어줄 테니까 나 좀 와서 도와줘." 한 달 내내 누나를 졸라댔다. 매형은 하남에서 개척할 때 나를 도와주겠다고 이사까지 했다.

그분은 '우리 원장님은 좋은 차를 타야 돼. 남들보다 열 배 더 고생했어. 자신을 위해서 살지 않고 장애인 치매노인(인지능력장애)들을 자식보다 더 소중히 생각하는 사람이야. 복지를 하려면 우리 처남처럼 해야 돼. 내가 갈동학 씨를 한 번 두들겨 패 놓고 우리 처남한테 칼 맞아 죽을 뻔해서 안 죽으려고 고향 여수에 가서 한 달 넘게 숨어있었다니까?' 라고 주위에 말했다.

내가 어디를 갔다 오니까 간사가 '매형이 장애인을 목발로 때렸어요.' 했다. 고인 갈동학(남, 68세) 씨는 술을 먹든 안 먹든 남에게 말대꾸를 하고 시비를 건다. 그는 회사 경비원으로 일하다가 뇌졸중으로 쓰러져 잠실 남서울병원에 입원하게 되었는데 그 병원에는 최해룡 과장이 있었다.

최해룡 과장은 한 달에 한 번씩 장애인 가족들을 위해 무료진료를 10년 동안 해온 분이었고, 최 과장의 아내는 소아과병원을 운영하고 있었다. 두 부부는 간호사들과 함께 내가 운영하고 있는 복지시설에서 무료 진료를 해준 인연으로 알게 되었다.

그 병원에 갈 씨가 1년 동안 입원해 있었고 퇴원 후 갈 데가 없어서 「실로암 연못의 집」에 입소하게 되었다. 갈동학 씨는 고아원에서 살다가 사회에 나와서 술과 여자로 방탕한 생활을 하다가 한 여인을 만나 가정을 갖고 아들 둘을 낳았다. 그러나 몇 년 살지 못하고 이혼한 후 어느 회사에 경비원으로 들어가 일하다가 쓰러지게 된 것이다.

그는 참으로 성격이 고약했다. 매형이 그렇게 장애인들을 차에 태워 시장에 내려다주며 장사할 수 있도록 도와줬는데 갈동학 씨는 성격이 급한 매형과 특히 많이 다투었다.

나는 머리에 피가 나는 갈동학 씨를 보고 화가 머리끝까지 치밀어 매형이고 뭐고 다 때려 죽여버린다고 했다. 나는 장애인 가족들을 학대하거나 업신여기거나 인격살인을 하거나 무시하는 행동을 하면 그게 누구든 용서할 수가 없다.

장애인들도 사람대우 받고 사회 공동체생활을 할 수 있도록 자립을 시켜 비로소 사회에서 빛과 소금의 역할을 감당하도록 만들어주는 것이 내가 사는 이유인 것이다.

이말종은 여자 숙소에 들어가서 안수기도를 한다고 한다. 나는 여자 숙소는 물론 남자 숙소나 직원들 방에도 함부로 들어가지 않는다. 그런데 이 놈은 안수기도를 핑계 삼아 이방 저방 돌아다니면서 영적 혼란을 우리 가족들에게 주고 있다. 어떻게 마음대로 숙소를 다니며 기도를 해준단 말인가. 게다가 광적인 기도마저 하고 있으니 귀신들린 사람이요 무당이 하는 행동이지, 어떻게 이런 짓을 할 수 있단 말인가.

천사 같은 아이들을 자기 종 부리듯 부리며 정신연령이 다섯 살 정도인 중증장애인들에게는 이 새끼 저 새끼 언어폭력을 해대고 육, 칠십이 된 어르신들께는 자기 말을 안 듣는다고 짐승 다루듯 하고 있었다.

그렇게 행동하려면 이곳에서 당장 나가라고 수십 번 주의를 주었으나 김魔鬼나 이말종은 그만두기는커녕 수없이 세력 다툼을 하고 있었다. 밥만 처먹고 설교준비도 하지 않은 채 강단에 선 이말종의 설교는 설교라기보다는 자기 자랑만 늘어놓는 일종의 개소리, 헛소리였다.

나는 30년이 넘도록 목회를 해 왔으나 우리 작은 자들을 위해 설교를 할 때는 성경적 교리에 맞게 가르쳐 왔다. 다른 사람들은 '저렇게 어렵게 설교를 하면 과연 장애인들이 알아들을 수 있겠는가.' 하고 나에게 말을 하지만 그들의 수준에 맞춰서 하게 되면 나는 성경적 지식이 없어질 것이며 맹신(盲信)이 될 수밖에 없다고 생각했다.

사도 바울이 성경을 잘못 가르치면 지옥에 간다고 말한 것처럼 나는 설교할 때는 철저히 연구하여 교리적 설교를 하였다. 내가 목사 안수를 받고 초심으로 돌아가서 사명이 뜨겁게 불탈 때였다.

예배시간에 환자들이 많다. 특히 미친 김순아는 나를 향해 이 새끼 저 새끼 삿대질을 하곤 했다. 또 한쪽에서는 똥을 싸서 입에다 넣는 치매환자들도 많다. 간질도 하고 미쳐서 알몸으로 돌아다니기도 했다.

그러나 성경은 성경으로 풀어야한다. 나는 어느 날 성경을 보다가 지난 주일 강단에 모여 있던 여러 환자들의 상황이 떠올랐다.

'저들의 영생과 구원이 없다면 어찌할꼬…. 하나님 저들에게도 구원이 있나요? 이 가족들에게 천국의 확신이 있을까요? 불 속에라도 들어가서 세상에 널리 전하리. 주의 사랑을……'

갈등 속에서 밤새워 눈물을 흘리고 그 눈물이 강이 되도록 헛되고 헛된 목회를 한다는 사실을 깨닫고, '하나님, 저를 불러주세요. 저들이 구원의 확신이 없다면 저 영혼들은 너무나도 불쌍합니다. 저들에게 천국에 갈 수 있는 은혜를 더하여 주소서. 저는 제 목숨보다도 더 소중하며 제 자식보다도 형제보다도 소중하게 여기며 저들의 모습을 작은 예수로 보았습니다. 그러나 허탈감이요, 무기력이요, 불안감이 밀려와 저 자신은 무덤이요. 저의 육체는 포승줄로 온몸이 꽁꽁 묶여 어디론가 끌려가고 있습니다.'

나는 밤새도록 기도를 하였다.

'사랑하는 내 아들아! 구원은 너에게 있는 것이 아니요. 나에게 있으니 걱정하지 말라'고 나에게 체험을 주시고 말씀으로 알려 주시고 그 말씀이 약속이 되어 성령의 열매가 맺어졌다.

춘천 정신병원에 윤철이와 김상기가 입원해 있다. 그 중 윤철이는 정신

착란증(조현병) 환자였다. 그는 방에 있지 않고 사방을 돌아다니면서 병뚜 껑, 보일러 뚜껑 등 뚜껑이라고 생긴 것은 다 빼가지고 오는 산만한 남자였 다. 육체는 건강하고 밥은 잘 먹는데 너무 산만해 통제가 되지 않는 환자 였고 3년 동안 정신병원에 입원해 있었다. 그런데 어느 날 춘천 정신병원 에서 업무과 과장에게 전화가 왔다. 과장과 나는 각별히 친한 사이였다. 환 자들을 한평생 섬기고 있으니 수많은 병원에서 견학을 오게 된 것을 계기 로 알게 되었다.

윤철이가 욕창이 생겼다고 하니 모를 일이었다. 움직일 수 없는 사람, 당 뇨 환자, 혹은 하반신 마비 환자는 욕창이 생겨도 치료가 불가능하다. 그러 나 윤철이가 욕창이 생겼다고 하는 것은 도저히 납득이 가지 않았고, 만약 욕창이 생겼다면 윤철이를 병원에서 감금시켰다는 증거였다. 그렇다면 침 대에 양손과 양발을 꽁꽁 묶어 가두었다는 말이다. 일단은 욕창 치료 때문 에 다른 병원으로 옮긴다고 했다.

어느 정도 난 거냐고 물었더니 500원짜리 동전 크기만 하게 오른쪽 골 반 바깥에 욕창이 심하다고 해서 가 보았더니 그 정도면 욕창이 심하다고 판단할 정도는 아니었다.

"환자가 통제가 안 되어 밥도 주지 않고 손과 발을 묶어서 감금하니까 욕 창이 생긴 거 아녜요? 당신들은 환자를 감금시키고 돈을 벌어먹겠다는 생 각만 있지, 사명의식이 없지 않습니까?

그리고 병원에서 윤철이에게 수면제와 향정신성 약물을 너무 독하게 처 방해 기력이 전혀 없어 움직일 수도 없게 만들었기 때문에 욕창이 생긴 겁 니다. 시설에서 왔다고 무시하고 소중한 생명을 벌레만도 못하게 여기고 고깃덩어리요, 죽은 송장이요, 쓰레기만도 못한 사람으로 생각하니 당신네들은 법적 처벌을 받아야 합니다.

나는 이들을 탯줄로 낳지는 않았지만 내 목숨보다 더 소중하게 생각합니다. 당신들의 행동은 감금죄가 되고 방임죄가 되는데 이렇게 행동할 수 있습니까?"

나는 퇴원한 후 환자가 복용했던 약을 다 버리고 다시 대학병원에 가서 약을 약하게 처방 받아 복용시켰다. 나는 윤철이를 퇴원시킨 후 욕창을 정성으로 케어해 두 달 만에 건강한 사람으로 회복시켰다. 이 실장에게도 욕창 케어를 잘 할 수 있도록 교육을 시켜 케어 방법을 완전히 전수시켜 주었다.

그는 깔끔하고 꼼꼼하지만 나처럼 비위가 무척 약하다. 그래도 계속 나만 욕창 케어를 붙들고 있을 수 없었기에 이 실장에게 노력을 다해 달라고 말했다. 이말종에게도 욕창 케어를 가르쳐 주었고 환자를 케어할 때는 소독을 철저히 하라고 당부했으나 이놈은 소독도 하지 않고 자기 멋대로 함부로 환자를 다루었다.

겨울 준비를 하기 위해 개미는 열심히 일을 해야 할진데 이놈은 베짱이처럼 먹고 놀면서 큰소리만 치고 산에 가서 더덕이나 캐고 산책이나 슬렁슬렁 다니면서 나와 마주치면 능력 받으러 산에 갔다 왔다고 말했다.

나는 그놈만 보면 심장이 쿵쾅 뛰고 숨통이 턱턱 막혀버리는 것 같았다. 바로 이놈이 양의 탈을 쓴 이리요, 정신적 장애자며 사탄이었다. 내가 있는 토요일에는 마치 자기 혼자 일을 다 하는 것처럼 장화를 신고 윗도리를 벗어 속옷만 입고 똥기저귀를 목욕탕에서 가져와 내가 보는 데서 버리는 등 주접을 떨곤 했다.

어느 오월의 목요일이었다. 시설로 들어가고 있는데 홍천 경찰서에서 전화가 걸려왔다. 주유철의 부모가 나를 사기죄로 고발한 것이다. 유철이 이름으로 카드를 발급받아 9천만 원을 사용했다고 했다. 경찰관도 나도 이해가 가지 않았다.

일단 강동경찰서로 이첩해 달라는 말을 했다. 그렇게 자신을 가지고 일을 열심히 했던 이 실장은 여름 가뭄에 논두렁이 금이 가는 것처럼 얼굴에 수심이 가득 차 있었고 어두운 그림자가 그를 공포의 고통 속으로 몰아가는 것 같았다.

이말종 이놈은 벌겋게 변한 얼굴로 나를 잡아먹으려고 하는 느낌을 주면서 '원장님 가불 좀 부탁드립니다. 내일이 어머니 환갑입니다.' 나중에 알았지만 새빨간 거짓말이었다. 나는 직원들이 가불하는 것을 싫어한다. 그러나 어쩔 수 없이 어머니 환갑이라는 핑계 아닌 핑계인 터라 가불을 해줄 수밖에 없었다.

건물보수공사를 계속하고 있을 때였다. 이 실장은 뜬금없이 "원장님 여기다 돈 그만 투자하세요." 했다.

"그게 무슨 소리야? 보수공사를 해야 겨울에 안 춥게 가족들이 잘 살 수 있는데 왜 그런 말을 하는 거야?"

건물은 여자들이 가꾸듯 가꿔야만 낡아지지 않고 오래도록 새 건물로 있게 되고, 특히나 강원도 오지에는 너무 춥고 칼날 같은 바람이 불어오기 때문에 보수를 자주하고 관리해야만 건물 수명이 길어지는 것이다. 그는 머뭇거리며 분명한 대답을 하지 못했다.

몹시 추웠던 겨울날, 호진이가 6개월 만에 퇴원했다. 그를 위해 간절히 눈물로 기도했던 고통의 기억들이 그를 보는 순간 눈 녹듯 사라져버렸다.

호진이가 병원에 입원했던 당시에는 다시 살아서 돌아올 수 있을까 싶을 정도로 걱정이 되었는데 병원에서 여러 가지 약물치료를 하고 치료를 잘 받아 매우 좋아진 상태로 퇴원할 수 있었던 것이다.

나는 우리 시설에 있는 간질 환자들을 보면서 간질도 종류가 매우 다양하다는 것을 알게 되었다. 간질을 1분 정도 약하게 하는 사람부터, 말없이 조용히 쓰러지는가 하면, 갑자기 괴성을 지르면서 여자들만 붙잡고 매달리는 환자, 멀쩡하다가 거품을 뿜어내며 눈은 황소처럼 크게 치뜨고 흰자위를 무섭게 보이는 환자, 마치 큰 나무가 태풍을 등지고 몸부림치는 것마냥 2시간 이상을 온몸을 덜덜 떨다가 갑자기 벌떡 일어나 사방 천지를 돌아다니는 환자, 노래를 부르다가 쓰러지는 환자, 물만 보면 간질을 심하게 하는 환자 등 수도 없이 많다.

그 중 호진이 또한 특이한 케이스였다. 간질을 하면 숨을 쉬지 않는 그를 지켜볼 때마다 나까지 심장이 멎는 것 같은 공포를 느껴야만 했다. 약을 먹어도 잘 안 듣고 오랫동안 앓아왔던 그가 이제는 많이 좋아져서 퇴원해 약도 잘 복용하고 책도 잘 읽고 말도 더듬거리기는 하지만 잘 할 수 있게 되었다.

대부분의 간질 환자는 뇌에 손상이 오기 때문에 약간은 판단력이 흐려지고 부족한 사람들이 많다. 다양한 환자를 겪어 오다보니 실망도 하고 좌절과 고통의 순간도 수차례 있었다.

그러다 그 가족들이 건강이 호전되고 자연과 더불어 살아가는 것을 보면 어느새 기쁨이 넘친다. 사람에게는 푸른 잔디와 소나무, 푸른 산을 볼 때 정신도 맑아지고 스트레스 치료에도 좋지 않을까 내 나름대로 생각해 본다.

시설에 돌아온 호진이는 운동을 한다며 주변을 하루에 세 바퀴 정도 걸어 다닌다고 자랑을 늘어놓았다.

"원장님, 나 간질이 아니고 다른 병이래요. 다른 병"

그는 스스로가 간질 환자라는 사실이 좀 창피한가 보았다. 주변 식구들이 간질을 하는 걸 보고 충격을 받았던 모양이다.

"약 잘 먹고 기도 많이 하고 있어요. 이젠 아프지 않아요."

호진이가 우리 집에 처음 입소하러 왔을 때 상태가 그다지 좋지는 않았다. 얼굴을 심하게 다쳐 여기저기 흉터가 있었고 양쪽 눈도 부어 있었으며 정신지체 환자처럼 몸 상태가 좋아 보이지 않았다. 지금은 그때에 비하면 간질을 하는 것 외엔 건강이 많이 좋아진 편이다.

강원도 오지의 땅에 찾아오는 겨울은 너무도 무섭게 맹추위를 떨치고 지나간다. 이곳에서 겨울 한철을 보내고 나면 반평생은 산 것 같은 기분이 들 정도다. 그 힘든 겨울이 가고 봄이 돌아와 꽃이 피고 새들이 노래를 할 때 우리 가족들은 비로소 활력이 생겨나기 시작한다.

6월 초였다. 어디에선가 찢어지는 듯한 비명이 들려왔다. 나는 불길한 생각이 들어 급하게 사람들을 불러모아 소리 나는 곳으로 빨리 가 보라고 했다.

아니나 다를까, 우거진 풀숲을 산책하던 호진이가 지나가는 독사를 보고 미처 피하지 못하고 넘어졌다가 손을 물렸던 것이다. 나는 급한 대로 내 옷을 찢어서 손을 꽉 묶고 독을 입으로 빼내는 응급처치를 했다. 마침 그때 갱생원의 노 선배가 홍천에 와 있었다. 그는 어릴 적 내가 집을 뛰쳐나가 고생하다 갈 곳이 없어서 찾아갔던 갱생원에 있었던 사람이었다.

지인의 소개로 만나게 되었는데 그 당시에는 서로 몰랐었지만 내가 예전에 집필한 『나는 서울의 거지였다』라는 책을 읽어 보고는 본인과 같은 갱생원 출신이었다는 것을 알았다고 했다. 그 후 우리는 갱생원 선후배 사이로 더욱 끈끈한 인연이 되어 서로 왕래하며 잘 지내고 있다. 그의 도움으로 호진이를 신속하게 병원으로 데려갈 수 있었다.

죽음의 무덤 앞에서도 홍수에 무너진 제방 속에서도 나는 견뎌왔으나 이 사명 속에 살아야만 하는 내 자신을 때로는 미워하며 때로는 부족하다는 사실을 알게 된다. 그렇지만 고통보다는 소망이 나에게는 너무도 많다.

호진이가 병원에서 돌아왔다. 아직도 오른쪽 어깨와 손등이 많이 부어 있었지만 3일 동안 치료를 받은 후 회복되었다. 그는 부모가 일찍 다 돌아가셨고 누나만 둘이 있다. 호진이를 우리 시설에 입소시키던 날, 큰 누나와 매형, 작은누나가 따라왔다.

"시설은 처음인가요? 아니면 다른 시설에 있다 오신 건가요?"

"서울 봉천동에 있는 B시설에 있었는데 그곳에서 퇴소하라고 했어요."

"왜 그랬을까요? 그럴 만한 이유가 있었나요?"

"간질도 심했고 툭하면 그곳에 있는 사람들에게 매를 맞고 싸우다보니 그 시설에서는 생활할 수 없다고 통보를 했습니다."

"두 분 집은 어디신데요?"

"홍천입니다."

"실례지만, 무슨 일을 하고 계신가요?"

"장날마다 찾아다니면서 잡화를 팔고 있어요."

"아, 그렇군요. 우리 시설은 어떻게 알게 되셨나요?"

"아는 분이 여기로 오면 원장님도 좋고 시설도 좋아서 호진이가 이곳에 있으면 건강이 좋아질 거라고 추천해줘서 이렇게 찾아오게 되었습니다."

"우리 시설이 그렇게 소문이 났다니 기분이 나쁘지 않네요. 그런데 동생이 얼굴이 부어 있고 흉터가 많고 정신연령도 좀 부족해 보이는데 간질을 심하게 해서 그런가요 아니면 원래부터 그랬나요?"

"아닙니다, 원장님. 제 동생은 고등학교까지 졸업했습니다."

"그래요? 간질은 언제부터 하게 됐나요?"

"고등학교 2학년부터요."

"그럼, 갑자기 간질이 생긴 거란 말입니까?"

"네에. 동생이 그때 패싸움을 했다가 맞아 죽을 고비를 넘긴 적이 있었어요. 또 부모님이 교통사고로 돌아가신 후부터 충격을 좀 받았나 봐요."

나는 그들의 이야기를 듣다가 인간이라는 존재가 생활하는 현실은 예측불가(豫測不可)의 공간이라는 생각을 하다가 그가 가여워서 눈물이 났다.

큰 누나와 매형은 점잖고 성실한 사람들같아 보였다. 그들은 고생을 얼마나 많이 했는지 촉촉해진 눈가에 주름이 설핏 엿보였다. 매형은 키가 작고 얼굴이 둥글어서 선한 인상이었고 장으로 돌아다니며 햇볕에 많이 태워서인지 검게 그을린 모습이었다.

아직 아기는 없다고 말하는 누나의 얼굴에 수심이 차올라 있었다. 작은 누나는 짜리몽땅한 편이었는데 아직까지 결혼을 못한 노처녀였다. 그녀는 진중해 보이는 언니와는 달리 세상을 별생각 없이 사는 사람처럼 보였다. 어느 철학자의 이야기처럼 내일을 생각하지 않고 하루만 살기를 바라는 철없는 어린아이 같았다. 언니는 저토록 근심걱정이 가득 차 있는데 말이다.

"그러면 우리 시설에 입소하는 걸로 하고요. 남동생은 수급자라서 입소비나 생활비가 따로 필요 없습니다. 대수술을 받은 경우에만 보호자가 필요하고 병원비 부담을 해야 합니다. 기타 모든 것들은 우리 시설에서 부담합니다. 최선을 다해서 동생을 건강하게 관리하도록 노력하겠습니다."

"원장님, 감사합니다. 정말 잘 부탁드립니다."

그들은 고마워 어쩔 줄 몰라 하면서 흰 봉투를 하나 내밀었다.

"많은 액수는 아니지만 시설에 있는 분들과 고기 사다가 회식하세요."

나는 괜찮다고 극구 사양했지만 그들은 작은 감사의 표시라며 탁자 위에 두고 도망치듯 돌아서 나갔다. 하루 벌어 하루 먹고 사는 자신들도 힘들면서 이렇게 아름다운 마음을 가진 그들을 보며 이곳의 우리들 역시 더 열심히 섬겨야겠다는 다짐을 하였다. 그렇게 호진이는 우리 식구가 되었다.

김인숙은 몸을 다치고 나서 휠체어를 타며 목발을 의지하고 생활해 봐서 그런지 나를 대하는 태도가 많이 달라져 있었다. 휠체어를 탈 때 항상 조심할 것과 브레이크는 꼭 잠갔는지 늘 점검하라고 했다. 내가 편하게 생활할 수 있도록 예전보다 더욱 세심하게 배려해 주었다.

그녀는 모든 것들을 척척 해냈고 내가 하는 일에 조금도 빈틈이 없도록 처리해 주었다. 자신도 불편한 몸을 가지고 나를 챙기는 것을 보며 이제는 그녀가 일을 그만 쉬었으면 좋겠다는 생각이 들었다.

항상 힐을 신고 다니던 그녀가 다리를 다치고부터는 1년이 넘도록 운동화만 신고 출퇴근하고 있었다. 안쓰러운 마음에 그녀가 사직(辭職)을 하면 좋겠다고 내 심장 깊은 곳에서 속삭이고 있었다. 함께 있는 시간이 많아지고 가까워지면서 나는 그녀가 점점 더 좋아질까 두려웠다.

그녀는 나를 사랑한다고 말을 하지만 나는 이미 사랑이란 겉과 속이 다르다는 사실을 알고 있다. 그래서 나는 결혼하지 않고 이대로 사는 것도 하나의 방법이라고 생각했다.

아직 가을날이었다. 햇살은 따뜻하지만 시원한 바람 속에 깊어가는 가을이 외롭게만 느껴져 왠지 내 마음도 감상적으로 치닫곤 했다. 나는 전국을 다니면서 강의를 했고 한 달에 여섯 번씩 내가 살아가는 삶의 현장체험을 기사로 써냈고 1주일에 한 번씩은 칼럼을 쓰기도 했다.

한승주 전(前) 외무부 장관과 나는 동명이인이다. 칼럼을 쓰면 인터넷에 내가 1위고 내가 바빠서 못 쓰면 그분이 1위였다. 나를 모르는 사람이 거의 없는 것 같았다. 갑자기 미국에 있던 친구에게서 전화가 왔다.

"한승주 원장, 나야 나. 잘 있었나?"

"나라니? 누구시죠?"

"이 친구야, 나 윤민철이라고. 모르겠어?"

"민철이? 야야, 너 이 자식. 지금 미국에서 전화하는 거야?"

"아냐, 한국에 왔어. 오랜만이지?"

"자네를 어떻게 잊을 수가 있어? 우리 삼총사였잖아. 정말 오랜만이네, 이 친구야."

"그렇지, 허허. 종배는 소식 있어?"

"종배는 을지로에서 원단 장사 한대. 그놈도 좀 만나야할 텐데."

"우선 승주 너부터 만나자."

"야, 민철아. 우리 사무실로 와."

"내가 어떻게 홍천까지 가냐? 오랜만에 한국 나와서 어디가 어딘지 통 모르겠다."

"홍천 말고 서울에도 작은 오피스텔이 있어."

"어디에?"

"너처럼 부자는 옛날부터 강남에서 놀았지? 나는 돈 없는 거지라 강동구에 조그만 사무실 하나 갖고 있어."

"야, 승주야! 너도 이제 늙었다."

"이놈이 전화 목소리만 듣고 늙었다니."

"목소리만 듣고 그런 게 아니고 그 옛날 네 자존심, 자존감, 패기, 다 어디로 갔냐? 남자는 말이야, 자신감이 없으면 죽은 목숨인 거야."

"이 자식아, 쓸데없는 소리 그만하고 빨리 오기나 해. 점심이나 먹자."

내 사랑하는 친구들은 서로를 너무 좋아했다. 종배와 민철이와 나, 셋이 어디를 가면 쌍둥이라고 할 만큼 닮았고 의리가 넘쳤다. 옛날 생각이 안 날 수가 없었다. 늘 그 둘이 나를 업고 다니며 봉다방의 봉양을 만나 몇 시간 동안 희희덕대며 질펀한 이야기를 했었지. 민철이는 내 사무실에 잘도 찾아왔다.

"너 신수가 훤하네?"

"야, 너도 괜찮은데 뭘 그래."

"나는 요즘 죽을 맛이다."

"인터넷에도 뜨고 잘 나가는 거 아는데 뭔 헛소리야."

"제수씨는 잘 있어?"

"이 새끼야. 형수님에게 무슨 제수씨야? 형님 앞에서 못하는 소리가 없네."

"야야, 시끄러."

"예나 지금이나 넌 여전하구나."

"민철아, 애들은 몇이야?"

"아들 둘에 딸 하나."

"참 부럽다. 너는 돈도 많고 미국 가서 잘 나간다고 소문났던데?"

"요즘 말이야. 한국이나 미국이나 똑같아. 경기가 안 좋아."

한참 이야기꽃을 피우는 중에 김인숙이 커피를 내왔다. 갑자기 민철이 안색이 변하면서 눈을 껌벅껌벅하더니

"야, 나가서 밥이나 먹자."

그는 내 휠체어를 밀면서 일층의 커피숍으로 데리고 갔다.

"나 미국가기 전에 강남에 사무실 가지고 있었던 거 알지? 그때 거기서 일했던 그 여자야."

"무슨 뚱딴지같은 소리야? 지금 누가 어디에 근무했단 말이야?"

"승주 네가 데리고 있는 방금 그 여자 말이야."

"닮은 사람이겠지. 요즘은 성형수술도 많이들 하는데."

"아니라니까. 이름이 뭐야?"

"김인숙."

"확실해. 이름이 특이하잖아. 지금 몇 살이야?"

"58살 정도일 걸? 확실히는 모르겠네."

"맞네 맞아. 나하고 3년 반이나 사귀었단 말이야."

"너 미쳤냐? 저 여자 유부녀였는데?"

"그땐 나도 전혀 눈치를 못 챘지."

"야, 온몸에 소름 돋는다. 구체적으로 얘기 좀 해봐라."

"사귈 때 명품 코트에 미니스커트, 벨벳 원피스, 각종 옷이란 옷은 다 사 줬어. 신발은 그 배는 될 거야. 월급 외에도 생활비를 150에서 200 정도 따로 줬었어. 그리고 말이야. 갑자기 이 여자가 언니가 사업을 하다가 부도가 날 것 같다고 3천만 원만 빌려달라고 애원해서 그 돈도 줬지. 그런데 어느 날 갑자기 마음이 변한 거야."

"저렇게 상냥한 여자가 말이야?"

"그럼 얼마나 상냥했다고. 어느 일요일이었어. 전화를 걸었는데 아주 불쾌하게 받아서 기분이 굉장히 나쁘더라고. 그런데 회사에 들어오면 다시 말도 못하게 상냥하고 언제 그랬냐는 듯 웃음 지으며 인사해. 그러다가 어느 날 문자를 보냈는데 밤늦게는 보내지 말라고 하더라."

"아마 유부녀라서 그랬겠지."

"나는 전혀 몰랐어. 저 여자 여기에 몇 년 있었어?"

"한 5년 정도 될 거야."

"그때부터 금요일만 되면 15분씩 일찍 퇴근하는 거야. 그래서 우리 기사를 시켜서 미행하라고 했지. 종로에서 내리길래 따라가봤더니 어느 남자하고 둘이 만나서 차를 마시고 있더라는 거야."

그뿐만이 아니라 행동과 태도가 완전히 바뀌면서 변명과 핑계를 일삼았다고 했다.

"오늘은 언니가 아파서 조금 일찍 가 봐도 될까요?"

"네, 그렇게 하세요."

5시에 퇴근을 한 그녀에게 떨리는 목소리로 전화를 걸었으나 그녀는 받지 않았고 '마음은 콩밭에 가 있다'는 말처럼 김인숙은 다른 남자를 만나고 있었던 것이다.

오랜만에 그녀와 호텔에 간 민철이 먼저 샤워를 하고 나왔고 그녀가 뒤따라 샤워를 하고 나와 관계를 맺으려고 할 때 뭔가 이상했다고 했다. 그녀의 가슴 위에서부터 배꼽까지 손으로 할퀸 빨간 자국이 있었던 것이다. 민철은 기분이 좋지 않아 섹스를 할 수 없었다.

"왜 당신 가슴에 할퀸 자국이 있는 거야?"

벙어리처럼 침묵을 지키며 죽은 시체처럼 있던 그녀는 다시 샤워실로 들어가 샤워를 한 뒤 옷을 입고 민철에게 말했다.

"자기가 시곗줄로 그랬잖아. 뒤에도 얼마나 그런 자국이 많은데?"

그녀는 얼굴색 하나 변함 없이 대꾸했다. 기가 막힌 민철이는 입을 열지
못했다. 어느 날 민철이는 그녀와 크게 다투었다.

"내가 언제까지 모를 거라고 생각해? 딴 놈이 네 몸에다가 다른 남자 못
만나게 이렇게 표시해 놓은 거 모를 줄 알아? 너 갈보야? 이놈 저놈 만나
고. 이유 달게 없으면 엄마한테 빨리 가봐야 된다질 않나, 가족 모임이 있
다지를 않나. 휴가를 냈기에 알아보니 몰래 제주도로 여행 가지를 않나."

민철이는 조용히 그녀를 데리고 남한산성으로 갔다. 다른 남자가 있는
게 사실이라면 그녀를 쿨하게 놔주기 위해 그녀의 양심을 노크해 보기로
했다.

"다른 남자가 있다면 솔직하게 말해줘."

"그래, 있다. 나 남편도 있어. 네 돈보고 사귀고 몸 준 거 맞아."

김인숙은 얼굴 하나 변하지 않고 차분하고 서리가 돋게 말했다고 했다.

나는 그 이야기를 듣고 도끼로 뒤통수를 맞은 듯했다. 민철이는 순간 목
을 졸라버리고 싶은 충동에 휩싸였으나 저런 더러운 벌레를 죽여 봤자 내
인생만 망친다는 생각에 가까스로 벗어나 모든 것을 다 정리하고 어차피
미국으로 이민 가서 사업을 하려고 수속 중에 있었는데 차라리 잘 됐다 싶
어 미국으로 떠나버린 거라고 했다.

민철이는 내게 두세 번이나 저 여자 조심하라고 했다. 그녀는 양동이가
넘치도록 거짓말을 하면서도 양심에 가책 한 번 못 느끼는 화인(火印) 맞
은 여자였다.

"민철아, 안 그래도 요즘 고민이다."

"왜? 저 여자 때문에?"

"맞아."

"무슨 일인데?"

"저 여자는 돈이면 양심도 도덕도 없단 말이야. 이미 퇴직금조로 돈을 줬고 병원비도 대줬고 그동안 선물도 사줬는데 나보고 퇴직금을 또 달라고 하니까 가슴이 미어진다."

"저런 미친년을 내가 확 죽여 버려?"

"됐다. 내가 알아서 잘 할게. 우리 밥이나 먹으러 가자."

우리는 일식집으로 들어가 으리으리하게 점심식사를 했다.

"야, 밥 먹다가 어디 갔다 와?"

"잠깐 전화가 와서."

"그래?"

민철이와 함께 식사를 끝내고 계산을 하려고 하니까 이미 계산이 되었다고 했다. 나는 대접을 받기보다는 대접을 하는 사람이다. 내 성격을 잘 알고 있는 친구는 미리 자기가 식사 계산을 했던 것이다. 오랜만에 미국에서 온 나의 친구는 그렇게 나를 너무너무 사랑했다.

'기가 죽어서 어디를 못 가겠다면 내가 옆에 있으니까 괜찮아. 육체의 장애는 장애가 아니야. 정신적 장애가 장애지.' 하고 용기를 주며 소망을 주었던 나의 친구 민철, 강원도 홍천에 복지시설을 건축할 때도 그 친구가 거금을 보내 주었던 것이다.

"친구야, 다음 금요일 날에는 종배도 함께 만나자."

"그래, 우리 삼총사가 한 번 뭉쳐야지."

"나도 너희한테 식사 한 번 대접할 수 있도록 기회를 좀 줘라."

"야, 이 미친놈아. 복지사업을 하는 네가 무슨 돈이 있어? 네가 큰 교회 목사라도 되냐? 우릴 대접하게."

친구와 추억을 나누고 헤어진 나는 사무실로 돌아왔다. 4시 50분이었다. 사무실에 김인숙이 없었다. 그녀는 말없이 퇴근해 버린 것이다. 불쾌해서 그녀에게 전화를 걸었다.

"김 실장, 지금 5시도 안 됐는데 벌써 퇴근하면 어떡하나?"

그녀는 또 변명을 늘어놓는다.

"언니가 갑자기 아파서요."

"언니가 아프건 당신이 아프건 간에 퇴근하면 한다고 말이나 해야 될 거 아냐?" 화가 나서 전화를 끊어버렸다.

비로소 그녀의 행동이 이상하다는 느낌을 받았다. 친구에게 많은 것들을 듣고 나니 말이다. 지금까지 그녀는 두 마음, 두 얼굴로 나에게 다가왔다. 물론 나는 그녀를 나의 동반자로는 추호도 생각하지 않고 그저 친구처럼 의지할 수 있는 직원으로 생각했다.

나는 그녀가 누구를 만나든지 관심이 없었다. 자기 몸을 가지고 본인이 알아서 하는 것이기에 내가 이러쿵저러쿵 할 수는 없기 때문이다. 그러나 5년 동안 한 사무실에서 근무를 해왔다면 공과 사는 구분할 줄 알아야 하는 것이다. 입만 열면 거짓말이라는 말을 듣고 그동안 내 속을 그녀에게 보여준 것이 너무나 위험했다는 생각이 들었다.

30년이 넘도록 직원을 써왔지만 그녀처럼 약고 더러운 여자는 처음이었다. 5년 동안 가르쳐놨던 것들이 바벨탑이 무너지는 것 같은 심정이었다. 특히 그녀 한 사람만 믿고 사무실 서류를 맡긴 것은 대단히 어리석은 일이었다.

나는 한 번 사람을 믿으면 죽는 날까지 상대가 어떤 행동을 해도 계속 믿어주는 성격인 게 장점이자 단점이다.

소낙비가 정신없이 쏟아지던 어느 금요일이었다. 쓰나미가 일본을 강타해버린 것 마냥 미친 듯 바람이 불어왔다. 장마철도 아닌데 웬 비가 이렇게 많이 오나. 우산이 뒤집힐 정도의 폭우(暴雨)라서 지나가는 사람들은 온몸에 비를 맞으며 달려가고 있었다.

오늘은 금요일, 우리 삼총사가 만나기로 한 날이다. 저녁 7시 반에 롯데호텔에서 만나기로 약속을 했었다. 날씨가 심술이 났는지 나를 너무 힘들게 했다.

나를 위해서 이역만리(異域萬里) 길을 마다않고 달려온 친구들인데 비바람 따위가 나를 막을 수 있으랴. 기다려라, 나의 친우(親友)들이여.

오늘은 무슨 옷을 입고 갈까? 빨간 정장, 아니면 곤색 정장에 빨간 넥타이를 맬까, 그 보다는 흰 옷을 즐겨 입으니까 그걸 입을까? 내게 가장 어울리는 코디를 하려고 하니 머리가 혼란스럽다. 결국은 하늘색 와이셔츠에 짙은 곤색 정장을 입고 빨간 넥타이를 맸다. 머리는 뒤로 빗어 넘긴 점잖은 모습으로 코디를 하고 주차장으로 갔다.

나는 비를 가르며 운전을 평상시보다 조심스럽게 하면서 설레는 마음으로 가고 있었다. 그때 갑자기 뒤에서 쿵하는 소리와 함께 내 몸이 앞으로 쏠렸다. 잠시 멍한 상태가 되었지만 다친 곳은 없는 것 같았다.

무슨 일인지 감이 왔지만 비가 너무 많이 내리고 있어서 차 안에서 내릴 수가 없었다. 물론 비가 오지 않아도 내리기가 힘들었겠지만 말이다. 사태를 파악하고 있다 보니 내 차를 박은 주인이 앞문으로 와 노크했다.

"저기, 창문 좀 열어 보세요."

"아, 도대체 무슨 일이오? 내가 몸이 이런 상태라 내려가 보지도 못하겠고."

"정말 죄송합니다. 비바람에 앞이 잘 안 보여서 그만. 어디 다친 데는 없으신지요?"

그는 연신 죄송하다며 차 안에서 나오지도 못하는 나를 보면서 어찌 할 바를 몰라 했다.

"내가 다친 데는 없는 것 같은데 정신적 충격은 있는 것 같습니다."

"아이고, 네네. 어떻게 해야 하나……?"

"약속 시간이 다 돼 가는데 사고가 났으니 말입니다."

이 빗길에 사고를 내고 쩔쩔매는 그가 좀 안쓰럽기도 했다. 그는 사고 난 곳 여기저기를 둘러보고 다치지 않으셔서 정말 다행이라고 했다. 차 넘버를 적고 명함을 교환하고 폰으로 차 부서진 곳을 사진 찍었다. 뒤 범퍼가 약간 부서졌으나 크게 눈에 띌 만큼은 아니어서 차 안에서 합의를 보고 그냥 약속 장소로 향했다.

발렛 주차를 하고 휠체어를 타고 커피숍으로 들어서는데 누군가 '승주야, 승주야.' 하고 불렀다. 귀에 익은 목소리가 들리는 곳을 바라보니 멀끔한 차림의 종배가 환하게 웃으며 다가왔다. 그렇게 아꼈던 나의 친구 종배.

"정말 오랜만이다. 잘 지냈지?"

"그럼, 너도 별 일 없지? 야야, 이제 보니 우리도 나이를 먹었구나. 이 흰 머리 좀 봐라. 허허."

우리는 오랜만에 만나 반가운 얼굴을 서로 바라보며 지난 얘기들을 스스럼없이 주고받았다. 나는 지난날의 생각들로 마음이 뭉클해져 사랑하는 종배를 끌어안고 눈시울이 뜨거워졌다. 그 옛날을 떠올려보면 사람들은 나를 자신들과 근본적으로 다른 병신으로 취급했었기에 늘 조롱거리에 사회적 구경꾼이며 저주의 대상이었다.

나는 내 가슴 속에 품은 이 친구들을 한시도 잊어본 적이 없었다. 20년 전 강원도 산골에 복지시설을 건축할 때도 지원을 아끼지 않았던 이들에게 무엇으로 보답해야만 할까. 가슴이 아려온다. 형제보다 더 성부동형제(成否同形濟) 진한 피의 우정이 꽃피는 멋진 중년의 사나이들. 이런 친구들이 나에게 있다는 사실에 하늘을 보며 새삼 감사했다.

휠체어를 밀어주는 종배와 커피숍으로 들어가서 민철이를 찾았으나 그는 아직 오지 않은 모양이다. 민철이를 기다리며 우리는 자리를 잡고 앉았다.

"종배야, 요즘 사업은 어때?"

"요즘은 수입품이 많이 들어와서 그런지 원단 장사가 잘 안 된다."

"그래? 10년 전만 해도 잘 됐잖아."

"그때만 해도 잘 됐었지. 지금은 뭐 통 되는 게 없네."

"다들 그런 소리 하더라. 그래도 애들은 잘 크지?"

"잘 크는 정도가 아니라 인마, 나 할아버지잖냐. 하하하."

종배는 스물세 살에 결혼해 스물네 살에 일찍도 아빠가 됐다. 우리가 기분 좋게 웃음꽃을 피우고 있는 동안 민철이가 커피숍에 들어섰다.

"어이구, 차가워라. 비가 너무 많이 와서 오느라고 힘들었다. 늦어서 미안하다."

"어서 와라. 하필이면 오늘같이 좋은 날 구질구질하게 비가 오고 그러냐?"

"종배야, 너도 오랜만이다. 반갑다, 이 자식! 승주야, 너는 오느라 힘들지 않았어?"

"말도 마라. 내가 신호등에서 정차하고 있는데 뒷차가 범퍼를 박아 버렸잖냐? 사고가 났지만 너희들 보고 싶어서 얼른 처리하고 왔어."

사랑하는 나의 두 친구는 동시에 벌떡 일어나며 말했다.

"뭐야, 사고? 너 다치진 않았냐?"

"괜찮아. 다친 덴 없어. 비가 너무 많이 와서 내가 휠체어를 타고 내려갈 수 없어서 3분 정도 멍하니 있었더니 뒤에 차 운전자가 와서 다친 데 없냐고 묻더라고. 얼른 여기 오려고 합의하고 왔어."

우리 셋은 그동안 살아온 이야기들을 나누며 간단한 식사를 하기로 했다. 민철이는 지난번에 했던 김인숙 이야기를 꺼냈다.

"야, 종배야! 내 말 좀 들어봐라. 세상이 좁아도 너무나 좁지 않냐?"

"왜? 뭔 일 있었냐?"

"글쎄 며칠 전에 승주 사무실에 갔다가 깜짝 놀랐잖아."

"왜 승주 사무실에 뒤로 넘어갈만한 미인이라도 있었냐?"

"그게 아니고 인마. 내가 강남에서 사업할 때 사귀었던 여자, 너도 알잖아? 그 여자가 거기 있더라니까."

종배는 설마 하는 표정으로 눈이 휘둥그레졌다.

"야, 정말이야? 설마 그 여자 말하는 건 아니겠지?"

"왜, 기억 나냐?"

"우리 회사에도 윤 회장하고 몇 번 온 적 있잖아. 호리호리하고 미니스커트에 정장만 입고 다니는 여사 맞아?"

"그래, 기억나네. 그 여자 광대뼈가 많이 튀어나오고 눈이 쏙 들어갔잖아?"

"맞아, 맞아! 생기기도 재숫대가리 없이 생겼는데 뭘 보고 민철이 이 새끼는 그토록 충성을 다했는지 몰라?"

"그런 소리 마라. 얼마나 속궁합이 잘 맞았는 줄 아냐?"

"어이구 등신, 그것도 그 여자가 쇼 한 건지 어떻게 아냐?"

나는 그들의 대화를 들으며 김 실장에 대해서 더 자세히 알게 됐다.

"내가 알기론 그 여자가 이혼했다고 그랬는데, 그것도 확실하지 않은 것 같네."

"너한테 그렇게 말했냐?"

"나도 이젠 그 여자 말이라면 콩으로 메주를 쑨다고 해도 믿을 수가 없을 거 같다. 너희들 말을 듣고 보니까 나도 많이 속은 것 같아."

"야, 승주야 서류나 통장 같은 건 절대 그 여자한테 맡기면 안 된다. 절대로. 우리 말 명심해라."

한참 대화를 하다 보니 밤 11시였다. 민철이는 다시 미국으로 출국을 해야 해서 우리는 공항에서 만나기로 하고 헤어졌다. 나는 아침에 출근한 김인숙을 더는 예전의 모습으로 바라볼 수가 없었다. 친구들과 나눴던 이야기들을 떠올리면 그녀를 바라보는 나의 가슴에 분노 비슷한 감정이 일어나고 있었다. 정(情) 따위는 레테(Lethe)의 강에 흘려보내 버리고 이제는 절대로 마음을 주지 않겠다고 다짐했다.

그녀는 벌레 같은 삶을 살고 있었다. 끼가 하늘을 찌르고 있으니 어찌 절제할 수 있겠는가. 진실하고 정직한 남자들을 수없이 유혹하고 낮에는 어느 직장에서 평범한 회사원으로 정직하고 진실한 현대인처럼 표현하고 있지만 그 꽃은 악취가 난다.

속은 이중삼중의 성격으로 계산을 하니 직업여성도 아니고 창녀도 아닌 몸과 마음을 파는 여우의 굴속에서 수많은 남자들은 그 품에 잠들고 있다. 어찌 만족함이 있겠는가. 현숙한 여인이 되지 못하면 바람 부는 나무처럼 흔들리고 수많은 열매는 땅에 떨어져 밟히고 말 텐데 말이다.

안개 속에 숨어있는 여인을 찾지 마라. 외로움을 달래주는 것은 돈도 뭣도 사치도 아니요, 오직 어지간하면 사랑을 주고 사랑을 받으며 그 진리 속에 꽃이 피어 온누리에 가득 차게 하고 살았으면 좋겠다.

그녀는 일본에 사촌 오빠가 있다고 하면서 일본으로 가겠다고 하였다. 나는 두말하지 않고 '아주 잘 됐습니다.' 라고 말했다. 그 여인이 떠난 지 1년이 지난 후 일본에서 결혼하여 행복의 단꿈을 꾸며 살기도 전에 이혼을 하여 저 바다의 기러기처럼 슬피 울고 있다고 하였다.

인간은 세상에서 맞는 사람이 없다. 서로가 부족함을 채워가며 살 때 행복의 싹이 난다. 사람들은 사랑해서 결혼했다고 하지만 그것은 엄청난 거짓말이요, 사기이다. 왜냐하면 사랑은 진리이기 때문이다. 진리는 빛이요, 그 빛은 생명이며 그 생명은 강한 불에도 타지 않는 진주와도 같이 변하지 않는 것이 사랑이다.

사랑의 근본은 생명의 근원이다. 사랑을 생활이나 환경이나 고통이나 외로움이나 슬픔이나 필요의 수단으로 이용하는 것은 사랑이라고 볼 수 없다. 그런데 일본을 가든 미국을 가든 바람처럼 자유를 찾아 홀로 다니는 여인을 두고 내가 뭐라고 말할 수는 없겠지만 왜 그 여자는 인생을 그렇게 살아가는 건지 불쌍하기만 하다.

사랑은 말이 필요 없다. 사랑은 행동이다. 그 행동은 진리이기 때문에 사랑의 본질에서 그 성격이 나타나므로 움직이는 생명체가 되는 것이다. 그러나 울지 마라. 불행을 갖고 사는 것도 당신이 무덤을 판 것이요, 그것이 팔자가 아닌 그대가 선택한 운명인 것이다.

　산야를 가다 보면 할미꽃이 있다. 그 꽃의 이름은 늙은 여성을 의미한다. 그녀가 할미꽃처럼 고개를 숙인 겸손한 꽃으로 현숙한 여인이 되어 다시 피어났으면 좋겠다.

생명의 은인
홍진표 교수

생명의 은인 홍진표 교수

내 고향 진도.

섬마을을 휘감아 도는 하얀 백사장과 그 백사장 위로 하얀 포말을 날리며 거칠게 물결치던 파도를 볼 때면 왜 그리 화가 났던지.

백사장 안쪽의 섬을 보면 그곳에는 마치 그림 속에서나 나올 듯 깎아지른 기암절벽(奇巖絶壁)이 병풍처럼 그 위용을 자랑하고 있었다. 그리고 그 위에서 점잖 빼듯 앉아있는 큰 바위들은 바람의 시샘에 살이 갈라지고 부서지며 영겁(永劫)의 시간을 보낸다. 모래사장에서 나뒹구는 작고 어여쁜 조약돌은 그렇게 긴 시간 동안 겪었던 고통의 환생(幻生)이리라.

태양빛 찬란한 드넓은 백사장(白沙場). 자연의 섭리 속에서 파도는 세상의 더러움을 정화(淨化)시키기 위해 하얀 몸부림을 치고 있다. 파도가 더 침범할 수 없는 저 너머로 농토(農土)가 샛노랗게 익어갔고 또다시 그 너머는 하늘을 향해 무엇인가 외치고 있는 소나무들이 20km가 넘는 길을 열어주고 있다.

하늘과 맞닿은 기세를 뽐내며 뿌리 넝쿨을 사방으로 뻗어나가고 있는 소나무들이여. 세찬 비바람과 싸우면서도 차라리 거꾸러질지언정 구부러지지 않고 당당히 스스로의 자리를 지키는 도도하고 웅장한 너희들의 자태(姿態)여. 이렇듯 치열하고 아름다운 자연은 차라리 예술이라는 말도 부끄럽다.

스르르 눈을 감자, 그 옛날 바닷가에 앉아 시(詩)를 쓰던 진도 앞바다의 풍경이 내 머릿속에서 바다 냄새와 함께 되살아나고 있었다. 어느새 눈앞에서 영원한 사랑처럼 파도가 출렁인다. 아침 저녁으로 울리는 뱃고동 소리. 고기잡이 나가신 아버지를 손꼽아 기다리는 가족들의 조바심과 걱정들.

심근무엽(深根茂葉, 뿌리가 깊어야 잎사귀가 무성하다) 같이 열심히도 살아가는 섬마을 사람들. 그들은 바닷물이 빠져나가면 갯벌로 온몸을 화장(化粧)하고 보리 모자로 태양 가리개를 만들어 조개를 캔다. 바다는 그들에게 삶의 터전이요 생명의 샘이었다. 그렇게 하나둘 캐어 푼푼이 모은 그 돈은 쌀이 되고 아들딸의 학비가 되고 그 다음에는 정해진 수순처럼 아들딸의 시집, 장가 밑천으로 변했다.

회동마을에 어느 날 기적이 일어났다. '모세의 기적'처럼 바다가 실제로 갈라지는 그러한 현상(現想)이 일어난 것이다. 진도의 본섬 회동에서 맞은 편의 작은 섬 모도까지 3km 바닷길이 열리게 되었는데 그 폭이 3~40m 정도 되었다. 세상에… 바닷물이 갈라지고 그 사이에 길이 열리다니. 그 놀라운 모습은 육안(肉眼)으로도 확연히 확인할 수 있었다. 참으로 엄청난 속도였다. 거대한 바닷물이 빠른 속도로 빠지면서 바닥을 드러내는 장관(壯觀)은 보는 이로 하여금 절로 탄성을 쏟아내게 한다.

이곳이 세상 밖에 본격적으로 알려지게 된 계기는 1975년 우리나라에 프랑스 대사로 부임한 피에르 란디(Pierre Landy)가 진도로 관광을 왔던 때다. 진도를 둘러보던 대사는 때마침 바닷길이 열리는 광경을 목격했고 그 감동을 잊을 수 없어 프랑스 신문에 알렸던 것이다. 현대판 모세의 기적이라며 프랑스 신문에서 기사를 내보냈고 그때부터 이곳이 세상에 알려졌다. 바닷길이 열리면 소라, 낙지를 직접 채취할 수 있다.

그야말로 '모세의 기적'을 눈으로 보게 될 뿐만 아니라 직접 손맛도 보고 입맛까지 챙길 수 있는 기회다. 그런 즐거운 맛 때문에 이 일대에서는 시간을 맞춰 며칠 동안 '신비의 바닷길 축제'가 열린다.

진도의 자랑거리는 이뿐만이 아니다. 유네스코 세계 무형문화유산인 '강강술래', '진도아리랑' 등 전통 민속 문화, 한국의 국견(國犬) '진돗개'와 천년의 색(色)을 간직한 '진도 홍주'를 접할 수 있는 다양한 체험들도 기다리고 있다.

회동마을 사람들은 바닷길이 열리면서 우리 동네 살길도 열렸다며 몇 날 며칠을 풍악을 울리며 떠들썩하게 잔치를 벌였고 그 바람은 전 세계로 알려졌다.

겨울의 진도는 봄처럼 따뜻하다. 마늘, 파가 잘 자라며 배추와 봄동은 달짝지근한 영양을 한가득 품고 있다. 갯바람을 등지고 꽁꽁 언 손을 연신

호호 불어대며 김을 훑던 나의 어머니. 어머니는 막내 동생이 세상에 나오려 하던 그 순간에도 양수가 터진 줄도 모른 채 고통을 참아가면서 무던히도 일을 하셨다.

섬마을 부모들은 누구라도 그렇듯 자식 욕심이 많았다. 어쩌면 그건 섬마을 사람들이 갖는 DNA의 특성일 수도 있겠다. 생각해 보라. 사나운 태풍의 위협 속에서 피할 곳 없는 곳이 외로운 섬이다. 뭍에 있으면서도 삶과 죽음을 생각한다. 게다가 바다가 삶의 터전이고 보니 삶을 영위하기 위해 죽음을 무릅써야 하는 무리들이 섬사람들이다. 그러므로 언제나 부모가 걱정되고 자신의 뒤를 이을 자식이 걱정되지 않겠는가. 아마도 섬사람들의 자식 욕심은 그래서 나온 듯하다.

봄이 되면 따뜻한 미풍 속에서 미역을 채취하고 겨울이면 살갗을 에는 갯바람 속에서 양식 석화를 까는 섬사람들의 모습이 보인다.

이렇듯 사계절 고단한 그들의 삶도 소주 한 잔과 출세한 자식 자랑거리가 안주가 되어 서서히 잊힌다. 특유의 거친 인상을 넉넉한 인심(人心)으로 묻어버리는 것도 섬마을 사람들이다.

부평초(浮萍草)처럼 방황하던 내 마음을 언제라도 달래주었던 옥색의 투명한 바다는 서울에 정착하는 순간조차도 잊어본 적이 없다. 평생 내 머리와 가슴 속에는 옥색 바다가 넘실거린다.

천덕꾸러기 아들이 성공했다며 '승주야, 이놈아! 고생했다.'며 앞다투어 내 손을 잡으시던 동네 분들의 얼굴이 떠오른다. 독수리처럼 푸른 하늘만 보고 비상(飛上)했던 가슴 뛰던 청춘과 활기는 어느덧 세월에 묻혀 활처럼 구부러진 어르신들은 휘어진 허리를 힘겹게 이끌어야 하는 늙은이로 변했지만 청춘의 뜨거움 대신 연륜(年輪)의 따뜻함으로 '밥 먹게 와라. 승주야!' 하신다.

우리 아들은 저주받았다고 손가락질 해대던 과거의 조각들, 이제 그 조각들은 흉측한 허물을 벗고 한 송이 꽃으로 피어 진한 향기를 내뿜고 있는 것이다.

말썽쟁이 승주가 훌륭한 사람이 되어 돌아왔다며 칭찬이 자자했다. 동네방네를 돌아다니며 자식 자랑에 여념이 없으셨던 아버지는 혼자서 장구를 치시며 막걸리를 벗삼아 덩실덩실 춤을 추셨고 어머니는 싱싱한 꽃낙지를 사다가 맛있는 음식으로 나의 성공을 축하해 주셨다. 죽은 줄로만 알았던 병신자식이 성공한 모습에 어머니는 회환(悔恨)과 기쁨의 눈물을 흘리셨다.

230여 개의 섬으로 오묘하게 둘러싸인 아름다운 내 고향 진도. 어느 시인의 일필휘지(一筆揮之)로도 다 표현할 수 없고 이름난 동양화가의 수묵화(水墨畵)로도 다 그려낼 수 없는 아름다움이 그 안에 있다. 매년 관광객들의 숫자는 점점 늘어났다. 밀물처럼 밀려왔다 썰물처럼 돌아가는 관광객들만큼이나 바다는 언제 보아도 새롭게만 느껴진다.

'찰칵! 찰칵!'

이렇듯 상념에 빠져 있다가 사진작가들이 감탄과 함께 눌러대는 카메라 셔터 소리에 흠칫 현실세계로 돌아왔다.

어느 날……. 충격으로 인해 나는 백치(白痴)가 되어버렸다. 아무것도 생각나지 않았다. 음식을 입에 넣으면 곧 게워내었고 배가 아파도 화장실을 못 갔다. 옷에 대소변을 싼 지도 모르는 인지능력장애 환자같이 넋이 나가 있었다.

눈이 있어도 보이지 않았고 귀가 있어도 들리지 않았으며 입이 있어도 소리가 나오지 않으매 그저 가쁘게 숨만 내쉬는 식물인간과 진배없었다.

'경훈아! 명훈아! 내 아들들아!'

애타게 아들들의 이름을 불러봤지만 나오지 않는 소리는 의미 없는 메아리처럼 시공(時空)을 맴돌 뿐이었다. 죽음의 공포가 나를 옥죄어 온다. 나에게 사형선고(死刑宣告)를 내린 저승사자들이 저마다의 손에 칼을 들고 내 목을 쳐내는 환각 속에서 나는 어느새 무너져 내렸다.

잠들고 싶다. 어머니의 등에 업혀 세상모르고 잠든 아이처럼 그렇게 평화롭게 자고 싶다. 그러나 꿈속도 결코 도피처(逃避處)가 될 수는 없었다. 설핏 잠이 들면 시시각각 다양한 악몽(惡夢)에 시달리다가 가위에 눌리기 일쑤였고 눈을 떠도 지옥이요, 눈을 감아도 연옥(煉獄)이었다.

눈은 퀭하게 들어갔고 계속되는 허기에 광대뼈가 툭 튀어나왔고 고열은 온몸을 감쌌다. 비 오듯 쏟아지는 식은땀은 옷에 스며들어 악취(惡臭)가 진동했다. 지금의 이 형상(形狀), 이 지옥도 정녕 나에게 닥친 일이 맞단 말인가? 나는 초점 없는 눈으로 멍하니 허공만 응시하다가 그대로 쓰러져버렸다.

'아아아아아아악! 아악, 아아악!'

필시 흉측한 악마들이 내 머리 안으로 들어와 날카로운 비수로 이곳저곳을 후벼 파내고 있으리라.

'이건 아니잖아. 이럴 수는 없는 거잖아. 도대체 왜? 빌어먹을 내가 뭘 어쨌는데? 아니야……. 아니라고…!' 울분에 찬 절규(絶叫)는 말로 나오지 못한 채 속으로만 울려 퍼졌다. 가슴을 쥐어뜯으며 몸부림도 쳐봤지만 거센 풍랑 앞에 마주한 나약한 인간마냥 현실 앞에 오직 절망할 뿐이었다.

'승주야……, 승주야…….' 멀리서 내 이름을 부르는 소리에 눈을 떴다.

며칠이나 지났을까? 내가 살아있기는 한 걸까? 현실인지 환상(幻想)인지 분간조차 가지 않았다. 따가운 햇살이 눈을 찔렀다. 문을 세차게 두드리며 나를 불러대는 그림자 하나, 정체 모를 그 존재의 등장에도 여전히 내 심장은 얼어붙어 있었고 목구멍에서는 어떤 소리도 나오지 않았다.

희미한 의식 저편에서 와장창 문이 부서지는 소리가 들렸다. 그와 동시에 검은 그림자가 내 앞으로 뛰어 들어왔다. 순간 내 입에서 말문이 터졌다.

"으허억 엄마, 어 엄마! 저놈이 나 죽이러 왔어. 빨리 와 빨리. 나 살려 줘, 엄마!!!"

"야야, 정신 차려 봐. 인마! 나야 나, 노병균이야!"

"나……. 나 좀 살려줘. 아냐, 그러지 말고 차라리 날 죽여줘. 난 죽어야 돼. 날 죽여."

살려달라고 했다가 죽여달라고 했다가 그야말로 횡설수설이었다. 그 모습을 보다 못한 노 선배가 자리에 털썩 주저앉았다.

"이게 웬일이야……. 어쩌다 이 지경까지 온 거야? 아이고, 승주야, 이놈아……." 노 선배는 도저히 이 상황이 이해가 되지 않는 듯했다.

"우리 송희 결혼시켜야 돼. 내가 이대로 죽으면 우리 딸 어떻게 하느냐고. 엄마, 뭐 해? 저놈들이 나를 죽이려고 한단 말이야. 나 좀 도와줘! 나 이대로 죽으면 안 돼. 나 살고 싶어요. 제발!"

"야, 너 왜 이래? 정신 좀 차려보란 말이야!"

노 선배는 내 뺨을 연거푸 후려치고 내 어깨를 잡고 흔들었다.

"저놈이 나보고 미쳤다고 그래. 내가 왜 미쳤어? 나 안 미쳤다고! 나는 아니야. 안 그랬어. 나는 착하게만 살고 싶었어……."

사태의 심각성을 깨달은 노 선배는 발버둥치는 나를 제압해서 한쪽에 눕혀놓고 시체와 다름없이 변해버린 내 몸부터 씻겨주고 깨끗한 옷으로 갈아입혔다. 그리고는 찹쌀과 마늘, 땅콩, 참기름, 계란 등을 풀어서 영양죽을 끓여 내 앞에 놓았다. 죽을 떠주는 그의 눈에 눈물방울이 맺혀 있었다.

죽을 한 숟가락 떠서 내게 먹여주려는 노 선배의 노심초사(勞心焦思)한 모습이 내게는 사신(死神) 같아 보였다. 안 그래도 한 줌의 기운도 없던 내 몸은 세찬 바람에 흔들리는 나무처럼 휘청거리고 있었다. 헛소리가 자꾸만 나왔다.

"안 돼! 우리 딸 죽이면 안 돼! 우리 아들 죽이면 안 돼!"

"승주야, 아무것도 안 먹으니까 더 헛것이 보이는 거야. 자 얼른 입 벌려봐. 이거라도 먹고 기운 좀 차리게."

노 선배는 억지로라도 내 입을 벌려서 죽을 넣으려고 했다. 그의 기세(氣勢)에 눌린 나는 엉겁결에 한 입 받아 물었다. 그때였다. 입 안으로 들어온 죽이 어느새 벌레로 변했다. 나는 벌레가 나를 집어삼키고 있다는 환각에 빠져 바로 죽을 뱉어버렸다. 그 어떤 것도 삼킬 수가 없었다.

우리 복지시설에 왕진하고 계시는 의사분이 있었다. 노 선배는 병원에 전화를 걸어 다급히 의사에게 왕진을 부탁했다. 급히 도착한 의사는 침대 위에 누워있는 나에게 진정제와 링거를 꽂아주고 병세를 찬찬히 살피다 가급적이면 꼭 입원을 해야 한다며 돌아갔다. 정신이 들자 또다시 모든 것이 나에게 덤벼드는 환상과 싸워야 했다. 방은 회전목마처럼 빙빙 돌고 천정이 무섭게 주저앉았다 올라갔다 했으며 눈에 보이는 모든 물체들이 나를 공격해왔다.

"이히히히, 나하고 같이 놀아줘! 예쁜 토끼야, 이리 와! 나하고 놀자! 헤헤 헤헤."

나는 정신이 나가고 판단력을 완전히 상실했다. 어둠은 더욱더 두려웠다. 빛이 사라지면 무거운 어둠이 온몸을 짓누르며 나를 끝없는 나락으로 밀어내곤 했다.

낮이고 밤이고 전등을 켜지 않으면 견딜 수 없는 날이 계속되었다. 고통이 계속되면서 시도 때도 없이 자살 충동이 나타났다. 삶의 고통과 죽음의 유혹 속에서 노 선배가 나를 붙들고 목놓아 울었다.

잠시라도 눈을 떼면 언제 무슨 짓을 저지를지 모른다고 판단한 그는 사람들을 불러서 돌아가며 나를 지켰다. 사람들과 만나는 것도, 뭘 먹는 것도, 병원에 가는 것도 매사가 귀찮았다. 그냥 이대로 죽어버리는 게 가장 편할 듯싶었다. 주변에서 넌지시 정신병원 이야기를 꺼내기라도 하면 나는 꼬리에 불붙은 황소처럼 날뛰며 난리를 쳤다. 그런 나를 아무도 손대지 못했다.

나를 이대로 뒀다가는 초상(初喪)을 치를 것 같다고 의견을 모은 지인들이지만 그렇다고 병원에는 죽어도 안 가려고 하니 차선책으로 환경을 바꿔보자는 결론을 내렸다.

생각해 보면 그런 지인들이 있었기에 내가 새로운 삶을 살 수 있었으리라. 그들이 없었다면 어찌 오늘의 내가 있겠는가. 뼈와 살을 깎아내는 고통 속에서도 소망(所望)을 가지고 완공해낸 내 삶의 터전 홍천. 그러나 그곳에서 나는 점점 더 미쳐가고 있었다.

우선 지인들은 나를 서울의 조그만 오피스텔로 데려다 옮겼다. 하지만 나는 잔뜩 주눅이 들어있었고 항상 사람들의 시선이 두려웠다. 배가 고파도 식당에 갈 수 없었다. 세상이 나에게 손가락질을 하는 듯한 잔혹(殘酷)함에 사로잡혔다. 그러다보니 점차 방안에만 틀어박혀 있게 되었다.

인격살인(人格殺人)을 당한 나는 철장 없는 감옥을 만들어 스스로를 그 속에 가둬버린 것이다. 그 상처를 지울 수 없기에 혼자 조용히 잊고 싶었다. 그렇게 철저히 혼자가 되어 고독과 절망 속에서 살았다.

그러나 그러다가도 끝없는 분노가 머릿속을 휘몰아쳐오면 참을 수 없는 분노에 사로잡혔다. 그럴 때면 세상을 뒤엎어버리고 싶은 충동(衝動)이 일어났지만 한순간 초라한 나 자신의 현실을 확인하면서 어느새 무기력의 나락으로 빠져들었다.

그렇다. 나는 점점 더 아무것도 할 수 없는 시체가 되어가고 있었다. 옛날부터 나는 늘 외로웠다. 부모, 형제와 함께 있을 때도 철저한 냉대 속에서 세상에는 오직 나 혼자뿐이라는 진한 고독감(孤獨感)과 싸울 수밖에 없었다. 나는 이 세상의 병들 중에 가장 큰 고독이라는 이름의 열병을 앓고 있었던 것이다.

3개월이 지나도 나아질 기미가 보이지 않았다. 작은누나는 무슨 수를 써서라도 나를 병원에 데려가려고 매일같이 찾아와 눈물로 애원했다. 이대로 두면 동생을 잃을지도 모른다는 생각에 누나는 점점 더 다급해져 갔다.

한 번, 두 번, 세 번……. 계속되는 설득 속에서도 나는 막무가내였다.그리고 어느 날 겨울, 작은누나가 오피스텔 앞에 차를 세워놓고 건장한 사람 여럿을 대기시켜 놓았다. 그리고 절대 가지 않겠다고 발광하는 나를 억지로 밀어넣고 아산병원으로 끌고갔다.

아산병원을 처음 알게 된 것은 들녘에 오곡이 풍성하게 물들고 산천초목(山川草木)이 색동옷으로 갈아입을 준비를 하던 9월의 일이었다. 그달 21일 「홍천 실로암 연못의 집」 준공식을 할 때 어떻게 알고 오셨는지 정몽준 회장의 부인도 참석을 했다. 그 후에도 5년간을 꾸준히 도와주셨으며 명절 때가 되면 쇠고기와 갈비, 떡 등을 보내주시기도 한 고마운 분이 정몽준 회장이다.

심지어 실로암의 가족들이 수술을 받을 때나 내가 아플 때도 아산병원에서는 병원비를 거의 받지 않았다. 그래서 누나는 아산병원으로 예약을 잡아놓은 것이다. '홍진표 교수'라는 분과 상담을 잡아놓은 누나는 차 안에서 나를 설득시키느라 진땀을 뺐다.

"제발, 네가 나아야 다른 가족들도 살리는 거야. 네가 그토록 소중히 여기는 장애인 가족들 그냥 포기할 거야? 너를 지켜야 그들을 지키는 거야."

그렇게 병원에 도착한 나는 성난 눈을 이글거리며 홍 교수를 노려보았다. 그는 다 이해할 수 있다는 듯 내 손을 꼭 잡으며 찬찬히 나의 눈을 들여다보았다. 신기했다. 미소를 머금고 차분한 음성으로 내 마음을 다독여주는 홍 교수를 보자 격동(激動)하던 나의 마음이 차츰 누그러드는 듯했다.

모두가 나를 증오하고 죽이려고 하는 환각에 사로잡혀 있던 나는 어느새 홍 교수의 말씀에서 위로를 받고 있었다. 1시간 반 동안 나의 세세한 심정을 다 들어주고 고개를 끄덕였다. 그의 상담을 받고 나니 소리 없이 눈물이 흘러내리며 살아보고 싶은 희망이 다시금 생겨나고 있었다.

"우울증과 공황장애 해리(解離) 히스테리가 심합니다. 지금 이대로 돌아가면 큰일납니다. 오늘 당장 입원하셔서 안정을 찾으셔야 합니다."

홍진표 교수는 전화로 방이 있는지를 잠시 확인하더니 '2인실밖에 없습니다. 아니면 폐쇄병동으로 가시겠습니까?' 하고 물었다.

예전에 지인에게 들었던 이야기가 생각났다. 중증환자만 모아놓은 것이 폐쇄병동인데 거기에서는 담배는 물론이고 핸드폰, 소지품, 사복(私服) 등은 모두 보호자에게 맡기고 단벌의 환자복만 조촐하게 입은 채로 면회조

차 제한한다고 했다.

밤새도록 잠도 안 자고 '영자야, 미자야, 나 좀 데려가라. 멀쩡한 나를 왜 여기다 가둔 거야?' 소리를 질러대는 환자는 차라리 양반이었다. 하수도 구멍을 두 배로 넓혀 서울에서 부산까지 연결하면 경제적으로 대박이라며 신입 환자만 들어오면 개통 이론을 설파하는 환자의 일화에 이르면 한숨이 절로 나왔다.

그런 이야기를 떠올리자니 진짜로 조현병 환자가 되는 건 아닐까 초조해져서 견딜 수가 없었다. 결국 2인실로 결정하여 입원 수속을 했다. 나는 온통 악에 받혀 직원이든 환자든 가리지 않고 시비를 걸었다. 하지만 간호사들은 언제나 화사하게 웃는 낯으로 상냥하게 나를 대했다. 그리고 이 약이 어떤 효과가 있는지, 듣기는 듣는 건지 퉁명하게 물어볼 때도 약에 대해 자세히 설명해주며 환자를 안심시켰다. 아침 회진을 도는 담당주치의 홍진표 교수는 내 곁에서 10분이고 20분이고 이야기를 다 들어주었다.

그러다보니 콘크리트 같이 응어리진 한(恨)이 조금씩 풀어지며 매일매일 몸과 마음이 회복되어 가는 것이 느껴졌다. 내가 보기엔 요즘 세상에 정신과 의사만이 사명감의 무게를 감당해나가는 듯하다.

정신과 의사는 다른 의사에 비해 오진할 확률이 낮다. 그 이유는 심리적 상태나 행동장애, 정신적 피해 등을 환자에게 '충분히' 듣고 난 후 치료에 들어가기 때문이다.

다른 과에서는 과학기술과 현대 의료기기를 총동원해서 '주관적'으로 병증을 잡아낸다. 그렇지만 '주관적' 판독을 잘못하여 실수를 범한다면 그 작은 오차만으로도 환자의 생명이 죽느냐 사느냐 하는 중대한 기로(岐路)에 서게 되는 것이다.

의사는 직업의식보다 사명의식을 중시함이 몸에 항상 배어있어야 한다. 그들이 다루는 생명은 천하(天下)보다 귀한 대상일진데, 유감스럽게도 함부로 말을 해대고 공명(功名)과 영화(榮華)의 대상으로만 자신들의 의술을 뽐내는 의사들이 셀 수 없이 많은 것이 현실이다. 말보다는 행동으로, 입을 열기 전에 귀를 열어야 환자들이 신뢰하고 회복도 더 빨라질 수 있는 것이다.

자외선을 30분 동안 쏘이면서 묵상(黙想)하기를 권유했다. 간호사는 나의 말을 들어주면서 때때로 크게 공감하며 눈물마저 흘려주었다. 노래방 기계를 틀어놓고 노래를 실컷, 목청껏 부르라고도 했고 환자들이 서로서로 대화로 소통(疏通)을 하게 했다.

교통사고로 남편을 잃은 여자, 사업을 하다가 크게 부도를 맞고 미쳐버린 사람, 가정적 문제로 상처받다 이혼한 사람, 사채놀이 하다가 돈을 크게 뜯긴 사람, 계모임 하다가 사기 맞고 실금(失禁)하며 실려온 사람, 수많은 종류의 군상(群像)들이 그곳에 모여 간호사의 지시에 맞춰 이야기를 나누었다.

입원한 병실로 작은누나 한지혜가 왔다. 과일을 비롯하여 각종 먹을거리들을 한아름 싸안고 병실로 들어서는 누나를 보니 코끝이 시큰해져 얼른 웃음을 지어주었다. 나는 작은누나를 제외하고는 지인들은 물론이거니와 자식과 다른 형제들에게도 입원했다는 사실을 전혀 알리지 않았다. 내 곁을 헌신스럽게 지켜주고 사랑으로 대해주는 작은누나의 모습에 말로 다할 수 없는 힘이 샘솟고 있었다.

누이 한지혜(59). 어린 시절, 사실 우리는 그렇게 사이가 좋은 남매가 아니었다. 오히려 나쁜 쪽에 가깝다고 보는 게 정확하다. 나보다 두 살 연상인 작은누나는 나만 보면 매일 손찌검에 이유 없이 심술을 부리고 나를 미워했었다. 내가 무엇을 하는지 무슨 생각을 하는지는 아예 관심이 없었다.

보다 못한 큰 누나가 나를 감싸기라도 하는 날에는 "왜 저 병신새끼 편을 드냐?"고 삿대질을 서슴지 않았으며 오히려 더 큰 행패를 부렸던 사람이었다. 그랬던 작은누나가 이제는 반대로 내 곁에서 수족(手足)처럼 누구보다도 든든한 지원군이 되어주고 있는 것이다.

여수 오동도는 빨갛게 핀 동백꽃이 마음을 푸근히 적셔주는 너무도 아름다운 경치를 지닌 곳이다. 바다로 둘러싸인 이곳에 방파제로 다리를 놓아 사람이 언제라도 다닐 수 있도록 해놓았다. 그런 천혜(天惠)의 경관(景觀)에 용이해진 접근성이 맞물려 오동도는 항상 관광객들로 만원이었다.

작은누나는 그곳에서 양장점을 했다. 손재주가 좋고 항상 싹싹하게 손님을 대했던 누나는 자신의 일을 멋지게 꾸려나갈 줄 아는 생활력 강한 현대여성(現代女性)이었다. 승승장구(乘勝長驅)하던 작은누나였지만 결혼과 동시에 양장점을 그만두었다.

이제는 고인(故人)이 된 내 매형 정기현, 그의 집안은 전부 서울대 출신의 쟁쟁한 사람들이었으나 매형만 대학을 중퇴했다.

"아니, 이게 어디 갔지? 혹시 누가 내 만년필 본 사람 없나?"

어느 날 담당교수는 아끼던 만년필이 보이지 않자 허둥지둥 학생들에게 물었지만 다들 고개를 설레설레 저었다. 결국 만년필은 못 찾았는데 이상하게도 학생들과 교수까지 매형을 의심하는 사태가 벌어지고 말았다.

매형은 남자답고 정의로웠지만 조금은 거칠고 욱하는 성격 때문에 주위에서 겁을 먹고 가까이 가는 것을 꺼리기도 했다. 그래서였는지 그가 도둑으로 몰려버린 것이다.

지나가면 숙덕거리는 사람들의 따가운 시선에 괴로웠던 매형은 수업은 뒤로 제쳐놓고 범인 찾는 데만 온 힘을 기울였다. 그러기를 한 달째, 드디어 교수의 만년필을 슬쩍한 학생을 알아낸 그는 우선 죽지 않을 만큼 두들겨 패고 교수 앞으로 질질 끌고가서 직접 실토하게 만들었다.

"교수님은 어째서 저를 의심하셨습니까?"

"그게……. 정 군, 미안하게 됐네."

교수와 과대표까지 나서서 그에게 사과를 했으나 도둑으로 몰린 억울함을 달랠 길이 없어서인지 급기야 학교를 자퇴했다. 그때부터 매형의 방황은 본격적으로 시작되었고 허구한 날 술과 도박, 당구에 빠져 살았다.

당구는 600을 칠 정도였고 싸움으로 여수에서 매형을 이길 수 있는 사람이 드물 정도였다. 날건달로 지냈지만 근본적으로 의리가 있고 착한 사람이었다. 그런 매형의 속내를 알아보고 끌린 것이었는지 누나는 그와 결혼까지 골인했다.

결혼 후 부부는 종화동 부둣가 근처에서 신접살림을 차렸다. 본가 (本家)의 도움도 일부 받아 여수 관광호텔 부근에서 '송추'라는 이름의 으리으리한 3층짜리 한정식집을 운영했다. 1, 2층은 접대 장소로 이용되었고 3층은 직원들이 상주했다. 예약제로만 손님을 받고 방만 해도 17개가 넘는 당시 여수에서는 가장 큰 한정식집이었다.

마담이 두 명이나 있었는데 그들은 매일 종업원들을 엄격하게 감독하면서 버선이 더럽다든지 옷매무새가 조금이라도 흐트러져 있다던가 하면 불호령이 떨어졌다.

"야, 이년들아! 돈 넣고 돈 먹기야! 이렇게 몸에다 투자를 안 하고 어떻게 돈을 벌겠어?"

종업원들은 매일 머리를 깔끔하게 다듬고 한복으로 아름답게 갖춰 입었다. 지금의 밴드의 개념으로 밤낮으로 장구를 치고 가야금을 뜯으며 춤추고 노래를 하며 식사의 흥을 돋웠다. 그곳에는 일수놀이를 하는 사람들도 많았다. 이런 큰 요정 하나만 거래해도 돈을 많이 벌 수 있기 때문이다.

기생들에게는 선불을 주어야만 일을 할 수 있었다. 주인 측에서 자금이 부족하면 일수하는 사람들에게 사채를 구하여 선불을 주고 본인들이 매일 일수를 갚아 나가는 방식을 사용하였다. 그래서 사채 하는 자와 주인은 공생관계로 업소에 매일 출근하며 상주하였던 것이다.

몸이 서너 개가 되어도 부족할 만큼 갈퀴로 돈을 긁다시피 한 누나의 한정식 집이었다. 언제였던가. 여수로 민생 시찰차 박정희 대통령이 방문한 적이 있었다. 방문 한 달 전부터 여수 관광호텔 인근 전체에 페인트를 칠하고 호텔을 단장하고 비포장도로에 아스팔트를 까는 등 부랴부랴 정리에 들어갔다. 기관장들도 손수 나와 진두지휘하는 상황인지라 누나의 건물에도 페인트칠을 해야 한다는 명령이 하달되었다.

그때 임신한지 8개월째로 접어들던 누나는 태아에 나쁜 어지러운 페인트 냄새를 절대로 맡을 수 없다며 차라리 나를 죽이고 하라고 드잡이질을 하던 끝에 결국 기관장들이 백기(白旗)를 들었다.

그랬음에도 불구하고 여수에서 제일가는 식당이었던 터라 대통령께서 방문하는 영광을 얻게 된 것이었다. 대통령이 들를 식당을 아무 곳이나 함부로 정할 수는 없다.

한 달 내 청와대 사람들이 음식 만드는 과정을 지켜보고 맛을 먼저 보면서 다섯 번 이상이나 퇴짜를 놓더니 여섯 번째 만에 드디어 허락이 떨어졌다. 누나와 매형은 이 자랑스러운 일에 정성을 들였고 젖먹던 힘까지 다

쏟아부었다.

그리고 그날이 왔다. 절대로 일반 손님은 받을 수 없었던 엄중하고 삼엄한 경호 속의 하루였다. 저녁이 되자 대통령께서 오셨다. 박 대통령은 진수성찬(珍羞盛饌)이 아닌 된장국이나 된장에 찍은 멸치를 반찬으로 밥을 먹으면 그걸로 충분하다는, 서민 냄새나는 소박한 소식가(小食家)셨다고 한다.

매형은 시험을 보기만 하면 올백이 나올 만큼 머리가 좋았지만 정작 공부하는 것은 싫어했다. 그런데다 미녀는 또 엄청 밝혔다. 핸디캡을 가지고 자라난 사람이 훗날 더 나은 대상을 찾게 되는 게 보상심리이듯, 못생긴 매형이 여자에 까다로웠던 것은 어쩌면 당연했을지도 모른다.

하긴 초등학교도 못 나온 거지왕 김춘삼도 배우지 못한 콤플렉스 때문이었는지 이화여대생을 호텔로 납치해 와서 한 달간 산장에 가둬놓고 사랑을 쟁취했다지 않은가. 물론 나 역시 예쁘고 똑똑한 여자를 특히 좋아하긴 한다.

앉은뱅이지만 대학에 진학해 변호사나 의사가 되어 한승주 이름 석 자를 세상에 널리 알리고 싶다는 꿈을 가진 적도 있었다. 주변에서 천재라는 소리를 귀에 못이 박히게 들어왔다.

공부를 좋아해 한번 펜을 들면 밤을 꼴딱 새워서 코피를 흘리면서도 그날의 목표량을 끝마쳐야 직성이 풀리는 근성(根性)도 가지고 있다. 신학대학을 다니던 시절에는 늘 제일 앞줄에 앉아서 교수의 눈을 뚫어지게 응시하며 단어 한마디도 놓치지 않았고 매 강의마다 열을 올리며 질문을 던지면 어떤 교수는 얼굴이 벌겋게 달아오르며 한마디 답변도 못 했다.

깊은 연구와 관심을 가지고 가르치는 교수인지, 그냥 이책 저책에서 짜깁기한 내용으로 대충 강의 준비하는 것인지 바로 알 수 있었다. 일부 교수들은 나를 보면 쩔쩔매고 다투기까지 했었으니 말이다.

학문에 미친 사람이 여기 있었다. 나는 그중 조직신학(組織神學)에 특별한 애착을 가졌다(성경은 구약과 신약의 차이점을 알아야만 하는 것이다. 즉 율법과 복음의 차이점을 잘 이해하고 해석하는 것이다. 한국의 어떤 신학대학교수도 쉽사리 손을 대지 못했지만 오직 고인이 되신 조기홍 대전신학대학총장만이 구약과 신약의 줄거리를 잘 풀어나가며 그 역사를 너무도 깊이 있게 연구하셨다. 그분의 이런 훌륭하신 가르침이 있었기에 나의 신학이 바르게 중심을 잡을 수 있었다.).

나는 공부하는 것이 즐겁다. 재미있다. 마약 따위와는 비교가 되지 않을 마력에 빠져들게 된다. 그런데 잠에 취해 엎드린 옆자리 학생을 보았다. '어휴, 이 등신아. 자신을 위해 학문을 탐구하고 지식을 쌓는 이 시간이 귀한 줄도 모르고…… 등록금이 아깝다.'

내 고요한 충고는 아랑곳하지 않고 이제는 코까지 드렁드렁 고는 학생이 측은하기까지 하다. 목사가 되려는 졸업장과 자격증만 따기 위해 학교를 다닌다면 살아가는 의미가 없다. 노가다 판에 가서 돈이나 버는 게 차라리 나을 것이다.

나는 항상 최고봉(最高峰)을 꿈꾼다. 한번 사는 인생, 팔방미남(八方美男)이 되어 세상 곳곳을 누비는 것이 남자로서의 야망(野望), 원더풀 라이프의 표본이 아니겠는가?

한국에서 태어난 것이 아쉽기만 하다. 내가 만약 장애가 큰 흠이 아닌 선진국에서 태어났더라면 학교에서는 일등만 하다가 월반(越班)을 거듭했을 것이고 사회에 나가서는 빛과 소금의 역할을 감당했을 것이며 정치에 발을 딛는다면 비리 공무관을 철저하게 척결했을 것이고…… 계속 눈부신 성공을 쌓아나갔다가 틀림없이 대통령까지 되었을 거라는 망상(妄想)에 빠져든다. 그래서 한국에서 장애인으로 태어난 것이 이 순간에도 분하다.

누나와 매형의 식당은 하루하루 깜짝 놀라게 번창하여 저녁 때면 돈을 세다가 지문이 닳을 정도로 바빴다고 했다. 하루 매상이 기천만 원을 호가했으며 데리고 있는 직원만 40명이 넘었다. 한 번은 아버지가 여수로 내려가 식당에 찾아갔다가 눈코 뜰 새 없이 바쁜 모습에 넋이 나가 구경만 하다가 하루를 다 보낸 적도 있다고 했다.

대학에 입학한 동생의 등록금을 4년 내내 대줄 만큼 누나는 통도 컸고 잔정도 깊었다. 그렇게 잘 나가던 누나에게 시련이 다가왔다. 첫 번째는 말썽을 일삼던 주방장을 해고시키면서부터였다. 그러자 앙심을 품은 주방장이 다른 직원들까지 꼬드겨 빼내가 버린 것이었다.

황급히 새 주방장을 구했으나 맛이 예전과는 비교가 안 되게 형편없어지면서 실망한 손님들이 발길을 끊게 되었고 결국 악순환이 반복되면서 얼마 안 되어 폐업을 하게 된 것이었다.

두 번째로는 정말 총명하고 귀여웠던 누이의 첫째 딸이 일곱 살 때 갑자기 죽게 되었으니 엎친 데 덮친 격이었다. 생각지도 못한 일들이 연이어 터지자 누나는 마음을 다잡지 못하고 괴로워하다 결국 정신과 치료를 받는 지경에까지 이르렀다. 매형 역시 매일매일을 술과 담배에 기대며 묘지로 찾아가 딸의 이름을 흐느껴 불러대는 반미치광이 상태였다.

누나는 제주도로 가서 3개월 동안 요양을 하고 돌아왔으나 쉽게 잊힐만한 아픔이 아니었던 만큼 2년 이상 방황은 지속되었다. 힘겨운 나날들을 보내고 있을 때 불행 중 다행으로 매형이 현대건설에 취직을 하게 되어 서울 잠실로 이사하게 되었다.

그날도 잠실시장에서 장사를 하고 있는데 작은누나와 마주쳤다. 당황한 기색이 역력한 누나는 동행한 남편의 손을 붙들고 어서 가자며 재촉했다. 나 역시 누나를 보고 놀라지 않을 수 없었다.

어려서부터 나를 미워하는 줄은 알았어도 타지(他地)에서 마주친 동생이 반갑기는커녕 창피했던 모양이었는지 어쩌면 그렇게……. 서로 이렇게 장성했음에도 불구하고 아직도 정보다 미움이 더 컸던 것이었던가. 그날은 그렇게 헤어졌다.

그런데 어찌 된 일일까. 며칠 후 매형이 나를 찾아왔다. 의아했으나 알면 알수록 매형은 정말 좋은 사람이었다. 혈육(血肉)조차 피하는 나를 피 한 방울 섞이지 않은 매형은 오래전부터 친했던 것처럼 다정스레 대해주었다.

교회를 꾸며주는가 하면 비닐하우스 집이지만 현대식으로 인테리어를 해주기도 했고 장애인들을 차에 태워 시장으로 출퇴근하는 것을 돕기도 했다.

몇년 후, 현대건설을 그만둔 매형은 부천에서 유치원을 차리게 되었다. 퇴직 후 노느니 부천에서 다른 동생들이 학원을 운영하고 있는 터라 유치원을 하면 더 낫겠지 싶은 마음에 권유했던 것이다.

작은누나는 다른 동생들하고 연락하면서 나름의 우애를 나눴겠지만 나하고는 싸운 기억밖에 없다. 어느 날 누나가 집에 좀 들르라는 연락이 왔다.

'누나를 보면 무슨 말부터 해야 하나?', '지금도 나를 미워하겠지?', '매형이 나하고 만나는 걸 막으려고 하는 건 아닐까?' 떨렸다. 누나가 나에게 연락을 준 것이 한편으로는 기쁘면서도 한편으로는 어떻게 해야 할지 별의별 고민을 다하던 끝에 누나 집으로 향했다.

과일을 한 박스 사가지고 들어가 오랜만에 마주한 우리 남매는 어색하기만 했다. 매형을 통해 내가 어떻게 살았는지 전해들었고 그동안 돌아보지 못해 미안하다며 누이는 내 손을 잡고 오열(嗚咽)했다. 전혀 예상 못한 누나의 눈물에 순간 당황하지 않을 수 없었다. 만감이 교차했다. 피붙이가 이런 것인가 싶어 뭉클했다.

때로는 미워했고 때로는 두려워했으며 십수 년을 소식 없이 남과 다를 바 없이 지냈음에도 이렇게 진심어린 말 한마디로 가슴에 한(恨)이 되어 맺혀온 그간의 설움이 방울방울 녹아내렸다. 우리 남매는 손을 맞잡고 하염없이 울었다. 그렇게 나는 누나와 극적으로 화해하게 되었다.

가슴이 벅차올랐다. 꿈만 같았다. 그때부터 누나와 매형은 가장 적극적이고 믿을 수 있는 나의 파트너가 되었다. 그들은 유치원을 정리하고 하남시의 「실로암 연못의 집」 근처로 이사를 해서 내 곁에서 재정적인 일과 소소한 문제까지도 도맡아주었다.

매형은 장애인들의 자립을 도우며 점차 봉사하는 마음을 알게 되어 내가 하고 있는 복지사업의 매력을 깨닫게 되었다고 한다. 그는 가난한 친구들을 신경 쓰기도 했고 남을 돕는 마음이 남달랐다. 누나 또한 나의 손발이 된 것처럼 복지시설 운영을 거들다가 돈이 부족하면 두말없이 사무실에 놓고 가기도 했다.

그것뿐이랴. 「실로암 연못의 집」을 건축할 때 1억도 넘는 돈을 빌려주는가 하면 나의 침실을 모시로 된 침대 커버로 손수 예쁘게 꾸며주기까지 했다. 사람은 여러 가지 일을 겪으며 변하고 성장하나 보다.

무섭기만 했던 누나가 이제는 나를 떠받들며 어느 누구보다도 우애 깊은 남매가 되어 있으니 그 은혜를 어찌 말로 다할 수가 있으랴? 작은누나에게 하루에 두 번 이상 전화를 하지 않으면 나는 애틋해져 견디지를 못한다. 항상 나에게 '우리 목사님, 목사님.' 하며 존대를 하는 누이.

내가 미쳐가며 어둠 속으로 추락하고 있을 때도 만약 승주가 나을 수 있다면 이 목숨을 기꺼이 끊어서라도 그렇게 하겠다며 나를 끌어안고 울다가 동맥을 그어 죽으려고도 했던 누이. 오늘도 그녀는 십자가의 멍에를 지고 골고다의 언덕길을 넘기 위해 쉬지 않고 걸어가고 있다.

홍진표 교수는 나에게 특별한 관심을 갖고 치료에 임했다. 그와 이야기하는 것만으로도 마음에 적지 않은 위안이 되었다. 그동안 가슴앓이 해왔던 일들을 전부 솔직하게 그에게 털어놓았다. 그때마다 그는 나를 다독여주었고 신뢰감이 더해갔다.

"반드시 잘 해결될 것입니다. 원장님은 충분히 다시 일어날 수 있는 저력(底力)을 지닌 분입니다. 실패는 더 큰 성공의 전환점(轉換點)이 된다는 사실을 믿으시고 우리 더 힘을 내봅시다."

나는 홍 교수의 말에 감격하고 있었다. 나는 어린 시절부터 지금까지 우울증 같은 건 느낄 겨를도 없이 고독(孤獨)하게만 살아왔다.

'왜 태어난 건가? 왜 하필 이 몰골인가? 왜 살아야 하는가?' 끝없이 자문자답(自問自答)해도 풀리지 않는 숙제(宿題)를 껴안고 괴로워했다.

나는 믿었던 모든 사람들에게서 배신을 당했다. 가장 가까운 가족과도 같았던 그들은 내 목덜미에 긴 칼을 꽂고 지울 수 없는 생채기를 냈다. 이렇게 비참하게 사느니 차라리 죽어버리는 게 낫겠다는 유혹(誘惑)이 밀려왔다. 고독과 아픔, 흑암(黑暗)의 권세 속에 끊임없이 나락으로 떨어져만 갔다. 그것이 우울증 증세였다는 것을 알 턱이 없었다.

입원하여 홍 교수로부터 따스한 보살핌을 받고 나서야 이러한 사실을 알 수 있었다. 조금만 더 빨리, 병원에서 상담이라도 한 번 받아봤더라면 거듭되는 실패 속에 올가미로 내 목이 조여지는 아픔을 겪지는 않았을 거라는 생각이 들었다.

그동안 너무 힘들었다. 견딜 수 없도록 외로웠다. 고독을 이겨내기 위해 일에 미친 일 중독자가 되었다. 무언가를 하지 않으면 견딜 수가 없어서 일부러라도 일을 만들어서 할 정도로 일에 빠져 살았다.

3개월간 입원하여 교수의 친절한 사랑과 관심을 받다보니 나의 병은 점차 호전(好轉)되어갔다. 홍 교수는 늘 선한 미소로 환자들의 마음을 편하게 해 주었다. 환자의 눈높이에서 환자 중심이 되어 이야기를 충분히 들어주고 위로하는 것이 의사의 치료방법이라고 했다. 모두에게 특별한 관심을 갖고 조용히 그들의 옆에서 부드러운 목소리로 상담을 해주는 교수의 모습을 보는 것만으로도 금방 나을 것 같다는 희망이 생겼다.

점차 안정세를 보여 퇴원 이야기가 슬슬 나오던 어느 날, 교수가 나의 병실로 들어왔다. 내 안색을 살피고 손을 잡으며 다정한 음성으로 말했다.

"오늘은 영 기분이 안 좋아 보이시네요?"

"그냥 좀 우울해요."

"무슨 특별한 고민이라도 있나요?"

"이제 퇴원하려고 하니까 마음이 다시 불안합니다."

"그래요? 많이 좋아지신 것 같은데, 그럼 일주일이나 보름 정도 더 있다가 퇴원할까요?"

"네, 그랬으면 좋겠습니다."

"밤에 잠은 잘 자나요?"

"잘 자다가 문득 깨어서 멍하니 앉아 있기도 합니다."

그렇게 보름을 더 지내고 3개월 반만에 퇴원을 했다. 약물 치료는 일시적이다. 특히 정신건강에 관련된 약은 말이다. 정신적으로 문제가 있는 환자는 의사의 지시를 받으며 자주 상담을 하는 것이 100%의 치료 방법이라고 나는 감히 말하고 싶다.

집으로 돌아온 후에도 통원치료는 계속 되었으며 약물 치료도 계속했다. 홍 교수는 얼어붙었던 내 마음을 뜨겁게 녹여주었다. 원망하고 괴로워하며 슬피 울었던 마음도 이제는 많이 없어졌다. 사람은 누구를 만나느냐에 따라서 변하는 것이다.

사람에게는 각자의 달란트가 있는데 그 달란트 속에서 최선을 다할 때 그를 보고 사명자요, 또는 소명을 감당한다고 말할 수 있다. 상대와 소통을 하게 되고 수평적인 만남과 수직적인 관계를 만들어 갈 때 비로소 신뢰가 형성되는 것이다.

교수님!
죽음의 흑암 같은 지난날이 두려워 떨고 있을 때
나 당신 만남에 소리 없이 눈물을 흘렸습니다.
선생님을 만남으로 주먹 만한 덩어리가 가슴에서 녹아 흐르니
당신은 나의 치료자요 위로자요 평안을 준 사람입니다.
나는 당신을 뵙고 나서
의사로서의 사명감이 크신 분이라는 사실을 깊이 깨달았습니다.
교수님을 나의 치료자로 만나고 나니 피어나지도 못한 채 시들어졌던
내 어린 시절이 큰 상처였다는 것을 알았습니다.
정신적 아픔이 파도처럼 밀려온 것도 모르고

한 세상을 힘겹게 살아왔습니다.

선생님이여!

당신의 그 인자함이 온누리에 가득 찼고 그대의 인격과 웃음 짓던 그 모습은 진실함으로 병원 안에서 꽃피우며 향기를 내었습니다. 우울증에 걸린 줄도 모르고 나의 지체와 마음이 병들어 있었습니다. 지독한 고독 속에서 허전함을 채울 수가 없었습니다.

그런 나의 미련한 성격으로 인해 많은 곤욕을 치르면서도 당신은 나에게 그저 미안하다고 했습니다. 잠을 자거나 무엇을 할 때도 혹시나 우는 사자가 나를 삼킬까 봐 두려움에 떨었습니다. 그런 가운데서도 생명은 살아 있기에 움이 트고 싹이 났지만 열매를 맺지 못하고 그 자리에서 또 시들어진 인생으로 한 세월을 보냈습니다.

선생님. 스트레스와 우울증이 이렇게 나를 괴롭힐 줄은 몰랐습니다.

지금도 당신을 만나지 못했다면 허전함 속에 어쩔 줄 몰라 밤이 두렵고 무서웠을 것입니다.

고맙습니다. 선생님!! 사랑합니다. 과장님!!

은인(恩人)되신 나의 선생님. 당신이 내 병을 치료했음에 나는 당신을 평생 잊지 않겠습니다. 그 인자하심을 보고 의사가 되고 싶다는 생각이 이 나이에 불꽃처럼 일어나기도 했습니다.

홍 진표 선생님. 문제가 있는 곳에 분명히 해결책도 있을 것입니다.

그 해결책을 찾아서 문을 열자 씩씩했던 독수리가 한쪽 날개에 상처를 입고 목숨만 연명하고 있었습니다. 산야(山野)를 걸어가던 그분이 독수리를 데리고 가 치료를 해 줌에 독수리는 힘을 내어 다시 하늘을 비상하는 자유를 찾았습니다. 나는 당신을 만남으로 독수리처럼 저 창공(蒼空)을 높이 날아 성공의 날개를 달게 될 것입니다.

아산병원을 퇴원한 후 나의 삶은 작은 방 안에 갇힌 한 마리 새와도 같은 신세였다. 나는 생명이 있기에 홍진표 교수님과 간호사님들, 그리고 고마운 지인들이 안개처럼 밀려와 나로 하여금 결초보은(結草報恩, 죽어 혼령이 되어도 은혜를 잊지 않고 갚음)하게 한다.

지금 홍진표 교수님은 삼성의료원에서 재직 중이다. 나는 그분이 지금까지도 내 마음 속에서 기억된 바 되어 그리움으로 사무치고 있다.

아무도 찾아오지 않는 문외작라(門外雀羅) 삭막한 창밖에 배고픈 참새들이 수없이 마당에 앉아 먹을 것을 찾겠다고 울어대지만 잡초만 무성한 앞마당, 사람의 훈기는 발길을 멈추고 창자가 끊어지는 듯한 슬픔의 고통…….단장(斷腸)을 이기지 못한 채 그 자리에서 죽어가는 배고픈 서러움, 물 한 모금 혀에 묻히면 생기가 있어 생존할 수 있을 텐데 사막 같은 바람만 불어오고 사람의 흔적은 가고 사면초가(四面楚歌), 이대로 건곤일척(乾坤一擲)나의 운명을 하늘에 맡기고 일결승부(一決勝負) 하였노라.

동가식서가숙(東家食西家宿), 한 곳에 정착하지 못하고 떠도는 생명들. 둥지를 틀고 새끼를 낳고 살고 싶지만 어이할 수 없단 말인가?

온몸이 살아있어 만사일생(萬死一生) 천수의 고난이 휘몰아치는 언덕에서 천둥을 노래삼고 하늘에 맡기고 함께 살아가야 하는 것은 오직 하늘의 운명이요 나의 사명이었어라!

길 잃은 양은 주인을 찾고 목자는 잃은 양을 찾기 위해 목숨을 던지고 있을 때 그대들은 죽어가는 어린 양을 수수방관(袖手傍觀) 하지 않고 먹을 것을 주고 입을 것을 주고 생기를 되찾게 하였노라!

작은 노력이라도 끈기 있게 계속하며 큰일을 이룰 수 있도록 뜻을 품어 주었으니 동병상련(同病相憐), 나의 몸이 뒤틀렸고 나의 입이 벙어리가 되었으니 어찌 함께 가지 못하고 이율배반(二律背反) 하겠는가? 역경을 딛고 큰일을 이룰 사람들이 되도록 분골쇄신(粉骨碎身) 하겠노라!

정다운 벗의 죽음을 슬퍼하고 남아있는 그대들, 영원히 길이 빛나리라. 각골난망(刻骨難忘) 은혜를 입은 그 고마움이 뼛속까지 깊이 새겨져 잊지 않고 영원히 생수가 되어 흐르고 있겠습니다. 결초보은(結草報恩) 그대들은 나의 은인이요 나의 생명이요 나의 구원의 반석이니 이 몸이 재가 되어 바람에 휘날린다 해도 그대들의 마음과 정성과 사랑을 영원히 잊지 않겠노라!

눈보라 치는 언덕에서도 배수진(背水陣) 죽음을 각오하고 미생지신(尾生之信) 시험의 곤고함이 밀려온다 해도 하늘의 약속과 땅의 약속을 지키리라!

퇴원 후 조금씩 안정을 찾아가고 있다고 생각하고 있었다. 이제는 세상과도 다시 소통하고 사람들과도 예전처럼 돌아갈 수 있을 거라고 생각했다. 그러나 그 모든 것은 나 혼자만의 착각이었다.

밖이 시끌시끌했다. 무슨 일일까? 직원들은 나에게 외국으로 도망가라고 했다. 이건 또 무슨 소린가? 외국으로 도망가라니? 나는 혼란스러워졌다. 소리를 버럭 질렀다.

"내가 왜 도망가? 잘못 한 게 뭐가 있다고?"

"지금은 그런 걸 따질 때가 아닙니다. 필리핀이든 어디든 잠시 몸을 피하셨다가 여기가 좀 잠잠해지면 오시죠."

이 실장과 김 실장은 당분간은 한국에서 살 수가 없으니 필리핀에 가서 잠수타고 있으라고 했다. 지인들은 심각하게 생각하고 여기저기서 수군수군거리고 있는데도 나는 아무것도 느껴지지 않았다.

자꾸만 도망가라고 한다. 이유를 모르겠다. 한평생 어려운 이웃들이요, 어둠 속에 방황하는 자들이요, 장애인들과 살면서 검은돈의 유혹에 넘어간 적도 없고 내 소신껏 힘을 다해 살아왔을 뿐인데 왜 내가 도망을 가야 한단 말인가.

나는 적어도 1년에 두세 번씩은 방송을 탔으며 신문에도 1주일에 한 번씩은 내 인생 철학이 실리고 있었다. 도대체 어떤 보도가 나왔기에 나의 평판이 땅끝까지 추락한 것인가…….

병원에서 퇴원한지 15일 만에 지영철 교수님과 함께 식사를 하러 갔을 때였다. 사람들이 나를 보고 얼굴을 찌푸리더니 자기네끼리 수군수군거리면서 우리 쪽을 힐끔거리는 게 보였다.

"야야, 저 새끼 순 악마새끼야. 사람도 죽였대. 괴물 같은 새끼."

"그래, 나도 봤어. 장애인들을 감금해놓고 죽도록 팼더라니까."

"세상에 믿을 놈 하나 없어. 어휴, 무서워!"

"야, 얼른 먹고 나가자. 밥맛 떨어진다."

들도 보도 못한 사람들이 달려있는 입이라고 마구 내뱉고 있었다. 내가 쳐다보면 말을 하다가도 입을 다물고 슬금슬금 도망을 갔다. 점점 기분이 나빠지면서 열을 받기 시작했다. 더 이상 참을 수가 없어서 아무나 붙들고 시비를 걸었다.

"야, 이 새끼야. 너 뭐하는 놈이야? 내가 너한테 뭔 잘못을 했어? 왜 나를 보고 도망가는 거야? 왜 날 보고 욕하는 거야?"

지영철 교수님은 괜찮다며 나를 안심시키려고 애쓰고 있었다. 나는 땅을 치며 대성통곡을 했다. 속이 답답했다. 식당주인을 전동 휠체어로 밀어버리고 멱살을 잡아 소리소리 질러댔다.

"내가 사람을 죽였어, 도둑질을 했어? 살인자라면 내가 이렇게 나와 있겠어? 이미 교도소에 가 있겠지. 그래 안 그래? 야, 이 개만도 못한 새끼들아!"

식당주인은 사색이 되어 잘못했다고 빌었다. 나는 제정신이 아니었다. 주차장에 있는 차들을 다 두들겨 깨버리고 쌍욕을 뱉으며 왜 나를 괴물 취급하냐고 아무나 멱살을 잡고 흔들어댔다. 지나가는 차도 비켜주지 않고 시비를 걸었다. 나에게 돌을 던지는 자들은 모조리 죽여 버리고 싶었다. 속에서 야수의 본능이 튀어나오는 것 같았다. 가슴이 터질 것 같았다. 모두 다 죽이고 나도 죽고 싶었다.

지 교수님은 나를 부둥켜안았다.

"이러면 안 돼. 한 원장. 지금껏 열심히 살아왔잖아. 자네가 떳떳하고 청렴결백(淸廉潔白)하니까 진실과 거짓이 언젠가는 밝혀지게 될 거야. 시간이 해결해 줄 수 있어. 여기서 포기하면 자네가 지는 거야.”

애써 달래셨다. 여기서 지영철 교수님의 이야기를 안 할 수가 없다. 지영철 교수와 나는 학생과 교수로 알게 된 것이 계기가 되었다. 그 분은 나 같은 장애인에게 특별히 관심을 기울이며 사랑을 주셨고 동서울 교회를 시무할 때는 나를 강사로 세워주셨다.

지 교수님은 정직하고 의로우신 훌륭한 분이시다. 다른 사람들이 나를 쳐다보지도 않을 때 그분은 늘 내 옆에서 날개가 되어 품어주셨고 지금까지 나와 인연의 끈을 놓지 않으며 내가 힘들고 외로울 때나 고통을 당할 때 언제나 함께 해 주셨다.

남이섬(춘천 남면 방하리)에 수련회를 갈 때의 일이다.

“제가 이 몸으로 어딜 따라가겠습니까? 저는 안 갑니다.”

했건만 교수님은 억지로 다른 학생들까지 동원해서 나를 배에 오르게 했다. 그날 여러 학생들과 교수들은 전에 없이 기쁜 마음으로 함께 교제를 나누기도 하였다.

수련회를 마치고 돌아오는 길에도 교수님이 ‘승주군, 내 차로 같이 가세!’ 하여 교수님의 차를 조심스럽게 얻어 타고 서울까지 오기도 했다. 제주도로 교역자 수련회를 갔던 어느 여름에도 교수님은 항상 나와 동행하며 그저 나를 평범한 학생처럼 생각하며 보듬어 주셨다.

소외계층이 아닌 한 인간으로 나를 대해주심에 나는 평생 그분을 잊을 수가 없다. 한국에 이렇게 인자하신 교수님만 있다면 기독교를 배척하는 일이 더는 없을 것이다.

수많은 목회자들이 나를 등지고 사라졌지만 교수님은 내 등을 다독거리며 '한 목사 힘내게. 다시 일어나 함께 걸어가야지.' 나는 눈시울이 뜨거워진다.

나무가 자라서 잎도 나기 전에 멈춰 버렸던 그 나무를 가꿔주신 교수님.

추억으로만 끝나지 아니하고 끝까지 물을 주며 영양을 공급하여주신 뜨거운 사랑.

싹이 나 열매 맺혀 인류의 양식이 되고 그 힘으로 다시 살 수 있도록 관심을 주심에 나는 행복했습니다.

당신이 배척했다면 거지 모습 그대로 골목에서 비바람을 피하고 추운 겨울 눈보라에 시체로 변해 나는 이미 흔적마저 없었을 것입니다.

그러나 당신의 포근한 사랑이 있었기에 오늘이 시작되었습니다.

그렇게 가꿨던 나무는 때가 되면 다시 열매를 맺어야 하건만 열매를 맺지 못하고 잎만 무성했던 나의 인생, 교수님과 마주치면 죄스러운 마음이 한이 없습니다.

세상 모든 사람들은 나를 향하여 이유 없이 돌을 던졌건만 당신은 그리스도 십자가와 사랑을 나에게 선물하셨습니다.

여행 한 번 가자고 말씀하시던 스승님의 말씀에 용기를 내지 못하고 세월만 물처럼 흘러갔습니다.

스승님, 이제 시간 내겠습니다.

다시 풍성한 열매를 맺으면 부담을 느끼지 않고 여행을 떠나고 싶습니다.

눈물이 강을 이루고 그 옛날 추억을 생각하니 창자가 뒤틀리는 것 같습니다만 당신이 있기에 내가 있음을 소망 삼아 오늘도 살아가겠습니다.

한번은 주변 공사장에서 덤프트럭이 지나가고 있었는데 내 전동 휠체어로 박기 직전에 끼익하고 브레이크를 잡았다. 나는 깜짝 놀라 머릿속이 하얘졌다. 그렇게 죽고 싶다고 노래를 불렀건만 막상 차가 앞에서 멈춰서니 심장이 멎는 것만 같았다. 트럭 기사가 시뻘개진 얼굴로 씩씩거리며 악다구니를 썼다.

"야, 이 미친 새끼야! 너 뒤지고 싶어 환장했어? 이게 누구 신세를 망치려고. 엉?"

그 목소리에 정신이 번쩍 났다. 에라, 이판사판이다. 어차피 나는 죽어야할 인간이기에 기사를 운전석에서 내려오라며 전동 휠체어를 덤프트럭에 갖다 박았다. 그리고는 오히려 더 큰 소리로 호통을 쳤다.

"오냐, 이 새끼야! 잘 걸렸다. 너 병신 맛 좀 봐라. 내가 얼마나 곤조통인지 알아? 내려와, 이 새끼야!"

기사는 씩씩거리며 내 앞으로 다가와 눈을 부라리더니 으르렁대며 주먹질을 해댔다. 우울증을 치료하고 나니 두근거리고 무섭고 두려웠던 것은 없어졌으나 충동조절장애가 다시 재발한 것이다.

어떤 장사(壯士)도 나를 막을 수는 없었다. 막무가내로 덤프트럭 기사를 밀쳐버렸다. 그가 넘어지자 전동 휠체어로 배 위를 갈았다. 이를 부득부득 갈면서 닥치는 대로 주먹으로 휘갈겼다. 생각이라는 게 없어져 버렸다. 보이는 것도 없다. 죄책감도. 내가 무슨 짓을 하고 있는 건지 감각도 없었다.

공사장 인부들과 노 선배, 박찬수 등 주변에 있던 사람들이 나를 붙들고 말렸으나 이미 제정신이 아니었다. 그를 닥치는 대로 패면서 소리를 고래

고래 질러댈 뿐이었다. 현장소장이 나와서 '어르신, 선생님' 하며 쩔쩔매고 빌면서 나를 달랬다. 잠시 후 경찰 두 명이 왔다. 핏발 선 눈으로 노려보다가 경찰들에게까지 달려들었다.

"네놈들은 또 뭐야? 나 잡아가려고 왔냐? 잡아가려면 잡아가. 맘대로 해 봐!"

경찰마저 전동 휠체어로 밀어버렸다. 사람들의 시선 때문에 괴로워서 살 수가 없었다. 모두가 나를 보고 욕하는 환청이 들렸다. 무섭고 두려워서 견딜 수가 없었다.

하루는 편의점에 들어가려고 하는데 안에서 나를 보더니 황급히 손을 내저으며 들어오지 말라고 했다. 정말 내가 미친 걸까? 세상이 미친 걸까? 대체 나에게 모두들 왜 이러는 건가? 식당을 가도 다들 나를 쳐다보며 속닥속닥 대서 밥을 먹을 수가 없었다. 이건 사는 게 아니었다. 더 이상 나를 주체할 수 없게 되었다.

광기(狂氣)에 걸려 지나가는 사람에게 시비를 걸고 휠체어로 밀어버리기도 하고, 길거리에 철푸덕 주저앉아 차를 못 가게 막기도 하고, 횡단보도 한가운데에 전동 휠체어를 타고 앉아 주먹질을 하며 소리소리 질러댔다.

"야, 이놈들아. 나를 밀어버려. 나 죽고 싶으니까 나를 밀어버리고 가. 나는 이제 어떻게 살아? 어떻게 살라고!"

정말로 정신 이상자가 되어 가고 있는 것 같았다.

백화점에서는 이런 일도 있었다. 화장품 코너를 지나가는데 나를 쳐다보던 점원들의 입에서 나의 신분은 물론이거니와 회원 가입이 되어있는 내 딸의 개인정보까지 술술 노출이 되어 나왔다.

그 즉시 휠체어로 점포를 밀어버리고 여자들을 땅바닥에 무릎 꿇려 머리채를 휘어잡았다. 대기업에서 개인정보를 함부로 타인에게 노출해 화가 났던 것이다. 그걸로 끝내는 게 아니라 백화점의 경비들, 해당 팀장님들까지도 무릎 꿇게 하고 따귀를 갈기며 한참 실랑이를 하던 끝에 경찰이 오게 되었다.

연락을 받고 허겁지겁 달려온 박찬수 형이 경찰들을 달래고 백화점 측과 화해를 받아냈음에도 불구하고 뻗치는 화를 주체할 수가 없었다. 심장이 터질 것 같은 고통스러운 마음을 부여잡고 터덜터덜 집으로 돌아올 수밖에 없었다.

심각해져가는 나를 도저히 그냥 둘 수 없어서 작은누나가 병원으로 데리고 가 상담을 받는데 또다시 당장 입원해야 한다는 진단이 나왔다. 입원수속을 기다리고 있는데 시간이 너무 오래 걸렸다. 내 차례가 오기까지 두 시간 가까이 기다리고 있었다. 번호표를 빼고 지루한 시간을 기다리고 있는데 엉뚱한 사람이 먼저 입원수속을 하고 있는 것이 보였다.

분노한 나는 왜 질서를 안 지키고 새치기를 하느냐고 간호사와 그 사람을 보며 마구 야단을 치며 미친 듯 고함을 토해냈다. 조금의 이해도 하지 않으려 했고 절제하지 못할 만큼의 분노가 나를 더욱 힘들게 했다. 모두가 나를 괴물로 악당으로 보는 것만 같았다.

2인실에 입원하여 수면제 주사와 영양제를 맞고 잠이 들었다. 일어나 보니 온 뼈 마디마디가 아프고 곳곳이 상처투성이였다. 병원도 불질러 버리고 죽어버릴까? 극단적인 생각에 사로잡혀 있을 때 홍진표 교수님이 병실로 들어왔다.

"원장님, 정신이 좀 듭니까?"

"미안합니다. 교수님. 내가 왜 또 정신분열이 와서 세상을 원망하고 사람들을 죽이고 싶은 생각이 들까요?"

"그런 일을 당하셨는데 충분히 그럴 수 있습니다. 그 트라우마가 오래 가지요. 이번 약은 좀 더 강하게 조제했으니 약을 드시면 진정이 좀 될 겁니다."

나는 교수님 앞에서 그동안 아팠던 마음을 다 내려놓고 큰소리로 엉엉 울어댔다. 얼마 만에 맘 놓고 속이 후련해지도록 우는 건지….

교수님은 조용히 내 손을 잡고 진정이 될 때까지 기다려 주었다.

비정한 아빠

비정한 아빠

어느 5월에 청산에 꽃들이 피고 눈을 뜬 꽃봉오리들이 미소를 짓고 있는 그때 세 사람이 「실로암 연못의 집」으로 찾아왔다.

여자는 60대 중반으로 보이는 큰 키에 첫 인상은 이지(理智)적이었으나 갈색 바지에 파란 자켓을 입고 머리는 뽀글뽀글 파마를 하였다. 굽이 낮은 검정단화를 신고 얼굴은 밭고랑이 갈라지듯 여기저기 갈라져 있었으며 얼굴 한쪽은 기미가 그림처럼 새카맣게 있는 촌스러운 몸매를 지닌 중년 부인이었다. 아버지로 보이는 남자는 키가 170이 채 안 되어 보였고 말라비

틀어진 80에 가까운 노인으로 보였다.

"어떻게 오셨습니까?"

"그냥 지나가다가 관심이 있어서 들러보게 되었습니다."

그들은 자기 신분도 밝히지 않고 이곳저곳 둘러보기만 하다가 그냥 갔다. 그 중에 여자 옆에 서 있던 남자는 키가 아주 작고 운전을 하고 있었다. 그는 남편인 것 같았으나 일절 말이 없었다. 여자와는 별로 어울려 보이지 않았고 이곳을 찾아온 일에도 별로 관심이 없는 사람처럼 보였다. 나를 보고도 궁금한 게 없는지 말문을 열지 않았다. 좀 이상하다는 생각이 들었다. 남편이면 모든 권한을 가지고 관심을 보일 텐데 말이다.

왜 그는 말 한마디 하지 않고 침묵만 지키다가 갔을까? 나는 그 남자를 보면서 마치 옛날 머슴처럼 느껴졌으며 부족한 사람처럼 생각이 들었다. 그러나 그가 지프차를 몰고 찾아온 것을 보면 분명 바보가 아니라 남편일 거라고 생각했다. 그들이 돌아가고 난 후 나는 기분이 안 좋았다. 남의 집에 들어오면 자기 신분부터 밝히는 것이 기본적인 예의임에도 그들은 말도 없이 왔다가 가버렸다.

'하루' 라는 지평선을 걸어가다 보면 별사람을 다 만나게 된다는 생각을 해본다. 한평생 복지사업을 하다 보니, 한 길목에서 여러 사람을 만나게 된다. 병들어 쓰러져 있는 사람, 술 먹고 대(大)자로 누워있는 사람, 그 중 옷을 열 벌이나 껴입은 거지들이 특히 떠오른다. 옷을 많이 입는 이유는 풍찬노숙(風餐露宿), 길에서 잠을 자기 때문에 되도록 많이 입어야 한다.

거지들은 집이 있거나 특정한 주거지역이 있는 게 아니다. 아무데서나 그저 배만 부르면 짐승처럼 코를 골며 잠을 자고 아침이면 일찍이 잔치집에 찾아가는 것이 바로 거지이다.

이들은 평생 동안 닦지도 않는다. 저들처럼 딱 열 벌의 옷만을 걸치고 살면서 그 외에는 무엇을 먹을지 무엇을 마실지 걱정하지 않고 사는 것이 거지들의 본능이다. 근심 걱정에 휩싸이는 것보다는 훨씬 미적(美的)인 매력마저 엿보인다.

'오 리를 보고 십 리를 간다.'는 말처럼 단돈 몇 푼을 얻기 위해 30분 이상을 걸어와 적선해 달라고 하는 거지가 있다. 그런데도 돈을 주지 않는 사람들이 있는데 참으로 매정한 사람들이다.

돈을 얻기 위해 나름의 땀을 흘려서 왔으니 그 노동의 대가를 당연히 줘야되지 않겠냐고 복지사업을 하면서 깨달아왔다. 사람들은 멀쩡하게 생긴 사람이 일을 할 것이지 얻어먹으러 다닌다고 그저 욕만 퍼붓는다.

나는 대학생이 된 딸과 함께 포장마차에서 곱창을 먹은 적이 있었다. 나는 곱창을 별로 좋아하지 않지만 딸이 정말 좋아하기에 같이 먹고 있을 때, 어떤 사람이 껌 한 통 팔아달라면서 온몸을 사시나무 떨듯 떨며 들어왔다.

그를 보고 있던 딸아이가 내 지갑을 달라고 하더니 오천 원을 꺼냈다. 천 원만 줘도 된다고 만류했으나 딸은 껌도 받지 않고 굳이 오천 원을 그의 손에 쥐어주었다. 그 모습을 보니 내 딸이 얼마나 인정(人情) 많은 환경에서 잘 성장해왔는지 참으로 대견하기만 했다.

나의 딸은 비닐하우스로 천막을 짓고 집을 만들어 장애인과 더불어 살아가고 있을 때 태어났다. 딸이 태어나자 뭐라 말로 표현할 수 없을 만큼 기쁘고 감격스러웠지만 환경적인 문제 때문에 딸이 커가면서 타락하며 아빠를 원망하고 살까봐 무섭고 두려운 마음이 들었다.

그렇게 눈에 넣어도 아프지 않을 만큼 예쁘고, 아빠 마음을 잘 헤아려주던 딸이 중학생이 되자 사춘기가 심하게 찾아왔다. 학교에 가서 문제를 일으키고 무단결석을 하며 아이들과 돌아다니는가 싶더니 방황을 하면서 문제 청소년이 되어 버렸다. 그러나 나는 내 딸이 금방 제자리를 찾으리라 믿었다.

어느 날 학교 선생으로부터 연락이 왔다. 이 학생은 도저히 학교에서 생활을 할 수 없으니 다른 학교로 전학을 하라고 했다. 나는 학교를 찾아가서 선생을 만났다.

"선생님, 이 아이는 제 딸이기도 하지만 선생님의 소중한 제자이지 않습니까? 여기서 제자를 버린다면 선생님은 한 학생의 인생을 영원히 버리게 되는 것입니다. 공부를 잘 하고 예의를 갖춘 도덕성이 있는 사람만이 사회에 나와서 좋은 구성원이 되고 훌륭한 사람이 된다는 보장은 없지 않습니까? 학교에서 공부를 잘하는 우등생만이 사회에 나와서도 우등생이 된다고 생각하지 않습니다.

선생님, 우리 딸을 버리지 말아주십시오. 저는 제 딸을 믿습니다. 비록 이 아이가 좋지 않은 환경에서 장애인들과 살지만 근본은 착한 아이입니다. 한 번만 더 기회를 주십시오."

선생에게 간곡히 부탁을 하고 상품권과 편지를 전해주고 나왔다. 무거운 마음으로 집에 돌아와 딸을 위해 간절히 기도하고 있을 때 딸이 학교에서 돌아왔다. 그런데 아침에도 멀쩡했던 아이가 다리에 깁스를 하고 있었다. 계단에서 내려오다가 다리를 접질렸다는 것이다. 그 모습을 보는 나의 가슴이 새카맣게 타면서 내 자신이 너무나 초라하고 원망스러워졌다. 엄마 없이 자라고 있는 딸을 어떻게 해줄 방법이 없었다.

아이가 세 살 때 아내는 딸을 데리고 가출해 버렸다. 딸은 종알종알거리는 말로 매일 같이 엄마를 졸라댔다.

"엄마, 아빠한테 가자. 아빠보고 싶어! 빨리 아빠한테 가자. 엄마!"

매일매일 아빠를 찾으며 울어대는 딸을 도저히 감당할 수 없게 되자 아내는 시설 입구에다 딸을 놓아두고 사라졌다. 밤 9시였다. '아빠, 아빠!' 하고 나를 끌어안고 울어대는 어린 것을 바라보고 있자니 너무나 불쌍했다. 차라리 내가 결혼을 하지 않았더라면 장애인 아빠를 숙명적으로 만나지 않았을 텐데, 하는 때늦은 후회가 밀려왔다. 그러나 천하보다 소중한 한 생명이 세상에 나왔으니 얼마나 감사한 일인가. 온 천하를 주고도 바꿀 수 없는 보물인 것이다. 후회하지 말자. 나의 숙명이다.

이제 와서 수원수구(誰怨誰咎), 누구를 원망하고 누구를 탓하랴. 모든 것이 내가 정해놓은 운명이요 숙명인데 후회는 어리석은 사람이 하는 것이요, 완전한 사람이 하는 것이 아닌 것이다.

내가 이 장애인들과 함께 살고 있는 것은 이유가 있다. 한국 사회는 장애인을 벌레 보듯이 보고 독사와 전염병처럼 생각하며 저주의 대상으로 바라본다. 그것이 너무나 안타까워 작은 힘이라도 되기 위해 나는 이들과 함께 살게 되었던 것이다.

다시 내 품으로 돌아온 딸은 장애인 가족들로부터 특별한 사랑을 받았다. 그러나 그것만으로는 아이의 작은 마음속을 다 채워 줄 수 없는 모양이었다. 어느 날 친구집에서 놀다가 돌아온 딸은 풀이 죽어서 나에게 따졌다.

"아빠, 엄마는 어디 갔어요?"

"엄마? 갑자기 엄마는 왜?"

"친구들이 나를 엄마 없는 애라고 놀려댄단 말야."

"그랬어? 괜찮아, 너도 엄마 있어. 엄마는 공부하러 미국에 간 거야. 그러니까 기죽지 않아도 돼."

"공부? 엄마는 나보다 공부가 더 좋은가? 난 엄마 보고 싶은데……."

안타까운 마음으로 딸을 다독이는 나의 눈가가 어느새 촉촉해지고 있었다. 지금은 이해를 못하겠지만 조금 더 크면 알겠지. 나는 수없이 딸을 달래면서 최고의 딸로 가르치며 기르고 싶었지만 환경적 여건은 그렇게 녹록하지 않았다.

내가 밤 10시경에 강의를 마치고 집으로 돌아오는 날이면 모든 문들은 다 열려 있고 딸은 온몸에 흙과 먼지를 뒤집어쓴 채 방 한구석에 누워 잠이 들어 있었다. 커서 어떤 사람이 되고 싶으냐고 물으면 목사 사모가 되겠다고 대답하던 내 딸의 모습은 완전 거지새끼와 다를 바가 없었다.

아이가 여섯 살 때였다. 갑자기 열이 나고 배가 아프다고 하더니 기침을 심하게 했다. 어린 것이 변비도 심해 고통을 당하고 있었다. 나는 성내동에 있는 동주병원으로 데리고 갔다. 의사는 딸을 진찰하더니 심각한 얼굴로 입을 열었다.

"아이가 열이 너무 심하고 기침을 많이 하기 때문에 폐렴이 올 수 있습니다. 거기다 대변이 나오지 않아서 관장을 해야 할 것 같습니다."

나는 목발을 의지하고 딸을 업고 갈 수도 없고 한 팔로 안고 관장을 시킬 수도 없었다. 대변이 나오지 않아 '아빠, 아파요. 아파!' 소리를 질러대는 딸의 울음소리는 나의 몸이 장작불에 태워지는 것처럼 고통스럽고 슬픔에 묻힐 수밖에 없었다.

하남시 초이동의 천막교회에 자원봉사자들이 상주하며 함께 장애인들과 더불어 살아가는 공동체를 운영했다. 딸은 엄마의 젖이 그리워서 스물한 살 먹은 처녀의 젖꼭지를 밤새도록 물고 잠이 들었다고 한다. 이런 환경에서 살다가 무서운 사자로 변할까 봐 겁이 난다.

아빠를 죽도록 미워하진 않을까. 폭력이 심하고 성격장애가 사랑하는 내 딸에게 오면 어떡하나. 날마다 가슴이 조마조마하고 심장이 녹아 흐르고 있었다. 친구 집에서 놀다 온 딸이 또다시 졸라대기 시작했다.

"아빠! 엄마는 미국에서 안 오니까 백화점에 가서 사오면 안 될까? 예쁜 엄마 하나만 사다주면 좋겠다. 백화점에 가면 예쁜 엄마들 많잖아. 아빠, 엄마 하나만 사다줘요. 네?"

어이없는 말을 하며 울먹이는 딸을 보고 있자니 아이다운 발상에 안쓰러우면서도 나도 모르게 피식 웃음이 나왔다.

사춘기로 접어들어 반항하는 딸을 잠자코 참아주는 것에는 한계가 있었다. 어느 날 큰맘 먹고 딸과 대화하기 위해 방에 찾아갔다.

"너 도대체 언제까지 이럴 거야? 이제 그만해라. 아빠도 힘들다."

"신경 쓰지 마셔. 아빠가 언제부터 나한테 관심이 있었다고 그래?"

딸은 아무 말도 들으려 하지 않았고 내 딸이 맞나 싶을 정도로 변해 있었다. 아무래도 큰소리 한번은 쳐야할 것 같았다.

"너 아빠 없어도 살 수 있는 거야? 어디 말 좀 해 보자."

"누가 그렇댔어? 괜히 그래."

"잘 들어. 이제부터 네가 방황하면 아빠도 방황할 거고. 네가 막 살면 아빠도 막 살 거야. 우리 그래 볼까?"

나는 딸과 결판을 내기 위해 애를 쓰며 펑펑 울어댔다. 딸도 그동안의 아픔을 토해내며 서럽게 울었다. 학교에서는 3개월간 봉사활동을 하라고 명령했다. 딸은 열심히 봉사활동을 하면서 깨닫게 된 것이 많은지 어느 날 눈물을 흘리며 말했다.

"아빠, 그동안 속 썩여서 죄송해요. 제가 잘못했어요. 이제부터 아빠 말

잘 듣고 학교에 잘 다니겠습니다."

"그래, 고맙다 고마워. 내 딸아. 학교는 좋은데 시집을 가기 위해서, 성공하기 위해서 다니는 게 아니야. 1등 하는 것도 좋지만 꼴찌 하는 것도 괜찮아. 그저 학교 문화에 잘 적응하고 친구들과의 관계에서 소통이 잘 돼야 사회 나가서 살아갈 수 있는 거야."

뒤늦게 열심히 공부했지만 인문계에 들어갈 수가 없었다. 중학교 때 방황하며 탕자처럼 살아온 결과였다. 아빠의 지인들을 통해 인문계를 보낼수는 있으나 그 학교에서 적응하지 못한다면 학교생활을 할 수 없기 때문에 아이가 들어갈 수 있는 서울 강동구 길동에 있는 상업고등학교를 보내게 되었다. 딸은 고등학교 생활 6개월 만에 장학금을 받아왔다고 아빠의 손에 흰봉투 하나를 내밀었다. 나는 천둥소리처럼 울어대며 '내 딸을 버리지 않으심을 감사합니다!' 하고 3일간 눈물로 기도하며 밤을 새웠다.

고등학교를 졸업하고 대학을 가려고 했으나 실력이 부족하여 대학에 갈수가 없었다.

"고등학교도 그랬듯이 네가 들어갈 수 있는 학교를 찾아봐라. 2년제가됐던 4년제가 됐던 분명히 네가 갈 수 있는 곳이 있을 거야."

딸은 며칠을 인터넷에 매달려 지내다가 내 방으로 찾아왔다.

"아빠, 의정부에 제가 갈만한 학교가 있어요."

"그래? 무슨 관데?"

"유아교육과인데 3년제예요."

"잘 됐다. 분명히 있을 거라고 했지. 열심히 해보자."

나는 딸아이가 간호사가 됐으면 좋겠다는 희망을 품은 적도 있었다. 그러나 지금은 그런 바람을 가질 처지가 아니었기에 아이를 격려하며 학교에 대해 잘 알아보라고 했다. 아이의 학교문제가 해결되어 감사한 마음으로 지내던 며칠 후 아이가 등록금을 달라며 고지서를 내밀었다.

하지만 홍천 실로암 복지시설을 재보수하느라 돈이 부족한 실정이었다. 돈이 전혀 없었다. 어떻게 해야 하나 밤새 고민을 하다가 아버지가 돌아가신 후 부조돈을 어머니에게 드렸던 것이 생각났다. 나는 아버지 장례식을 거창하게 해드렸다. 약 2,000명 정도의 사람들이 왔었는데 장례식을 마친 후 그 남은 부조돈을 어머니께 드렸던 것이다.

아버지가 돌아가신 후 하남에 거주하고 계신 어머니는 특별히 돈 쓸 일이 없었기 때문에 분명히 가지고 계시리라 생각하고 어머니를 찾아갔다.

"어머니, 저 4백만 원만 빌려 주시겠어요?"

"4백만 원? 갑자기 그건 왜? 어디에 쓰려고?"

"송희가 대학을 가는데 등록금이 없어요."

나는 어머니에게 돈이 있는 줄 알고 빌려 달라고 했고 다른 것도 아니고 손녀 등록금을 달라고 하면 빌려 줄줄 알았다. 그러나 어머니는 일언지하에 거절해 버리셨다.

"내가 무슨 돈이 있단 말이냐? 나 돈 없어."

"어머니, 그러지 마시고……. 제가 오죽하면 어머닐 찾아왔겠어요? 다른 것도 아니고 손녀 등록금이 없다고요. 좀 도와주세요."

어머니는 돈이 없다며 요지부동이셨다. 그런 어머니를 보는 나의 심장이 칼바람을 맞은 듯 아파왔다. 너무 비참했다. 나를 버린 부모가 뭐가 좋아서 아버지의 장례식을 치러주었을까. 어머니는 다른 아들에게 가라고 애원했건만 죽어도 우리 목사한테 가서 살다가 죽겠다고 내게로 오신 분이셨다. 그런 어머니가 어찌 이리 매정하고 야속하게 하시는지 이해가 가지 않았다.

인간은 움직이는 동물이다. 깨달음이 있는 감정의 존재인 것이다. 어머니는 나를 낳은 후 장애라는 이유만으로 형제들과 차별하며 나를 힘들게 하셨다. 그렇지만 나는 부모를 버리지 않았다. 아버지가 돌아가시기 전 70이 넘도록 면사포 한 번 못 써본 것이 한(恨)이라던 어머니에게 멋지게 결혼식도 시켜드렸다. 그런데 어머니는 나에 대해서는 무쇠처럼 느낌도 감각도 동정도 없단 말인가. 어머니는 자식을 낳기 위해 신발을 벗고 방안으로 들어갈 때 '내가 다시 이 신발을 신을 수 있을까?' 하고 들어갈 만큼 하늘이 노랗고 힘들었다고 했다.

지금 내 마음이 그렇게 고통과 아픔으로 죽을 만큼 내 딸이 불쌍하기만 했다. 나는 사무실에 들어가 책상을 뒤적거렸다. 그동안 쓰다가 잊고 있던 빈 통장들을 찾아 모아보니 100개 정도는 되는 것 같았다. 휴면계좌로 있는 돈도 혹시나 있을지도 모른다는 기대를 가지고 딸과 함께 은행에 잔고 정리를 하러 갔다.

통장을 정리해보니 5만 원이 있었다. 기쁜 마음으로 다른 것들도 정리를 해 보니 놀랍게도 350만 원이 모아졌다. 나는 그 돈을 가지고 딸과 함께 두 손을 맞잡고 통곡으로 눈물을 흘리며 기도했다. 사람들은 나에게 실망을 주고 가족마저 나의 마음을 아프게 하였으나 하나님은 나를 버리지 않으셨다. 지금까지 살아온 그 은혜를 어찌 말로 다 할 수 있단 말인가. 하나님은 우리의 아픈 상처를 끌어 안아주시고 치료해 주셨다.

"저희에겐 아직 50만 원이 더 있어야 합니다."

간절히 기도한 이틀 후였다. 왕십리교회에서 목사님 쓰시라고 100만 원을 보내왔다. 이럴 수가 있는가! 기적을 몸소 체험하게 된 사건이었다. 극적으로 등록금을 마련하여 학교를 다니게 된 딸에게서 어느 날 전화가 걸려왔다.

"아빠, 나 학교가 너무 멀어서 못 다니겠어요. 학교 그만 둘래요."

"뭐? 학교를 그만둬?"

어이가 없었다. 어떻게 들어간 학교인가.

"힘든 건 알겠는데, 제발 1년만이라도 다녀봐라. 그래도 어려우면 그때 가서 그만둔다고 그래라. 그럼 더 이상 말하지 않을게."

협박도 하고 달래기도 하면서 겨우겨우 설득한 끝에 내 차로 아침마다 의정부까지 태워다 주기로 했다. 다른 아이들은 학교 정문에서 내려서 들어가는데 내 딸은 학교 운동장을 지나 교실 입구까지 태워다줘야 그제서야 내렸다. 아침마다 힘들고 어려웠지만 그 시간이 딸과 온전히 함께하며 대화할 수 있는 시간이라 감사하는 마음으로 힘든 지도 모르고 데리고 다녔다.

아빠의 그런 노고를 알게 됐는지 2학년 때부터는 열심히 공부하기 시작하더니 좋은 친구들도 만나고 과대표를 하면서부터는 교수들로부터 인정도 받고 있었다.

어느 날인가는 친구들 20여 명을 데리고 와서는 아빠가 한턱 쏘라고 했다. 도대체 배짱이 좋은 건지 인심이 좋은 건지 철딱서니 없는 딸을 보면서 어이가 없었다. 그래도 감사한 것은 잠깐의 방황은 있었지만 좋은 친구들을 만나고 자기의 길을 향해 열심히 달려가고 있는 딸을 보며 소망이 생기고 있었다.

내 딸이 간호사가 되었다면 얼마나 좋았을까……. 또다시 내 마음에 부질없는 생각이 들었다. 어느덧 많은 우여곡절을 겪으며 다닌 학교를 졸업하는 날이 되었다. 너무나 감격스러워 내 맘이 먼저 울렁거리고 있었다.

"아빠, 아빠!! 아빠가 꼭 와야 돼?"

"임마, 아빠가 아니면 갈 사람이 있기나 하냐?"

"응……. 하긴 그렇지. 헤헤."

졸업식장에 들어가 가운을 입고 사각모를 쓴 딸의 모습이 그 많은 학생들 중에서 클로즈업 되어 내 눈에 들어왔다. 너무나 예쁘고 장한 아이의 모습에 같이 사진을 찍으면서도 연신 내 눈에서는 눈물이 흘러내리고 있었다. 모든 순서가 끝나고 몇몇의 친구들을 데리고 식사를 하러 갔다. 친구들은 활짝 웃으며 딸에게 엄지손가락을 들어 보이면서 말했다.

"야야, 너네 아빠 진짜 멋쟁이시다!"

"그치, 그치? 우리 아빤 말이지, 우리 세대를 너무 잘 알아주셔. 내가 힘들 때도 얼마나 이해를 많이 해주셨는지 몰라. 거기다가 우리 아빠는 완전 기분파야. 멋부리는 것 빼면 시체라니까?"

"어머, 진짜? 와, 어쩐지 멋있더라!"

까르르거리며 웃어대는 친구들과 연신 아빠 자랑을 늘어놓고 있는 딸아이의 모습이 한 폭의 그림 같았다. 정말 오랜만에 즐거운 기분으로 맛있는 식사를 하고 돌아왔다.

대학을 졸업하고 취직을 하기 위해 여기저기 이력서를 넣더니 어린이집에 들어갔다. 원래 어린아이들을 좋아하던 딸아이는 정말 열심히 일을 했고 성심을 다해 아이들을 돌봤다. 몇 년이 지나자 2,000명이나 되는 유치원에 과장으로 스카웃 되어 들어가게 되었다. 혼자서 교재를 2천만 원어치를 팔기도 할 정도로 당차기도 했다. 학부형들은 그런 딸을 보고 원장인 줄 착각하기도 했다. 이제 딸아이는 자기 분야에서 충분한 역량을 발휘하는 전문가가 되어가고 있었다.

쉬는 날이 되어 딸을 차에 태우고 홍천을 가고 있었다. 차 안에서 학부형들에게 상담하는 것을 듣게 되었는데, 이 아이가 한때 그렇게 말썽을 부렸던 사람이었을까 싶을 정도로 상담을 잘 했다. 운전을 하고 가던 나는 마음이 벅차오르고 뿌듯했다. '고맙다. 내 딸아! 이제는 다 컸구나…….'

어느 겨울이었다.

나와 함께 살고 있던 딸은 독립을 해야 되겠다고 말했다. 너무나 갑작스런 딸아이의 말에 나는 눈이 휘둥그레졌다. 이제는 아빠 곁을 떠날 만큼 커버린 딸이 대견하면서도 섭섭함이 몰려들었다. 거기다가 보증금 천만 원이나 빌려 달라니…….

"야, 아빠가 돈이 어디 있어? 독립을 하려면 네 힘으로 해야지. 네가 그동안 모아 놓은 것으로 하면 되잖아?"

딸은 아빠의 말이 무척이나 섭섭한 모양이었다. 엉엉 울기 시작하더니 그동안 마음속에 쌓여있던 말들을 쏟아놓기 시작했다.

"내가 학교 다닐 때 아빠가 용돈을 미리 안 줘서 밥을 굶은 적도 있고 차비가 없어서 친구들에게 빌린 적도 있었어. 생각해봐, 아빠. 일주일에 5만 원을 가지고 어떻게 생활할 수 있겠어?"

말을 하며 끝없이 울어대는 딸을 무슨 말로 달래야 할지 몰랐다. 나는 평생 동안 장애인들의 아버지로 살아오면서 내 자식들에게는 "너희들은 건강하고 배웠으니까 어떻게 하든지 너희들의 힘으로 살아가라"고 말했었다.

중증 장애인들은 내가 돌보지 않으면 그 자리에서 죽을 수밖에 없다. 30년이 넘도록 가난한 자, 고아, 노인 뇌졸중 환자들과 함께 살면서 형제나 가정을 돌보지 못했고 하나 있는 딸에게도 얼마나 많은 상처를 주었는지 모른다.

"내 딸아, 그 옛날 초등학교 시절 아빠와 함께 달리기 하자고 했을 때 달릴 수 없었던 내 심정은 참담하기만 했단다. 거지 아빠라고 놀려대던 아이들의 손가락질에 너는 얼마나 나를 향해 눈물을 쏟았느냐."

나는 골수에 사무치고 답답하여 견딜 수가 없었다. 사랑하는 내 딸에게 아빠는 거지가 아니고, 네가 있으니 이 세상에서 제일 부자라며 되뇌었었다. 딸의 인생만큼은 부족하거나 주눅드는 일 없도록 머릿속에 아름다움을 심어 주려고 노력했다.

"사랑하는 내 딸아. 스물아홉에 가장 꽃다운 신부(新婦)가 되겠다는 네 아리따움이 이렇게 뿌듯할 수가 없단다."

나는 강남에서 조그만 유학원을 운영하고 있었다. 어학연수나 유학을 희망하는 학생들에게 상담을 해주고 적절한 나라와 어학교를 추천해줬다. 그 중간 과정에서 발생하는 비자수속, 비행기 티켓 구입 대행, 공항 픽업, 홈스테이 추천 등의 일들을 했다.

미국에는 친구가 있고 필리핀에는 나를 잘 아는 선배 선교사님이 계시기 때문에 그들에게 많은 도움을 받았다. 그날도 유학원 사무실에 있는데 나를 찾는 전화가 왔다.

"한승주 원장님이세요?"

"네, 그렇습니다만."

그들은 다짜고짜 나를 만나기를 원했다. 나는 복지사업을 하는 사람이기에 남녀노소 막론하고 우선 만나보는 것이 예의라고 생각했다. 그들은 굳이 강원도 홍천에서 찾아뵙겠다고 했다. 아침 10시쯤 남녀 두 사람이 찾아와 입소 상담하기를 원했다. 며칠 전에 여기를 방문했던 사람들이었다. 아마 여러 군데를 돌아다니며 알아볼 대로 다 알아보고 다시 온 모양이었다.

환자를 받아주는 데가 없었다고 했다.

　사회복지법인은 개인이 운영하지만 정부에서 100% 지원 해주는 곳이다. 그에 반해 비인가시설은 개인이 운영하고 있으며 법인이 아니기 때문에 정부에서 어떤 지원도 받을 수가 없다. 즉 건축 보수, 생계수단, 직원급여 등을 지원받을 수 없다. 따라서 시설장이 알아서 직원을 채용하고 급여를 주게 된다. 법인시설에 비해 비인가시설이 좀 더 가족적이고 효과적인 기능들이 나타나고 있으며 자유롭게 복지를 할 수 있는 장점도 있다.

　원장의 능력에 따라 후원 마케팅을 개발하여 질 좋은 복지 서비스를 하게 된다. 또는 좋은 환경을 만들어 인간의 존엄성을 존중하며 자유롭게 살 수 있도록 마련해주는 것은 오직 시설장 능력에 따라 만드는 것이다. 개인시설은 환자가 오면 조건 없이 누구나 입소하게 된다. 입소자들은 보호자가 없거나 수급자 대상이 아닌 장애인, 치매노인, 무의무탁자가 대부분이다.

　세월이 많이 변해왔으며 우리 한국도 인간의 기본권을 누리며 살아갈 수 있는 복지혜택들이 다양하게 개발되어가고 있다. 특히 장애를 가진 자들도 차별을 받지 않고 정치에 입문을 하는 등 한 사회의 구성원으로서의 역할을 감당하고 있다.

　지금은 장애인 급수가 없어졌다. 단지 중증, 경증 두 가지로 구분한다. 그런데 보건복지부에서는 아직도 1급에서 2급까지의 급수를 사용하고 있다. 1, 2급, 즉 22점은 1급과 2급을 상징하고 38만 원의 연금을 받으며 3급은 월 4만 원의 연금을 받는다. 이것은 조금 잘못돼 있다고 생각한다.

　이렇게 나라에서 장애인들이 인간의 기본권을 갖고 사회구성원으로서 살아갈 수 있도록 제도가 보완된 것은 참으로 다행한 일이나 아직도 사회로 나와야할 중증장애인들과 인지능력장애인들이 개인이나 복지시설에서 여러 가지 질병으로 어려움을 당하고 있다.

이제는 공동체생활을 해서는 안 된다. 인지능력만 있다면 어떤 환자라도 자립해서 생활할 수 있도록 모든 서비스 제도가 잘 되어져가고 있다. 임대아파트는 물론 주거비도 월 25만 원 이상 나온다. 이 정도면 월 110만 원 정도를 국가에서 지원받기 때문에 얼마든지 자유롭게 살 수 있는 것이다. 아무리 시설이 좋고 질 좋은 서비스를 제공한다고 해도 공동체생활은 매우 힘들고 어려운 실정이며 환자에게 만족을 주기 힘들다.

지금은 복지시설이 그리 좋은 것만은 아니다. 인간은 자족자립을 할 수 있도록 창조되었다. 스스로 능력을 개발하면서 살아갈 때 인간은 삶에 소망을 가지게 되고 살아야 할 이유를 스스로 깨닫게 되는 것이다. 누구에게 도움을 받거나 대접 받기를 좋아하는 사람은 마음의 병이 들어 영원히 치료할 수 없는 불치병자가 되고 말 것이다.

마음의 병은 자신이 병이 있는지 전혀 모른다. 감각도 느낌도 고통도 아픔도 없기 때문에 스스로 깨달을 수가 없는 것이다. 마음의 질병은 행시주육(行尸走肉), 살아있는 송장이요, 고깃덩어리요, 버려진 쓰레기와 같다.

정신이 건강하면 마음이 아름다워 태평양 바다를 이루는 것처럼 모든 것을 다 가진 자요, 모든 생명을 포용하고 이해하고 용서할 수 있는 것이다.

유형재산은 재산이 아니다. 돈이 많다고 해도 돈으로 인간의 마음을 만족시킬 수는 없다. 늘 마음이 건강하고 아름다울 때 내가 행복하고, 내가 행복할 때 나를 대하는 주변 지인들도 행복하게 되는 것이다.

남을 판단하지 말아야 한다. 남을 판단하는 것은 내가 괴로움 속에서 살수 있기 때문에 남의 허물부터 보기 전에 먼저 자신의 허물부터 보기를 원한다. 내 이웃이 잘 돼야 내가 성공할 수 있고 모든 행복은 상대방으로부터 오는 것이다. 그런 행복을 창조해 가려면 내 마음이 가난해야 된다.

이제는 갇혀 사는 세상이 아니다. 생명이 존재하는 한 자유를 구속하지 말아야 할 것이다. 모든 인간은 기본권을 가지고 살아야 될 권리가 있다. 지금은 개인적인 재산이 없고 가족이 재산이 있어도 독립적인 생활을 하면서 주소지가 함께 옮겨져 있으면 수급자가 될 수 있다. 그러나 인지능력장애가 있는 사람은 중증이므로 독립적인 생활을 할 수 없으므로 시설에 들어가서 생활할 수밖에 없다.

옛날에는 시설에서 돈을 전혀 받지 않았다. 돈을 받으면 마치 사람을 사고 파는 느낌이 들어서 돈을 일절 받지 않고 무료로 숙식을 제공했으며 질병이 생겼을 때도 시설장이 부담해왔다.

주로 시설에 맡기는 장애인(치매노인, 뇌졸중 환자 등)은 가족과 더는 연락이 안 되고 해외로 이민을 가버렸거나 하는 사람들이 대부분이었다. 그들이 병들어 죽게 되도 장례식을 함부로 치를 수가 없다. 보호자가 바로 나타나는 게 아니기 때문에 그때까지 영안실에 돈을 주고 한 달이든 3년이든 병원 냉동실에 시신을 보관할 수밖에 없었던 것이다.

무연고자(無緣故者)나 수급자면 시설장이 임의로 장례식을 치를 수가 있고 길에서 객사(客死)한 사람은 군이나 시청 복지과 예산으로 장례식을 치를 수가 있다.

주유철(남, 52)의 보호자는 우리 시설에 그를 입소시키기로 결정했다. 위임장과 인감, 등본, 신분증, 양육포기각서 등을 철저하게 작성하고 입소비 800만 원에 그의 평생을 시설에서 책임지기로 했다.

비록 유철이는 지체장애 1급이었지만 고등학교까지 졸업을 마쳤고 정상적인 두뇌와 지혜, 분별력을 지니고 있었다. 그는 신경이 점점 죽어가는 희귀한 병을 앓고 있었으나 휠체어를 타고 어느 정도는 움직일 수 있고 식사도 본인 스스로 할 수 있었다.

3개월 동안 있다가 수급자가 되면 법인시설로 옮기겠다고 보호자들은 말했다. 주 씨는 1급 장애인이었다. 나는 동사무소에 찾아가 복지 담당자를 만나 주 씨를 수급자로 해달라고 간절히 요청하였으나 수차례나 거절당했다. 그 이유는 주 씨의 개인통장에 5천만 원이 들어있었기 때문이었다. 보호자(부친)가 재산이 많고 누나까지도 재산이 있어 수급 대상이 안 되었다.

주유철이 시설에서 1년 정도 지났을 때, 주 씨의 누나와 최 총무가 둘이서 짜고 시설에 있는 수급자 이름을 도용해 인제요양병원에 3년 동안 입원시켰다. 정말 비정한 아버지와 형제가 아닐 수 없다. 주 씨 아버지와 누나는 나의 뒷조사를 하고 하남에서 홍천으로 이전할 때까지도 전혀 신분을 밝히지 않고 슬며시 다녀가곤 하였다.

수많은 시설을 돌아다녀 봤지만 적당히 맡길 만한 곳이 없었고 일반 환자였기 때문에 법인시설에 입소하기가 어려운 상황이었다. 그래서 나는 돈을 주는 대로 받겠다고 하니까 입소비로 800만 원을 주었다.

그런데 1,300만 원 영수증을 미리 발행해달라고 간절히 요청해왔다.그래서 나는 '아니, 800만 원만 받았는데 어떻게 끊어주겠습니까?' 하고 말했다.

주 씨의 보호자들은 1년에 한 번 정도, 대개는 2년에 한 번 꼴로 시설을 찾아왔다. 보호자들은 그를 다른 수급자의 이름을 도용하여 여기저기 돌아가면서 입원을 계속 시켰다.

병원에 오래 있으면 꼬리가 밟히기 때문에 6개월에 한 번씩 퇴원시켜

한 달 정도 있다가 다시 요양병원으로 입원시키곤 하였다. 주 씨의 누나는 홍천의 시설과 병원을 들락날락거리며 치밀하게 의료법을 위반한 것이다.

주 씨가 처음 시설에 올 때는 아주 심하게 몸이 말라 있었다. 보호자들은 주 씨에게 밥도 제대로 안 주고 나처럼 방 안에 가두어 버렸는지도 모른다. 예측이 맞았는지 밥 먹는 욕심이 너무 심해 금세 비만이 오게 되었다.

그들이 주 씨를 굳이 요양병원으로 고집한 것은 다른 수급자 이름으로 입원을 시킬 수 있었기에 그렇게 한 것이다. 다시 말하자면 주 씨의 이름이 아니고 이 씨(원수급자)의 이름으로 입원한 것이다. 엄연히 의료법을 위반한 것이며 돈이 있음에도 불구하고 10원짜리 한 장도 자식에게 쓰지 않으려고 했던 것이다.

주 씨 누나는 '동생 잘 있지요?' 하고 체면치레로 전화 한통은 왔지만 병원비나 간병비를 직원을 통해서 말을 할 때면 그때마다 못들은 척하곤 했다. 그들은 양육포기각서를 공증했으니 원장님이 죽이던 살리던 알아서 하라고 하면서 남편은 교통사고로 오늘 내일 하는데다가 아버지도 요양병원에 입원해 있어 더 이상 동생에게 신경 쓸 여유가 없고 돈도 없다고 했다.

그러나 주 씨의 아버지는 병원에 입원한 적이 없으며 남편 역시 교통사고를 당한 적이 없었다. 그들이 주 씨에게 보내는 시선(視線)은 너무도 냉정했다. 800만 원을 받고 5년간 일반 환자인 주 씨가 시설에 있었지만 지금까지 보호자들은 이에 따르는 책임의식도 없었다.

주 씨는 어렸을 때부터 근육무력증 신체장애 1급이었지만 부모가 유식하고 부자로 생활한 것이 그의 부친의 모습에서 역력히 나타나고 있었다. 그 시절에는 한국이 장애인이나 못 사는 사람을 무시하던 시절이어서 장애인이 고등학교 등 일반학교를 간다는 것은 무척이나 어려운 일이었다.

그런데도 주 씨를 고등학교에 보냈다면 가정형편이 넉넉하고 지금도 여유가 있다는 증거다. 어떻게 돈 800만 원으로 평생의 기저귀와 약값, 간병비, 숙식제공을 다 할 수 있단 말인가. 병원비, 월세, 식대, 전기세, 전화세 등을 계산 해보면 한 사람이 살아가는데 만만치 않은 생활비가 들어간다.

주 씨 보호자들은 서류상 공증을 섰다는 이유 하나로 양심에 부끄러움도 없는지 더는 돌아보지 않았고 시설에 맡겨놓은지 꽤나 시간이 지났음에도 두어 번 방문하고 말았다.

처음에는 하체만 잘 쓰지 못할 뿐 자유롭게 화장실도 갈 수 있다고 말했었다. 그러나 실은 침대에서부터 도와주는 사람이 없으면 움직일 수 없는 중증장애인이었다. 목욕을 시키려고 하면 청년 네 명이 들어서 목욕탕으로 이동을 해야 했다.

주 씨의 누나는 동생의 병원비가 아까워 입원조차 불법으로 시켰다. 우리 시설에서는 재활치료를 할 수 없다는 이유로 다른 병원으로 옮겼던 것이다. 나는 주 씨 한 사람에게 한 달에 500만 원 정도를 지출했다. 주 씨는 일반 환자라서 병원비 혜택을 전혀 받을 수 없다. 현리의 모 병원에서도 주 씨를 강제 퇴원시키려고 했다.

윤경종 씨는 나의 삶의 체험을 신문기사로 읽고 경기도 광주에서 강원도까지 찾아와 봉사활동을 하게 된 사람이다. 그는 장애인들을 내 가족처럼 생각하고 특별한 사명을 지닌 것처럼 장애인들에게 사랑을 주었다.

"윤 선생님은 어떻게 장애인들에게 그리 헌신적입니까?"

"제 동생이 장애인입니다. 지금은 어머니하고 함께 살고 있지만 언젠가는 동생을 내가 돌보며 살아야 한다는 생각을 항상 머릿속에 지니고 있습니다. 힘이 들 때 이 장애인 가족들을 보면 위로를 받습니다."

그 윤경종 씨가 현리병원까지 직접 가서 주 씨를 퇴원시켜 데리고 온 것이다. 퇴원한 주 씨의 몸에는 피부 전체에 곰팡이가 피어 있었고 욕창도 아주 심했으며 당뇨가 심해 약을 너무 많이 복용을 하고 있었다. 나는 주 씨의 욕창 케어를 위해 최선을 다했다.

2001년도에 입소한 최봉선(남, 72) 씨는 욕창이 심해 M대학 병원에서도 치료를 거부하여 우리 시설로 온 치매환자이다. 나는 죽어가는 생명들을 그저 눈물만 흘리면서 바라볼 수만은 없었다. 왜 대학병원에서 욕창 치료를 못하고 시설로 보낸 건지 이해가 가지 않았다. 양쪽 다리가 속에서부터 곪아 오고 있었고 엉덩이에서는 풍선처럼 크게 부풀어 썩어가고 있었다. 이대로 두면 혈관으로 세균이 들어가 결국은 죽게 되는 것이다.

최 씨는 수급자였고 부모형제가 없다고 각서를 쓰고 입소한 사람이었다. 나는 의사가 아니라 시술을 할 수가 없고 바로 욕창에 손을 댔다가는 의료법에 걸려 우선 설악의원의 최 원장에게 데리고 갔다.

"큰 병원으로 가야 됩니다. 네 군데 이상이나 속으로 곪아 있어서 저희로서는 불가능합니다."

"이미 몇 군데 대학병원에서도 치료를 거부하고 저희 시설로 보내온 환자입니다. 병원장님, 부디 칼로 째서 속에 있는 농이라도 빼주시고 소독해 주십시오."

최 원장은 일주일에 한두 번은 꼭 실로암 시설에 왕진을 오는 분이다. 그래서 나를 믿고 시술을 해준 것이다. 만약 다른 병원이었다면 '당신이 뭘 안다고 그래? 이 환자 죽으려고 작정했어? 당신이 욕창이 뭔 줄이나 알아?'

하고 단번에 거부했을 것이다. 그러나 그는 내 말을 무시하지 않고 묵묵히 시술해주었고 고름 냄새가 코를 찌르며 펑펑 쏟아졌다.

"병원장님 너무 감사합니다. 진통제와 영양제 링거를 좀 부탁드립니다."

나는 최 씨를 데리고 시설로 돌아왔다. 하루에 세 번씩 정성스레 욕창 드레싱을 했고 고기를 비롯한 특별한 영양 보충을 해주기를 3개월 이상이나 반복했다. 실은 온몸 전체에 욕창이 퍼져 케어를 하기가 어려운 상황이었고 썩은 냄새가 너무 심해 속에서 욕지기가 나와 견딜 수가 없었다.

나는 이를 악물고 참아내면서 차마 눈으로는 볼 수 없는 최 씨의 욕창 드레싱을 위해 내 목숨을 바칠 기세(氣勢)로 계속해 나갔다. 직원들은 최 씨의 욕창을 보고 슬금슬금 피하면서 말했다.

"원장님도 지독한 분입니다. 저렇게 악취(惡臭)가 진동하는 욕창 환자를 직접 케어 하신다니 말입니다."

나는 신경성 위염이 있어서 음식을 제대로 못 먹고 비위도 약하고 마음도 여려서 원래 같아서는 쳐다보지도 못할 두려움과 떨림이 있었지만 의연하게 말했다.

"어떻게 하겠어? 대학병원에서도 치료를 못한다고 강제로 퇴원시키고 먼 친척이 사정사정해서 입소시킨 환자인 것을……."

한 사람 한 사람이 우연(偶然)이 아닌 필연(必然)이며 운명적으로 만난 존재들이라고 생각하기에 나는 이들을 내 몸처럼 사랑할 수밖에 없었다.

그제서야 나에게 동조하게 된 직원들이 나를 거들어주고 '정성을 다해서 이 환자를 꼭 건강하게 만들어야지!'하고 다짐하게 되었다.

사람들은 나를 보고 '치유(治癒)의 은사(恩師)'라고 불렀다. 하지만 나는 절대로 환자들에게 기도나 안수, 안찰(按察)을 해본 적이 없다. 서로 소통해야만 치유가 될 수 있는 것이지, 치매환자나 혹은 정신병자에게 기도한다고 해서 병이 낫고 건강해지는 것은 결코 아니다. 그저 환자 한 사람 한 사람을 내 자식 같이, 내 몸 같이 사랑하는 마음으로 거두고 먹이고 입히고 케어해줬을 뿐이다.

점점 나아지는 최 씨의 상흔(傷痕)은 나에게 새롭게 싹트는 희망찬 날개였다. 최 원장이 와서 보더니 신기해하며 말했다.

"어떻게 이리도 욕창이 좋아질 수 있단 말인가요? 원장님이 의사인 나보다 낫네요."

"아닙니다. 정성이고 관심이며, 청결해야 나을 수 있다는 믿음이 있었기 때문이지요."

"기적입니다. 이곳에 오는 욕창 환자들이 원장님의 사랑의 손길로 치료가 되고 있으니 말입니다."

"병원장님, 나의 헌신 때문이 아니고 병원장님의 시술 덕분이지요. 만약 그때 원장님께서 거부하셨더라면 이 환자는 이미 죽었을지도 모릅니다."

최 씨는 완쾌되었다. 설악의원 원장님은 깜짝 놀라서 말했다.

"한승주 원장님, 대단하십니다. 내가 명색이 전문의인데도 불구하고 이 환자를 치료하기가 어려웠습니다. 4개월만에 완치되었으니 원장님은 장애인 가족들에게는 더없이 위대하신 분일 겁니다. 한국의 복지 시설장들이 원장님만 같으면 얼마나 좋을까요? 의사이면서도 사명감이 없고 직업의식만 가지고 환자들을 대하는 사람들이 부지기수(不知其數)입니다. 나는 이 환자들을 보면서 새로운 소망을 갖습니다. 이곳의 중증 장애인들이 원장님을 만난 것은 복(福)입니다."

"병원장님, 너무나 과찬의 말씀이십니다. 이 일은 나의 천직이며 내 목숨의 존재가치로 해가고 있는 일입니다. 만약 이들이 내 곁에 없다면 나라는 사람은 이 사회에서 무가치(無價值)한 존재로 전락해버리고 말 것입니다. 이들 때문에 비로소 내 삶의 가치를 깨달았습니다."

최 씨는 밥도 잘 먹고 욕창은 완치되었으며 치매마저도 좋아진 상태로 편안하게 생활하게 되었다. 최 씨는 91세가 되어 천국으로 가셨다. 실로암 집으로 입소할 때는 형제와 자식, 친구들이 없다고 하였으나 벽제 화장터에 갔을 때 형제들이 고급 승용차를 타고 15명이나 찾아왔다.

나는 배신감이 들었다. 그들에게 약값도 한 푼 받지 않고 10년이 넘도록 보호를 하였는데 이렇게 많은 친척과 자식들이 있다니, 나는 큰 충격을 받아 하늘을 우러러보며 가슴을 치고 있었다.

내가 아무리 사명감으로 일을 한다지만 너무나 많은 사람들이 나를 이용하고 속인다는 것이 느껴질 때는 의욕과 자신감이 없어지곤 했다. 내가 꼭 이 일을 해야 된다고 생각하는 것은 장애라는 미명 아래 빈곤에 싸인 한국에 태어나서 하고 싶은 공부, 하고 싶은 운동, 하고 싶은 문화생활 등을 할 수 없는 장애인들의 아픔을 누구보다 잘 알기 때문이다.

마치 자유가 없는 작은 새장에 갇혀있는 한 마리 새처럼 '나를 도와주세요. 나도 자유가 필요해요. 나도 하고 싶은 걸 했으면 좋겠어요.' 하고 외치는 그들의 울음소리를 들을 수 있기 때문이다.

그들이 울어대는 소리는 간간이 들리지만 세상은 그 새소리의 울음소리를 듣고는 있으나 무슨 말인지, 어떤 심정이지 아무것도 모르고 그저 '새가 지저귀는 구나!' 하고 그냥 지나쳐 버리며 후안무치(厚顔無恥)하고 수수방관(袖手傍觀)해온 게 사실이다.

그래서 나는 나보다 더 어렵고 힘든 어두움 속에서 살고 있는 사람들에게 자기 몸을 불태워 비추는 작은 촛불처럼 낮은 자세로 혼신의 힘을 다하고 있다. 그러나 두 다리 건강하고 머리에는 지식이 있으나 불학무식한 자 같고, 육체가 건강하나 마음은 병들어 있고, 입술의 혀는 꿀같이 달지만 그 혀에는 독이 있어 사람들에게 고통을 뿜어대고 있으니 참 세상은 비굴하기만 하다.

어떤 이는 기초수급대상자이면서도 수많은 학생들에게 장학금을 주고 평생 어려운 사람들을 위해 살아가는 사람들이 있다. 이런 분들의 아름답고 헌신적인 삶이 있기에 이 사회는 어둠이 물러가고 따뜻한 햇살이 비치는 살기 좋은 세상이 되는 것이다.

내 육체는 장애가 있어 세상은 나를 향해 무용지물이라고 하지만 생명이 살아있고 정신이 깨끗하니 할 수 있는 한 최선을 다해 보다 살기 좋은 세상을 만드는데 일조하는 값진 삶을 살고 싶다.

주 씨는 1주일에 두 번씩 혼자서 통닭 한 마리를 다 먹었으나 더 먹겠냐고 물어보면 '네, 네!' 하면서 마다하는 법이 없었다. 욕창 치료 전문의들에게 상담을 받으니 우선적으로 잘 먹이라고 했다. 그 말을 들으니 시설에서 기르고 있는 염소가 생각났다. 우리 시설에서는 가족들이 먹고 남은 밥이나 음식물 등이 많이 나와서 여러 마리의 염소를 기를 수밖에 없었다. 짬밥으로만 길렀던 염소는 보는 사람들마다 욕심을 내며 염소가 예쁘고 잘 생겼다고 했고 진돗개 비슷하게 생긴 개라고도 했다.

집에서 기른 염소를 주 씨의 약으로 해준다는 것이 마음에 좀 걸리기는 했다. 오래 기르다보니 정이 든 염소에게 미안한 마음도 들었다. 그러나 염소탕이나 개소주를 먹고 그가 치료가 된다면 더 소중한 것이라도 주 씨에게 아낌없이 주고 싶은 것이 나의 마음이었다.

나는 서울에 가면 '오월애 약국'에 들러 영양제를 비롯해 욕창 케어에 필요한 거즈, 마데카솔 분말, 소독용 에탄올, 포비돈 요오드액, 새살연고 등을 구입한다. 나는 주 씨를 건강한 사람으로 만들기 위해 욕창을 케어할 도구를 사면서 내 몸같이 사랑하며 계속 케어를 했다.

30년 동안 욕창 케어를 해왔지만 주 씨처럼 무서운 욕창은 처음 경험했다. 욕창 치료는 이식수술을 하는 방법이 있고 진통제 주사를 놓거나 소독을 하면서 자주 몸을 움직여주고 청결하게 하는 방법도 있다. 대개 병원에서도 이와 같이 치료한다. 비록 시설에서는 이식수술을 시행할 수 없지만 병원보다 더 정성과 혼신의 힘을 다하는 것이 시설장들의 마음이다.

그렇게 최선을 다했으나 주 씨의 욕창은 계속 온몸으로 퍼지고 있었다. 약국에서 태반과 영양제를 사다 먹이기도 했고 반드시 나을 수 있다는 신념을 가지고 그를 케어 했으나 살과 살이 마주치면 두 시간도 안 되어 피부가 빨갛게 썩어가고 있었다.

도저히 어찌해 볼 수가 없었다. 다시 병원에 입원을 시켰으나 그곳에서도 욕창이 너무 심해 생명에 위협을 느낄 수준이라며 의사는 퇴원을 종용했다. 강원대병원에 또 입원을 시켰으나 여전히 치료되지 않았다. 이번에는 서울 혜민병원의 중환자실로 입원시켰다. 환자의 상태를 본 의사의 소견은 다음과 같다.

병원 주치의 소견서

상기 환자는 우측 대퇴골 개방성골절로 입원한 자로서 우측 둔부의 욕창이 깊어져 골까지 노출되어 있었고 이에 의해 발생한 골수염 및 골괴사로 인해 골절이 발생한 것으로 판단됨. 근치적 치료의 한계와 반대편 상처의 악화가 예상되며 현재 통증은 없는 상태로 외고정장치고정술 등의 수술적 치료가 의미가 없을 것으로 판단되어 욕창관리와 항생제 치료하였음. 골절의 자연유합 가능성 없어 후유증 가능성 있고 욕창으로 인한 패혈증 가능성 있음.

그곳에서도 수술이 어렵다고 했다. 나는 치료되지 않는 그를 보며 수없이 고통과 슬픔이 밀려왔다. 이말종이 욕창 케어를 할 때 어차피 죽을 놈이라고 여겼는지 고깃간에서 뼈를 발라내는 것처럼 함부로 환자를 다루다가 오른쪽 골반 뼈가 부러지기까지 했다고 한다.

주 씨는 혈관이 죽어가는 병도 있었다. 온몸이 썩어 물이 흐르지만 그는 전혀 감각이 없는 듯했다. 다시 말해 주 씨의 하체는 아픈지도 전혀 모르는 시체와 같았다. 왜 이런 건지 의사에게 물었더니 "이 환자는 신경이 다 죽어 있어서"라고 했다. 이미 현리병원에서부터 그렇게 온몸의 신경이 죽어가고 피부에 곰팡이가 퍼져가고 있었으며 당뇨 또한 심해 욕창이 전신에 옮겨지게 된 것이다.

"과장님, 주 씨를 수술해줄 수 있습니까?"

"해볼 수는 있으나 6개월에서 길어야 1년 정도 연명(延命)할 것으로 보입니다."

"과장님, 이렇게 정신이 온전한 사람을 어떻게 그냥 내버려둘 수가 있습니까? 오늘 살다 내일 죽는 한이 있더라도 수술을 해주셨으면 좋겠습니다. 병원비는 걱정하지 마십시오. 제가 빚을 내서라도 병원비는 댈 테니까 말입니다."

"수술 도중에 환자가 죽는다면 저희도 곤란해집니다. 이분은 일반환자이기 때문에 시설장님이 아닌 보호자들의 동의가 반드시 필요합니다."

나는 주 씨 누나에게 전화를 걸어 수술할 수 있도록 보호자의 동의가 필요하다고 했으나 그녀는 묵묵부답(黙黙不答)이었다.

"동생을 이대로 놔둔다면 당신네들은 방조죄로 걸린단 말입니다. 그래도 좋은가요?"

"네, 만약 동생이 죽어도 원장님에 대한 원망은 안 할 게요!"

하고 내게 문자가 왔다.

"여보세요, 지금 그런 말이 나옵니까? 최선을 다해 환자를 살려봐야 하지 않겠습니까!"

"글쎄, 나는 모르겠네요. 원장님께 모든 것을 위임했으니 원장님 마음대로 하십시오."

어이없는 말을 내뱉으며 전화를 끊었다.

나는 30년이 넘도록 복지시설을 운영해 왔다. 하지만 주 씨 보호자처럼 야비하고 비정한 부모는 처음 봤고 시설에 맡겨놓고 돈 한 푼도 안 쓰려고 하고 자식을 버리는 사람도 처음이다. 동물도 새끼를 보호하는데 인간의 탈을 쓰고 부모와 형제가 자식을 버리는 인간이 어디 있단 말인가.

돈이 없어 끼니를 굶는 부모도 자식을 맡겨놓고 양육비를 조금씩은 보내주며 시설에 방문도 하는데 어찌 주 씨 가족들은 죽어가는 생명을 돌아보지 않고 병원에 입원도 시키지 않으려고 하는지. 이 사회에 주 씨 같은 부모와 형제가 있다면 저주받은 사회가 되고 말 것이다.

인간은 인간답게 살아야지 배고픈 짐승처럼 사람을 해치는 사람이 되어서는 안 된다. 그들이 행동했던 그 모습들을 보면 주 씨의 부모는 날카로운 칼과 같고 독사의 독이 가득 차 있는 사람들 같았다.

나는 주 씨가 죽어가는 모습을 보며 나의 모습 같아서 너무나 애처로웠다. 한 시간 후, 이 실장에게서 주 씨의 누나가 이런 문자를 보내왔다는 연락이 왔다.

"오전에 한승주 목사님과 통화했습니다. 아래는 목사님과 통화한 이후 목사님께 보낸 문자 전문입니다. 그럼……."

"주유철 누나입니다. 오전에 목사님과 전화 통화 드린 후 다시 부모님과 상의했지만 이미 말씀드린 것처럼 저도 부모님도 앞으로 있을 병원비와 간병비를 감당 못하겠습니다. 모든 걸 목사님께 위임했으니 현명한 판단이 있으실 줄 믿습니다. 여건이 안 되시면 시설로 데려가주십시오…. 그럼 안녕히 계셔요."

이게 사람인가 싶었다. 나는 이 실장에게 절대로 그 문자를 지우지 말고 나에게 보내달라고 해서 지금도 보관하고 있다.

온 대지가 추운 겨울을 이겨내기 위해 숨죽였던 날들이 지나고 모든 만물이 소생하는 계절의 여왕 5월이 되었다. 겨우내 잠들었던 동식물과 만개한 꽃들이 지천으로 널려있고 새옷으로 갈아입은 이름도 알지 못하는 앙증맞은 꽃들이 각자의 개성에 따라 향기를 내며 살포시 웃음으로 나를 반긴다.

온누리에 가득한 싱그러운 산천초목의 아름다움에 취해 한껏 들뜬 마음으로 운전을 하며 홍천의 시설로 돌아가고 있었다. 자연의 오묘함에 심취해 있던 나의 마음을 뚫고 전화벨 소리가 요란하게 울려 댔다.

누굴까 궁금하긴 했지만 나는 중증장애인이기 때문에 운전 중에는 전화를 받을 수가 없다. 그러나 쉬지 않고 울려대는 소리에 마음이 불편해 운전을 할 수가 없어 조금 한적해진 곳에 차를 세워놓고 전화를 받았다.

"여보세요? 어디십니까?"

"네, 여기는 홍천경찰서입니다. 한승주 씨 되시죠?"

"네, 그렇습니다만, 경찰서에서 무슨 일이시죠?"

"한승주 씨를 고발하는 내용이 접수돼서요."

"고발이라뇨? 누가 날 고발했다는 겁니까?"

"시설에 있는 장애인 중에 주유칠 씨라고 있지요?"

"네. 있습니다."

"혹시 그 분의 카드를 빌려 썼나요?"

"네, 그렇습니다만, 그게 무슨 문제라도 됩니까?"

"그 주유철 씨의 부친이 고발을 했습니다."

"그러니까 그 아버지가 저를 왜 고발했다는 겁니까?"

"주유철 씨 앞으로 카드대금이 9천만 원이 나왔다고 하는데, 무슨 카드대금이 9천만 원이나 나옵니까? 법인카드도 아니고 개인카드인데 카드대금이 9천만 원이라고 주씨 부친이 고발을 했습니다."

"경찰관님, 저 역시 9천만 원이라는 돈은 이해가 가지 않습니다. 카드대금은 외환카드, 현대카드 두 개에서 2,400만 원 정도 됩니다. 주 씨에게는 법인카드를 발행할 수 없습니다. 그런데 어떻게 9천만 원이라는 돈이 나왔는지 이해가 가지 않습니다."

"아무튼 경찰관인 저 역시도 이해가 가지 않습니다."

"어쨌든 제가 서울에 살고 있으니까 강동경찰서로 사건을 이관(移管)해 주시기 바랍니다."

"그래요? 주씨 부친도 서울에 살고 있으니 서로가 좋겠네요. 그럼 강동경찰서로 이 사건을 이관하겠습니다."

아름다운 산천초목을 감상하며 들떠 있던 나의 마음이 한순간에 찬물을 뒤집어쓴 듯 등줄기가 서늘해졌다. 어떻게 이런 일이 생길 수가 있는가? 내가 주 씨 부친에게 무슨 잘못을 그리도 많이 했단 말인가?

당신의 아들을 대가없이 5년 동안 모든 병마에 시달리는 그를 케어해 주며 살아온 죄밖에는 없었다. 나에게 전화 한 통으로 우리 아들에게 왜 카드빚이 나왔느냐고 물어 볼 수도 있었을 텐데, 주 씨 부친은 일방적으로 고발을 한 것이다. 그동안 자식을 맡겨놓고 양육비도 10원 한 장 안 줬으면서 양심에 가책을 느끼지도 않는가? 그것이 아니면 나를 고의적으로 고발을 해서 나 한승주를 매장해 버리려고 하는 걸까?

30년 동안 소외된 자들을 위해서 가시밭길을 걸어왔건만, 주 씨의 보호자들은 하늘이 무섭지도 않단 말인가. 문서로 각서만 쓰면 모든 책임이 나에게 있단 말인가. 사람이 유전(有錢)이면 가상이라고 하는 말처럼 돈이 그렇게 인생의 전부가 된단 말인가.

팔십이 다 돼서 한 발자국 걷기도 힘든 주 씨의 부친은 나에게 이렇게 슬픔을 주고 그는 시체가 되어 한 줌의 흙으로 돌아가려 하는가. 그대들은 그렇게 살지만 나는 그대들이 가는 길을 가지 않으려 한다.

골고다의 십자가 아픔이라고 할지라도 나의 사명이라면 병들어 있는 어린양 데리고 다시 벧엘의 집 지어 지구가 끝나는 그날까지 이 자리를 지키려 한다. 불쌍한 장애인들과 함께 말이다.

경찰과 전화 통화를 마치고 나니 허탈감과 배신감이 몰려왔다. 나는 장마가 오기 전에 홍천의 시설을 수리하기 위해서 기술진들을 데려와 견적서를 뽑고 재료를 사기 위해 서울의 이곳저곳을 돌아다니며 시장조사를 하고 있었다.

시설의 식당은 습기가 차고 곰팡이가 피어서 장애인들에게 위생상 좋지 않았다. 특히 장애인들은 운동이 부족하고 면역성이 약해 쉽게 병이 발생되는 것이다.

나는 식당을 카페처럼 모양을 내고 분위기 있게 만들고 싶어졌다. 한 번도 미장일을 해 본 적이 없었지만 인테리어를 누구 못지않게 창조해낼 자신이 있었다.

백색 페인트에 색깔을 예쁘게 내어 벽에다가 흙손으로 찍어 바르는데 미장하는 사람들에게 맘대로 찍어 발라 보라고 말했다. 기술진들은 나름대로 열심히 하는데 아무리 봐도 내 맘에 들게 작품을 만들어내진 못했다.

나는 그들에게 다시 설명을 해주고 내 맘에 들게 하려고 하지 말고 본인들 맘에 들게 해보라고 권했다. 그들은 세면 판에다가 페인트 이긴 것을 흙손으로 찍어 쭉쭉 발라댔다.

"원장님, 이게 맘처럼 잘 안 되는데요? 은근히 어렵네. 허허."

나는 미장하는 기술자들에게 흙손에다가 시멘트를 삼분지 일만 찍어서 벽에다가 붙이면서 쭉쭉 내려보라고 했다. 한 시간 동안 자연스럽게 발라 놓고 보니까 그럴 듯했다. 마음이 흡족해져서 미장하는 분들에게 말했다.

"잠시만요, 일을 잠깐 중단하고 보세요. 자 어때요? 맘에 들어요?"

"아이구, 네, 원장님. 맘에 듭니다. 아니, 이렇게 하는 건 어디서 배우셨어요?"

"참 나, 이런 걸 어떻게 배워서 합니까? 자기가 생각해서 만들어내는 거지요."

"대단하시네요. 몇십 년을 이것만 하고 산 우리보다 감각이 좋으시네요. 아무튼 대단하십니다."

"그래요? 기분이 좋네요. 그렇게 말씀들을 해주시니, 허허! 저는 남이 한 걸 그대로 모방하는 건 별로 안 좋아해요. 그래서 이렇게 해보면 어떨까 하고 실행해 보는 거죠. 별건 없습니다."

다시 봐도 예쁘고 예술적인 작품처럼 보였다. 이렇게 바쁜 나날을 보내고 있을 때 강동경찰서에서 출두하라는 전화와 문자가 왔다. 나는 즉시 출두할 일이 있으면 통신으로 하지 말고 출석 요구서를 정식으로 보내줄 것을 요청했다.

머리도 식힐 겸 한적한 곳을 찾아 경치를 즐기며 천천히 운전하면서 국도를 달리고 있었다. 차창을 열고 달리는 차 안으로 후덥지근한 바람이 스며들고 있었다. 이 뜨거운 여름을 사람들은 어떻게 보내고 있을까? 무더운 여름이 가난한 사람들에게는 참으로 고통스럽지만 여유가 있는 사람들에게는 신나는 계절이다. 산으로 바다로 바캉스를 떠나기 위해서 가족끼리 연인끼리 들떠있는 모습들이 많이 보였다.

사방이 다 막힌 도로가에 길게 늘어선 차들은 지글거리는 태양빛에 몸살을 앓고 있었다. 나는 이때쯤 되면 선교활동을 하기 위해 필리핀이나 태국을 한 번씩 다녀왔다. 여행하는 것을 좋아하는 나는 몸이 불편하긴 하지만 이곳저곳을 다니며 구경도 하고 외국에 나가 새로운 문화를 경험하는 것을 큰 재산으로 여기고 있다.

혼자서 운전을 하며 끝없이 달려가다가 배가 고플 때면 작은 포장마차에 들어가 김밥 한 줄을 사 먹었다. 스쳐지나가는 자연의 모습을 보면서 온유해지는 자신을 느끼기도 한다. 사람이 산처럼 살 수 있다면 얼마나 아름다울까. 산에는 약초가 있다. 꽃들이 있다. 인간에게 이로운 것들이 지천으로 깔려 있다.

가을이 오면 수많은 과실수들이 탐스러운 모습으로 열매를 맺고 주인을 기다리기도 한다. 많은 것들을 갖고 있는 산은 산야를 찾아오는 나그네들에게 조건 없이 양식을 내어준다. 나는 왜 산처럼 살 수 없단 말인가.

또다시 내 자신을 연마(研磨)하며 지난날을 돌아보니 거칠어진 나의 모습에 가슴이 아파 울고 있을 때, 누군가가 빵빵거리며 차를 좀 비켜달라고 했다. 잠겨있던 상념에서 깨어나 정신을 차리고 꼬불꼬불한 도로를 바라보며 조심스럽게 길을 재촉했다.

며칠만에 집으로 돌아오니 경찰서에서 출두하라고 해 가서 조사를 받았다. 주 씨 부친이 나를 사기죄, 금융여신법 위반으로 고발한 상태였다.

나는 주 씨의 카드를 쓰게 됐다. 우리 시설에서는 수급자(생활보호대상자)들이 95%이다. 그 중 주 씨는 일반장애인이다. 그는 신용이 좋고 고등학교까지 졸업을 했으니 분별력과 지혜가 있는 사람이다. 나는 주 씨의 병원비와 간병비 등으로 경제적인 어려움이 와서 어쩔 수 없이 주 씨의 카드를 빌려서 쓰게 된 것이다.

처음 카드를 빌렸을 때는 한도가 100만 원 밖에 안 되었지만 5년 동안 그 카드로 주 씨의 병원 치료도 하고 약값에 부식비 등등으로 사용을 하면서 카드비를 철저히 대납을 하다 보니 한도가 1,000만 원까지 신용이 올라가게 된 것이다.

일방적이고 계획적이라면 한도 신용을 만들어서 카드깡으로 돈을 빼 카드를 부도낼 수도 있을 것이다. 그러나 지금까지 주 씨 이름으로 된 카드는 신용을 잘 지켜 주 씨에게 피해를 준 사실이 없다. 나는 남의 카드를 빌려 사용한 것이 사기죄가 될 줄은 전혀 몰랐다. 여신금융법도 마찬가지다. 신용불량자가 많이 생겨나 남의 이름으로 통장을 개설해서 사용하는 사건들이 많다.

시설에 있는 직원들이 신용불량자이다 보니 통장을 개설할 수 없어서 주 씨의 통장을 만들어서 사용한 일들이 있었다. 이 모든 것들은 주 씨의 허락 하에 한 것들이다. 법적으로 따지자면 대포통장이고 여신금융법에 위반되는 것은 맞는 것 같다. 그러나 주 씨의 이름으로 된 통장이나 카드 등을 불법으로 사용하려고 계획한 적은 전혀 없었다. 나는 지금에 와서 생각해보면 너무나 어리석었다고 생각한다.

강동 경찰서에서 조사를 받았다.

"한승주 씨가 카드를 직접 주유철 씨 이름으로 만들어서 사용한 사실이 있습니까?"

"사용한 사실은 있지만, 직접 만든 사실은 없습니다."

"아니 주 씨는 움직이지도 못하는 장애인인데, 어떻게 카드를 발급 받을 수 있습니까?"

"그 사실은 제가 알 수가 없습니다."

나는 시설에 있는 가족(장애인)들이 나의 자식과 다름이 없다. 그들이 아프면 내 가슴이 아프고 차라리 내가 아팠으면 좋겠다고 눈물로 기도할 때가 한두 번이 아니다. 어쩌다가 주 씨의 카드를 사용한 것에 대해 너무나 죄책감이 들어 기도할 때가 한두 번이 아니었다.

주 씨가 너무 심하게 아파서 그동안 병원비, 간병비, 영양제 등을 살 때 그 비용으로 카드를 사용하였으나 모든 책임은 이 한승주에게 있는 것이다.

50여 명의 자원봉사자들이 오지의 땅 산골마을에 찾아온다고 한다. 나의 인생은 세상 사람들과 더불어 사는 사회를 만드는 것이 나의 숙명이다.

그림을 그리는 화가들, 봉사의 마음이 불타는 대기업 간부들, 내 이웃을 내 몸같이 사랑하는 가정주부들이 뜻을 모아 봉사를 하기 위해 먹을 것을 만들어 온다고 한다.

오늘 봉사자들은 네오맨들의 모임이라고 했다. 6월 6일은 공휴일이고 산바람 강바람 따라 여행을 떠나고 여름이 채 오기도 전에 바다를 찾는 연인들도 있다. 그런데 그 청춘들이 아무도 찾아오지 않는 이 산골에 70명의 자원봉사자들이 찾아온다.

차가 한두 대가 아니었다. 어떤 이는 '승용차에 여섯 명씩이나 태우고 왔다며 오느라고 무척 힘들었다.'고 말하며 '이렇게 깊고 깊은 산골에 아름다운 복지시설이 있다니…….' 하고 '와!' 소리를 지르고 있다.

철쭉꽃이 피어있는 곳으로 달려가 그들이 끼를 부리고 꽃향기 소나무에서 나오는 송홧가루가 떨어지는 걸 보고 그 향기를 맡으며 그저 웃고 또 웃는다.

"지상낙원이 따로 없네요! 어떻게 이렇게 꽃들이 많고 자연이 아름답고 산들이 깊은지 말이에요."

그저 숲속의 파랑새처럼 지절거리며 봉사자들이 다 도착했다. 파트별로 조직을 짜고 자기의 맡은 소명을 다하며 구질구질한 냄새나던 방, 여름이 오면 습기가 차 곰팡이가 피어있는 벽지에 다시 새 옷을 갈아입혔다. 그때 눈만 초롱초롱 빛나고 손가락으로 움직이면서 먹을 것을 달라고 눈으로 말하는 실로암 가족들은 '내가 배가 고프니 밥 좀 달라'고 말했다. 그러나 그 모습을 보고도 그들의 표현을 아무도 모르고 지나갔다.

11시도 안 됐는데 여기저기서 먹을 것을 달라고 애원했다. 그러나 여기에 봉사오신 그들은 가족들의 신음하는 소리가 무슨 소린지도 모른다. 악세사리를 주렁주렁 달고 다니는 봉사자들에게 몸짓으로 달라고 울어댄다. 생명이 살아있어 인간의 본능이 요동치고 있는 것일까?

나는 30년이 넘도록 장애인과 함께 더불어 살아왔다. 눈빛만 봐도 그가 무엇을 요구하는지 잘 알고 있다. 1년 동안 병원에 입원했던 부영이는 정신지체 1급이다. 춘천 A병원에 입원시켰던 그를 퇴원하라고 했다. 나는 퇴원을 하기 위해 담당과장을 만났다.

"저 환자는 오래 살 수 없습니다. 우리 병원에서 운영하는 요양병원이 있으니 그쪽으로 입원하셔도 됩니다."

"아닙니다. 내 자식과 같은 가족을 버린단 말입니까? 과장님, 왜 우리 부영이가 저렇게 동태 마르듯 말랐나요? 침대에 손과 발을 묶어 놓으셨나요?"

"밥도 먹지 않고 소리를 지르거나 식판을 엎어버려서 간병인들이나 간호사들도 감당이 안 됩니다."

나는 환자를 퇴원시켜 시설로 데리고 왔다. 어떻게 하든지 저 생명을 살려야 되겠다는 생각에 나는 식당으로 내려갔다.

"아줌마! 땅콩, 참깨, 까만콩, 소고기, 호두를 믹서기에 30분 동안 갈으세요." "뭐 하시려고요?" "뭐 하든지 말든지~"

나는 속이 상해서 직원들에게 혈기를 부렸다. 영양밥을 만들어 된장물을 푹 끓인 다음 계란을 풀고 10분 이상 저어가며 정성을 다해 죽을 끓였다.

대학생들은 그림을 그렸다. 벽에다가 방주 그림을 그리고, 뱀을 그리고, 예수님 사진을 그렸다. 학생들은 온몸에 빨강 파랑 노랑 색깔로 물들어 있었고 얼굴엔 페인트가 묻어 농부 모습처럼 그들의 모습이 변해갔다. 한쪽에서는 비가 새고 있는 배관을 고치고 있었으며 산으로 둘러싸인 장애인의 집은 습기가 있어서 곰팡이가 피어 가족들의 건강을 해치고 있었다.

숙소 13개를 완전히 새집으로 도배를 예쁘게 하고 나니 봉사자들은 물론 우리 가족들도 방이 좋다고 산토끼처럼 깡충깡충 뛰는 사람도 있고, 저녁이 되려면 아직 멀었는데 발달장애인은 이불을 깔고 잠을 자겠다고 한다.

나는 그들의 모습이 너무나 아름답고 순박해서 지난 과거를 깊이 후회했다. 이제 다시는 사업을 하지 않겠다고 말이다. 없으면 없는 대로 함께 굶어가며 이들과 함께 살겠다고 다짐했다. 그러나 3년 동안 사업을 하면서 복지사업에 15억을 투자하였고 그 투자로 더욱 좋은 환경이 되어가고 있었다. 봉사자들이 3일 동안을 애써 노력한 그 대가는 역력히 나타나 아름답게 새집이 돼 가고 있었다.

나는 늘 외롭고 쓸쓸할 때마다 누군가 나에게 찾아와 말없이 도와주는 분들이 있었다. 그가 바로 박익숙(49세, 남), 김미영(55세, 여) 부부였다. 그의 가정은 단란하고 포근한 사랑으로 부부금슬이 좋았다. 그 사이에 박지은(17세, 여)이란 딸이 있었다.

이들과 인연이 된 것은 어느 겨울 산골마을에 장애인들이 살고 있는데 겨울 준비가 안 되어 걱정을 한다는 인터넷기사를 보고 알게 되었다. 어렵고 힘든 가운데서 겨울준비를 마련해주었고 설날이 되었으나 아무도 찾아오지 않는 이 산골에 삭신을 후벼치는 칼바람이 불어올 때, 엉성한 가지에 까치 한 마리가 울고 있을 때, 누군가를 기다리는 실로암 가족들이 창문에 눈을 대고 바라만 보고 있는 그때, 이들은 떡과 쌀을 가지고 오셨다. 그리고 장애인, 노인, 어린아이들까지 대화를 하면서 마치 내 가족처럼 사랑하고 아끼는 모습을 보여주셨고 그 마음이 너무도 아름다웠다.

두 부부는 열심히 음식을 만들어 환자들에게 먹이고 그들과 농담도 했다.

"이름이 뭐예요?" "웅성이에요!"

"이름도 예쁘네? 누가 지어주었어요?" "원장님이요."

"그럼, 몇 살 때 여기에 입소하셨어요?" "어렸을 때요."

스무 살이 넘어서 여기 온 지가 6년밖에 안 됐는데, 어려서 고아원에 있을 때 원장님을 기억하고 '원장 아버지'라고 말한다. 그 애들을 보면서 이 부부는 눈시울이 뜨거워 끌어안고 스킨십을 해주었는데, 그 모습이 어찌나 아름답고 예뻤는지 모른다. 방에 들어가서 이불도 개주고 청소도 해주고, 그 부부의 딸은 장애인들을 무서워하지 않았다. 가족 셋은 숙소에 들어가 함께 대화를 하고 다과회를 하며 시간을 보냈다.

쌀쌀한 바람이 피부로 스며들며 저려오는데, 이제 시간이 되었나 보다. 이곳은 깊은 산속이라 해가 빨리 사라진다. 저녁 5시도 채 안 된 오후에 어두컴컴한 저녁이 오는 것 같다. 그들은 서둘러 서울로 가야하기에 천사처럼 웃음 짓던 이들의 모습을 뒤로 하고 손을 흔들며 '또 올께' 하고 돌아갔다.

쓸쓸한 겨울바람이 보내는 이들의 애처로운 마음속에서 또 허전함을 갖게 한다. 와서 함께 놀 때는 그렇게 좋았지만 작별 인사를 할 때는 울고 또 울고 있다.

"현수야, 울지 마! 또 온대."

오곡백과(五穀百果)가 풍성하게 그 결실을 맺는 11월. 어느덧 다가오는 또 한 번의 겨울을 준비했다. 세계적으로도 추수감사절을 맞을 시기인지라 그야말로 온 지구촌이 흥겨운 잔치로 북적대고 있었다.

우리도 방앗간에 가서 빻은 쌀로 떡을 만들었다. 각양각색(各樣各色)의 과일들도 준비하여 혼인잔치 못지않은 화려한 차림상으로 축배를 나누고 있는데 '임마누엘교회'의 김국도 목사가 「실로암 연못의 집」을 방문했다.

대안학교(강원도 홍천 모곡)에서는 절기(節氣)때마다 예배를 부탁드리고자 김 목사를 강사로 초빙하곤 했는데, 그는 대안학교 이사장이며 임마누엘교회 원로 목사이기도 했다.

추수감사 예배를 위해 내려와서 식사를 하던 중이었다고 했다. 실로암교회를 돕던 한 권사로부터 이 근방에 장애인들의 교회가 있다는 말을 전해들었다고 한다. 김국도 목사는 식사를 끝내기가 무섭게 당장 그곳에 가보자고 했다는 것이다.

권사와 함께 「실로암 연못의 집」을 방문한 그는 단아(端雅)한 계곡물이 흐르고 청록(靑綠)으로 둘러싸인 고즈넉한 이곳에 이런 시설이 있다는 게 기적 같은 일이라며 연신 감탄사를 내뱉었다. 예배당으로 들어가 기도를 마치고 서재로 들어와 사랑의 교제를 나누며 내가 하고 있는 사역에 대해 들으시고 다시금 놀라움을 금치 못했다.

목사님은 빈손이 아닌, 20kg 쌀 20포를 내놓으시며 '갑작스럽게 찾아오게 되어 별로 준비도 못해 송구스럽다.'며 연신 미안해하셨다. 무척이나 겸손하고 온유한 성직자(聖職者)의 표본이셨다.

나는 그분을 바라보며 큰 나무와 큰 사람은 단지 고인 물처럼 태어나는 것이 아니라 부단한 담금질과 사랑으로 만들어지는 것이라는 사실을 깊이 깨달았다.

김국도 목사님도 나처럼 비닐하우스에서 목회를 시작하면서 수없이 철거를 당했고 눈물로 지새운 밤의 수(數)가 말도 못한다고 하셨다. 소외된 계층을 향해 늘 애정과 위로를 쏟는 김 목사님의 마음은 예수님의 가르침, 바로 그것이었으며 한국에 없어서는 안 될 새벽별 같이 귀중(貴重)한 분이라는 생각이 들었다.

　그가 훌륭한 목회자(牧會者)로 성장할 수 있었던 데에는 어머니의 눈물의 기도가 있었기 때문이라고 했다. 무릎에는 굳은살이 박혀 있었고 그분이 늘상 앉아있던 자리는 다 닳아 선명한 표시가 날 정도였고 그런 어머니의 정성어린 기도로 아들 셋을 훌륭한 목회자로 만들었던 것이다.

　한국에서 제일 바쁘신 감독(감리 교회 총회장도 역임)이셔서 넉넉한 시간이 허락되지 않을 텐데도 장애인시설로 방문하심은 김 목사님의 마음속에 성령의 역사(歷史)하심과 임재(臨齋)하심으로 사명감으로 불타고 있다는 것을 절절히 느낄 수 있었다.

　나는 기쁨으로 소년(少年)처럼 가슴이 설레었고 마치 작은 예수를 맞이하는 것과도 같았다. 김 목사의 얼굴 한 번 보는 것이 소원이라고 하는 사람들이 부지기수인데 한국에서 제일가는 스타 목사와 함께 사진도 찍고 대화도 나누며 기도를 받았으니 이 얼마나 놀라운 축복인가?

　얼굴은 거무스름하며 훤칠한 키에 건장한 체력을 지닌 그는 보는 사람으로 하여금 거룩함을 느끼게 한다.

　성도들에게도 '강원도 홍천에 장애인들 50명인 교회가 있으니 그곳으로 가서 정성을 다해 그들에게 사랑을 나눠주고, 또 그들이 주는 사랑을 배우고 오라!'는 부탁을 드리셨단다.

　자칫 한국의 교회는 그 복음(福音)의 생명력이 다한 것은 아닌가 하고 많은 우려를 하게 된다. 하나님을 믿는다고는 하지만 개중에는 사기꾼도 많고 사업 수단을 다지기 위해 교회를 택한 사람들도 많다.

　문명과 문화의 발달로 인한 편리주의(便利主義)로 치닫다 보니, 점차 물질에만 편승하는 사람들이 생겨나고, 입으로는 신자라지만 실상은 가롯 유다의 성정(性情)으로 하나님을 부인하는 어리석은 자들이 늘어만 가는 게 현실이다. 교인에게는 두터운 믿음이 있어야 하며, 또한 중요한 부분이 '말 한마디로 천 냥 빚을 갚는다.'란 속담처럼 혀를 조심해야 된다는 것이다. 패가망신(敗家亡身)하기도 하고 한 인간을 죽이거나 살릴 수도 있다는 사실이 이 작은 혀에서부터 출발한다.

구별된 생활을 해야 함에도 불구하고 그저 물질만능(物質萬能)이 축복된 것이라고 단단히 착각하고 있다. 이 세상 으뜸가는 부자는 마음의 부자라는 단순한 진리(眞理)가 있는데도 말이다. 타락되어 버린 한국의 교회가 다시 부흥하려면 김국도 목사 같은 제자들이 하나라도 더 많이 배출되어야 할 것이다.

대중문화의 표피(表皮)만을 굴절된 시선으로 바라보는 인간은 짐승처럼 변해가게 된다. 인성과 인격, 양심의 회복, 그리고 나눔의 실천이 절실히 필요한 것이다.

김국도 목사의 사모(師母)는 시설에 여전도회 회원들을 데리고 봉사활동을 하러 오셨다. 계단 청소를 하고 환자들의 기저귀를 갈아주며 악취(惡臭)가 나는 방 청소도 마다하지 않고 매 끼니 시장을 보아 쇠고기국을 끓이며 떡과 과일을 준비하여 섬기는 자세로 대하는 여전도회 회원들은 우리 치매노인 어르신들에게 혈육(血肉)의 정, 그 자체를 선물했다.

생전 이런 일을 해보지도 않았을 것 같은 사모는 장애인들을 꺼려하지 않았고 불쌍히 여기지도 않았다. 손수 밥을 떠 먹여주며 그들을 따스한 사랑으로 대했다. 그런 사모의 모습에는 하늘이 진동(振動)할 만큼의 감동이 넘쳤으며 순박하고 순수한 그 얼굴에 내 자신이 부끄러울 만큼 죄스러워져 눈물로 회개를 하곤 했다. 귀한 사모가 여전도회 회원들과 봉사활동에 동참하는 모습을 보며 그리스도의 사랑을 보는 듯했다.

중증장애인들은 대소변도 가리지 못하고 자기 스스로 할 수 없는 행시주육(行尸走肉), 살아있으나 살아있는 송장이요, 고깃덩어리요, 쓸모없는 쓰레기이며, 한국에서 태어나 저주받은 대상으로 살아가는 장애인들은 악취가 난다. 생명은 살아 있으나 목숨만 꿈틀거리고 있는 그들을 우리들은 쉽게 끌어 안아주기는 어려운 일이다.

김국도 목사가 오늘날의 위치에 도달하기까지는 그에 못지않은 바로 이런 내조가 있었기에 이처럼 목사와 성도들이 하나가 되어 사랑을 증거할 수 있는 것이리라.

이 분들이 존재하지 않았다면 나 홀로 이 외딴 산골에서 수십 년간 장애인들과 동거동락(同居同樂)하며 복음을 외치기는 어려웠을 것이다. 부모도 버렸고 형제들도, 사회도 방치한 소외된 자들에게 누구 하나 빠짐없이 복음의 빛을 비추는 성도들에게서 새삼 김국도 목사의 훌륭함을 절실히 느낄 수 있었다.

서상돈 중증장애인은 두 다리가 죽은 낙지처럼 흐물흐물하고 두 팔도 마찬가지였다. 그가 온전한 기능을 가진 부분은 눈, 귀, 입술, 코가 전부다. 그런데 그런 그가 어떻게 이쁜 미녀를 만났을까? 운명적인 인연은 알 수가 없다.

멀쩡하고 예쁜 여자였다. 저렇게 중증장애자가 어떻게 저런 미인을 만났을까? 정말 인연은 하늘이 내려주는 것 같았다. 그가 만난 곳은 부산 천사원이라고 한다.

"어디가 좋아서, 또 무엇이 볼 게 있어야 둘이 만날 수 있나요? 저는 상돈씨가 이유 없이 좋아요. 일반 사람들은 나 같은 여자를 소중하게 생각하지 않지만 상돈 씨는 당신의 목숨보다 저를 더 소중하게 여겨요. 사랑은 필요해서 만나는 것이 아니지만 도와주어야 되겠다는 마음이 움직이게 사랑으로 충천하였기 때문입니다. 밥을 먹여주고 목욕을 시켜주고 안아서 휠체어에 올려주고 산책을 하거나 함께 소통을 하다 보니 상돈 씨를 위해서 사는 것이 값진 것이라는 것을 알았어요."

우연히 남자들끼리 만나게 되었다. 옆에 있는 짓궂은 한 친구가

"야, 승주야! 상돈이 연장이 좋은가 봐! 그러니까 그런 미녀를 데리고 살지? 동정으로 사랑을 하면 하나의 불 꺼진 재가 되어 바람에 날려버리고 흔적도 없이 이별하게 되는데 서로 궁합이 잘 맞으니까 영육쌍전(靈肉雙全)하고 살겠지!"

옆에 있는 친구가 말하기를

"상돈이는 쓸만한 것이 성기밖에 없어요. 야, 페니스가 얼마나 좋은데 귀두가 주먹만하고 길이가 29cm 정도나 돼요. 굵기가 팔뚝만 하다니까요?"

"야, 씨불놈들아! 그런 고추가 어디 있어? 한번 볼래?"

"진짜 물건이라니깐요."

"야, 물건만 좋으면 뭐하나?"

"양쪽 다리도 없고 양쪽 손도 없는데 어떻게 부부관계를 하고 섹스를 한단 말이야."

"그런 소리 말아요. 승주형 섹스를 변강쇠보다 더 잘해요."

"야, 그걸 어떻게 알아? 상돈이 하고 나하고 어릴 때부터 부산 천사원에서 함께 살았어요. 그래서 상돈이 구석구석 다 알아요. 내가 목욕도 시켜 주고 업고 다니고 밥도 먹여주고 함께 산 세월이 15년이 넘어요. 상돈이는 성

기 하나는 끝내준다니까요."

"여자를 한번 물면 진돗개처럼 놔주지 않는데요, 2시간 반 정도 한대요"

"야, 그만해! 그거라도 좋아야 여자가 붙어 살 거 아냐?"

상돈씨는 임대아파트를 보조받아 재미있게 잉꼬부부처럼 살아왔다.

"제수씨, 상돈이 어디 갔어요? 어젯밤에 너무 많이 아팠나 봐요?"

"오늘은 일 못가요."

비가 오는 날 상돈이 집으로 몇 사람이 모이게 되었다. 얼마나 잉꼬부부인지 함께 있을 수가 없었다. 하도 질투가 나서 그의 친구들은 그 여자에게 말을 건넸다.

"아니, 제수씨. 어디가 좋아서 그렇게 목숨을 바쳐 상돈이를 사랑하고 있어요?"

"말로 표현할 수 없어요. 너무 행복해요! 하늘이 무너지고 땅이 꺼지고 쓰나미 같은 강한 비바람이 몰아쳐도 나는 상돈 씨 남편을 위해서 암탉이 병아리를 품는 것처럼 품고 사랑할 거예요. 나는 태어나서 이런 사랑을 처음 느껴보고 처음 깨달았어요!"

"참 별일이야! 인연은 따로 있다니까."

3년이 지난 3월이었다. 시골에는 아직 개나리가 피지 않았지만 서울은 개나리가 눈을 뜨고 기지개를 켜고 있는 3월말, 그 두 부부가 아기를 낳았다. 그것도 쌍둥이였다.

"야, 상돈이가 아들을 낳았는데 한꺼번에 2명이나 낳았어. 참 상돈이 그놈 물건은 물건이야. 어떻게 쌍둥이를 낳았지? 그것도 아들을. 야, 너네들은 여자도 없이 뭐하고 살았어?"

"니놈들도 술만 먹지 말고 마음잡고 착실하게 살면 상돈이 와이프 같은 사람 만날 수 있어!"

"이놈들아, 정신 차려! 병신이라고 막가파처럼 살지 말고 열심히 살아. 정직하게 살면 하늘이 도와주는 거야. 상돈이 그 자식은 복도 많아!"

31년전, 어느 날 방안에 혼자 있을 때 누군가 노크를 하였다.

"누구세요?", "저예요, 상돈 씨 와이프요."

"아니, 상돈이가 누구야?"

"하여튼 문 좀 열어보세요!"

휠체어를 타고 현관문을 열었더니 장애자 한 분이 휠체어를 타고 왔는데 너무 심한 중증장애자였다. 여자는 50대가 된 중년이었고 순박하고 털털하게 생긴 사람이었다.

"원장님, 저 모르세요? 옛날에 원장님이 상돈 씨와 저를 도와주셔서 살수 있었잖아요. 저는 상돈 씨 마누라예요."

"아, 이 형님이 상돈이를 어떻게 잊었단 말입니까?"

"저는 늘 신문 방송이나 잡지를 통해 형님 소식을 잘 듣고 있었어요."

"아, 그래! 가물가물 생각난다. 그런데 이 청년 둘은 누구야?"

"우리 아들들이잖아요."

"쌍둥이? 그때 임신해서 신기하고 놀랍다고 이중영하고 축하해줬던 애들이야?"

"예, 원장님, 쌍둥이에요, 쌍둥이!"

"성령이하고 이삭이 두 아들?"

"야, 참 세월 빠르다. 많이 컸네. 이 애들이 몇 살이요?"

"28살입니다."

"미남이네. 엄마 아빠 닮아서 코도 크고 눈도 크고 이마도 훤하고, 이목구비가 아주 잘 생겼네. 너 웃으니까 보조개 들어가네? 야, 남자들이 보조개 들어가고 웃음 치면 못써."

"키가 왜 이렇게 커?"

"키가 185cm예요."

"지금 직장 다니고 있어?"

"그럼요."

"큰놈 성령이는 삼성 개발실에 주임으로 있어요. 또 하나는 지금 변호사예요. 미국에 있는 A.U.T 회사에 법무변호사로 근무하고 있어요. 둘 다 서울대 법학과 다니다가 성령이는 컴퓨터 AI 전공을 하였는데 수석으로 졸업했어요."

"야, 그럼 둘이 다 서울대를 다녔어?"

"성령이는 바로 서울대를 입학했는데, 이삭이는 재수했어요."

"야, 그래도 이삭이도 변호사가 되었으니 얼마나 감사한 일이야."

나는 그들의 이야기를 듣다 보니 내 눈에서는 눈물이 흘러내리고 있었다. 사람들은 말하기를 장애인을 보고 살아있는 송장이요, 고깃덩어리요, 쓸모없는 쓰레기요, 벌레요, 괴물이라고 생각한다. 장애인을 보자마자 고개를 돌리고 입술을 비쭉이며 저주 받은 대상이라고 멀리 하고 육체가 장애를 가졌기에 성적 장애인 고자라고 조롱도 한다.

그런데 아니다. 육신의 장애는 육신의 장애 그 자체이며 성적장애가 아니다. 인간의 본능인 성욕이 불타고 있으며 장애는 유전이 아니기 때문에 지극히 정상적인 지혜롭고 총명한 자식을 가질 수 있는데도 한국사회는 아직도 장애인을 소외시키고 있다.

나는 평생 동안 육체의 장애를 지니고 살고 있으나 정신적 장애를 갖지 않았으며 유쾌, 상쾌, 통쾌하고 명랑하게 항상 기쁘고 행복한 미소로 세상의 빛이 되려고 노력하고 있다. 또한 세상을 더불어 살아가는 가까운 이웃들에게 원동력이 되고 빛과 소금이 되기 위해서 살아왔다.

복지국가는 환경이 잘 만들어진 것도 좋지만 무엇보다 사회적 의식과 생각이 바뀌어야 한다. 헌법은 장애인을 특별히 보호해주기 위해 법적으로 제도가 만들어져 있으나, 이 법은 무용지물이다. 그 이유는 사람과 사람의 생각이 변하지 않기 때문이다. 세계에서 한국이 10위권에 드는 선진국이라고 말하고 있지만 나는 장애인에 대한 인식이 북한보다 못하다고 생각한다. 이제는 사회보장제도도 좋지만 장애인도 헌법에 나와 있는 것처럼 평등한 권리를 지닌 국민으로서의 사회구성원이 되어야 된다고 생각한다.

이상돈, 그는 부산천사원에서 신생아 때 버림을 받아 고아로 살아왔으나 지금은 사회인으로서 빛을 비추매 작은 촛불이 되어 온 가족이 함께 지상낙원을 이루고 있다.

"상돈 씨, 그동안 고생 많이 했어. 이 아이들이 훌륭하게 성장하였으니 이제는 성공했다고 보네."

"다 원장님 덕분이죠. 원장님, 식사 안 하셨으면 같이 식사하러 가세요."

"아니, 지금 식사 같은 거 먹을 수가 없어."

"힘내셔야 합니다. 원장님의 마음은 수많은 사람들이 다 알고 있기에 이 일이 잘될 것으로 저희들은 알고 있습니다."

그의 가족들이 나에게 봉투를 주었다.

"아니, 이게 뭐야? 내가 왜 이런 걸 받아? 이런 것 받으면 안 돼. 그리고 대접 받은 거나 마찬가지야. 자네들 마음 잘 알고 행복하면 나는 그것으로 대만족이야."

나는 그들에게 식사대접도 돈도 받지 않았다. 아니 받아서는 안 되고 받을 수도 없다고 생각했다.

"안녕히 계세요."

그들이 돌아가는 뒷모습을 보니 흐뭇하고 마음이 기쁨으로 충만했다. 얼마나 행복했는지 모른다.

수많은 사람들이 위로의 전화를 해주었고 나를 찾아와 힘을 심어주었다. 나는 이대로 죽으면 안 된다. 다시 일어나리라.

혼자 방안에서 자신이 너무 비참하여 혼자 있을 때 정화숙 집사가 찾아왔다.

"식사하셨나요?"

"밥맛이 없어서 그냥 우유 한 잔 먹고 말았지."

"잘 될 거예요, 힘내세요."

"바다 위에 집을 지었던 한승주 원장인데, 황무지에 집을 짓고 살아왔던 원장님인데, 다시 일어날 수 있어요. 모든 사람이 다 좌절했던 IMF 시절에도 원장님은 큰집을 지었잖아요? 이 시험을 통해서 다른 뜻이 있겠죠."

"이 한승주가 죄가 많지. 반성하고 깨달으라고 하는지……. 나의 사명이 끝났는지도 몰라."

"아니에요. 부르실 때까지 사명을 감당하셔야지요. 그건 그렇고, 송희는 어떻게 됐어요?"

"말도 마라. 기절하고 실망해서 울고불고 난리야. 초상집 같아. 100kg이 넘는 뚱뚱한 아이가 45kg으로 살이 빠졌어."

"왜 그랬데요?"

"신경성 위장병으로 식사를 할 수가 없어 살이 빠질 수밖에 없지."

"그러면 살이 빠져서 송희는 예쁘겠네요. 결혼할 때 드레스를 입으면 예뻐서 남편한테 사랑받지요. 원장님이나 힘내세요. 원장님이 쓰러지면 아이들이 살아갈 수 없어요."

"12월 달에 결혼한다고 송희가 나한테 전화 왔었는데 상견례도 하고 약혼식도 했는데 파혼했어."

"아니, 원장님이 잘못한 거 뭐 있어요? 이 정화숙 집사가 20년 동안 지켜봤을 때 얼마나 장애인들, 노인들, 어려운 무의무탁자들까지 얼마나 혼신을 다 했는데요? 부모가 버리고 자식이 버리고 사회가 버린 자들, 목숨만 살아 꿈틀거리는 사람들을 위해 아버지처럼 이 병원 저 병원 다니면서 치료해 주고 건강과 정신적 고통을 당하는 조현병에 걸려있는 자들과 인지능력 장애, 노인들에게 건강을 회복시켜 주었고, 죽어가는 그들을 살리는 은혜를 주셨잖아요. 평생을 그렇게 살아오면서 가족과 자녀들까지도 돌보지 못하고 이 땅에 버림받은 소외된 자들을 위해 지금까지 수고하신 것을 하늘이요, 땅이요, 온 천하가 다 알고 있어요. 원장님, 그런데 송희 일이 큰일이네요."

"그래, 지금 조사를 받을 수도 있는데 모르겠어."

"아니, 한승주 원장이 애들을 방치했어요, 감금했어요? 유기를 하고 돈을 착취해 집을 몇 채 샀어요? 지금까지 살아오면서 피봉(皮封) 한 채 없이 나그네가 되었으니 풍찬노숙자(風餐露宿者)지요. "

"아니, 정 집사. 내가 무슨 풍찬노숙자야? 그래도 장애인들을 위해 선교한 덕분에 이 죄인도 행복했고 은혜로 살아왔지."

"누구는 그 정도도 안 산대요? 한국에 있는 목회자들 보세요. 아무것도 없는 목회자들도 있지만 다 축복 받으며 살아가잖아요. 그런데 지금까지 집한 채도 없이 목숨 바쳐 병든 자들을 보살피기 위해 얼마나 고생을 하셨는데요. 길거리에 쓰러져 있는 노숙자를 데려다가 병원에서 치료 받도록 하기 위해 동분서주(東奔西走)하면서 얼마나 원장님하고 저하고 울었습니까? 병원에 입원하려고 해도 보호자가 없다고 곧 죽어가는데도 병원에서 입원을 시켜주지 않아 얼마나 다리를 동동 구르며 미치도록 사정을 하여 입원시켜서 살리지 않았습니까?"

"아니, 정 집사. 나만 그런 게 아니고 이 세상 모든 사람들이 나보다 더 헌신하고 희생하면서 살아. 단지 그들은 오른손이 하는 일을 왼손이 모르게 은밀한 곳에서 하기 때문에 세상에 알려지지 않았을 뿐이야.

보지도 듣지도 못해서 그렇지 나보다 훌륭한 분들이 너무 많아. 지금에 와서 생각해보면 나는 형식주의자였어. 이 한승주처럼 세상을 그렇게 살면 안 돼! 정 집사는."

"그런데, 어쩌지요? 송희가 결혼을 못하게 되어서요. 파혼 문제로 상처를 받으면 회복하기가 힘들어요."

"그래. 딸 문제가 제일 가슴이 아프고 고통스럽지. 지금까지 어떻게 살아온 딸인데, 그 딸의 장래까지 망쳤으니 가슴이 아프다."

마침 그때 전화벨이 울렸다. 나는 전화를 받을 수가 없었다. 야유의 전화가 올까봐 두려워서……. 정화숙 집사가 대신 전화를 받아주었다.

"여보세요?"

"한승주 씨죠?"

"네, 한승주 님 전화입니다"

"아니, 목사님이 죽었다면서요?"

"무슨 소리에요? 죽기는 왜 죽어요?"

"방송에 나온 내용이 사실이에요?"

"아니에요, 가짜에요, 가짜뉴스. 한 번도 장애인이나 노인들을 학대하지 않고 지금까지 부모보다 더 많은 사랑을 주셨잖아요. 그동안 수많은 사람들이 우리 원장님에 대해서 잘 알고 지켜보셨잖아요? 한승주 목사는 피해자에요. 억울한 누명을 쓴 거예요"

"아, 그래요? 그럼 다음에 전화하겠습니다." 하고 전화를 끊었다.

"직원들이 하나도 없어요. 다 떠나버렸지. 나도 그랬잖아, 정 집사. 가고 싶으면 가고, 오고 싶을 때 오는 것이 직원들이라고. 나는 죽음의 고통이 찾아오지만 이 가족들을 두고 도망 갈 수 없다고 늘 말하지 않아?" 정 집사는 눈물을 흘렸다. 그 큰 눈 속에서 뜨거운 눈물이 볼을 타고 흘러내렸다. 그녀는 또 나에게 말했다.

"수많은 사람들을 자립시켜 주시고 결혼시켜 주시고 병든 자들을 치료해주신 당신에게 어찌 이런 시련과 고난이 올까요?"

"이제 한승주의 운명은 끝난 것 같아. 내가 지금 없어도 정집사가 우리 딸을 맡아줘요."

나는 30년만에 아버지가 생각났다. 인천 가족묘지에 어머니와 아버지가 안치돼 있다. 나는 그 두 분이 무척이나 생각나 두 시간이 넘도록 차를 운전하며 혼자서 그곳으로 향했다. 오랫동안 아버지를 생각할 수 없는 시간 속에 세월을 보냈다.

내가 20대가 되었을 때 우체부 아저씨가 나를 불렀다.

"한승주 씨, 등기편지 왔어요."

누구에게 편지가 올 사람이 없는데 무슨 편지가 왔단 말인가. 설레는 마음으로 편지를 뜯어보니 아버지 사진 한 장이 편지봉투에 들어 있었다. 편지지는 한 장도 쓰지 아니하시고 아버지가 제주도에서 말을 타고 찍은 사진만 들어 있었다. 사진 뒷면에 아버지의 마음이 글로 새겨져 있었다.

'사랑하는 내 아들아. 많이도 보고 싶구나. 지난날 아버지의 잘못을 용서해다오. 이제 와서 후회가 되는구나. 환갑 전에 한 번 왔으면 좋겠구나. 나는 너를 낳고 세상을 다 얻은 것처럼 기쁘고 좋았단다.'

아버지의 편지를 생각하면서 한 폭의 그림 같은 가을을 조용히 느끼며 갔다. 필름처럼 바뀌면서 지나가는 오색찬란한 저 빛깔, 누가 그려놨을까. 자연의 섭리는 참으로 오묘하고 신기하다. 누가 당신을 기다려준다고 그렇게 계절마다 화려한 옷으로 갈아입고 있는지 참 보기가 좋구나!

인생은 빈손으로 왔다가 빈손으로 간다고 했기에 공수래 공수거(空手來空手去)라고 말했던가? 나는 지금 모든 것을 다 버렸노라. 그리고 생명만 살아있을 뿐……

그래도 부모님의 옛사랑이 그리워 돌아가신 후 처음으로 인천까지 갔다.

저 자연 속에 있는 보물들, 각약각색 약초들은 인간의 몸을 이롭게 하는 효능들이 숨어있다. 그 보물들을 캐려고 심산유곡(深山幽谷)을 찾아다니는 산과 더불어 사는 사람, 하나를 가지고 수천 가지 종류의 보물들을 집안에 장식해 놓고 그저 바라보는 것만으로도 만족하다고 하노라.

단풍이 떨어지고 쓸쓸한 가을에 산야를 뛰어노는 저 여인들. 그저 생각 없이 기뻐하고 좋아하노라. 어쩌면 그것이 인간의 본능인지도 모른다. 사랑받기 위해 태어난 사람, 행복을 위해 살아가는 사람, 그저 순수하고 깨끗하다.

그렇게 아름답던 단풍잎도 다 떨어져 사람에게 밟혀 사라지고 엉성한 가지만 남아있어 내 모습을 보는 것 같구나. 두 시간이 넘어서 부모님 묘소에 도착했다.

나의 아버지여, 나를 어찌하여 잉태하셨습니까.

나의 아버지여, 어찌하여 나를 돌보지 아니하고 멀리하셨습니까.

밤에도 당신이 그리워서 아침을 기다렸습니다.

아침이 오면 창문을 열고 혹시나 당신이 오실까 봐 멀리멀리 보고 있었지만 당신은 결코 오지 않으셨습니다.

황소 떼가 나를 둘러싸고 잡으려고 몰려오고 있는데도 당신은 나를 지키지 못했습니까.

나의 호소하는 기도를 왜 당신은 듣지 않고 있습니까.

나의 뼈가 녹아 물이 되고 있어도 당신은 나의 모습을 왜 보지 않으셨나요.

내 온몸이 피를 흘릴 때, 당신은 어찌하여 나를 외면하셨습니까.

오, 아버지여! 나의 기도를 들어주시옵소서.

저녁에 우는 소리를 알고 계시는 아버지여, 나를 이 고난 속에서 건져주시옵소서.

"아들아, 너는 어찌하여 그리 그렇게도 아파하며 슬퍼하느냐?"

"너무나 아파요, 아버지! 내가 아프고 심히 구부러졌으며 종일토록 슬픔 중에 다니고 있습니다. 내가 피곤하여 지쳐 있으니 나의 신음하는 소리를 들어주소서."

아버지는 나에게 찾아오신 것 같다.

'아들아! 네가 나를 기다리고 기다렸으니 귀 기울여 너의 부르짖음을 들었도다. 기가 막힌 웅덩이와 수렁에서 몸부림을 치고 있을 때, 내가 너를 끌어올리고 네 발을 반석 위에 두어 네 걸음을 견고케 하였도다.

나는 졸지도 않고 눈동자처럼 너를 지키며 사랑했도다.'

기도가 끝난 후,

"아버지, 나 이제 마음이 편하고 좋으니 어찌 기뻐 춤을 추지 않겠습니까. 행복합니다! 그리고 나를 낳아주심에 참으로 감사합니다!"

이제는 원망도 그리워할 수도 없으니 어찌할꼬.

그러나 아버지여, 나 돌아가리라.

7년 후, 2편에 계속···

에필로그

    인간은 초록동색, 차별을 하면 안 된다. 세계에서 대한민국만 외모지상주의가 존재하는 것이다. 조금은 달라져 가고 있지만 아직도 인간을 외모로 판단하고 심판하는 것이 참으로 무지한 행동이다.

    인간 존재의 가치는 가난한 사람이나 병든 사람이나 배우지 못한 사람이나 다를 바가 없다.

    나를 보는 자는 다 나를 비웃으며 입술을 비쭉거리고 머리를 흔들며 말했다. 부모님의 죄로 인해서 태어나 저주의 대상이니 차라리 죽는 것이 낫다고 말하며 나에게 인격살인과 같은 말을 했다.

    그러나 살아야 될 숙명인지 죽음을 수없이 시도하였건만 세월은 물이 흐르듯 흘러 지금까지 살아왔다. 이대로 포기할 수도 없고 죽을 수도 없으니 살아야 된다면 어떻게 살아야 되는지에 대해 꿈을 꾸게 되었다.

    나는 의사가 되어야지, 변호사가 되어야지, 검사가 되어야지, 나 같은 사람을 위해서 살아야지 등 마음이 화염충천하였다.

    어느 날 여름이었다. 친구를 만나러 가기로 약속을 하고 하남에서 마천동까지 두 다리를 목발에 의지하고 택시를 타고 갔다.

    그곳에 가보니 두 다리가 절단된 상태로 두 눈도 없고 온몸이 뒤틀리며 침을 질질 흘리면서 말을 전하는 사람이 있었다. 나는 무슨 말인지 도저히 알 수가 없었다. 집에 돌아와 한 달 동안 기도하며 울고 또 울었다. 침상이 젖도록 말이다.

    상처를 받은 나는 약자들을 보면 견딜 수 없는 아픔이 눈보라친다. 그 계기를 통해 어렸을 때 꿈을 가졌었던 고아와 나그네, 과부들과 가난한 자들을 위해 살겠다는 의지가 다시 마음에 충만해졌다.

35년 동안 무의무탁자들과 부모와 형제, 이 사회가 버린 자들을 위해 함께 둥지를 틀고 내 몸처럼 사랑하고 섬기며 작은 자들과 함께 살아왔다.

많은 사람들은 오늘날 사람을 대하는 태도나 인식이 많이 변했다고 말하지만 필자는 전혀 변하지 않았다고 생각한다. 아직도 자식을 죽이고 부모를 버리고 형제를 죽이는 비정한 인간들이 많다. 나는 아무 이유 없이 나와 비슷한 처지의 형제들을 위해 살면서 필자의 가정이나 자식들을 살피지 못하였다.

죄가 있어 매를 맞는 것은 당연한 일이지만 죄 없이 억울한 누명을 쓰고 매를 맞고 처벌을 받는 것은 차라리 죽는 편이 나을 것이다. 육신의 상처는 치료가 되겠지만 마음의 상처는 영원히 치료될 수 없기 때문이다.

'천필염지(川必廉地)'라 나는 할 수 없네. 하늘은 못된 사람을 그냥 두지 아니하리라. 생각대로 말하고 행동하며 남에게 가시를 꽂으면 그 상처가 수많은 주위 사람들에게 백배의 아픔으로 더하리라.

내가 지금 수고를 넘치도록 하고 옥에 갇히기도 더 많이 하고 매도 수없이 맞고 여러 번 죽을 뻔하였다. 구사일생(九死一生), 영원히 빛을 볼 수 없다고 생각하고 포기했었는데, 다시 한 번 평화로운 마음이 든다. 나에게 아직도 살아야할 존재의 이유가 있는 것 같다.

'무죄'는 이 세상 모든 사람들이 존재하지만 법이 사람을 가뒀노라. 사랑한다는 말이 왜 죄가 된단 말인가? 인문학적 배경으로 인간론을 사실 그대로 기록하였고 삶의 원동력이 되어 희망을 말하고 있다.

작은 자들에게 인간의 존재를 소중히 여기고 인간의 기본권을 가지고 사회의 한 구성원이 되어 사회의 빛과 소금이 될 수 있는 인간으로 길을 열어주고 천하보다 소중한 생명의 가치를 생각하도록 하는 것이다.

인간은 근심이요, 걱정이요, 괴로움이요, 슬픔이 있는 것은 살아 있기 때문이다. 그래서 이러한 것들은 당연한 것이요, 인간이 살아있다는 증거이다. 그러므로 절망하지 마라. 절망은 죽음의 무덤이다. 절망만 하지 않는다면 삶의 존재는 가치가 있다.

실패는 절망 속에서 오게 되며 부정한 마음을 갖게 되어 인간을 무기력하게 만든다. 따라서 자신의 담력이 사라지며 인생을 포기하게 되는 것이다. 쓰나미가 찾아와도 포기하지 마라.

적자생존(適者生存), 살아서 할 수 있다는 자신감을 가지고 살면 코로나 19 바이러스로 인한 재앙으로 인류가 마비되었지만 포기하지 말고 어제를 생각하지 말며 현실을 직시하며 감사하노라.

재앙이 오는 것은 자연의 섭리요, 인간이 스스로 무덤을 판 것이니 누구의 탓으로 돌리지 말고 자신을 돌아보며 병들어 있는 마음을 치료할 수 있는 계기로 삼아야 할 것이다.

내 눈은 천리를 볼 수 있는 시각을 가지고 있고 내 혀는 미각이 있어 맛을 볼 수 있고 후각이 있어 멀리 있는 것까지 냄새를 잘 맡을 수 있다. 그러나 어찌된 일일까?

눈이 있어도 보지 못하고 귀가 있어도 듣지 못하고 입이 있어도 말을 못하고 목구멍이 있어도 식욕은 몸부림치는데 나 먹을 수가 없노라.

불사신으로 침묵하며 살아야 되는지, 이것이 나의 운명일까?

알 수가 없노라. 살자니 너무나 고통이 칼바람이요 성난 파도다. 배고파 울고 있는 사자 같고, 내 몸은 '능지처참(陵遲處斬)' 목숨만 살아있으매 인두로 내 스무 가지를 하나씩 하나씩 절단하는 것이요, 뜨거운 불로 나를 지지며 내 살을 칼로 오리는 것 같고 나를 삼킬 자는 우는 사자와 같이 찾아와 칼춤을 추고 있네.

차라리 죽는 것이 옳다, 죽는 것이 옳다.

'화염충천(火焰衝天)', 불꽃이 하늘을 찌르며 이 땅에는 사면이 검은 연기로 나를 이불삼아 하룻밤이 천년 같구나. 나 가리라. 쉴만한 곳으로 영원히 가리라.

그곳에 가면 뼈 마디마디 아파 노래하는 추억은 없고 눈물로 가슴 치며 강을 이루지도 않고 행복할 수 있노라.

어차피 인생은 왔다가 가는 것이 자연의 섭리요, 진리요, 원칙일 텐데……. 내 손가락 내 발가락이 천둥치고 있노라.

인생의 근본은 행복을 추구하고 함께 낙원을 만들며 아름다운 꽃이 피며 열매를 맺고 나누고 섬기며 사는 것이 인간의 본질일 텐데…….

살아야 될 권리가 있어 분명 이 땅에 왔을 텐데 시작도 하기 전 도탄지고 (塗炭之苦: 진흙 수렁에 빠지고 숯불에 타는 듯한 고통) 몸부림을 치고 있으니 내 창자가 녹고 내 살이 가루가 되어 바람과 함께 춤을 추고 있으니 어찌 생명이 살아 있다고 외치겠는가.

나를 보는 자들은 저 하늘의 수많은 별처럼 바다의 모래알처럼 보고 있네, 사람이 아닌 저주의 대상으로. 조금만 정신을 잃으면 총알처럼 온몸에 박혀 장미꽃 피어 떨어지고, 나일강은 빨간 생명이 흐르고 있네.

지극히 작은 지체, 살아있는 이 몸을 죽은 시체처럼 관에 가두어 대못으로 사면에 수를 놓고 튼튼히 못질하여 그 못은 내 눈을 파고 내 목을 찌르고 내 온 삭신을 찌르고 있네. 이 날이 며칠이었는가?

죽지 않고 다시 봄이 오매, 움이 트고 눈을 뜨더니 흑암으로 나를 데리고 가니 내 눈은 초롱초롱 빛나고 천지를 보고 있으나 누구일까?

사물을 구별하지 못하고, 그저 끌려만 가고 있네. 이별이 그리 그렇게 무섭단 말인가? 어차피 인간은 이별의 추억 속에 보내야 하는데, 왜 그리 아쉬워 이 자리에 둥지를 틀고 살려고 하는가.

섭리와 순리대로 순종하면 일반적인 사람으로 자연스럽게 살 수 있을 텐데 욕심이 잉태하여 죄가 나를 가두었도다. 어떤 환경 속에서도 머물 수 있다면 그저 로마의 법을 따라 순종할 때 자유를 얻어 삶의 가치를 존중받고 행복하게 살 텐데 말이다.

왜 교만하여 듣지도 않고 깨닫지도 못하니 삶 자체는 '고독감옥'(高毒感玉)이노라. 진리의 터를 닦으며 길을 열고 살아왔고, 너는 쉼터의 그늘 밑의 생수를 마시며 여유와 자유를 가지고 세월을 말하며 살아올 때 나는 깊고 깊은 산을 개간하여 평지를 만들고 미래를 말하고 세월을 아끼고 살아왔도다.

그때 사막이요, 황무지에 정원을 만들고 뜰을 세우고 천자만홍(千字萬洪) 온갖 빛깔로 만발한 꽃들이 바람과 함께 춤을 추고 소나무들이 서로가 제 자리를 지키며 한 폭의 그림이요, 만물이 소생하며 산천초목 지상낙원이로다. 그곳에 잠시 쉬고 있건만 어찌 죄가 된단 말입니까?

필자가 후편에 나오는 내용을 에필로그에 간단하게 적은 내용입니다. 후편에서는 전편보다 생동감 있고 감동적인 이야기가 등장합니다. 어떻게 사람이 이렇게 살 수 있단 말인가? 인간의 생명은 존귀하고 가치가 있기에 필자는 생생한 이야기를 감동적으로 엮은 후편 이야기가 독자로 하여금 조금이나마 위로와 도움이 되었으면 좋겠습니다.

배가 부르면 짐승은 겸손하지만 사람은 교만하여 약자를 살인하게 된다. 스스로 깨닫고 반성하며 이 책을 통해서 천만이 영생 구원이 이루어졌으면 좋겠노라. 이 책을 탈고하기까지는 7년이 걸렸으며 누구나 보고 교감하고 감동을 받을 수 있도록 편집하였다.

지금까지 기억 속에 살아서 존재하는 것은 삼성의료원 홍진표 교수의 은덕이 큰 원동력이 되었다. 친구들이 배신하고 내가 외로운 새처럼 달빛만 바라보고 끝자락 가지에서 울고 있을 때 홍진표 교수는 나의 위로자가 되었노라.

나를 삼킬 자들이 벌떼와 구름떼처럼 몰려와 나를 괴롭혀 목숨만 살아 꿈틀거릴 때 서울삼성의료원 정신의학과 홍진표 과장을 만나게 되었다. 내 어린 시절과 현재에 일어났던 모든 것들을 털어 놨을 때 공감하고 인정해 주며 상처의 아픔을 앓고 있는 나를 치료하기 위해 입을 열지 않고 오직 귀를 열고 고개를 끄덕이며 나의 꽁꽁 얼어붙은 심장을 다시 뛰게 해주었다.

힘들고 억울한 일이 있어도 절망하고 포기하지 말고 담대하고 열심히 준비하여 인정승천(人定昇天) 하길 바라는 마음이다.

김국도 (감리교회총감독)목사님

어둠 속에 있는 어려운 이들을 찾아 길이 없는 깊은 산골에 작은 불빛에 의지해 찾아오시던 그날, 수많은 사람들은 사랑한다고 말하지만 그것은 쉬운 것이 아니요, 가벼운 날개도 아니었네.

이 세상에서 비교할 수 없는 것, 그건 사랑이며 그 사랑의 행함에 능력으로 목사님 내외분이 예수님처럼 아가페의 사랑이었네. 나는 임마누엘 교회 김국도 목사님 내외분을 잊을 수가 없어 오늘도 사무치는 기억 속에 감사하노라.

2019년 11월 17일, 갈 곳 없는 내가 방황할 때 수많은 이빨 빠진 호랑이와 황소 떼는 나를 에워싸고 있을 때 권봉길 회장님이 나를 찾아왔다. 그는 KBC 국정방송, 국정일보, 경찰일보 발행인과 대표를 맡고 있으며 어두운 곳을 찾아다니며 구제와 사랑을 실천하고 계신 분이다.

회장님을 안지는 30년이 되었다. 어느 겨울날, 비닐하우스로 집을 개조해 비바람을 피하며 살아가고 있을 때 회사 직원들과 권봉길 회장님이 장애인, 노인, 소녀 등 70명을 매달 구제와 봉사하기로 자매결연을 맺고 헤어진지 8년 만에 나의 소식을 듣고 찾아오셨다.

"이제는 사명을 감당하면 됩니다."

나의 억울함을 흰 백지에 펜을 들고 하소연하고 싶었지만 아무도 나를 돌아보는 자들이 없었다. 그러나 권봉길 회장님께서 출판할 수 있도록 도와주심에 나는 다시 부활의 꽃을 피울 수 있었다.

이 책이 네 이웃을 내 몸같이 사랑하고 가난한 자에게 양식을, 포로된 자에게 자유를, 눌린 자에게 은혜와 축복을, 빵이 필요한 생명들에게 도움이 되기를 기대하면서 문서 선교와 구제할 수 있는 힘이 되었으면 한다.

2021年 서울 어느 골방에서

한승주 드림